领奖台上的荣光固然吸引人，
但总要有人站在幕后。

炙热

zhire

青梅酱 / 著

北京燕山出版社
BEIJING YANSHAN PRESS

目

Contents

录

第一章
最贵的选手

1

夜晚，宁城的酒吧街分外热闹，五彩斑斓的灯光尤为刺眼。

林延摇摇晃晃地扶着墙，气息微喘，狭长的眼睛泛着酒后的迷离。

三五成群的人嬉笑哄闹着从林延身后陆续经过，偶尔有人忍不住朝林延那张脸多看上几眼，却并没有人上前询问。在这附近，每天像林延这样喝醉的年轻人不计其数，路人早就习以为常了。

林延感觉到脑子里的热浪一阵又一阵地上涌，难受得很，喘了几口气后摇晃着想要站直身子，一回头，刚好和隔壁酒吧出来的人撞了个满怀。

酒精作祟下，林延的脾气瞬间放大了好几倍，他猛然抬头，伸手直指对方的鼻尖："我说你……"

要说出口的话在他看到对方的脸时全吞了回去。

男人一身黑色，身后霓虹灯的光影此刻都凝聚在他的周身，虽然他眉心微拧，但丝毫没有破坏视觉美感。

同行的人原本跟在男人身后往外走，却猝不及防被迫停下脚步，饶有兴致地打量着两人。

男人似乎并不习惯被人这样指着鼻尖，微微垂了眼，连声音都带着独特的质感："有事？"

林延被这么一问哑了声，看着这张脸，他忽然伸手抓住了男人的袖子，明晃晃的质问语调："我说你，为什么要拒绝我？"

男人：“……”

后面的人实在忍不住，噗地笑出了声：“这什么情况啊？”

在他们这个圈子里，恐怕没有人不认识这张脸——BK战队的队长景元洲，炙热联盟中名满中外的现象级选手Titans，一个只需要在镜头前稍微露个脸，就足以让粉丝们失声尖叫的存在。

若是寻常，生活节制的景元洲绝对不会出现在酒吧街这种地方，但是因为近期俱乐部内部有些令人不太愉快的动作，副队长库天路好说歹说才把人带出来散心，没想到回家路上居然会遇到这么一只醉虾。

库天路看得啧啧称奇：“队长，你什么时候招惹上的？”

景元洲薄唇紧抿，懒得解释，只是非常迅速地后退了两步，想要和眼前这个醉得不成样子的陌生人保持距离。

然而林延的视线始终落在景元洲身上，他一有动作，林延就下意识地跟着向前迈，结果突然脚底发软，一个踉跄就朝着他直直地扑了过去。

因为这突如其来的撞击，林延硬生生地把景元洲压在了墙上。两人之间弥漫着极淡的酒气，林延狭长的凤眼直勾勾地盯着景元洲。

在这之前，谁能想到，堂堂景神也有被醉鬼拦在路边的一天！

库天路考虑到自身的生命安全，好不容易才死死地捂住自己的嘴，没有笑出声来。

到了这种时候，景元洲居然还非常有风度地保持了客气。他微微垂了眼帘，悄无声息地将眼前这个家伙打量了一番。不得不说这样一双狭长的凤眼真是明艳好看，如果不是醉醺醺的样子就好了。

景元洲缓缓地靠在墙上，鬼使神差地问了一句：“你认识我？”

林延点头：“当然认识。”

果然是认错人了。景元洲不知为何突然感到兴味索然，正准备起身，却听到林延一字一句地说道：“你不就是……景元洲吗！”

“队长，这人还真的认识你哎！”库天路震惊，再看向景元洲的时候忍不住问，“你确定你真的不认识？”

“没见过，”景元洲虽然也很诧异，但回答得非常笃定，“如果以前见过，我绝对不会忘记。”

“也是，”库天路看了一眼林延那让人一眼难忘的模样，深表认同，又忍不住感慨，“不愧是我们BK的队长！随便出来逛个街都能遇到这种狂热粉丝，啧啧。”

景元洲没有回答，站直了身子想要离开，结果还没来得及迈开脚，又被一把抱住了胳膊。

林延就这样死死地抱着景元洲的胳膊，死缠烂打般地嘀咕道：“相信我，我们聊聊，我一定会让你满意的……”

库天路看向景元洲，神态满是同情：“队长，现在怎么办？”

景元洲沉默了片刻，用另一只还能活动的手掏出了车钥匙，扔到库天路手里：“我给他找家酒店安顿了，你先回去吧。”

库天路显得有些犹豫：“这……要不我还是跟你一起去吧？”

景元洲看了库天路一眼：“怎么，我还能把他怎样不成？”

库天路心想：不，就冲这醉虾的样子，我怕的是你有事！

库天路知道景元洲向来不喜欢和人多话，只好叮嘱了一句：“那队长你……注意安全啊。”

景元洲没多说什么，直接将挂在自己胳膊上的林延一捞，朝就近的连锁酒店走去。

登记入住信息时，景元洲看了一眼对方钱包里的身份证。

哦，他叫林延。

大概是因为抱着的那只胳膊让人有安全感，林延这一路来倒是一声没吭，乖巧得很。

可是等办理完入住手续，景元洲把林延扔到床上后，再次被赖上了：“你别走，相信我，我绝对是最懂你的人！”

因为俱乐部里那些糟心的事，景元洲这几天心情都不太好。如果是平时，他对这种醉鬼想说的话绝对没有丝毫兴趣，这时候他却鬼使神差地在床边坐了下来，饶有兴致地问：“哦？那你说说看，你到底有多懂我。”

此时林延半坐在床上，直勾勾地看着景元洲。

明明身上并没有太大的酒气，也不知道怎么醉成这个样子的。

林延微微地往前挪了一下，瞬间使两个人靠近了几分，唇瓣微启：“是这样的，我一直有关注你……”一个大喘气后，他终于说完了后半句话，“……

的比赛。”

景元洲有些疑惑：“嗯？”

林延继续说道：“今年的世界荣耀杯总决赛我看了，BK 战队教练组在做阵容配置的时候就出现了问题，才会导致最后一场比赛出现了你和队员的配合失误。”

随着景元洲的缄默，周围瞬间安静了下来。

林延说话期间微微垂着头，毫无焦点的视线落在洁白的被褥上，但是话里的内容好像在此之前就进行过无数次推演一般，即使整个人在酒精的作用下有些许迟钝，说话却有条不紊、逻辑精准。

小到具体配合的细节问题，大到选择阵容时整体 BP（Ban 和 Pick 的简写。在本文中，指在游戏开局之前，玩家对本局出场的游戏角色进行禁用和挑选）的决策性失误，每一条都说在了重点上。

景元洲脸上的神色一时有些莫测。

今年 BK 战队在世界荣耀杯总决赛上惜败，有多少人感到遗憾，又有多少人质疑他这个队长在赛场上的发挥？可是，包括那些顶级豪强战队的教练组在内，能看到真正问题所在的，全联盟不会超过三个。

景元洲向来是一个不喜欢与人争辩的人，网上的言论更是没放在心上，可是今晚突然有一个人出现在他面前，条理清晰地告诉他——战败，不是你的问题。

整整半个小时，只有林延的声音回响在房间里。他就这样完成了总决赛决胜局的全部推演，宛若一场没有视频回放的复盘，其中包括了很多连 BK 教练组都不曾发现的致命问题。

这人敏锐得可怕。

林延说完后终于舒了一口气，迷迷糊糊地抬起头，直勾勾地盯着一言不发的景元洲，露出了笑容：“看，我是不是特别了解你？”

景元洲对上这样的目光，没有说话，等待对方继续。

林延弯了弯嘴角，忽然间靠近了几分：“看在我这么了解你的份儿上，你是不是可以考虑和我……”

林延的身子隐约一震，然后他紧紧拉住了景元洲的袖子，继续吐露心声：“可以考虑和我……唠……”

景元洲："……"

在这一瞬间，整个房间染上了一层独特的味道。

第二天清晨，一脸漠然的林延坐在柔软的大床上。

宿醉使他整个脑袋不可避免地有些疼。其实他也知道自己酒量差，可怎么也没想到，居然会差到这个地步……回想昨晚的情景，林延甚至感到有些离谱。他到底是喝了多少？有……半杯吗？

林延有心回想昨晚究竟发生了什么，可是不管怎么拼凑脑海中零碎的画面，到了迈出酒吧大门后，就彻底断片了。

昏昏沉沉中做的梦倒是不错。在梦里，他居然在路边逮到了景元洲，然后对景元洲晓之以理，动之以情，在遭到三次冷酷无情的拒绝后，终于顺利签下了这位神级选手的转会合同。

妙啊！就是可惜，只是个梦。

全身疲软的感觉实在很不舒服，林延揉了揉发丝，准备下床，刚掀开被子整个人就彻底僵在了那里。

这时林延才发现，自己裸露着上身，如果不是裤子还整齐地穿在身上……等等，不是梦！他昨天，好像真的在路边随手逮了一个男人？！

林延的视线缓缓落在了床头柜上。洁白的纸在深棕色家具的衬托下尤为醒目，只需一眼就可以看到上面笔锋遒劲的三个字：服务费。

字条上面端端正正地压了一枚硬币，面值——1角。

嘲讽意味满满。

林延手上用力，指关节咔嚓一响。虽然林延完全不记得那个男人的长相，但是，最好别让他逮到！

2

林延的助理骆默接到电话后匆匆赶来。抵达酒店后，他看到林延神态疲惫地躺在沙发上，修长的手指轻轻地揉着太阳穴。

骆默倒了杯凉白开递过去，有些自责："这事怪我，早知道会这样，昨天我就不该先走。"

昨天城东的那帮公子哥儿在酒吧街聚会，心血来潮叫上了林延。

林延以前也经常参加这样的应酬，自知酒量差，他往往能做到滴酒不沾，正是因此，骆默临时接到电话后才放心离开。

可是他怎么也没想到，这位少爷突然破了戒。

至于昨晚具体发生了什么，虽然骆默心里的八卦之火熊熊燃烧，但他没有多问，也不敢问。

在助理这样无比复杂的眼神当中，林延读出了无比饱满的情绪。只要一想起昨晚的事，林延就觉得太阳穴隐约在跳："不怪你，是我大意了。"

林延是真没想到自己酒量能差成这样，不然也不会卖昌乐欣的面子喝那半杯酒。

骆默留意了一下林延的精神状态，询问道："要不今天就别忙了，先回去休息一天？"

"那怎么行！"林延直接摇头拒绝，"你以为我昨天为什么和昌乐欣那伙人周旋那么久？还不是馋他们手上的资源！俱乐部一旦成立，只要有他们帮忙，宣传渠道这块的事就根本不用愁。现在你还不麻溜地把剩下的事情搞定，哪里对得起我的牺牲？"

骆默愣了一下，他显然没想到昨晚的局居然还有这一层用意："所以说，我们还要再去找 BK 那边？"

加上前两天收到的反馈，关于景元洲转会的事情，BK 俱乐部已经正面拒绝过三次了。

老实说，在这种情况下，绝大多数人大概已经放弃了，可是林延丝毫没受到影响："那是当然！只要我们努力死缠烂打，就不信签不到景元洲。"

骆默："……"

骆默跟林延已经三年了，老实说，他到现在都没想明白，这位少爷怎么突然就对电竞领域有了兴趣。

稍微了解电竞圈的人都知道，景元洲是 BK 这支豪强战队的核心所在，光是"Titans"这个名字带来的影响力，就不知道有多少俱乐部眼馋，可是这么多年，始终没有一个俱乐部能将他从 BK 撬走。连那些旗鼓相当的豪门俱乐部都没能让景神看上眼，像他们这样刚刚完成注册的空壳俱乐部显然更不够看了。别说答应转会了，BK 能够这么有耐心、客气地婉拒，已经给足了林氏集团面子。

然而，林延显然没有把这几次拒绝放在眼里。他指尖轻轻地在桌子上敲了敲，言简意赅地给自家助理敲重点："我看上的选手，必须签到手。"

骆默："……"

回想林延坐在电脑前花了整整三天三夜去看景元洲比赛视频的场景，那一脸真情实感的笑容……

林延见骆默杵在那没有反应，抬头瞥了他一眼："还愣在这里做什么？继续联系BK，想办法试探他们的底线。"

骆默拧眉："还要给他们抬价的机会？"说实话，他们现在开出的转会费已经是业内屈指可数的了，如果再涨的话……

林延倒是特别豪气："抬！随便抬！就算他们狮子大开口也可以理解，这毕竟关系到景元洲的职业生涯，不让他们看到我的诚意怎么行呢？"

骆默对林延吩咐的事向来照办不误，当即就去联系了。

林延揉了揉发丝，从沙发上站起来，打开冰箱，拿出了一瓶可乐。涌入体内的冰凉感，让林延长长地吁了一口气。

林延一抬头，恰好和电视屏幕上映照出的人影四目相对。不得不承认，这具身体不管从哪个角度看，都无比清瘦，特别是那双狭长好看的凤眼。即使已经过了这么久，他依旧有种不切实际的感觉。

一个月前，他还是炙热电竞联盟[全球最火爆的MOBA游戏Burn the War（BTW），中文译名"炙热"]声名在外的首席战术分析师，居然意外卡进官方衍生小说中，成为从未出现过的同名角色。

按照书里的时间线，现在距离正文开始，还有整整一年。

林延并没有在这件令人匪夷所思的事情上纠结太久，他利用一个月的时间接受了自己现在的身份，随后就做出了重新进入电竞圈的决定。

手中的可乐转眼间就见了底，林延随手一抛，可乐瓶在空中划过一道漂亮的弧线，精准无误地落进垃圾桶。

有一点可以肯定的是，联盟中的景神，还真不是随便就能签到手的。想要人家心甘情愿地签约，到底还得多花点心思。

世界荣耀杯总决赛正式结束，余热还没散去，业内大部分的注意力都投向了即将到来的转会期。

BK战队即使没能拿下冠军，也依旧是国内顶级的豪门战队，里面随便一个选手都是招牌的存在。因为深知景元洲对于BK战队的重要性，之前几年其他俱乐部都非常识趣地没来询价，但是今年一个个不知道从哪里得到的消息，短短几天，BK高层就陆续收到了好几家的报价。

而在这些俱乐部中，就属GH最出人意料。不得不承认，GH给的价位确实高，但是看着俱乐部资料上面战队成员信息一片空白，BK俱乐部的王经理就感到头突突地疼："你说现在的富二代都怎么回事？真以为电子竞技是花钱闹着玩的呢？执着倒是真执着，今天又来联系我了，说如果价格不满意的话让我们随便填。听听这财大气粗的样子，不会真以为你会愿意去这种三流队伍吧？一个没有成员也没有评级的新俱乐部，堂堂景神，难道让你过去帮他们一挑五打线上网吧挑战赛吗？"

景元洲将咖啡杯送到嘴边，不疾不徐地抿了一口，然后说："其实如果价格到位，也不是不可以。"

正滔滔不绝的王经理顿时一顿，看向景元洲的眼神不免有些复杂："别这么说，我知道是俱乐部对不住你，但你也不能自暴自弃啊！"

"我不觉得这是自暴自弃，"景元洲无声地笑了一下，"以我这个年纪，差不多也该退役了，临走之前最后捞一笔，有什么不好？至少和其他俱乐部比起来，我倒觉得GH这个态度还挺良心的。"

说到别家，王经理越发感到心梗。在这个圈子里，景元洲虽然实力是公认的好，但是从年龄来看，退役估计也就这一两年的事了。很显然，那些俱乐部一方面急切想要提升自己战队的实力，另一方面又不舍得为这种"短期"选手花费太多不必要的资金，基本上是卡着一两年的合作协议报价，和财大气粗的GH比起来，确实有点不够看。

不得不说，GH俱乐部的诚意很足，可毕竟资历摆在那里。别说Titans那批粉丝了，就连王经理，只要一想到景元洲离开职业联赛去参加不入流的网吧比赛，就止不住地感到委屈。说句没良心的话，虽然他们BK俱乐部高层对不起景元洲，但是出于私心，他们也不希望Titans真的转会去其他俱乐部。这样尴尬的境地，反倒给了他们周旋的余地。

景元洲没有揭穿王经理心里的算盘，继续云淡风轻朝对方的胸口插刀："你也别小瞧了网吧比赛，还真挺有意思的。想当初，我们BK还不一样是从网吧里面打出来的？万一我带着GH打回了职业联赛，说不定以后和BK的老队友们还能在赛场上照照面呢。”

王经理听得都快哭出来了：“景队，你别说了！”

当初景元洲带着队伍从三流联赛一路打进联盟的盛况，直到现在还被人津津乐道。结果为了战队的发展，BK俱乐部高层却要他提前为新人让道。因为太过心虚，听到以前的事，王经理更加觉得扎心了。

“行了，随便说说逗你的……”景元洲将咖啡杯放在桌子上，兴致索然道，“我也没说真的准备挂牌，转会的事，再说吧。”

王经理长吁一口气：“那行，GH那边我就先不回他们了。毕竟是林氏集团的太子爷，还是得留点面子。”

景元洲微微抬了眼：“林氏？”

王经理见景元洲有兴趣，随口说道：“我之前没和你说过吗？这家GH俱乐部的老板就是林氏的太子爷林延，要不然，普通富二代的家底哪经得起这么挥霍？”

景元洲听到这个名字后沉默了片刻，随后说：“有联系方式吗？发我一份。”

王经理一愣，好不容易松下来的那口气，一瞬间又冲到了头顶。

这是什么意思？难道他还真的准备签给GH？！

第四次联系BK俱乐部，林延一天都没等到消息，他躺在卧室的床上看手机，心不在焉地点开了购物APP。

啧，如果可以直接在网上拍一个景元洲就好了。可惜，没有如果。

别的不说，在成立GH俱乐部这件事上，林延也是真的倒霉。事情进行到现在，他看上的选手不但没签约成功，还一不小心喝醉酒后被人嘲讽，酒店床头柜上的那一毛钱在他脑中挥之不去。林延忍不住在心里骂了一声，心情烦躁地想将手机放在旁边，恰好手机里弹出了一条短视频推送。

林延动作微微一顿，视线落在了视频标题上：“虚拟好友”——被人隔着屏幕安慰是什么体验？

正苦于没地方吐苦水的林延，眼睛微微一亮。

关于最近流行的“虚拟好友”，林延略有耳闻，只是没放在心上，可是在此情此景下，俨然是为他量身定做的一般。

有些事情不方便对骆默这种身边的人说，但如果是隔着网络的陌生人，确实是不错的选择。

林延花了几分钟时间看完了视频，很快就在某购物 APP 上找了一家店铺，毫不犹豫地下单了价格最高的“镇店之宝”。

下单完成，客服小姐姐就发来了消息：感谢惠顾，我们的店员小哥哥现在正忙，请稍等一会儿，马上就会加亲微信哦！

林延瞥了一眼，也不着急，往床上一躺，等着被安慰。

过了片刻，手机屏幕亮起。“Z”申请添加好友，备注：聊聊。

林延毫不犹豫地通过了好友申请，并随手发了一条消息。

林延：小哥哥，你让我等得好着急啊！害羞 .jpg。

与此同时，BK 俱乐部选手宿舍。

景元洲的视线落在那个无比娇羞的表情包上，脑海中浮现出的，却是林延的脸。

——这样的开场白，不愧是你。

3

林延等了一会儿，没见对方回应，又发了一条。

林延：小哥哥，聊吗？

对方终于回了消息：聊。

林延盯着这过分简洁的回复，不由得沉默了一瞬。这年头“镇店之宝”都这么惜字如金的吗？想起自己点的是语音聊天套餐，林延也不浪费时间，决定开门见山。

林延：语音通话？

对方没有回话，非常配合地发来了语音申请。

林延满意地按下了接听键，刚摆弄好耳机，一个男人的声音从听筒中传来：“喂？”

这个声音低沉且有磁性，略微慵懒的感觉更是平添了一种说不出来的魅力。

林延虽然算不上一个纯粹的声控，但还是觉得对方不愧是“镇店之宝”，这钱花得值了！

林延向来不吝夸赞，虚拟好友本来就是用来聊天的，反正自己也花了钱，林延干脆毫无顾忌地放开了聊：“小哥哥声音真好听。”

BK 选手宿舍里，景元洲刚刚端起水杯的手微微一抖。

林延听到对面没了声音，忍不住低笑了一声："怎么了，小哥哥是不是被我的性别吓到了？"

虽然"虚拟好友"最近业务火爆，但是下单的基本上是妹子，突然冒出一个男人的声音，被吓到也是情有可原的。

片刻后对方再次开了口："我知道。"

"嗯？"

"我知道你的性别。"

明明是没什么起伏的语调，林延的脑海中不知道为什么浮现出了一个男人嘴角微扬的画面。

知道就好。林延在心里给这名店员的专业素养点了个赞，掩饰性地清了清嗓子，说："是这样的，最近有一些事情不方便跟身边的人说，但是不说出来呢又憋得难受，就……小哥哥可以陪我聊聊吗？"

听到这里，如果景元洲还不知道对方是认错人了那就是他犯蠢了。照理说景元洲应该提醒一下对方，可是他鬼使神差地低低地说了一声："什么事？"

林延酝酿了一下，找了个自认为合适的切入点："就是，我有一个朋友……"

景元洲靠在椅子上，一边听林延说着，一边神态平静地喝着茶。

林延说："我朋友有一天晚上不小心喝多了，一个人在外面的时候遇到了一个男人。"

景元洲握着杯子的手微微一顿。

林延继续说："万万没想到的是，这个人竟然趁着我朋友神志不清的时候，把人骗去了酒店！"

景元洲："……"

林延越说情绪越激愤："这还不是最可恶的，你知道更可恶的是什么吗？"

景元洲说："是什么？"

"更可恶的是，这个人走的时候给我朋友留了一毛钱！"林延用力地拍了拍床铺，"一毛钱！你敢信，这年头居然还有人随身携带一毛钱？！"

景元洲心想：不得不说，这个剧情真是——该死的熟悉。

林延见对方又没声了，试探性地问道："小哥哥你还在吗？"

景元洲回答："在。"

林延说："你说这个人是不是特别的渣？"

景元洲说："嗯，是挺渣的。"

林延说："是不是应该给这种人渣一点教训？"

景元洲被勾起了几分兴趣："那你想怎么教训他？"

林延对这个问题的答案早就设想过无数次了，此时对答如流："当然是把他揪出来，然后让他跪在我，咳，跪在我朋友的面前，痛哭流涕地求我们原谅他！"

他话音刚落，只听到那头的人低笑了一声："挺好的，加油。"

回想之前在推送视频里面看到的内容，林延想，钱都花了，总不能白下这单子，他恶趣味地提醒道："小哥哥，聊了这么久，你对我的称呼是不是应该改一改了？"

景元洲眉梢微挑："改成什么？"

林延说："你觉得叫'小延哥'怎么样？"

突然陷入一片诡异的沉寂。

林延始终没有得到对方的回应。身为甲方，他正准备催一催，只听耳机里隐约有了一丝动静。

片刻后，富有磁性又宛若带着金属质感的声音响起："好的，小延哥。"

林延愣了好半晌才回过神来，正准备说些什么，无意中一瞥，这才留意到手机屏幕上疯狂弹出的消息提示。

客服：您好，在吗？

客服：您好，本店店员已经申请添加好友，请尽快通过。

客服：请问还需要继续虚拟好友服务吗？

客服：如果五分钟内还没回复的话，我们将进行撤单处理，还请谅解。

客服：您好，您的虚拟好友订单已经取消，欢迎下次惠顾。

林延把这几条消息反复看了几遍，然后点开微信的好友申请界面，清晰地看到一条待通过的好友申请。

等一下！如果这个才是他下单的店员，那现在和他在通话的又是谁？

似乎是意识到林延这边忽然没了声音，那头的男人又低低地问了一声："怎么不说话了，小延哥？"

林延定定地盯着对方的海绵宝宝微信头像许久，然后试探性地问道："请问一下，你的名字？"

"不好意思，忘记自我介绍了。我是景元洲。"

躺在床上的林延闭上了眼睛，遇上这种事情，换谁谁都得自闭。

景元洲本以为对话会就此结束，没想到过了一会儿，对方仿佛阶段性失忆，以公事公办的口吻说："啊，景队，你终于肯主动联系我们了吗？很高兴你终于感受到了我们 GH 的诚意。怎么样，准备什么时候签约？如果方便的话，一个小时之后，我就让助理把转会合同给你送过去，具体费用随便开，保证让你满意！"

景元洲看了一眼时间，临近九点了，也非常配合地没有提之前的话题："今天就算了，已经太晚了。"

林延说："不晚，这个时间点才更适合我们谈合作。"

景元洲第一次在赛场外见有人可以把不正经的话说得这么炉火纯青。他眼底不由得闪过一抹笑意："明天下午，我在 BK 俱乐部等你。"

林延当然没有拒绝的道理："没问题，不见不散。"

景元洲说："那就这样定了，等你，小延哥。"

没等他话音落下，语音通话已经被面无表情的林延切断了。

林延仰身重重地躺倒在床上，视线落在头顶明晃晃的天花板上许久，忍无可忍地暗骂一声。

第二天下午三点，一辆玛莎拉蒂如约停靠在了 BK 俱乐部门口。

等在门口的前台妹子看清楚从车上下来的人时，脸上顿时染上了红晕。

骆默对此见怪不怪，等林延下车后，一脸淡然地替他关上车门。

林延这张脸在圈子里是出了名的招蜂引蝶。虽然电竞圈向来不缺帅哥，但是他的气质不是那些年纪轻轻的小屁孩可以比拟的，上流社会当中公认的"行走的荷尔蒙"可不是浪得虚名。

林延脚步一迈，笑眯眯地凑了过去："小姐姐是专程在这里等我的吗？"

这样的一张脸落入眼中，前台妹子顿时结巴了一下："是，是的！请跟我来！"说完逃命似的转身就走。

林延本来还想打听几句景元洲的事，疑惑地看向了骆默："现在的接待都这么浮躁的吗？”

骆默心想：浮不浮躁不知道，就冲您刚才那距离，是个人都得跑！

BK 俱乐部是炙热联盟里当之无愧的豪门，进门之后的整片建筑群都属于基地区域。

林延边走边看：“阿默，记一下这边的规模，回头好好盯一下我们基地的装修，别叫人家比下去了。”

骆默回答：“是。”

接待室在 B 幢一楼的走廊尽头，前台妹子指了路后，就慌忙地跑去办公区找战队经理。

林延边往接待室走边抬头看墙上的宣传照。

BK 俱乐部在联盟刚成立时就存在了，至今出过的顶尖选手数不胜数。此时墙上贴着的是现役选手的照片，因为近两年正值换代，所以有不少年轻的新面孔。

又往前走了两步，快到尽头的时候，林延停住了脚步。墙上照片中的男人眼眸深邃，明知是在进行宣传照拍摄，依旧是淡淡的不甚上心的神态。仅仅是这样冷淡的一张脸，就足以让万千粉丝失声尖叫。

Titans 景元洲，不管是个人实力还是商业价值都是顶尖的选手。

林延在原地站了一会儿，处在创业初期的他看着这样金光闪闪的人形招牌，只觉心痒难耐。最终他还是忍不住伸手在这张帅得天怒人怨的脸上轻轻挠了挠。

林延没有留意到从楼梯转角下楼的两人，其中一人脚下一个踉跄，险些从楼梯上滚下来。

库天路原本在八卦景元洲夜不归宿的事，好不容易站稳，忍不住用余光打量了一眼身边男人的脸色，身子微微一抖。他不由得心想：这是哪里冒出来的家伙，居然还跟到 BK 基地来了？！

库天路精神恍惚：“队长，这人不是……”感受到周围空气一凉，他顿时求生欲特强地噤了声，心里却不禁咒骂：这是……找上门来了？！

景元洲穿着一件宽大的便服，使得他整个人难得地透着几分慵懒。

此时他微微侧身靠在栏杆上，也不着急下楼，就这样看着不远处的那个背影，神色颇耐人寻味。

库天路站在旁边大气都不敢出，只等着景元洲一声令下过去赶人，结果却见自家队长平时毫无表情的脸上不易觉察地浮现了一丝笑意。库天路整个人傻在了原地：这是笑了？说好的联盟里最不近人情的男人呢？这什么情况？！

库天路隐约感到自己的脑子有些不够用，就在这时，只见俱乐部王经理从走廊尽头匆匆赶来，将宣传照前的林延领进了接待室。

景元洲也终于缓缓地迈开了步子，一脸淡然地走到了接待室门外，靠着墙壁摸出了一支烟，旁若无人地抽了起来。

库天路万万没想到，他也有跟着自家队长听墙脚的一天，还听得这么……嗯，光明正大。

因为开着窗，所以可以听到接待室内隐约传来的对话。

王经理显然没想到景元洲居然会把人约到基地来，他一想到这位大神很可能真的动了转会的心思就感到闹心。

王经理有意打压对方，毫无意义地客套了几句后，摆出了一副业内前辈提点后生的姿态："林总，说起来你们GH俱乐部取的是'go home'的意思？回家？这名字听起来可不太吉利啊。"

"啊，是这意思没错，不过没什么不吉利的。因为'GH'完整的意思是……"林延闻言抬了抬眼，嘴角勾起了一抹玩味的弧度，"送所有的对手——go home。"

4

库天路在门口听得有些蒙。GH是哪里冒出来的战队？他确实没有听说过，但是这个时候突然造访基地，目的显然只有一个。

他下意识地朝景元洲看去，思绪有些乱，浑浑噩噩中只有一个念头——真不愧是景队的粉丝，追星居然追到创建俱乐部，这境界！这排面！

库天路好不容易才从震惊中回过神来，然而没等他说什么，景元洲已经将手里的烟蒂一掐，推门走了进去。他本能地迅速跟上。

听到动静，接待室里的两人齐齐抬头。在看到景元洲之后，林延的眼睛肉眼可见地亮了一下——终于见到活人了！

王经理显然不愿意看到景元洲出现在这里，但也只能干巴巴地扯了扯嘴角："Titans，你怎么过来了？"

"反正没什么事，来看看……"景元洲说着，已经不动声色地将林延打量了一番，简单地打了声招呼，“林总。”

林延此时完全没有那夜在酒吧街时的醉态，狭长的凤眼噙着浅浅的笑意，一身简单的私服和身着正装的王经理形成了鲜明的对比。

这样年轻的脸，显然很难让人将他和一家俱乐部的幕后老板联系在一起，就像之前王经理说的，这个 GH 战队看起来，更像是这位林氏集团的少爷闹着玩的产物。

林延转眼间已经站了起来，礼貌地伸出了手：“景神，初次见面。”

旁边的库天路直勾勾地盯着两人握在一起的手，在心里吐槽：你们还真不是第一次见面！

然而没等他吐槽完毕，景元洲已经淡然地收回手来，意味深长地看了林延一眼：“比起‘景神’，我还是比较喜欢听你叫我‘小哥哥’。”

林延直勾勾地对上景元洲的视线：“好巧，比起‘林总’，我也更喜欢听你叫我‘小延哥’。”

两人就这样旁若无人地对视了几秒，随后相视一笑，慢条斯理地在沙发上坐了下来。

库天路已经连头都不敢抬了。他们家队长叫人“小延哥”？别问，问就是他的世界观正在以无法挽救的速度崩塌。

整个接待室里的氛围因为简单的两句对话，忽然间变得异常微妙。

好半晌后，王经理才清了清嗓子，努力让自己无视刚才那震撼人心的对话：“既然人都到齐了，那就……谈谈正事吧。”

还能有什么正事？当然是景元洲转会的事了。

在这之前，骆默已经代表 GH 联系过 BK 四次，被拒绝了三次。然而现在景元洲直接出面把人邀请到了基地，该谈的到底是躲不过去了。

“关于 Titans 的事，之前我们已经沟通过了，林总应该也知道，转会这种事情还真不是说定就能随便定下的。”王经理一边说着，一边疯狂看旁边的库天路。

奈何库天路本身脸皮够厚，心里也记挂着景元洲的事情，王经理的眼睛都快抽风了，他依旧假装没有收到信号般赖在原地死活不走。

王经理没有办法，只能继续往下说去：“毕竟景神一直是我们 BK 的招牌，一提到 BK 这个名字，粉丝们第一时间就会联想到 Titans。虽说对职业选手而言转会并不是什么稀奇的事情，但是你们GH毕竟是三……咳，毕竟还没有参加职业联赛的资格，贸然将Titans签过去，粉丝真闹起来的话，带来的可未必会是正面价值了。”

这话说得含蓄，言下之意总结成一句话就是：你们GH的小庙可供不起Titans这样的大神，小心玩崩了，反而被彻底压塌。

景元洲也知道俱乐部的高层其实并不想放自己离开，对王经理这样的说辞并不感到奇怪，他饶有兴趣地看着林延，很好奇这人会说些什么。

林延端着水杯，指尖轻轻地摩擦了两下，将杯子搁到桌上时，发出了一声清脆的声响。他散漫地将十指交叠在胸前，缓缓靠在了沙发上，神色淡淡道：“关于转会后的事情就不劳王经理操心了。毕竟我们GH也没发工资，不好意思叫你拿着BK的薪水，还要费心来帮我们做未来企业规划，那多不好意思啊。”

王经理费尽心思希望对方打消挖墙脚的念头，结果费了这么多唇舌，对方就差直接把“关你屁事”甩他脸上了。他身子微微一晃，差点从沙发上栽下来，脸色顿时难看了起来：“那林总的意思是？”

林延不疾不徐地朝景元洲看去，不答反问：“还是先问问小哥哥的意思吧？”

景元洲听到这个称呼的时候，眼睫微微颤了一下，不疾不徐地开了口：“别的不急，转会费的事情可以先谈谈。”

别的不急？开口就是转会费，不会是真想签给他们吧？！王经理听完整个人都快从沙发上跳起来了，深吸了一口气后才强定了一下心神：“那行吧，先说转会费的事。”

林延倒是没有半点意见：“这个好说，我的助理应该提前和你们打过招呼了，如果对之前开出的价格不满意，贵俱乐部这边可以直接报价。”

王经理很清楚管理层是真的不想让景元洲转会，咬了咬牙，直接提了一个数字：“这里说一下，目前其他俱乐部给出的最高价格是两千五百万，但是考虑到Titans本身的价值，我们高层还在考虑中。”

景元洲闻言，似笑非笑地看了自家经理一眼。他很清楚前段时间其他俱乐部的报价，除了GH最后一次给出的一千八百万，最高的是UYY的一千五百万，那还是UYY管理层狠心勒紧裤腰带给硬挤出来的。现在一开口就想要两千五百万，也是够敢说的。

如果早在几年之前，凭着“Titans”这个ID，景元洲当然值这个数。可是现在，景元洲已经二十三岁了。所有人都知道，这个年纪在电竞圈里到底意味着什么。像这样一个已经注定没有太久职业生涯的选手，当然没有人会愿意花费太多的冤枉钱。

果不其然，林延听完沉思了片刻：“这个价啊……”

王经理得到预料中的回复，好不容易才控制住自己上扬的嘴角，强行做出了一副遗憾的表情：“那只能说抱歉了，根据我们BK管理层的想法，我们一致认为……”

林延打断他的话：“我的意思是，这价的确太低了。”

景元洲的眉心微微拧起。

王经理以为自己听错了：“你说什么？”

林延倒是不介意重复一遍：“两千五百万的价格，对我看上的选手来说实在是太低了。”他仿佛没有感受到景元洲投来的视线，不疾不徐地报了个数，“其实我们准备的报价是三千五百万，太低我确实拿不出手。”

王经理身子一歪，差点从沙发上摔下来。他手下也算进出过好几个王牌选手了，还真是第一次见到加价这么干脆的，不可避免地结巴了一下：“三、三千五百万？”

目前联盟的转会费最高纪录是Luni的两千八百万，硬生生地差了一大截。

林延从骆默手中接过一早就准备好的文件袋，送到了王经理跟前：“这是我们提前拟好的合同，上面已经清楚地填好了报价。王经理可以亲自过目，转会期开始前如果觉得具体条例上有任何问题，随时可以和我助理联系。”

王经理下意识地伸手接过文件袋，明明还没最后确定，这样的对话却莫名让他产生了已经完成交易的错觉。

林延看了眼时间，从沙发上站了起来：“那今天就这样吧，我先回去了。”他很清楚自己这样的举动看起来令人匪夷所思，却没有心思在线解答。

比起这一千多万的额外投入，“最高转会金”这五个字带来的额外效益，对他这个新成立的俱乐部来说，才是巨大的。推广和口碑，全赌在这一层。想到这里，林延眼底的笑意浓了几分。而且，就算BK的管理层如意算盘打得噼啪响又怎么样，他出的钱再多，那也得花给想花的人才行。

不管总价有多高，那份卡得死死的分成协议都注定了钱到不了BK俱乐部的账上。希望看过合同条款后，BK俱乐部的高层还笑得出来。

景元洲见林延要走，紧接着站起来："我送你。"

库天路在旁边当了这么久的透明人，早就被刚才那惊天地泣鬼神的报价给炸蒙了。

这时候他本能地想要跟上，还没来得及站起来，被景元洲的一个眼神给堵了回去："今天还有训练赛，该去做准备了。"

库天路定在了原地："哎？"

往外走的一路，谁都没有说话。

骆默非常识趣地跟在了两人十步开外的位置，保持了一定距离。

林延和景元洲这样一前一后地走着，两道身影在空旷的走廊上被拉得老长。

直到临近大门的时候，景元洲才开口："为什么是我？"

三千五百万可不是个小数目，可以想象，一旦传出去，会引起怎样的轩然大波。他的实力毋庸置疑，但是联盟中的神级选手远不止他一个，比起他这个临近退役的"老龄选手"，那些意气风发的年轻一代显然会是更好的选择。

林延停下了脚步，神态有些疑惑地回头："这还用问吗？"

因为背对着光，林延周身仿佛被镀上了一层柔软的光，落入阴影的脸上可以看到那半真半假的神态："当然是因为……你贵啊！"

即使是景神，也万万没想到会得到这么一个答案。

然而林延显然对自己的商业战略感到非常满意："俗话说得好，一分钱一分货。贪便宜肯定没什么好下场。景神的身价毕竟摆在那里，作为全联盟最贵的男人，简直全身上下的每一个细胞都在勾着观众的欲望。"

景元洲沉默：什么欲望？花钱的欲望吗？

林延意犹未尽，不忘在心里为自己的机智点个赞：啧，我简直是逻辑鬼才！他回头看了景元洲一眼，渐渐地敛起了笑容："景神，我知道你其实没有转会的心思，但是我们 GH 俱乐部的邀请还是希望你能认真考虑一下。"

景元洲眉梢微挑："你怎么知道我不想转会？"

"所有人都知道你对 BK 来说意味着什么，但是很少有人想过 BK 对你来说意味着什么。"林延一派淡然，"但是听我一句话，做人，有的时候真不应该委屈自己。你们战队的那个新人确实很强，再过两年或许可以顶替你的位置，但是有一说一，现在的他，还真不够资格。BK 管理层不做人，想要委屈你给新人保驾护航当替补，可你真的舍得在职业的最后一年牺牲自己，去当整个战队荣耀背后的男人？”

景元洲不得不承认，林延所知道的内幕，比他想象中要多得多。对于刚才提到的内容，他不置可否，饶有兴致地问：“那GH呢？林总，作为GH的幕后老板，除了签约金外你还能许我什么？”

林延眼睛都没多眨一下，模样要多认真就多认真：“我可以在这里保证，GH和BK绝对不一样。只要你愿意，我就可以当站在你身后的人，支持你完成赛场上的一切理想。听起来是不是特别叫人感动？”

景元洲沉默了一瞬：“倒也不必这么说。”

“不用着急回答，相信我，你会需要的。”林延丝毫不介意这样直白的拒绝，甚至表示非常理解，“当然，我也知道你在顾虑什么。GH说到底也只是一个刚刚成立的俱乐部，要成员没成员，要名额没名额，想打次级联赛都没有参赛资格，不管从哪个角度看都配不上Titans的身份。”

景元洲平静地听着林延把自己的战队贬了个一文不值，果然他话锋一转。

“但在这里我可以向你保证，GH一定会在最短的时间内获得联盟颁发的战队认证资格，站上职业联赛的赛场。估计也就这两天的时间吧，你很快就会知道我说的是什么了。”

林延痞气一笑，哥俩好地把胳膊搭在景元洲的肩膀上：“总之景神，我们GH的大门随时为你敞开，让那些新人见鬼去吧！一支全新的战队任凭你打造，这样的条件难道还不够刺激吗？你明明是只猛虎，何必缩在BK装老好人呢？转会期，我等你！”

景元洲微微垂了垂眼：“如果真如你说的那样，我会好好考虑的。”

5

近两天的训练赛，景元洲都没有上场。他坐在训练室旁的沙发上，视线停留在投屏的对战画面上，脑海中浮现的却是那晚林延说的那些话。

近几年来，BK战队在联赛当中表现优异，随着几个新成员的加入，全新的对战模式运作看起来也似乎非常顺利。就连媒体都说，如果不是总决赛最后一场的团战失误，BK战队大概又可以捧回一座冠军奖杯。很多人遗憾，惋惜，但是很少有人知道，这个看起来偶然的失误，是BK内部的一个巨大隐患。

随着年轻选手们的极速成长，目前BK的教练组已经渐渐跟不上他们的脚步了。

实际上，那局比赛的BP环节就已经出现了巨大的失误。没能提前限制住对方战术体系的核心英雄在先，选人途中被对方先下手拿下了关键英雄在后。还没开局，就已经注定了这将是一场非常严峻的比赛。

所有人都只看到台前发光发热的选手们，却忽略了教练组的重要性，台前的光和幕后的影子之间的平衡被彻底打破，无异于将一支队伍推向陡峭的崖边。

也正因此，原先还犹豫不决的BK管理层终于在赛后做出了决定——正式提升二队选手蓝闽成为战队首发，与景元洲共同担任边路位置。

蓝闽是景元洲亲手从青训营提拔上来的，两人名义上算是师徒关系。刚刚年满十八岁的少年正处在职业生涯的巅峰期，恰是一举成名的最佳年纪。

景元洲作为联盟中名声在外的现象级边路选手，个人实力自然毋庸置疑，但是二十三岁的年纪，已经注定他无法在这赛场上拼搏太久。

一个是时近退役的战神，一个是未来可期的新星。

再三衡量之后，BK管理层还是决定将筹码放在蓝闽身上，为俱乐部拼上一个闪亮的未来。

至于景元洲，当时王经理的原话是这样的："Titans，你已经获得了足以让所有职业选手羡慕的至高荣耀，也应该为自己以后的事情考虑一下了。毕竟职业比赛对身体的消耗是巨大的，适当减少出场次数有利于保住最佳状态。现在网上的键盘侠那么多，比赛里偶尔一个失误都很容易被添油加醋各种放大，如果因此在你的职业生涯里留下污点，那未免太不值当了。现在蓝闽被提为首发，正好为你分担一下。这样一来，等到时候正式告别赛场，也可以给粉丝们留下一个完美的Titans，对谁都好。"

话说得确实非常委婉，隐晦的意思却表达得无比清晰。

很显然，俱乐部高层一方面铁了心要提蓝闽上来，另一方面又不想景元洲挂牌转会。最好的结果是他留下来给蓝闽的成名之路保驾护航，在关键的时刻继续当BK的坚强后盾，借此来度过剩下的职业生涯。

往更直白点说，就是打蓝闽的替补。BK的管理层已经为他的退役，提前开启了倒计时。

景元洲当然知道自己一旦挂牌转会将会引起多大的风波，但是有一点，BK

管理层还真想错了他。这么多年累积下来的荣耀和名声，对他而言一文不值，他真正眷恋的，只是那叫人血脉偾张的竞技战场。

在沙发上靠的这一会儿，景元洲嘴里干得难受。眼见第一场训练赛已经结束，他随手从裤袋里摸了支烟，推门走了出去。

他散漫地靠在走廊的墙壁上，阵阵烟气漫开，深黑色的眼眸似乎比以往任何时候都要来得深邃。

训练室的门忽然被打开，紧接着冒出了一个浅金色的脑袋。在看到景元洲后，来人迟疑片刻，随即扭捏无比地走了过来。

蓝闽的眼眶看起来有些发红，他看着景元洲，一副想开口又不知道应该从哪里说起的样子。

景元洲垂眸扫了他一眼，在心里叹了口气，说："知道了？"

这样的话语从耳边掠过，蓝闽瞬间有些绷不住了："师父，你告诉我，他们说的都不是真的！"

虽然景元洲曾经无数次地提醒蓝闽不要叫自己"师父"，但是对于少年来说，知遇之恩极重，他总喜欢跟在景元洲的身后当尾巴，称呼怎么都改不过来。

Titans 的存在对蓝闽来说就是信仰，是他职业道路上唯一的光。

他得知自己被提升为正式选手后，一度兴奋得连续几天都睡不着觉。

虽然即使进了一队，很大概率也不过是继续给景元洲当替补，但是对蓝闽来说，这本身就是一件无上荣耀的事情。可是就在刚刚，有人告诉他，在接下来的比赛中，他居然会正式担任 BK 战队的首发边路。

如果他成了首发，那 Titans 呢？当他的替补？他完全无法接受。他很清楚自己的实力，他不配，也没有这个资格。

景元洲垂眸看着眼前这个随时会哭出来的少年，不由得感到有些头疼。沉默了片刻后，他悄无声息地掐灭了烟头。

蓝闽见景元洲没有否认，眼眶一下子湿润了："一定是哪里搞错了！师父怎么可以当我的替补？我去跟王经理说说，告诉他我没有这个实力，让他把我调回二队！我很清楚自己几斤几两，绝不能因为我……"

过分着急的蓝闽有些口不择言，转身要走，结果被人一把扯住了衣领。

景元洲拎小鸡似的将少年直接提回自己眼前，无奈地看着他："你这性子什么时候才能改改？这么按捺不住，怎么打边路？”

蓝闽双唇紧抿，生硬地控制住了啜泣：“可是，可是我真的接受不了！”他伸手狠狠地抹了一把脸，定定地看向景元洲，“师父你那么强，打替补那简直就是……简直就是，一朵鲜花插在了牛粪上！”

景元洲的嘴角抽动了一下。他没有去纠正这错用的歇后语，微微抬了抬手示意蓝闽站定，重新靠在了墙壁上：“俱乐部怎么安排你就怎么做，其他的事不是你需要管的，也不是你管得了的。把你这糟糕的情绪收一收，怎么说也是我从青训队里挑出来的人，给别人看到，丢人。”

为了控制情绪，蓝闽整张脸拧巴成了一团：“可是……”

“没有什么可是！”景元洲是真不喜欢哄孩子，眉心微微蹙起，“而且，我什么时候说过要给你当替补了？”

蓝闽豁然，抬头时眼神闪烁了一下。他隐约捕捉到了这话里的深意，一时间却又问不出口。关于景元洲转会的可能性，他不是没有想过，可真听到本人亲口说，又是一种完全不同的感觉。

不可否认，转会去其他俱乐部继续横扫联盟，怎么看都比留下来给他这个黄毛小子当替补要好。可是蓝闽一想到是自己“挤走”的景元洲，心态瞬间就又崩得一塌糊涂：“要不我还是回二队吧？其实，我真的一点都不想当首发！”

不得不说，少年的这句谎话真的是过分拙劣，景元洲听到这么一句，忍不住低笑了一声。都说不想上战场的士兵不是好士兵，同样的，哪里有职业选手不想当首发的？

虽然说BK管理层这样的做派确实有些不近人情，但有一点说得确实没错。如果他继续占着这个首发的位置，真的要让蓝闽等到他退役吗？职业选手的青春，可经不起这一两年的挥霍。

蓝闽是他亲眼看着从青训队一路走上来的，管理层冒这么大的风险将蓝闽提到一队，就足以说明这个少年的潜力是无限的。

“你不是也说了，我这么强，去哪里都一样虐菜。”景元洲伸手在蓝闽头上摸了一把，语调带着几分调侃，“你就不一样了，好不容易才有了这么好的机会，真的是过了这村就没有这店。以后如果后悔了，哭都哭不回来。”

蓝闽嘴硬：“我才不会后悔，后悔了也不会哭！”

景元洲笑而不语。

经过这么一番对话，蓝闽的心结也算是解了不少。尽管不太情愿，他还是迟疑地问道："所以师父，你这是……已经想好要去哪里了吗？"

景元洲脑海中隐约浮现出了一个身影，淡淡一笑："大概吧。"

没等蓝闽再说什么，景元洲缓缓地站直了身子："行了，训练赛还没结束，别在外面杵着了，回去吧。"

蓝闽瞬间站成了军姿："是，师父！"

两人回到训练室的时候，其他人正围在桌前看着什么。

刚才蓝闽红着眼眶跑出去，大家都知道是因为什么事情，这时见他情绪平静了不少也松了口气，心照不宣地没有提起。

库天路朝他们招了招手："队长、Mini，你们快过来看，我们电子竞技居然要搞综艺节目！你们说联盟官方的那些人是不是疯了，真是什么都敢玩，这是准备带电竞进军演艺圈吗？"

蓝闽三两步跳了过去，等看清楚页面上的内容，也愣在了那里："电竞选秀？这是什么？"

库天路说："谁知道呢？"

辅助笑道："没看下面的评论吗？说是联盟想组电竞男团，到时候往赛场上一站，不用打比赛了，直接靠脸一统联盟粉丝。"

射手一脸不以为然的表情："电子竞技向来靠实力说话，选一队花里胡哨的花瓶出来，搞笑吗？"

蓝闽反驳道："没人规定长得好的就没实力啊？你们看我师父，集帅气与才华于一身，站在电子竞技顶峰的男人！"

大家都习惯了蓝闽这个 Titans 吹，沉默了片刻之后，纷纷无比配合地起哄鼓掌："这些发言，精辟！"

库天路在旁边笑着看几个小屁孩打闹，留意到景元洲一直没有说话，半开玩笑地问道："怎么了，你对这种综艺节目有兴趣？不能吧？"

景元洲说："是挺有意思的。"

跟了景元洲这么久，听到这么一句话之后，库天路瞬间哽住了——这可不像他认识的 Titans！

第二章
电竞选秀

1

炙热联盟官方微博发布《炙热集结号》的综艺即将开启录制的消息后，瞬间就被粉丝们送上了热搜第一。

短短的几分钟时间，官博评论区彻底沦陷。

“有没有搞错啊，世界冠军拿不了几个，整些有的没的当属第一？”

“综艺获胜队伍直接奖励职业联赛资格？那还辛苦打次级联赛干吗？”

“讲个笑话：一群小白脸打电竞。”

“看这官方的意思，参赛的都是一些乱七八糟的队伍，菜鸟互啄？”

“啄来啄去，比谁更菜呗！”

“万恶的资本主义，果然电竞圈也不能免除被腐蚀的命运。”

“话放这儿了，半吊子综艺必糊。”

“顶楼上，无话可说！”

林延挑了个舒适的姿势躺在懒人沙发上，整个人都深深地陷在了沙发里面，饶有兴致地翻着炙热官方微博下精彩纷呈的评论。别的不说，光看这热度，此综艺必火。

隐约间听到开门声，林延抬头看去，一眼瞥见了匆匆进门的骆默：“怎么样，节目组那边怎么说？”

骆默刚去了一趟炙热联盟总部，整个人笼罩着热气。他甚至来不及喝上一口水，当即把手中的资料递给了林延：“我问了，只要我们赞助的资金到位，名额方面没有太大的问题。就是他们说战队选手的名单得尽快了，在节目开始造势前必须搞定。”

综艺节目和职业联赛不同，说到底还是资本市场，只要砸的钱足够多，顺利获得一个参与的名额并不奇怪。

林延听到后面一句话时微微挑了挑眉：“怎么，怕我们凑不齐一个队还是怎么的？”

骆默清了清嗓子，没有接话。

此时他们所在的地方是刚刚筹建完毕的GH俱乐部基地，按照林延的要求，从装饰到摆设，无一不透着豪门气派，只可惜，空空荡荡的，没什么人气。

两人大眼瞪小眼，往这里一站，林延一说话，更像个光靠嘴皮子的光杆司令了。

林延从这样突然的沉默中读出了骆默复杂的心情，跟着清了清嗓子：“放心吧，这不还没到转会期吗？到时候转会窗口一开，还不是大把的选手随我们挑？”

骆默有些没耳听，迅速地转移了话题：“别的人倒是不着急，景神那边恐怕得催着些了。如果实在挖不过来，也赶紧考虑一下其他人选。节目组的人说了，到时候每个战队都需要有一个教练和一个队长，这两个名额必须尽早确定下来，提交上去。”

林延随口应道：“没事，教练填我的名字，队长直接报景元洲，至于其他手续，等转会结束后再补上。”

骆默说：“可是景神那边……”好像还没答应吧？

林延扫了骆默一眼：“你觉得我签不到他？”

骆默连连摇头：“不，我没这么说。”

“那还不快去？”林延笑着给了自家助理一脚，把人赶出去后，拿起手机点开微信。

视线在那个黄色海绵宝宝的头像上停留了片刻，他斟酌了一下，发了一条消息：景神，有时间吗？请你参观一下未来的俱乐部基地？

也不知道景元洲是不是刚好拿着手机，几乎没有间隙地就回了消息：可以，地址给我。

哦嚯，答应得这么爽快！林延露出了满意的笑容，细长的手指一阵敲击，非常熟练地完成输入，发送。

过了片刻，景元洲发来消息：你买下了BOD基地？

林延反正闲来无事，干脆和对方聊上了：对啊，重新选址太麻烦了，反正有现成的，买下来重新装修多方便。

随着电子竞技领域日趋完善，每年优胜劣汰的产物越来越多。所有人都知道次级联赛的队伍想要进入职业顶级联赛有多艰难，实际上，即使已经正式进入电竞联盟，依旧有队伍不可避免地被淘汰出局。

就比如今年正式宣布解散的BOD俱乐部。

林延以为这位大神是在关心自己未来的生活环境，又补了一句："是对BOD以前那老土的风格不满意吗？放心，我们已经全部重新装修过了，绝对比BK都气派。"说完，他往后仰了仰身子，姿势夸张地拍了一张照片发给了对方。

BK休息室里，景元洲点开了发送过来的照片，心思却完全没有放在那科技感强烈的装修风格上。

视线在照片中那张脸上停留了片刻，景元洲没有回复，直接发了一条语音邀请。

林延没有想到景元洲居然会这么主动，拿着手机的手不争气地抖了一下。

景元洲等了一会儿没等到语音接通，微微蹙了蹙眉，正准备挂断，对方终于按下了接听。

林延的声音从手机听筒里传来，听起来慵懒又散漫："怎么了景神，是我们给出的转会合同有什么问题吗？"

景元洲笑道："这么好的条件，怎么可能有问题？"

那日留下的转会合同他已经看过了，不管是哪一条，放在联盟中都是可以允诺的至高待遇。王经理代表BK俱乐部想要留下他，原本是抱着鸡蛋里面挑骨头的想法去看的合同，不料最后是捂着胸口出来的。原因无他，就在于其中那条不得进行任何修改的特殊条款。

炙热联盟运转至今，转会费从原本的几十万一路飙升到了现在的上千万，虽然不排除水涨船高的因素，但也足以见得电子竞技蒸蒸日上的发展前景。

随之而来的是具体规则的数次调整。根据目前联盟官方的规定，在转会期完成挂牌交易后，除去手续费后，剩余的转会费一部分会归原俱乐部所有，另一部分则算是职业选手的基础签约费用。至于具体比例，绝大部分默认 7 ： 3。当然，有些俱乐部在对待曾为自己效力的老选手时格外良心，偶尔也会出现6 ：4的情况。

这些条款到时候都会在三方的转会协议上面标注清楚，不过具体怎么分成，通常是老东家和选手之间商量决定的事，并不需要新老板过分操心。

可是，这次 GH 提供给 BK 的合同上，把分成的模式清楚地填写完毕。

不是 7 ： 3，也不是 6 ： 4，而是前所未有的 3 ： 7——景元洲的基础签约费用，足足占了转会费的 70%。这是什么概念？就等于这 3500 万的天价，BK 俱乐部收入囊中的，还抵不过最初别家开出的 1800 万的收益。

林延当时没有让王经理当面验收转会合同是对的，景元洲非常怀疑，如果现场提出，王经理可能真的会选择和他拼命。

但是现在 GH 的人都已经回去了，面对这个叫人肝肠寸断的合同，王经理唯一商量的对象就只剩下景元洲了。

如果说面对林延的时候，王经理还可以大义凛然地打着为自家选手争取最优待遇的旗号，那么此时在景元洲面前，他却怎么也开不了口了。

战队突然提拔新选手的做法无疑会触怒 Titans 庞大的粉丝群，这时候如果再爆出强制修改分成条款的事，苛待战队功臣的锅 BK 就注定得背上了，一旦口碑下滑，一系列的效应更加无法估算。

BK 冒不起这个风险。

所以此时此刻，除非景元洲明确表示不去 GH，不然 BK 俱乐部管理层有再大的怨气也只能往心里咽，吃下这个哑巴亏。

GH 这样的做法，不管怎么看，都有点收买人心的意味。

景元洲之前还不太理解林延为什么非要签自己，在看到联盟推出的电竞选秀综艺之后，瞬间明白了过来。

GH 想要从这次的综艺节目里捞职业联赛的参赛资格，队长的最佳人选，确实只能是他。

像景元洲这样多年沉淀下来的现象级选手，带来的舆论效应，远不是那些初出茅庐的年轻选手可以比的。到时候综艺节目一开始，光是 Titans 这个名字，就足以让这个备受争议的节目更受瞩目。

后续再拿着“全联盟最高转会金”的噱头继续造势，已经可以预见名单公布后将会引起怎样的腥风血雨了。

想到这里，景元洲低低地笑了一声。反向讨价这种操作看起来迷幻，实际上却一举将所有的路给铺平了，这桩生意做得可以说是精明至极。

林延在景元洲这样的态度下，也猜出对方已经收到了这份“大礼”。

这时候他懒懒散散地笑了笑，心照不宣地转移了话题：“与合同无关的话，景队这是想做什么？”

景元洲倒是多少习惯了林延的样子，开门见山：“既然买了 BOD 基地，林总就没有想过一并接下他们的选手？”

按照前几次接触后他对林延的了解，为了更大程度地争取他的加入，如有其他成员人选，林延一定会毫不掩饰地给他透底，可到现在都没有提半句，显然是没有对 BOD 的那些人下手。

虽然 BOD 的明星选手早在两年前都转会了，但是剩下的那些好歹都是职业级别的选手，对于 GH 这种刚刚起步的俱乐部而言，这种打包卖队的机会可以说是千载难逢。

偏偏林延不为所动。这也是让人不太理解的地方。

结果林延简单粗暴的一句话，直接解答了景元洲所有的疑问：“当然是因为太菜了啊！”

景元洲稍微品了品，差点笑出声来。也不知道一个选手都没有的俱乐部，哪来的底气嫌职业选手菜。但是有一点他不得不承认，BOD 剩下的那些人，确实……挺菜的。

林延的逻辑依旧满分：“他们但凡能打一点，也不至于把自家俱乐部都熬倒闭了。还把他们买过来干吗？总不能让他们再把我家也给熬没了吧？要真这样，我上哪儿哭去？”

景元洲的嘴角控制不住地勾起了几分：“嗯，你说得对。”

不知为何，这样低低的一声从听筒里传出来，弄得气氛莫名怪异，刚刚还滔滔不绝的林延一下子没了声。

景元洲缓步走到窗前，视线投向远处的天际：“那我呢？你就不怕 BK 把我换下来，也是因为我状态下滑？”

林延低笑了一声：“别开玩笑了，Titans 要是状态下滑，我能把俱乐部里的键盘全部吃了。”

景元洲问：“你就这么肯定？”

林延换了一个更加舒适的姿势，埋在沙发里，语调里透着一股子恣意的自信：“这样跟你说吧，BK的管理层没能在俱乐部的巅峰时刻找准你的位置，本身就是他们自己的问题，这和选手的状态没有半点关系。很多事情是需要教练去做的，而不是把所有的责任都推给选手，BK做得最烂的地方就是不愿意承担责任。当然，有些责任对于没能力的人来说还真承担不起，直白点说，就是他们不行。”

景元洲眉梢微挑：“哦？那你行吗？”

林延悠悠一笑：“我行不行，你签了GH不就知道了？”

话音落下，周围忽然安静了一瞬。

景元洲那边似乎来了什么人，隐约传来断断续续的对话声，片刻后他的声音才再次响起：“我这里还有点事情，下午联系。”

林延顺着杆子往上爬得特别利落：“好嘞，我等你！”

语音通话戛然中断。

BK休息室，库天路还保持着探入脑袋的姿势，神态迟疑：“其实也不是什么重要的事，要不……队长你再聊会儿？”

景元洲将手机收回口袋里：“不用了，走吧。”

库天路十分好奇电话那头的人到底是谁，队长可从来没有这么耐心地和他们说过话。

2

当景元洲抵达GH俱乐部基地的时候，林延已经早早等在门口了。

他依旧是一身清清爽爽的便装，懒洋洋地靠在门口的大树上，手里拎着半瓶矿泉水。看到景元洲走过来，他远远地招了招手，一副热情又积极的样子：“景神来了？走，带你参观参观。”

原来的BOD俱乐部在联盟中虽然算不上什么豪门，但也算是背景雄厚的存在，当初构建战队的时候面面俱到，基地该有的区域一应俱全，再加上在林延的监督下重新进行了一番装修，一进门就可以感受到扑面而来的科技感，宛若踏入一个独立存在的电竞国度。

也不怪林延对自己的杰作感到满意，这样的基地，确实充满了魅力。

陆续参观完训练大厅、会议室，经过走廊离开A区，从林荫大道往后走去，便是给选手们预留的宿舍楼了。

沿着楼梯往上走，景元洲在经过其中一个房间时，忽然停下脚步往里面看了一眼："这几天你都住在这里？"

和其他空荡荡的房间不同，这个房间里摆了几件简单的家具，桌面上有一台处在待机状态的笔记本电脑以及旁边还有一杯未喝完的半杯咖啡。

"嗯，这间房间视野不错，我就先住下来了。"说到这里，林延意味深长地弯起了眼睛，"当然，景神只要愿意来，想住哪里就住哪里。这里所有的房间任你选择，如果你看上了这间也没问题，我马上卷铺盖走人，把地方给你腾出来。"

林延留意到景元洲落在他凌乱的床铺上的视线，清了清嗓子："睡是已经睡过了，如果实在有洁癖的话，我也可以让阿默换一张床过来。"

景元洲回答："不用。"

林延说："不用换床那当然就更好了！其实也确实没有换的必要，才睡过几天而已，我又不脏，你说对吧？"

景元洲垂眸看了林延一眼，无声地笑了一下："这，我大概还真不清楚。"

林延："……"

"不过我刚才的意思是不用给我腾地方。"景元洲心情颇好地看着林延难得语塞的样子，视线投向了对面的一间房间，"这里的装修都不错，对面这间也挺好。"

林延跟在他后头探了探脑袋，一时笑容灿烂："确实，当对门也挺好的。准备什么时候搬记得跟我说一声，我让阿默去接你，拎包入住，便捷无忧。"

虽然谁都没有明确谈及转会的事，但是话语间，显然已经心照不宣地默认了。

景元洲看了一眼时间："接下来什么安排？"

林延一脸神秘地笑了笑："跟我来。"

景元洲下午请了半天的假，左右没什么事，又跟着林延绕回了A区。

林延一路走进了训练大厅，随便打开了一台电脑。

景元洲本以为林延会打开炙热客户端，没想到他直接点开浏览器，进入一家直播平台。

景元洲拉了一把椅子在林延身后坐下，再看去时，只见林延已经登录好了账号，轻车熟路地从首页推荐一路翻到第24页才点进一个直播间。

观看人数8723人，还没破万，显然主播是个刚直播不久的新人。

此时直播页面上进行的是炙热的天梯排名赛，一百开外的排名，在职业选手看来可能不算什么，但对于路人来说，已经算是很好的成绩了。

景元洲深知林延不会平白无故拉自己来看直播，便挑了个舒适的姿势靠在电竞椅上，饶有兴致地看着他继续折腾。

林延非常迅速地完成了账户充值，稍微活动了一下手指后，直播页面上随着他的操作开始弹出一行行熠熠生辉的字幕。

“谁还不是小公举在Gloy要努力变强的直播间投了10个深水鱼。”

“谁还不是小公举在Gloy要努力变强的直播间投了10个深水鱼。”

“谁还不是小公举在Gloy要努力变强的直播间投了10个深水鱼。”

根据平台的打赏制度，一条深水鱼价值100元，10个一砸下去，一次就是1000元。

直播间原本和平滚动着的弹幕，忽然被成片的打赏刷了屏。

“这谁？土豪啊！”

“围观老板，老板这是要包养我们家小GG的节奏吗？”

“我仿佛看到了我的屏幕在冒金光。”

“如果这都不算爱～”

“我看了这么久直播，0打赏，忽然觉得自己一直在白嫖？”

“看这ID，还是个妹子？富婆看看我！！！”

这么大的动静，顺利引起了主播的注意。

直播间的主播名叫“Gloy”，游戏ID“Gloy要努力变强”，虽然一直没有开视频直播的习惯，但是根据他说话的声音，不难判断是个脸皮有点薄的腼腆少年。

这时候突然天降老板，也让Gloy微微错愕，但是他手上的操作并没有受到半点影响。干脆利落地完成三杀后，他才略带兴奋地开了口："谢谢'谁还不是小公举'的深水鱼。"

Gloy 还不太习惯直播过程中遇到这种情况，半晌后，又低低地补充了一声："谢谢支持。"

林延听着 Gloy 害羞的声音，忍不住笑了一声。

他一边继续有一下没一下地砸着深水鱼，一边仰着身子朝身后的景元洲看了一眼："喏，这个是我新看上的小朋友，帮我参谋参谋？"

景元洲多少猜到了，回顾了一下刚才主播的操作，客观地说："从那次三杀看得出来，他确实很会抓时机。不过这种排名一百名开外的路人局，不能说明太多问题。"

林延当然知道景元洲话里的意思。

在这种 5V5 的团队对战游戏中，个人实力固然非常重要，但是团队合作才是根本。这也是很多天梯排名靠前的"路人王"始终打不了职业赛的原因。

以 Gloy 目前的天梯排名来说，其实连"路人王"都称不上，单单从半局的比赛中能看出的信息确实非常有限。林延对此深表认同，也早有准备。

眼见 Gloy 刚刚结束了一局比赛，林延一把将旁边的键盘捞了过来打字，对景元洲说："等等啊，我们换个方式。"

与此同时，直播页面上，可以看到"谁还不是小公举"顶着金光闪闪的土豪金 ID 连发了几串弹幕："小哥哥，带双排吗？带妹选我我超甜～可爱.jpg。"

景元洲看到"小哥哥"三个字时，下意识地看了林延一眼。

Gloy 打完一局排位赛，刚准备继续，就看到老板的发言，一时有些犹豫："带是可以带，但是我没有小号……"

炙热的排位机制有段位限制，两个号如果段位差距太大，是不允许在一起组队的。

Gloy 现在的天梯排名是第 145 位，要想和他组队，需要天梯排名两百名以内的游戏账号。他想了想，试探性地提议道："要不，玩几局匹配？"毕竟对方是老板，合理的要求还是要满足的。

但是显然林延对匹配没什么兴趣，又迅速地发了条弹幕："没事我有号，等等我，马上加你！"

Gloy 还没反应过来是怎么回事，只见游戏界面上忽然弹出了一条好友申请，游戏 ID 是“谁还不是小公举”，天梯排名刚好第 198 名。

Gloy 错愕了一下，然后点了同意。

两人很快完成了组队，进入排队序列。

直播间的弹幕因为老板这闪瞎人眼的段位，又疯狂地刷了一片。

林延达到自己的目的后就没了兴趣，看都懒得多看一眼，随手关掉了直播。趁着双方选择英雄的时间，他随手从旁边的抽屉里掏出了一盒薄荷糖，塞了一颗在自己的嘴里，又漫不经心地给景元洲递了过去：“试试？”

景元洲接过，看了一眼游戏屏幕上的 BP 界面：“你自己打的段位？”

林延瞥了他一眼：“怎么，看起来不像？”

景元洲拆开薄荷糖的包装，勾了勾嘴角：“人不可貌相。”

林延低笑了一声，前所未有地谦虚：“多谢景神夸奖，见笑，见笑。”

眼见已经顺利进了地图，林延把注意力收了回来。有时候，共同融入一场游戏，往往可以更加直观地观察自己的队友。选择英雄时，林延毫无表现欲地在公屏刷了句“补位”。

队友们也不客气，纷纷抢下了自己想拿的英雄，最后留给林延的是一个辅助的位置。

林延开局买完辅助装后就晃晃悠悠地跟在 Gloy 的屁股后面往中路走去。

随着版本的变更，游戏内的打法也进行着相应的调整。

林延现在用的是目前最流行的迅速养成中路的打法，他一边帮 Gloy 吃兵线，一边搔首弄姿，和敌方辅助进行着正面“舞姿对决”。

Gloy 心里惦记着老板的游戏体验，没让林延太辛苦，刚升到三级点亮第三个技能就突脸秀操作，四技能大招都还未激活，率先雷厉风行地拿下了敌方中单的人头。

每局比赛的第一滴血都有额外的经济加成，原本中路对线就存在水平差异，Gloy 拿到了前期优势后就开启了滚雪球模式，碾压全场完成胜利，毫无疑问地拿下本局 MVP。

大概是发现和老板排位还挺轻松，刚一出来，Gloy 又主动给林延发来了消息：小姐姐，还打吗？

嗯？小姐姐？

林延见 Gloy 居然把自己认成了妹子，不由得莞尔，却也没有否认。他本就需要多收集几局对战资料，当然没有拒绝的道理，继续加入队列。

林延一边吃着薄荷糖，一边还担心景元洲看得无聊，特别贴心地问："景神，要不要玩两把？"

景元洲说："不用客气。"难得有半天空闲，他可没有额外加训的自虐习惯。

排队，完成匹配，进入游戏，获胜……然后再次组队。

不知不觉，两人就这样双排了一个下午。

因为每局匹配到的队友不同，在这期间，林延这个补位专业户全程经历了辅助、边路、射手，甚至打野等花式换路。最后 Gloy 结束了直播，林延才毫无留恋地关闭了客户端。

林延认真地将所有的录像资料整理归档，他的脑袋往后面微微一歪："这孩子怎么样？"

景元洲也不知道在想些什么，似乎有些走神，过了片刻才开口问道："为什么不打职业？"

林延认真地思考了一下这个问题："大概是因为，还没遇到我这样的伯乐？"

景元洲说："我说的是你。"

林延有些疑惑："嗯？"

景元洲定定地看着林延："林延，你就没想过要打职业吗？"

他叫的是林延，而不是林总。

林延本来仰着身子在和景元洲说话，听到这句话，先是愣了片刻，随后往电竞椅上一靠，整个人转了过来，慢悠悠地吐出了两个字："你猜？"

3

林延这样的态度，似乎对景元洲的提议丝毫不觉得奇怪。

景元洲看了他一眼，只能想到一种可能："有其他俱乐部邀请过你？"

林延歪着脑袋看向景元洲："你看我刚才玩得乱七八糟的那些玩意儿，除了你，还有谁会邀请我？"

景元洲随手摸了支烟叼在了嘴里，没有点上，也不接话。

乱七八糟吗？确实，整整一下午的时间，林延几乎每一局打的都是不同的位置，看起来似乎是一个纯正的混子。可是如果仔细留意，就可以发现他每个英雄的选择，都能悄无声息地补上队伍阵容最大的缺陷。

林延每局一进场就提前拿下了补位的位置，帮队友优先拿下自己拿手的英雄，最后才做出选择。这也就意味着，他每一次选择英雄，都是在确定双方阵容后，在短短几秒钟做出的决定。每局比赛结束，看数据，所有的 MVP 都与他无缘，但是如果仔细回想就会发现，这个看起来几乎没存在感的队友，经常会在团战的关键时刻神来一笔，奠定胜负。

如果不是景元洲始终观察着林延的第一视角，甚至很难发现这一点。可即使不看这些细节，光是能够保持每局无功无过，就已经是极其恐怖的事情了。

要知道，在天梯比赛中打到这个排名的玩家，往往都会选择自己最拿手的英雄。而林延能够在被动补位的情况下，还能在任何位置与敌方的玩家“和平发育”，就已经证明他对这些英雄的属性拥有了足够的了解。能够做到这一点的，炙热联盟中包括景元洲在内，绝对不超过十人。这已经是个非常惊人的数字了。

景元洲忽然有些好奇林延认真起来会是什么样子，如果真正选择自己最擅长的位置、最拿手的英雄又会是一个什么样的场景。他很清楚林延不缺钱，可是真正踏入电竞职业的人又有多少是为了钱呢？肯砸那么多钱成立俱乐部，就足以看出林延对电竞领域的向往，在拥有足够实力的前提下，又怎么会没有动过成为职业选手的念头？

景元洲的眼神一直盯着林延。

林延不想被继续追问，眨了眨眼：“其实也没什么，只是单纯地觉得，当一个职业选手不如在幕后做教练适合我。”

景元洲问：“你要当教练？”

显然景元洲也没想到林延会有这样的想法。要知道，绝大部分教练是因为操作实力不足以达到职业标准或者是职业选手面临退役时，才不得不退而求其次做出的选择。

“怎么，当教练不好吗？”林延懒洋洋地抬头看向景元洲，“领奖台上的荣光固然吸引人，但是，总要有人站在幕后。景神，你说对不对？”

教练的专业程度对于一家俱乐部的重要性，自然没有人比景元洲更有体会。毕竟 BK 开始崩盘，就是从教练组无法跟上选手节奏的那一刻悄然开始的。

“而且比起枯燥乏味的训练，我更喜欢把人玩弄于股掌之间的感觉。”林延轻笑一声，“我说过，要支持你完成赛场上的一切理想，可不是说说而已。”

林延脚下轻飘飘地一点，瞬间把椅子转了回去：“话说回来，你还没回答我的问题。我看上的这个孩子，你觉得怎么样？”

林延敲击了几下鼠标，弹出的是刚才对战的其中一场录像视频。

景元洲没再继续刚才的话题，看了一眼电脑屏幕上的画面，客观评价道：“实力很强，但是太独了。”

“独”这个字，在电竞职业中，未必是什么好的形容。它可以意味着个人实力突出，无须队友配合就足以 carry（在本文中，carry 可理解为带动、控制一局游戏的节奏）全场，也可以理解成太过自我，容易与团队脱节，团体融入度过低。

曾经，景元洲就被电竞媒体讽刺为是个过分特立“独”行的男人。

那年 BK 战队刚刚重组，队内的其他新人一度无法跟上他的步伐，团队赛中前后脱节，战绩惨烈，让人不忍直视。稍微了解过这段历史的人都知道，对景元洲来说，“独”这个字实在是意义特殊。

林延听景元洲说完之后满意地点了点头，掏出笔一笔一画地在记事本上写了下来：“Titans 和我有一样的见解，我感到非常高兴。”

景元洲说：“这样的选手对团队来说未必是一个好的选择。”

“我知道，”林延的笔尖轻轻地在桌面上敲了敲，他含笑看着景元洲，“要让一个人放慢脚步等队友跟上，往往比努力提升突破要来得困难得多。这样的牺牲，不是每个人都可以做到的。”

在这样柔和平静的注视下，景元洲微微愣了一下。只听林延慢悠悠地继续说道：“既然如此困难，那，为什么不让他的队友来彻底跟上他呢？”

景元洲失笑：“这可不是一个容易的事。”

还记得他当时进入联盟不久，就被推上了神坛。但是一个战队内不可能所有的选手都是天才，他们势如破竹，以黑马之姿进入半决赛后，实力断层的弊端就彻底显现出来了。团战时队友们一度无法跟上他的节奏，这样的 BK 战队在赛场上看起来宛若一盘散沙。比赛结束后，好不容易累积起来的粉丝纷纷在官博下告别脱粉，媒体报道更是将他们的那场比赛评价为“本赛季最惨烈翻车现场”。

在这之后，BK 的队员们也曾积极地尝试进行磨合，但是本身实力上的差距就像是一道鸿沟横亘在彼此面前，始终寻找不到平衡点，于是教练组决定，由景元洲改变风格配合整个团队的节奏。

自此，赛场上的 Titans，不再像最初时锋芒毕露。

但另一方面，也正因为景元洲成为 BK 背后最坚强的支柱，属于 BK 的王朝才算正式开启。

这样的亲身经历，让景元洲更加清楚林延这轻描淡写的一句话到底有多艰难。

但是很显然，林延并不是这样认为的。

“不试试怎么就知道不行？”林延取出一张表格来，填上 Gloy 的名字，似笑非笑地看向景元洲，“你不觉得，这小朋友的对线风格和某人很像吗？”

景元洲沉吟片刻：“像我。”

虽然他走的是边路，Gloy 打的是中单，但是从打法中，多少还是可以看出一丝痕迹。更确切地说，应该是像他刚进联盟时的样子，未磨棱角，凛冽如风。

“不愧是 Titans，眼光真是准，Gloy 可是你的头号粉丝呢！”林延说着，翻了翻笔记本，翻到其中一页，然后将笔记本递到了景元洲跟前，“既然实力已经得到了景神的认可，那就算面试合格了。这是小朋友的微信，麻烦景神替俱乐部发一下职业邀请呗。”

景元洲心想：绕了这么大一个圈子，原来是在这里等着呢！

景元洲微微挑了下眉梢，淡淡地道：“林总这买卖做得可真不亏啊，从 BK 把我拍下来，还能顺便解决其他选手的招募问题？”

林延露出厚颜无耻的笑容：“来都来了，也别浪费，人尽其才嘛！”

景元洲没多说什么，最后确定了一遍：“决定了？”

林延从抽屉里摸了一部新手机出来：“用俱乐部的手机加吧。”

景元洲说：“不用，用我的就好。”

林延了然，笑了笑，不动声色地将递出的手机收了回来。

Gloy 的微信加得很顺利，光是景元洲备注的那句“我是 Titans”，就足以让他秒速通过了。

至于加入 GH 的邀请，他更是毫不犹豫就同意了。

景元洲看着对方发来的那句“我愿意”，微微拧了拧眉，回复道：不是 BK 战队，你考虑清楚了吗？

Gloy：那你呢？景神，你会在吗？

景元洲：嗯。

Gloy：只要你在，我就没有任何问题！

看来他还是个只粉选手个人不粉战队的粉丝。

林延凑过来的时候正好看到了这么一句，啧啧感慨："现在的小朋友真是异常可爱呢！"

景元洲扫了林延一眼："林总就不觉得这样拐卖小年轻，像是在消费我的人品吗？"

林延摇了摇食指："怎么能说是在消费人品呢？能来我们GH，明明就是在积福。"

景元洲不置可否，挑了挑眉，勉为其难地认同了这个说法。他低头摆弄了一下手机，收回了口袋中："那具体签约的事情，你去跟Gloy联系吧。"

林延说："那是当然。"

景元洲说："对了，下午直播的事我已经和他说了，有一句话，他让我转达给你。"

林延伸手拿过旁边的杯子送到嘴边："嗯？"

景元洲说："小姐姐，你真的超级软萌，很期待和你正式见面哦！"

景元洲眼见林延刚喝到嘴里的那口水全喷了出来，保持着一贯淡然的神色："以上。"

林延心想：虽然他确实跟在Gloy屁股后面吹了一下午的彩虹屁，但是Gloy哪只眼睛看到他软萌了？！

景元洲觉得林延吃瘪的样子十分有趣，他从椅子上站了起来："时间不早了，我就先回去了。"

林延也跟着起身："过几天就是转会期了，到时候我去BK俱乐部接你。"

景元洲想了想，点头："也行。"

林延将景元洲送出门，目送对方离开之后才转了回来。他打了个电话给骆默，安排好Gloy的签约后续，揉了揉太阳穴，在沙发上坐了下来。虽然不需要他carry，但是一下午的排位赛，还是让他累得够呛。

林延仰着的身子深深地躺了下去，视线落在天花板上。其实按照原书剧情，此时距离Gloy进入炙热联盟的时间，应该也快了。是金子的少年，总会发光的。只不过原书剧情他签入的并不是GH这个不应该存在的俱乐部，而是BK的宿敌队伍——LW战队。

在原书剧情中，BK 俱乐部内部后来因为景元洲的去留问题产生了严重的分歧，当 Gloy 终于收到职业战队邀请时，景元洲已经为了 BK 战队的内部和谐做出了提前退役的选择。

也正因此，Gloy 对 BK 俱乐部更加不满。曾经青涩的少年在炙热联盟中磨砺成长，终于成为那个让全世界闻风丧胆的中单大魔王。可是无法跟上 Gloy 脚步的队友却不可避免地成为他的负累，让他重复了 Titans 的经历，在原书主角的光环下渐渐黯淡。

天花板上的灯光有些刺目。

林延瞥了一眼下午开局后就被丢在旁边的耳机，缓缓地伸手覆上了自己的眼睛，嘴角却嚣张肆意地勾了起来。

确实，如果可以的话，他怎么会不愿意在台前享受荣耀？但是既然注定他无法成为职业选手，那他就专注做好幕后操盘的角色，支持着所有人成为赛场上最闪耀的存在。

景元洲说得没错，有些东西，并不是那么容易实现的。

但如果不去试的话，又怎么会实现呢？

把一切不可能变成可能，那才是一件使人感到异常刺激的事情……

4

几天后，《炙热集结号》正式创建官方微博账号，同一时间发布了首期节目所有参赛队伍的名单。

从这些名单中可以发现，参与录制的基本上是次级联赛的二线战队。因为多次冲击职业联赛惜败的队伍 QU 和 IBB 以及刚降级下来的 WAG 等实力队伍悉数在列，所以骂声比起最初放出综艺创立消息时少了一些。

至少对于这几家俱乐部的粉丝来说，可以额外多一个冲击职业联赛的机会，还是一个不错的选择。

而在这份名单当中，有一家战队的出现，以其独特的方式吸引了一大拨网友的关注。

“GH 是哪里冒出来的队伍？有人听说过吗？”

“不知道啊！我查了一下，根本没有看到相关资料。”

“啥情况？凑数的？次级联赛队伍那么多，给其他队伍机会不好吗？”

“也不知道是从哪里冒出来的三流战队，关系户吧？”

“楼上的这位就见识少了，综艺嘛，必定要准备一两个炮灰，要不然第一轮淘汰哪家都不合适啊。”

“妙啊，楼上的兄弟，通透了！”

这样的讨论没有持续太久。毕竟没有人有兴趣给这种毫无知名度的小战队提供热度，大多数电竞粉在评论区溜达了一圈后，纷纷跑去了自家战队的微博下面留言：哥哥们，之前升级赛已经失去机会了，这次的综艺简直就是额外门票，一定要拿下啊！

一时间网上闹得沸沸扬扬，次级联赛的战队粉丝们纷纷热情高涨。

相对而言，各大职业战队的粉丝们却是一派平静。啧，就是个菜鸟互啄的综艺，有什么好关注的？反正和他们没关系，倒不如好好期待一下接下来的转会期。自家战队能不能在下赛季的职业联赛中取得好名次，从某方面来说也在此一搏了！

终于，在万众期待下，炙热联盟正式开启了转会窗口。而各大俱乐部官博下方的评论区已经彻底沦陷。

“求求了，UI家赶紧挖个靠谱点的打野回来吧！每次野区都给人家养猪！”

“NNN今年真的不准备补充一下下路的新鲜血液吗？”

“哇，今年挂牌的选手有点多啊！赶紧挑赶紧选啊！”

“BOD全员打包卖？可喜可贺，这是老东家终于破产了！”

“BOD这些虾兵蟹将就算了吧，买回去看饮水机吗？赐TU一个强势中单吧！”

每年的转会期都注定热闹非凡，今年也一样。

随着几家俱乐部陆续公布了挂牌选手名单，粉丝们都开始津津有味地替自家战队挑选了起来。当然，具体操作根本不是粉丝们说了算的，各家俱乐部的管理层早就有了心仪的人选，剩下的，不过是走走过场罢了。

就这样闹闹哄哄地到了转会窗口开启的第三天，随着一个消息的披露，整个电竞圈彻底炸了。原因无他，BK 俱乐部终于公布了今年的挂牌名单，Titans 的 ID 熠熠生辉。

所有人揉了揉眼睛，盯着电脑屏幕再三确认，才敢肯定自己没有产生错觉。

Titans 要转会？！所有 BK 粉丝感觉自己家的天要塌了。

其他战队的粉丝也都一脸错愕，稍微冷静一点的，都迅速跑到自家俱乐部的官博下面开始疯狂刷屏：BK 给 Titans 挂牌啦！啊啊啊！管理层快醒醒，还不赶紧把景神给拍下来啊啊啊！

可是不管粉丝们有多么振奋激动，各家俱乐部始终风平浪静。

Titans 挂牌，多好的机会，他们会不知道？如果可以的话，谁不想拿下？然而问题就在于人家开出的那个价格……三千五百万买一个选手一两年的效力时间？算了，是他们不配拥有！

就在所有人都望眼欲穿等着看 Titans 花落谁家时，终于有了消息出来。

“Titans 正式转会 GH 俱乐部”的词条直接冲上了热搜榜首。

大家第一眼看到的时候都感到有些蒙。GH 俱乐部？哪里冒出来的？没听说过啊！

许久之后，才有一些人后知后觉反应过来。这个名字，总觉得陌生之间又透着那么一丝……熟悉？

终于有人无意中在《炙热集结号》官博的战队名单上看了一眼，随后，整个人都不好了。

“Titans 被一个不知道哪里冒出来的三流战队买了？这是什么鬼故事？！”

“这家俱乐部哪里冒出来的？次级联赛都没参加过吧？买了 Titans 去参加综艺选秀？”

“天秀啊！采访一下选秀节目的其他参赛队伍，有何感想？”

“我去，忽然对这个综艺有些期待是怎么回事？”

“我是 Titans 的铁粉，我哭了！我们家景神去三流战队就算了，怎么可以沦落到去当谐星？呜呜呜——”

“哈哈哈哈，楼上的兄弟笑到我了，谐星可还行？”

“不是我说，该不会是 Titans 状态下滑，BK 管理层趁机捞一笔吧？”

“我直说了，BK 管理层简直可恶！这算什么，挤走景神前再让他发挥一点余热？赚钱工具吗？！”

“我景神什么时候受过这委屈？！”

有八卦新战队的，有质疑景元洲转会动机的，有“问候”BK管理层的，网上一夜之间吵翻了天。

林延却完全没心思去关注这些，让骆默迅速处理好转会合同，挑了个黄道吉日，美滋滋地到BK基地接人去了。

也不知道是哪里走漏了风声，Titans的粉丝和BK的粉丝们早早地就等在了基地门口，将大门口的道路堵了个水泄不通。每个人手里都举着各式各样挽留的应援牌，眼眶猩红地等着景元洲出来，想要得到一个解释。因为人实在太多，避免发生踩踏事件，俱乐部的保安集体出动，努力维持现场秩序。

在一片嘈杂但凝重的氛围下，没有人留意到BK基地的侧门处，那个拖着行李箱的修长身影。

景元洲虽然为BK俱乐部效力多年，但需要带走的行李不多，一个箱子就收拾齐全。他回头看了一眼身后那熟悉的建筑，然后朝着俱乐部不常用的那扇小门走去。

远远地，可以看到一个懒洋洋地等在车旁的身影。

今天的阳光有些刺眼，林延戴了一顶黑色鸭舌帽，硕大的墨镜盖住了他的大半张脸。留意到出来的景元洲，他刻意用指尖将墨镜压低了几分，露出一双笑意盈盈的眼睛：“不愧是景神，搬个家都这么不容易。看，为了配合你，我今天还特意搞得这么低调。”

景元洲的视线从林延身后那辆粉色的兰博基尼上面掠过，他失笑道：“是挺低调的。”

林延宛若没有听出景元洲话里的揶揄之意，随手帮景元洲把行李放上了车。他瞥到景元洲身后跟过来的身影，轻轻地吹了声口哨：“这小朋友是怎么回事？不知道的人还以为你这是要一去不回了呢？”

其他队友本来也要来送，都被景元洲拦了回去。只剩下一个蓝闽，得知景元洲要去这么一个名不见经传的俱乐部后，就一直心理不太平衡，非要跟来看看是什么人骗走了他的师父，赶都赶不走。

面对离别，蓝闽的眼眶早就一片猩红，听到这么一句话，顿时气不打一处来：“你才一去不回！”

林延疑惑：“BK俱乐部跟我又没有关系，我把Titans接走后还回来干吗？”

蓝闽被林延一句话给噎住了，又气又恼，一双眼顿时更红了。

景元洲无奈道：“你就别逗他了。”

林延笑笑，转身特别绅士地给景元洲拉开了车门，做了个请的姿势。

景元洲回头看了蓝闽一眼：“快回去训练吧，我走了。”

蓝闽原本还努力绷着，这一瞬间眼泪彻底控制不住地往下流，边啜泣边哽咽道：“师父，如果你在那边过得不好，我去找王经理，让他想办法把你接回来！呜呜呜，过……过几天，我就去你那边看……呜，看你！”

景元洲微微动容，还没来得及说什么，林延就把他往里面一推，关上了车门。

林延转身坐上了驾驶座，留意到景元洲询问的眼神，耸了耸肩：“没什么，我就是怕他号的声音太大，把你那群粉丝给招来。到时候，我怕是有几个人都不够给他们撕的。”

景元洲眉梢微挑：“原来你还有怕的时候？”

“怕啊，为什么不怕？”林延回答得毫无思想负担，“你是不知道，我刚才还特意绕到大门口去看了看，那阵仗，啧，简直了！只能说不愧是Titans，有排面！”

景元洲低笑了一声，侧眸将视线投向了窗外。熟悉的环境随着车子的飞驰迅速地往后退去，终于离他越来越远。再见了，BK · Titans。

一时间，车内陷入一片宁静。

随着播放键被按下，音乐声渐渐响起。

林延像是很满意自己的品位，歪了歪头，问：“好听吗？”

景元洲：“……”

林延理解景元洲离开老东家的感伤，只当他沉默是因为独自感怀。

过了一会儿，林延想起一件事来：“对了，Gloy也是今天来俱乐部，这个时间，差不多到了。”

第三章

GH 战队，全员集结完毕

1

林延猜得没错，Gloy 确实比他们先一步抵达了 GH 基地。骆默临出门前给他发了条催促的微信，因为他正在开车，所以并没有接到。

所以林延和景元洲推开大厅门时，恰好看到本来坐在沙发上的少年有些拘谨地站了起来。

少年长相白净清秀，耳朵上戴着一枚若隐若现的耳钉，染成奶奶灰的碎卷发看起来有一种和他神态不符的叛逆。

Gloy 的视线先是在林延身上停留了片刻，随后才落在景元洲身上，再也挪不开。好半晌后他才结巴着说了一句："林总，景、景神。"虽然他没见过林延，但是之前骆默说过老板去接 Titans 了，也不难对上。

林延知道骆默这会儿大概又跑去联盟总部了，于是招呼了 Gloy 一声，自然而然地接下招待的活，带着两人去宿舍区选房间。

相比起来，Gloy 的行李比景元洲的要多得多，大箱小箱的。

景元洲轻盈地提起自己的行李箱正准备上楼，回头扫了一眼 Gloy："我帮你提一个？"

Gloy 微微愣了一下，慌忙把面前的行李箱往身后一拉，死死挡住："不用了，我自己来就好！"

景元洲点了点头，也不客气，转身上楼了。

林延从后面慢悠悠地走了过来，扫了一眼这成堆的箱子，也意思性地问道：“需要帮忙吗？”

Gloy 眼睛一亮，几乎毫不犹豫地回答道：“好啊，谢谢林总！”

林延带着和蔼笑意的脸庞微微一僵。

景元洲放完箱子，走到走廊时，正好看到哼哧哼哧搬着箱子的两个人。他扫了一眼林延阴沉的脸，到底还是忍着笑意帮了一把。

景元洲选择了林延正对面的那间房，门对着门，只是隔了一条走廊的距离。毕竟一个是队长，一个是教练，日后有需要交流的时候倒也方便。

Gloy 在矜持和诱惑之间徘徊了许久，还是没能抵挡住偶像的魅力，把所有的行李箱拖进了景元洲隔壁的房间。

林延靠在走廊的墙边等着他们整理房间，也不着急催促，等两个人重新出来，才抬了抬眼：“都收拾完了？”

景元洲说：“嗯，本来就没多少东西。”

旁边的 Gloy 沉默不语。他倒是有一大堆的东西待整理，但是今天才第一次见面，必须坚定地跟上 Titans 的步伐才行！

林延似笑非笑地看了一眼少年颇为醒目的奶奶灰碎卷发：“那走吧，先把合同签了。”

一行人来到了会议室。

林延从文件袋中取出了厚厚的合同，递到了两个人跟前，半开玩笑道：“包括平台直播相关的资料都在这里了，一定要看清楚了再签，免得到时候后悔了，反过来说我黑心老板坑害你们宝贵青春。”

这两个人一个刚刚转会，一个是自由人，选手合约还需要单独签。

景元洲的那份，具体条款早在之前他就看过了，这时候随便翻看了两眼就拿笔签下了大名。

他回头时看到 Gloy 对着密密麻麻的合约一脸茫然，语调平静地安抚道：“林总给的合约条款非常友好，放心签吧。”

听到景元洲都这么说了，Gloy 也没有任何犹豫地拿过笔，签下了自己的名字：顾洛。

林延对于自家两位选手的配合感到非常满意，将合约资料认真地收回文件袋后，留意到顾洛似乎有些心不在焉的样子，随口问了一句：“怎么，还有什么问题吗？”

顾洛朝周围看了看，终于问出了心里的疑问：“林总，那天的小姐姐没来吗？”

林延眉梢微挑：“你说谁？”

景元洲本来坐在旁边翻看着电竞杂志，闻言也抬头看了过来。

顾洛没有留意到氛围的微妙，只当林延不知道他说的是谁，解释道：“就是之前在我直播间里给我砸深水鱼的那个小姐姐。她真的超温柔，也多亏了她我才能认识景神。但是今天好像没有在基地看到她，是有事没来吗？”

说到这里，顾洛似乎有些遗憾：“什么时候可以有机会见上一面？我就是想当面跟她说句谢谢。”

他话音刚落，周围陷入一片寂静。

半晌后，林延神情麻木地“哦”了一声：“你的心意，收到了。”

顾洛茫然地眨了眨眼：“啊？”

景元洲在旁边忍不住笑出了声：“还愣在那儿做什么，你的‘小姐姐’不是已经接受你的谢意了吗？”

顾洛下意识地朝旁边看了一圈，并没有发现其他的身影，随后视线才一点一点地移回来，掠过了景元洲，谨慎又充满询问意味地落在了林延的身上：“林总，你……”

林延冷笑一声。

明白过来后，顾洛仿佛感到隐约间有什么破碎了——是幻灭的声音。

林延在这样的视线下麻木地挑了下眉梢，嘴角露出了一抹毫无温度的弧度：“怎么了，是我不配使用那个ID，还是我不够温柔？”

顾洛显然还沉浸在小姐姐形象破灭的震撼中，被这样的视线一扫，顿时感到两颊一热，下意识地伸手捂住了脸：“我……我不是这个意思。”

林延不疾不徐地将文件袋收了起来，漫不经心地转移了话题：“行了，先坐下吧。道谢的话我已经收到了。今天是你来GH的第一天，我准备了一份见面礼，你先来看看。”

顾洛本就想找个地洞钻进去，闻言脸更加热了：“谢谢林总。”

林延用手里的笔记本轻轻地在顾洛头上敲了一下，纠正道：“以后叫我林教练。”

顾洛愣了一下：“是，林教练。”

林延从旁边的抽屉里拿出了多媒体遥控器，摆弄了几下后，熟悉的游戏画面就这样投放在了大屏幕上。

一眼就可以认出，是炙热 5V5 使用的团战地图，深渊峡谷。

当顾洛看清楚英雄头顶的游戏 ID 时，他微微愣了一下。他显然没想到，林延所谓的见面礼，居然是他游戏对战的复盘视频。

随着时间的推移，音响中传出了慵懒且熟悉的声音："开局 1 分 22 秒，走位往后多站了半个身位，导致 2 技能距离不够，少清了一只盔甲兵。如果没有这次失误，1 分 45 秒时对方打野来中路 gank（多人有目的地抓人。在本文中，gank 指游戏角色离开自己的分路位置，前往其他分路埋伏、支援、包抄等抓人的行为）之前，应该可以提前清理掉河蟹，不至于 1 技能冷却时间不够，放走了中路的人头。"

林延已经找了把椅子坐下，不疾不徐地补充道："如果这局是 Titans 在打，绝对不会出现这么低级的失误。"

景元洲回头，神色不明地看了林延一眼。

复盘还在继续。

林延说："第 7 分钟这里的团战，切入时间太早，导致敌方中路警觉后撤，没能实现团灭。"

"如果是 Titans 在打，绝对不会出现这么低级的失误。"

"9 分 02 秒……"

"如果是 Titans，绝对不会出现这么低级的失误。"

"10 分 23 秒……"

"如果是 Titans……"

时间一分一秒地过去。

其实那天也不过双排了五六局，但是复盘视频长达整整两个小时，几乎把顾洛当天下午的细节失误完全地罗列了出来。

这还只是呈现出来的结果。

可想而知林延在制作过程中花费了多少时间和精力。

身为 BK 战队的前队长，景元洲当然知道职业战队往往会给刚步入联盟的新人先上上一课，但他怎么也没想到，林延一来就下了这么一剂猛料。

那天下午双排的时候他也在场，顾洛全程的操作可圈可点，连胜之余还场场是 MVP，就算是职业选手，也未必可以确保在路人局有如此稳定的发挥。

可是林延，偏偏在这样秀翻全场的对局中，强行找出了近百处操作漏洞，平均下来每局约有二十处，足以把顾洛的所有表现批判得一文不值。

更不用说每个失误点分析之后，他还要拿顾洛崇拜的 Titans 来刺激刺激。

虽然有公报私仇的嫌疑，但是当着景元洲的面接受如此直白的批判，顾洛心理承受能力稍微弱点，直接可以在线自闭。

然而比起这些，更让景元洲在意的是，这个视频中的很多细节，如果林延没有提出来的话，连他都不曾注意到。

这个人的眼光，刁钻得可怕。

如果是 Titans，绝对不会出现这么低级的失误？还真未必。

随着复盘视频的播放，顾洛的头越埋越低，而坐在旁边的林延似乎有些困了，打了一个又一个的哈欠。

终于，视频播放结束，会议室里陷入长久的寂静。

林延从椅子上站了起来，活动了一下筋骨，他走过去将 U 盘拔出，淡然地递到了顾洛的眼前："这份见面礼可是花了我不少心思，要记得好好珍藏。"

玻璃心碎了一地的顾洛抖了抖指尖，伸手接了过来："谢谢教练。"

林延露出了满意的笑容："就知道你会喜欢的。"说着，他轻轻地拍了拍顾洛的肩膀，语调显得无比温柔可亲，"趁着最近还没正式开始训练，有空的时候记得多看几遍。"

顾洛的背脊本能地一震，头顶的奶奶灰似乎都沧桑了些许："我……会的。"

目送小少年浑浑噩噩地离开，林延笑得越发满意，转过身的时候，才发现坐在不远处那人投来的直白的目光。

林延微微一愣："怎么了？"

景元洲靠在椅子上侧眸看他，声音平静且淡然："如果没记错的话，今天好像也是我正式来 GH 的第一天吧，林教练？"

林延心想：这男人，就差把"要见面礼"四个字写脸上了。

2

林延抱着身子缓缓靠在了墙上："景神有什么想要的礼物吗？"

景元洲似笑非笑地看着他，慢悠悠地吐出两个字来："你猜？"

不得不说，这样的神态还真是该死的熟悉。林延对上这样的视线，表现得颇为坦诚："上次说要支持你完成赛场上的一切理想，这次，还真不知道能送什么更有诚意的了。"

没等景元洲回应，林延继续说道："要不由我请客出去吃一顿，就当是接风了。"

景元洲看了他一眼，声音一片淡然："我都可以，不过……Gloy？"

"基地里有保姆，到时间了就会过来做饭。今天的复盘够他消化很久了，就不带他出去吃饭浪费时间了。"林延低头看了一眼时间，"五点半，我准时在门口等你。"

景元洲点头："不见不散。"

BOD 虽然实力不怎么样，但是还算懂得享受，当初管理层选基地地址的时候就考虑到了附近的配套设施，稍微往外面开一段路就是一片豪华商业区，吃的喝的一应俱全。

林延确实是提前来基地住了几天，但是忙得天昏地暗，完全没时间犒劳自己，这时候借着请景元洲吃饭的机会，也乐得到处转转。

将车在地下车库停妥，林延用手机打开团购 APP 翻了翻，询问景元洲的意见："这里的烤肉好像不错，吃吗？"

景元洲倒是随遇而安："都可以。"

两人来到一家烤肉店里开了包厢，空调的冷风悄然抚平了外界带进来的燥热。

林延不太确定景元洲的口味，一边询问一边点单，结束后将菜单递给了等在旁边的服务生："先点这些，谢谢。"

景元洲坐在林延对面的位置喝着茶水，时不时抬头看上一眼。

服务生走后，周围瞬间安静了下来。

林延见景元洲似乎没有主动开口的意思，耐不住寂寞地先挑起话题："Gloy 今天正式签约了，战队里总算是有两个人了。不过射手、辅助、打野的位置都还空着，关于另外三个位置的人选，景队就不感到好奇吗？"

景元洲淡然得很："没什么好奇的，我只是个队员，跟着战队的策略走就行了。"

林延缓缓地靠在了椅背上，侧头看着景元洲："就真这么信任我？"

景元洲似笑非笑："要是不信任的话，又怎么愿意签给你？"

林延怎么也没想到他会说这么一句话,微微一愣之后认真地点了点头:“也对。”

林延见景元洲是真的对未来的队友没有太大的兴趣，顿时觉得有些无趣，伸手挠了挠发丝。

此时，服务生恰好敲响了包厢门：“打扰一下，上菜。”

对话被打断了。

食材备齐之后，两个人一边烤肉，一边无关痛痒地聊了两句。

林延到底还是憋不住了：“我觉得，作为未来队长，你还是需要多关心一下队员的情况。”

景元洲忍着笑意，点了点头：“也行。”

林延心想：这语调，怎么听怎么勉为其难。

关于另外的队员人选的事，林延早就想对景元洲透底了，现在好不容易有了这个绝佳的机会，不能浪费。

今年的转会期，GH 这个名不见经传的新俱乐部签下了景元洲，已经是公认的最大赢家。但是战队人员名单还急需填充，转会期这么好的机会，只捞回来一个景元洲，自然是不够的。

这两天骆默频繁地往联盟总部跑，就是在忙另一个选手转会的事。

一个效力于甚至没在职业联赛名单中的队伍，还在这种三流战队坐着冷板凳的……替补辅助——Gun。

这个名字现在放出去，所有的炙热粉丝恐怕会一脸茫然地问一句：这人是谁?

这种丝毫没有知名度的小人物，不管从哪个角度看，将他和景元洲这样的神级选手放在一个队里，对景元洲来说，简直可以算是一种侮辱。

因此，林延十分怀疑，没等他说完景元洲就可能翻脸，于是一边说着，一边留意着对方的反应。出乎意料的是，景元洲仿佛什么事都没发生般继续烤着肉。

景元洲将筷子下的肉翻了个面后，还非常贴心地夹了一块送到了林延的碗里，神色淡淡地问道：“强吗？”

林延对于这个问题没有丝毫犹豫：“很强。”

“哦，那就行。”景元洲点了点头，好奇地问，“你都是从哪里弄到这些选手信息的？消息比我灵通多了。”

林延瞥了一眼景元洲的神态，确定对方是真的没有任何不满，才低笑了一声，将碗里的烤肉送到了嘴里：“秘密。”

一顿饭断断续续地吃了一个多小时，两个人又聊了些俱乐部的发展计划。

对于林延准备从综艺节目中拿下联赛名额的想法，景元洲早有猜测，也并不觉得奇怪。

此时他端起杯子喝了一口茶，饶有兴致地问：“那如果我们没能在综艺节目拿到冠军呢？当初你可是信誓旦旦地保证过要参加职业联赛的。结果要是没有拿到联赛的资格，又准备怎么补偿我？你也知道我没几年职业可以打了，错过了今年，说不定就只能含恨退役了。”

林延抬头看了他一眼，否定了这个假设：“冠军肯定是我们的。”

景元洲笑道：“任何事情都没有绝对性，如果失败了呢？”

如果这个人真的是认真严肃地在询问，林延还真可能安慰上两句，但是此时面前这人一副似笑非笑的表情，怎么看都是故意抬杠。

林延眨了眨眼，露出了一抹算得上温柔的笑容：“好吧，如果真的因为我的盲目自信而害景神含恨退役的话，为了补偿您的损失，到时候我会专门买下一个直播平台捧您，竭尽全平台的资源来为您服务。这样满意吗，Titans？”

景元洲若有所思：“直播平台？”

林延暗暗磨了磨牙：“如果一个不够的话，那就买两个。”

景元洲挑了挑眉梢，眼见已经用餐完毕，他随手取过挂在旁边的外套，站了起来。

林延去前台买了单。

前往地下车库的路上，两个人一时都没再说什么。

直到从电梯口出来时，景元洲仿佛才想起一件事来：“对了，你那位朋友要找的人，找到了吗？”

林延一时间没反应过来：“什么人？”

景元洲似笑非笑地看了他一眼：“那位，一毛钱人渣。”

林延：“……”

因为一直没有人再提起，林延差点忘了那次因为“虚拟好友”闹出的乌龙了。

林延也没想到景元洲居然还记得这事，到了这时候就越发佩服自己当时滴水不漏的说辞。还好自己当时机智，才没有暴露自己当事人的身份。林延微微抿着嘴，随后缓缓地清了清嗓子：“他啊……应该还在找吧。”

景元洲点了点头：“挺好的，加油。”他说完，便施施然拉开车门坐了进去，只留下了林延一人独自站在车旁。

林延内心吐槽：突然问这个做什么？有毒！

转会窗口开启之后，陆续有挂牌选手完成交易的消息传出，然而绝大多数人的关注点，依旧停留在景元洲和那家从未听说过的 GH 俱乐部身上。

要知道，景元洲从进入联盟开始就一直在 BK 俱乐部，所有人都默认了他会在 BK 一直打到退役，这时候突然爆出转会的消息，一时半会儿实在让人难以接受。

更何况，转会的新老板还不是任何已知的豪门战队，居然是个连职业联赛资格都没有的十八线队伍。

其中到底发生了什么事情，越发扑朔迷离了。

在这期间，BK 俱乐部倒是打了一手好牌。他们趁着景元洲转会消息的发酵，顺势将蓝闽作为首发队员的消息公布了出来。前后微妙的时间差，自然而然地让网友们认为这位新选手的出现是 BK 俱乐部为了填补景元洲的空缺而不得不做出的选择。

这样一来，GH 这个毫无名气基础的新俱乐部，一下子就被推到了风口浪尖。网友们抽丝剥茧，终于发现了 GH 俱乐部和商业豪强林氏集团的关系，但是紧随而来的，是更大的质疑。

林氏既然有意进军电竞领域，难道不应该砸钱直接组一支全明星战队吗？但是现在转会期都已经过去了好几天，眼见一些顶级选手都陆续找到了自己的新东家，GH 这边却久久没有任何行动。

这是什么意思？不准备买更多的选手了？难不成，要让 Titans 上场一打五吗？

Titans 的粉丝们越等越着急，最后甚至操心到给 GH 俱乐部的官博发私信，各种出谋划策，花式提供新战队建议名单。粗粗一眼扫去，可以发现今年转会期挂牌的顶尖选手全部在列。

林延一边翻着官博的私信，一边乐得直笑：“还别说，你家粉丝是真的心疼你。如果真把这些选手拍下来，估计都够再买一个 Titans 了吧？”

景元洲闻言，抬头看了他一眼，非常客观地评价道：“老V他们如果知道自己这么值钱，一定会感激涕零的。”

林延耸肩：“但是很可惜，我看上的选手只有你一个。”

景元洲微微一愣，随即似笑非笑地接下了话：“这是我的荣幸。”

林延随手关上了仍在陆续冒出的私信提示。虽然说那些挂牌选手的实力都很不错，但可惜并不是他想要的队伍配置。相比起来，还是Gun更合他心意。

虽然现在的游戏版本中，硬控型辅助更符合主流，但是Gun作为未来的联盟第一奶爸，即使不是一个团体的战术核心，也是造就他心目中理想队伍不可或缺的存在。

从这种连转会消息都没有任何公示的次级联赛队伍挖人，比起挖景元洲来，自然要简单很多。这两天骆默已经在办理手续，没意外的话，应该马上就可以见到他梦寐以求的Gun了。

林延的指尖轻轻地在桌面上敲了敲，脸上露出一丝满意的笑容。

战队组建进度，五分之三。

3

次级联赛队伍早就习惯了选手流水般的换代，更别说Gun只是一个辅助位的替补选手，见GH给出的价格到位，对方放行得无比痛快。

林延带着Gloy在基地门口迎接新成员的到来。

远远地，他们看到了一个拖着行李箱的高挑身影——寸头，皮肤略黑，左侧脸颊上还有一个若隐若现的十字刀疤，衬得棱角分明的脸越发冷酷。

在不知道的情况下，很难将这样一个痞气十足的酷boy，与被誉为“团队天使”的辅助职业联系在一起。

林延留意到旁边的顾洛愣在原地没有动，轻轻地拍了拍他的肩膀，带着他朝着新队友迎了上去。

Gun本名简野，虽然在原来的战队中只是个替补，但是大概是因为他自身气质带着杀气，队里的众人习惯叫他“滚哥”。不过这样的称呼让顾洛叫叫也就算了，落在林延身上，似乎并不合适。

林延倒不是一个见外的人，开口的第一句话就非常热情：“滚宝，你可终于来了！”

简野嘴角隐约抽搐了一下："可以换个称呼吗？"

林延想了想："那就……滚仔？"

简野说："也行吧。"总比滚宝好点。

林延见达成共识，愉快地露出了笑容，走上前帮简野拉着箱子往基地里走，一边走一边嘱咐顾洛道："去训练室开两台机子。"

顾洛疑惑地问："不先去宿舍吗？"

林延把简野的行李箱放在门口，轻轻地拍了拍手上不存在的灰，一脸迫不及待的表情："宿舍不着急去，反正有的是时间，你们俩先来打局 solo（1V1 单人对决）我看看。"

顾洛、简野："……"

Solo 对局，完成一定的击杀数或者相应条件的一方获胜。

顾洛和简野对这种 solo 赛并不陌生，但关键问题在于，顾洛擅长的是中单英雄，而简野则是一名辅助选手，让辅助打中单，这和送菜上门有什么区别？

顾洛不由得想到了自己来基地第一天收到的见面礼，坚定地觉得不能欺负人："林教练，是不是不太……"

林延已经拿出手机来拨通了一个号码："Titans，睡醒了吗？新人已经到了，准备打 solo 局，来看看？"

手机里传来了景元洲的声音："好。"

林延挂断电话，回头朝顾洛看去："怎么了？"

顾洛停顿了片刻，神色逐渐严肃起来："我一定会认真对待的！"

"乖。"林延满意地笑笑，转身朝简野看去，"滚仔你呢？"

简野显然也没想到来到新东家的第一件事就是跟人 solo，随手在寸头上面摸了摸，倒也无所谓："我都可以。"

当景元洲走进训练大厅时，顾洛和简野已经分别坐在了电脑前，屏幕上显示的是自定义房间的画面。

林延拿着笔记本坐在桌边，一副颇有兴致的样子。

留意到景元洲出现，林延朝他招了招手："来，坐。"

景元洲随手拉了把椅子坐在林延的旁边，随意一瞥，看到他笔记本页面上提前画好了实力指标分析图。

林延留意到景元洲的视线，朝他一笑："等着吧，马上就有好戏看了。"

按照正常情况，solo 对局一般是以拿下敌方的一座防御塔或者完成第一个人头的击杀作为获胜标准。

但是这次，林延给两人制定了一个全新的规则：“Gloy 这边老规矩，依旧是一塔或者一血算赢，但是额外增加一个前提条件，必须在滚仔完成三十个补兵之前。”他说完，转身朝简野看去，“相对应地，只要完成三十个补兵，就是你赢。记住，都要拿自己最拿手的英雄哦！”

简野说：“明白。”

这样的规则一出，谁还听不出来，这显然是在强制要求简野脱离防御塔的保护，让他们在线上发生正面碰撞。

顾洛沉默了片刻，然后朝简野看去：“你最拿手的英雄是什么？”

简野想了想，说：“萨满精灵，琳利女巫，可可仙？”

顾洛心想：三个英雄，一个比一个血量回复高，凑在一起简直可以奶出一片天了。有一说一，跟他的形象真的是完全不符啊，这位哥！

林延非常期待地拍了拍手：“没有意见的话就别浪费时间了，快点开始吧。”

两个人也不再说什么，直接开启了自定义对局。

因为林延再三强调要用自己的拿手英雄，再加上有景元洲在场观战，顾洛毫不犹豫地锁定了刺客型中单猩红舞者——扶桑。

而另一边，简野则是选择了可可仙。

不得不承认，在当前的游戏版本当中，治疗类的辅助英雄快变成鸡肋的存在，没有强势的硬控技能不说，也没办法代替团队抵抗太多的伤害，再加上治疗技能读条过慢，通常自家队友还没来得及等到气血回复，就已经在敌方的集火下一命呜呼了。

也正是这样尴尬的情况，一度让治疗辅助淡出众人的视野，以至于在现在高分段排位赛中，如果有人拿出可可仙，很可能还没正式开局，就已经被队友们追着喷“演员”了。

所以，简野这边锁定英雄后，顾洛本能地认为，自己可以凭着扶桑尽快结束这场 solo 对局。万万没想到的是，本应该速战速决的一场比赛，硬生生地被拖到了十五分钟。

十五分钟是什么概念？有的时候足以结束一局 5V5 的碾压局。

在 solo 的过程中，虽然简野在扶桑的压制下补兵颇为艰难，但是在最后被顾洛击杀时，已经击杀了28个炮兵。也就是说，如果再稳一点，获胜的很可能会是简野。

顾洛把手从键盘上面挪开，回想起刚才对局时的细节，心有余悸地长吁了一口气——好强！

在对局期间，他明明有好几次完成秒杀的机会，可是可可仙总能在只剩血皮的情况下极限操作，将自己的气血值重新抬起，死里逃生。

如果只有一次也就罢了，结果这样的情况一而再，再而三地出现。这只能说明，一切都不是巧合。要知道治疗类型的辅助英雄不同于刺客英雄，要在技能需要读条的情况下完成这样的操作，可以说凭的是绝对的预判。

想到这里，顾洛的脑海中只浮现出了一个念头——还好他们是队友，不是对手。

这种明明应该随便击杀，却在绞尽脑汁后依旧无法实现的情况，实在是……太搞人心态了。

林延心满意足地收集到了想要的资料，眼见“奶奶灰”还一脸茫然地坐在原地，用本子轻轻地在他的脑袋上敲了一下：“还愣在那儿做什么？虐队友很爽？爽完了还不赶紧送人去宿舍休息？”

顾洛心想：还真是“爽”，“爽”得这辈子都不想再有这样的体验了。

顾洛微微抿着嘴，没再多说什么，从位子上站了起来：“走吧滚哥，我带你去宿舍。”

简野输了solo，脸上看不出什么情绪，应了一声就迈步跟了上去。

林延目送两人离开，直到他们的背影彻底消失，才颇为欣慰地点了点头：“看来，他们以后一定可以相处得很好。”

景元洲问：“怎么看出来的？”

林延看了一眼还停留在电脑屏幕上的结算画面，越发笃定：“男人的直觉。”

忍了忍，景元洲还是笑出声来：“这可真是……特别有说服力。”

林延娴熟地无视了景元洲话中的揶揄之意，不动声色地把话题转了回来：“话说，对我新招进队的辅助，队长还满意吗？”

“非常满意。”景元洲抬头对上林延的视线，“你总是这么有眼光。”

在这样的目光注视下，林延莫名被自己的口水呛了一下，连连咳了两声，道：“也不用这么夸我。”

景元洲说："夸你还不好？"

林延不好意思地瞥了他一眼："会害羞。"

景元洲说："那我们聊些不会让人害羞的话题。"

林延有些疑惑："嗯？"

景元洲靠在椅背上看着林延："所以，另外的两位队友什么时候能到？"

林延选出来的人一个比一个有意思，倒是不可避免地使他提起了兴趣。

林延神秘地眨了眨眼："马上就能见到了。"

景元洲挑眉："马上？"

林延点开手机上的陪玩 APP 看了一眼："嗯，我这边已经下单包了他一周的时间，到时候你想怎么玩就怎么玩。"

骆默刚整理好简野的合同，从外面走来时恰好听到这么一句，步子微微一顿。

景元洲不知道想到了什么，忽然低低地笑了一下，低声回味："包了一周，想怎么玩就怎么玩？"

林延想了想，说："多叫几个人一起玩也行，有的活动还是需要人多一点才更刺激。"

景元洲微微一笑："你说得对。"

在两人轻描淡写的话语下，骆默拿着合同的手微微地抖了一下——等等，你们到底是在聊什么？这都是什么虎狼之词？！

顾洛毕竟早来俱乐部几天，带着简野一路来到了宿舍区，很快就选定了房间。他一边帮忙收拾，一边时不时地用余光打量新来的队友。如果不是刚才亲身体验过那出神入化的细致操作，他实在没办法将眼前这位的形象和软萌的可可仙联系到一起。想到这里，他脑海中不由得浮现出小姐姐那软萌、温柔的幻影。他使劲摇了摇头，默念一切都是假象。

简野收拾完衣柜，抬头就看到了顾洛有些奇怪的神色，想了想，说："Gloy是吧，放心，刚才追着我杀的事不用在意，滚哥不是小心眼的人，一点都没有放在心上。"

他不说倒还好，一说顾洛才想起来刚才自己在地图中穷凶极恶的画风，下意识地看了一眼他脸上那道杀气甚重的刀疤。

简野则是无比自然地拍了拍顾洛的肩膀，露出了一抹自以为和善的笑容：

“别看滚哥长这样，其实滚哥特别温柔。放宽心，等以后到了赛场上，滚哥一定会好好疼爱你的！”

顾洛被这两下拍得背脊一震：“客气了，哥。”

简野笑起来时，脸上的刀疤也跟着拉长了几分，看起来又狠又飒：“应该的。”

顾洛心想：总觉得，面前这人好像更可怕了。

4

当两个人在宿舍收拾好东西下楼时，保姆阿姨已经准备好了一桌丰盛的菜肴。

等简野完成了合同签约，大家一起吃了顿午饭。

林延看了一眼时间，又把他们招呼到训练大厅上机。

顾洛坐在电脑前，心有余悸下有些惴惴不安：“林教练，这是……还要继续 solo 吗？”

林延那边已经打开了电脑，闻言头都没有抬一下：“怎么，单挑还挑上瘾了？这么喜欢滚仔的话，回头多留点时间让你们一起玩。”

顾洛眼皮顿时跳了一下：“不，不用！”

林延也没多想，打开炙热客户端，朝周围看了一圈：“都上号了吗？”

简野配合地应了一声：“上了！”

“那行，先加我，”林延面不改色地报出了自己的 ID，“谁还不是小公举。”

简野：“……”

顾洛沉默了片刻，随即心情复杂地解释道：“林教练的游戏 ID，就叫‘谁还不是小公举’。”看着界面上弹出的组队邀请，他心一横，彻底躺平了。不过下一秒，看到另一个人进入队伍后，他顿时重新挺直了背脊，端正地在电脑前坐好，还不忘认真地整理了一下戴在头上的耳机。

组队页面上面还可以清晰地看到操作记录：“谁还不是小公举”邀请“景”加入队伍。

顾洛盯着游戏界面中的“景”看了一眼，随后忍不住又看了一眼。

当他看第五次的时候，林延把简野也拉进了队伍，提醒道：“你们还没加好友的，赶紧互相加一下。”说完把手机掏出来，“等一下，我再拉一个人。”

顾洛控制着激动的心情，小心翼翼地移动着鼠标，给景元洲发送了一条好友申请。他看到自己的好友列表里多出来的ID，心情无比激动，虽然只是一个小号，但他嘴角依旧不受控制地上扬，感觉自己的整个世界都瞬间明亮了。

就在这时候，林延终于把最后一个人邀请到了队伍中。那人并没有直接准备，而是在聊天框里打字。

冥王带你飞：“五排？”

冥王带你飞：“之前不是这么说的，五排的话，可就不是一个价了。”

林延微微挑了挑眉梢，也开始慢悠悠地打字。

谁还不是小公举：“放心，不会让你吃亏，打一局算你四局的价格。”

冥王带你飞：“成交，排吧。”

眼见他们一开口就谈价格，简野有些疑惑地问：“林教练，你拉的这人谁啊？”

林延点下了匹配按钮进入队列，随口答了一句：“哦，我给你们找来的陪玩。一百块钱一局，可贵了，可要好好享受，千万别浪费了。”

目前队伍里的四个人，三个是GH签约选手，一个是战队教练，怎么看都算是正式队队内磨合局，谁能想到，林延居然找了个陪玩来给他们凑数？

顾洛愣过之后轻轻地咳了一声：“其实……如果缺人的话，我有不少好友在线的，可以试着喊喊。”

听这陪玩的语气，打一局要按照四倍的价格来算，这不是抢钱吗？！

简野也应和道：“我这里也有几个队友在，要什么位置，我去问问？”

林延想都没想就一口拒绝了：“不用了，就这样吧。”

眼见已经完成匹配进入到BP界面，林延在聊天框里打了一句“冥王，你玩打野”。他随手禁了个版本强势的英雄后，把耳机摘了下来，随意地挂在了脖子上：“今天随便玩玩，大家眼神交流。”

简野探了探脑袋：“教练，你打射手？”

林延“嗯”了一声：“娱乐局，我就不开团队语音了。你跟Gloy走就行，不用管我，我单机。哦对，打野也先不用管。”

简野下意识朝景元洲看去："那边路……"

景元洲刚刚调试完键盘，闻言应道："我自己打穿。"

简野没再多问，点了点头："那行，Gloy 就放心交给我。只要滚哥有一口奶在，中单就绝对不会倒下！"

顾洛缓缓地张了张嘴，本想说什么，但之前 solo 的情景还历历在目，拒绝的话到底没舍得说出口。行吧，他承认，他就是在贪滚哥的那一口奶。

BP 环节结束，游戏正式开始。

刚导入地图，聊天对话框里就冒出了一句话。

冥王带你飞："线上都小心点，带你们飞，不送保赢。"

谁还不是小公举："小哥哥好棒，看好你哟！害羞 .jpg。"

顾洛正在购买出门装，看见对话后手一抖，好端端的一个中单法师险些买了物理装备。

林延没有半点思想负担，跷着二郎腿半靠在椅子上，可以听到游戏里的声音从挂在脖子上的耳机里传来。

随着下路兵线抵达，林延不疾不徐地开始补兵。

一时间，训练大厅里除了顾洛和简野偶尔的交流声外，只剩一阵鼠标、键盘敲击的声音。

开局不到一分钟时间，全场的第一个人头爆发。景元洲不声不响地完成了一次单杀。敌方上单仗着打野埋伏，想要勾引，却不想反而怒送一血。

"冥王带你飞"原本想去对面野区找麻烦，没想到被队友抢先拿了人头。他愣了一下后，只能在野区搜刮后依依不舍地离开。

林延看了眼上路安稳收兵的景元洲，似笑非笑地挑了挑眉。

不让简野跟着，他本来已经做好了当个工具人射手的准备，现在和景元洲两人一个在上路，一个在下路，要说是最遥远的距离也不为过。

游戏还在继续。

大概是因为被景元洲的一血激励了，Gloy 的操作也越发狠辣，不出半分钟，中路再次爆发人头。

战况更加激烈了。

上路、中路人头接连爆发，“冥王带你飞”又独自在野区埋伏了几次后，局面很快呈现出一面倒的趋势。

林延这个工具人射手就这样美滋滋地在下路吃着兵线，偶尔在聊天框里喊几句“加油”，不知不觉间上中下三路同时被打穿。

随着敌方水晶被击破，“Victory”的字样出现在了游戏界面中。

林延退出了结算界面，又给众人发去了组队邀请。

第二局比赛开始，“冥王带你飞”没有再在聊天框里说过带飞之类的话了。

林延注意到了这个细节，露出了一抹淡淡的笑容，点了点鼠标，锁定了一个更加适合混场次的射手英雄。

有景元洲碾压上路，再加上顾洛和简野渐渐熟练的配合，这一局游戏结束得更加迅速。

别说 MVP 了，接连两局 KDA 评分数据都是全队第三，“冥王带你飞”已经彻底没声了。

明明他才是人家花钱请来的陪玩，但是前两局的数据结算统计，不管怎么看，他都像被人带飞的那一个。

“冥王带你飞”这么久的陪玩生涯，似乎在这一瞬间遭遇了前所未有的滑铁卢。

某处破旧的废仓库中，电脑屏幕微弱的光照亮了坐在桌前的身影。

因为很少见阳光的关系，少年的皮肤透着一种病态的苍白，原本毫无情绪的眼底渐渐多了一抹异样的色彩。他缓缓地活动了一下筋骨后，神色间渐渐多了几分认真。

与此同时，简野也收到了来自林延的叮嘱：“滚仔，Gloy 这边可以了，这局开始你跟着打野吧。”

顾洛听到这一句话，眷恋地抬头看了一眼。有一点他不得不承认，滚哥一上赛场，那些温柔都是真的。

新的一局游戏开始。

前两局辅助一直和中单“如胶似漆”，一副形影不离的样子，现在突然抛弃了中路，进军野区，倒真的让“冥王带你飞”有些惊讶。

其实刚才两局，他已经注意到了这个有着绝佳的治疗手法的辅助，作为一个强势输出，确实没有人可以抵挡来自奶妈的柔情。

刚刚两局“差劲”的表现本就让他心里憋着一口气，这时候仗着有辅助支持，他就打得更加强势了。

一级开始，“冥王带你飞”直接入侵对面的野区，敌方打野一冒头就惨遭一顿毒打。眼见敌方落荒而逃，他也不着急离开，顺势拿了一个 Buff（增益）。

这边的动静毫无疑问地吸引了其他人的注意。

眼见敌方中路、射手已经往野区方向包抄过来了，“冥王带你飞”在地图上打了信号，简野会意，两人转身在草丛里反蹲。

第一滴血加上双杀，丰厚的经济到账，打野一开局，直接起飞。

林延把一切看在眼里，了然地笑了笑。

游戏进行到第五分钟的时候，“冥王带你飞”在峡谷处的先锋守卫者旁进行埋伏，趁着敌方打野血量过低收割人头，再次拿下团队增益。紧接着他又在敌方野区处做迂回，给敌方中路打了一个时间差，绕后再次完成击杀，和 Gloy 共同推掉了敌方的外防御塔，这才不带走一片云彩地飘然离去。

游戏进行到第二十五分钟时结束。

简野跟了全程，将头上的耳机摘下，赞叹道：“这个打野节奏可以啊！”

整局下来别说浪费半点时间了，就连他想要抽空回城补充状态，都完全找不到机会。

林延笑笑说：“如果不可以的话，我找他来干吗？”

早在组人的时候景元洲就已经猜到了林延的用意，抬头时正好对上对方视线，明知故问：“怎么，又要我去拉人？”

这个“又”字，不得不说用得非常微妙。

顾洛本能地坐直了几分，也抬头看了过来。

林延没有继续发出组队邀请，活动了一下筋骨，说：“这种小事，就不劳景神费心了。”

景元洲了然：“哦，看来他不是我的粉丝。”

“也不用太难过，Titans 的粉丝那么多，不差他一个。”这真是听起来就不太有诚意的安慰。

林延低头看了一眼屏幕上的统计界面。

虽然对手确实不太强，但是刚才的几局，已经足够让他获得想要的情报，至少融合度还不错。

林延拿起桌上的手机，站了起来，抬腿朝门外走去：“今天先到这里吧，我去了解下情况，你们随便玩。”

训练大厅里瞬间安静。

顾洛很想邀请景元洲，但就是这片刻的迟疑，好友列表中的头像已经暗了下去。这么快就下线了……他有些遗憾地缓缓吁了口气，探了探头，问：“滚哥，双排吗？”

简野很是爽快：“你拉我。”

景元洲刚关上电脑，放在旁边的手机就响了起来。

来电显示是他 BK 的队友——库天路。

自从景元洲离开了战队，库天路这个副队长就顺理成章地接替了队长的位置。

景元洲走到外面的走廊上，按下接听键：“喂，有什么事吗，库队？”

库天路的声音从电话那头传来：“老大，你就别揶揄我了好吗？在你面前我哪里敢自称什么队啊！”

景元洲低笑了一声：“所以你特地打电话过来，就是为了编派自己？”

“当然不是！”说到正事，库天路语调顿时严肃起来，“我说你那边的 GH 战队怎么回事？刚刚跟你在五排的都是你的队友吗？”

景元洲缓缓靠在了墙面上，瞬间就猜到了原因：“我们刚才碰上主播了？”

“放心，你那个小号没多少人知道，如果不是 Mini 刚好看到，我也注意不到。”说到这里，库天路微微停顿了一下，最后还是迟疑地问道，“你还没回答我的问题呢，刚刚和你五排的，就是你以后的队友？”

景元洲说：“也不全是，怎么了？”

库天路沉默了片刻后继续说：“别的人我不了解也就不多说了，但是那个打野，最好还是稍微注意一下。”

景元洲有些疑惑：“嗯？”

库天路说：“你平时一门心思都放在比赛上，很多事情也没太关注。不过两年前青训营发生的那起暴力事件，当时还是闹得挺大的，你多少应该有点印象吧？”

景元洲沉默片刻：“我记得。”

两年前青训营闹出过一件大事。

当时有个少年跟另一批人起了冲突，过程中两边的人直接动起了手，最后送了好几个人去医院，救护车都出动了。据说场面一度非常惨烈，如果其他人晚赶到一会儿，保不准会搞出人命。

那一年的青训营着实不太平，先是有人跳楼自杀，后来又发生了这样的暴力事件，整整被媒体添油加醋轮番报道了一个月，以至于连景元洲这种从来不关注八卦的人都有所耳闻。

不过后来也不知道为什么，这些事忽然又被全部压了下去，再也没有消息了。

“我记得这个 ID，再加上那操作，可以非常肯定，当时那个差点把人打死的天才新人就是他！”库天路的声音从听筒里缓缓传来，“嘿，我说这小子还真有点意思，这么久没露面了，我还以为他放弃电竞行业了，结果到现在连 ID 都不换一个，这是生怕别人不记得他的那些破事？”

景元洲倒是有些意外：“原来是他……”

他记得，当时青训营的天才打野一度受尽了瞩目，就连 BK 管理层也曾蠢蠢欲动，直到最后出了这样的大事才非常遗憾地不了了之。

库天路头痛之余，忍不住开始骂骂咧咧：“说起来你转会去哪里不好，那么多豪门可以挑，偏偏要去 GH 这种连正式联赛资格都没有的队伍。你看看给你安排的那些队友都是些什么人？没一个眼熟的！其他人也就算了，玩打野的那个小子还真不是什么善茬，能劝退的话最好劝退，实在不行也留意一点，可别到时候连带着整个队伍都给拖下水！哎哟，为了你我真是操碎了心……”

电竞圈在管理上向来很严格，如果有选手出事，一不小心就可能拉着全队共沉沦。

景元洲在圈内保持了这么多年的口碑，库天路担心他被连累，这也只是出于关心的正常反应。

就是他一操心就喜欢唠叨的劲，实在让景元洲有些承受不住——太吵了。

景元洲不动声色地将手机拿远了一点，习以为常地听着库天路在那边滔滔不绝，遥远的距离下几乎没有听进去任何实质性内容。

景元洲若有所思，抬头时恰好看到走廊的转角处走出的熟悉身影。

景元洲站直了身子，说：“还有点事，先挂了。”说完，没等库天路回应，就掐断了电话。

5

林延刚聊完电话，似乎留意到景元洲的视线，抬头看了过来。

景元洲从林延一脸不高兴的表情中隐约猜到了什么："被拒绝了？"

林延有些奇怪地看了景元洲一眼，很快了然："你也知道这小子的来历了？"

景元洲也不隐瞒："刚才我们五排的时候遇到主播了，库天路看到后给我打了电话，多少了解了些。"

林延有些无奈地叹了口气，难得头疼地捏了捏眉心："毕竟当年那事闹得挺大的，虽然联盟为了息事宁人最后只是将 Abyss 从青训营里除名，但这也同样断了其他职业俱乐部招揽的心思。这些年来他更是连平台直播都没法做，只能在这种不入流的 APP 上当当陪玩，有点心气的都会受不了。"

景元洲笑道："我倒觉得他挺受得了的。听库天路说，都两年的时间了，这不是连 ID 都没改吗？"

"何止没改过！他所有的陪玩账号都叫这个名字，除个别符号上的变动之外，一模一样！"提到这个，林延也是由衷地佩服，"年轻人嘛，大概也是发自内心地觉得当年的事没做错吧，用这种方式强撑着对这个世界表示抗议。这做派看起来是挺酷的，但确实是倔了点。但凡改个游戏名，再把脸一挡，隔着网络，谁又知道他是谁？毕竟是当初公认的天才新秀，以他的实力，找个平台当主播怎么都比现在这样强。"

景元洲看了林延一眼："你倒是挺心疼他。"

"心疼啊，简直心疼死了。"林延一派坦然，"有什么办法，我这人啊，就是见不得人才被糟蹋。"

景元洲刚刚听了库天路的"警告"，本来对这位天才打野也略有存疑，但是这时候看到林延的态度，想来还有什么隐情，顿时把考量都放了下来。

他饶有兴致地问："可人家不是已经拒绝你了吗？接下来准备怎么办？"

林延对自己的认知向来十分到位："还能怎么办？当然是发挥我死缠烂打的优势了。"

景元洲低笑了一声："这倒是真的，死缠烂打你最在行。"

林延忍不住低低地咳嗽了两声。

景元洲意味深长地看了他一眼，轻描淡写地把话题转了回来："那这个优势，你准备怎么发挥？"

提到这个，林延的视线在景元洲身上停留了片刻，露出了一抹无比纯良的笑容来："家访，有兴趣吗？"

景元洲一看他这样的表情就了然："这是又准备人尽其才了？"

林延不置可否，就这样定定地看着景元洲，又问了一遍："所以……有兴趣吗？"

景元洲沉默了片刻，而后回答："有。"

那个陪玩原名辰宇深，当初在青训营的时候ID为Abyss，因为超强的打野实力而备受瞩目，被誉为几年来少见的天才新人。

但是很显然，之前那段经历确实对他造成了很大的影响，以至于看到神态颓废的清瘦少年时，林延很难将他与视频资料当中那个意气风发的打野新秀联系到一起。

辰宇深更没想到，在自己明确地表示拒绝后，对方还会因为自己敷衍至极的一句话千里迢迢地跑来找自己。

当看清楚旁边的景元洲时，他原本有些麻木的眼神隐约闪烁了一下。只要稍微关注炙热职业联赛，就不会不认识Titans。更何况，最近关于Titans转会GH俱乐部的事还在网上闹得沸沸扬扬，想要忽略这张让人一眼难忘的脸着实有些困难。

可即使从豪强俱乐部转到三流战队，Titans这个名字依旧是充满着荣光的存在。不像他，两年前就已经低微如尘埃。

破旧的仓库深处堆满了各种各样的杂物，剩下的空间本就十分狭隘，光是一张床和一张电脑桌就已经占据了大半。

辰宇深站在门口没有动，犹豫着要不要请两人进去。

林延留意到了少年的局促，淡然一笑，非常自然地往里面探了探头："呀，你就住这里吗？还真是有电竞的氛围啊！"

辰宇深抬眸看了他一眼，侧身让开了一条道："进去说吧。"

承载了三人的仓库显得异常拥挤。

辰宇深平时自己一个人住，自然没有准备任何招待客人的东西。

此时他让林延和景元洲两人坐在床边，自己则坐在电竞椅上，双方就这样大眼瞪小眼，陷入诡异的沉默。

他很不喜欢这种在私密空间里被窥探的感觉，微微拧了拧眉心，到底还是先开了口："电话里我已经说过了，我现在对打职业没有任何兴趣，所以如果没有其他事的话，就不用浪费我们彼此的时间了。"

"电话里是说过了，这不还没有面对面聊聊嘛？"林延一边说着一边打量着辰宇深的神态，见他并没有想象中的那么排斥，微微垂了垂眼睫，露出了笑容，"毕竟这世上口是心非的人那么多，只是在电话里面说说，谁又知道是不是真的不想打职业呢？"

辰宇深看了林延一眼，眼帘微微下垂："没有什么真的假的，我就是……"话到这里停顿了片刻，吸了口气才继续说道，"不准备再打职业了。"

照理说，话说到这里，态度已经非常明确了，正常人也该识趣地离开，偏偏林延比任何人都耐磨。

此时他非但没有任何不悦，反而饶有兴致地朝辰宇深投去了打量的视线："不准备再打？那就是说，以前准备打过咯？所以，为什么以前有着一腔热忱，现在就突然放弃了？"

辰宇深在追问之下心情更是复杂。不知道想起什么，他眼底竟有一丝阴戾一闪而过，声音低哑地挤出一句话来："觉得恶心。"

景元洲一直在旁边没有说话，此时闻言，若有所思地抬头看了一眼。

林延对于这样的回答似乎并不觉得奇怪，了然地"哦"了一声，嘴角不带情绪地微微勾起："所以，恶心的是人，还是……成为职业选手的梦呢？"

辰宇深脸上的表情微微僵住。

林延缓缓地俯身下去，十指交叉抵在下巴处，让两人的距离拉近了几分。

他就这样定定地看着辰宇深："如果真的说放下就放下，为什么你离开青训营后的两年时间里，明明有那么多条路可以选择，却还要留在这个破旧的地方当陪玩？"

当年的事情发生后，所有的职业俱乐部都对他避之不及，辰宇深早就习惯了这种处境。

因此，当林延向他发出邀请的时候，他本能地以为，这个俱乐部的年轻老板对他的过往毫不知情才会有这样可笑的举动。

现在一听这话，他不由得愣了一下："你……既然知道青训营的事，为什么还来找我？"

林延的语气平缓且坚定："因为那些人不配断送你的前途。"

这样的话语落入耳中，辰宇深的身子不可控制地颤抖了一下，不知道想到什么，他一时有些出神。

林延看着少年低垂的发丝，语速放缓了几分："我知道有些事情在你看来确实非常不公，但这个世上从来没有过什么永远的公平。这些不公正，也不应该成为自我放弃的理由。既然觉得委屈，觉得不甘，就更应该朝着那些人的脸打回去才对。比起现在这样自暴自弃，在赛场上把他们狠狠踩在脚下不是更好吗？那才叫真正的痛快。"

辰宇深没有说话，只是狠狠地眨了眨眼睛，想要将眼眶酸涩的感觉努力地憋回去。

当年的事情已经过去两年了，他也将自己在这样狭小的空间里关了两年。在这期间，只要他露脸就有无数骂声，却从来没有人问过他一句"为什么"。为什么，他当年会那样歇斯底里地想要弄死那些畜生？！

辰宇深的喉结艰难地滚动了一下，他声音低哑地开口道："你什么都不知道……"

"对，我确实什么都不知道。"林延的态度特别坦然，"那我们就抛开那些往事不说，聊聊别的。"他就这样一派温和地看着辰宇深，"打职业的理想真的是说放弃就可以放弃的吗？这世上有那么多人想要走上这条道路，有的因为缺乏天赋而被卡在门外，还有那么一部分人，明明已经拥有了站在赛场上的能力，却又因为各种各样的不可抗力被迫放弃。要知道，和他们比起来，你幸运很多了！"

"所以现在，你真的要因为自己赌气，就亲手将这条路彻底堵死吗？"停顿了片刻，林延轻轻地叹了口气，"最强新人打野，Abyss？"

Abyss，连辰宇深都不记得，已经有多久没有人用这个名字叫过他了。

林延的话轻轻的、柔柔的，却仿佛一记重拳重重地砸在辰宇深心头最为脆弱的地方。

景元洲拿着手机的手也隐约颤抖了一下。他下意识地朝林延看去，久久地注视着那张看不出太多情绪的脸。已经拥有了足以站上赛场的能力，却出于各种各样不可扭转的原因被迫遗憾放弃的，又是谁？

辰宇深的唇角微微地抖动了起来，不知不觉间整个眼眶终于泛红。他将头埋在两臂之间，沉闷的声音断断续续地传来："别问我……我，不知道，真的不知道……”

他在封闭的空间里待得太久，每流逝一秒钟，他对电子竞技这个领域就会多一分失望。长年累月，他本以为自己活跃的心早就在铺天盖地的唾骂中彻底麻木了，却没有想到依旧可以钻疼得厉害。所以，曾经憧憬的职业梦想，真的可以这样放弃吗？

狭隘的房间中，渐渐地只剩下少年压抑的哽咽声。

林延平静地注视着他，缓缓地从床边站了起来：“好好想想吧，如果改变主意，可以随时给我打电话。放心，我以 Titans 的名义向你保证，我们 GH 绝对会是你最好的选择。”

正准备起身的工具人景元洲：“嗯？”

从仓库里出来时，外面已经可以看到闪烁的星光。

直至他们离开时，倔强的少年为了不暴露自己的狼狈，依旧将头牢牢地埋在双臂之中。

坐上了驾驶座，林延回想起最后看到的静止画面，不由得有些感慨地摇了摇头：“这个年纪真好，还能这么要脸。”

林延这事不关己的语调，仿佛刚才把人家谈到情绪失控的人压根不是他一样。

林延等了一会儿，才留意到景元洲从辰宇深那里出来后就一直没有说话，不由得疑惑地回头看了一眼：“怎么了景神？别是我的思想辅导把你也感动到了？以你这段位，不能够吧？”

景元洲说：“有的人已经拥有了足以站上赛场的能力，却因为不可抗力被迫放弃。”

林延脸上调笑的神色微微一僵。

景元洲朝他看过来，眉梢微挑：“不知道为什么，总觉得林教练对这样的心情，好像异常了解呢。”

车厢里瞬间安静。

林延的眼神隐约闪烁了一下，片刻后，他轻笑出声：“看来我刚才演讲的情绪还挺到位？谢谢 Titans 对我演技的认可。”

景元洲和林延对视了片刻，随即垂了垂眼，收回了视线：“不用客气。”

6

景元洲以为，以林延之前孜孜不倦缠着他的韧劲，他对辰宇深应该也势在必得。

没想到的是，自从那日回基地，林延就再也没有提过这个名字，就像彻底把这个人给忘了一样。

因为战队的成员没有组齐，队内的训练活动也就没正式开启。

训练大厅里零星地坐着几个身影。

顾洛尝过甜头之后彻底爱上了和简野一起双排，这会儿两人不出意外地凑在一起激情上分。

景元洲刚从外面跑步回来，正准备回宿舍洗澡，往训练大厅里面一看，恰好瞥到了那个趴在电脑前的身影，他步子微微一顿，方向一转就迈步走了过去。

林延面前的电脑屏幕上赫然是一个直播界面，左下角的视频画面中，那头五颜六色的碎短发格外醒目。

如果不是他的颜值撑得住这样的发色，活脱脱就是一只花枝招展的开屏孔雀。

至于林延，懒洋洋地用一只手支着侧脸，眼睛一眨不眨地看着那人的脸，嘴角带着极易让人浮想联翩的淡淡笑容。

“哦，原来你喜欢这种杀马特的风格。”

直到男人淡淡的声音从身后响起，林延才回过神，对上景元洲的视线后眨了眨眼，随手从旁边拉过一把椅子：“来得正好，一起看看。”

景元洲看着林延无比坦然的态度，没再说什么，走过去在电竞椅上坐下。

因为刚刚跑完步，所以他的身上笼罩着一层浅浅的阳光的味道，比起以往那淡漠的样子似乎有着一种别样的温暖。

林延不由得吸了吸鼻子，将左耳的无线耳机摘下，自然至极地送到了景元洲的耳边：“看看这个。”

林延指尖在桌面上轻轻地敲了敲：“别说，这哥们还真挺有意思的。”

景元洲扫了一眼直播间的昵称，对这样的评价不置可否。其实不用林延介绍，他也已经认出了这只“花孔雀”是谁——前 QOG 战队射手毕姚华，ID 名 BB，白瞎了这张电竞男神脸，是个实打实的“嘴强王者”。

他还在当游戏主播时，每做一场赛事直播都可以在直播室里喋喋不休到结束。总之，只要有选手在比赛中出现失误，就免不了被一顿嘲讽。但是又有谁能保证全程不出错呢？放眼整个炙热联盟，就没有毕姚华没嘲讽过的选手，以至于出道短短一年时间，他就几乎把整个圈子里的人得罪了一遍。“B 哥”的名号自此不胫而走。

毕姚华作为一个普通的游戏主播，有一大堆的女性粉丝冲着他的颜值买单，照理说偶尔听一听他嘲讽人图个乐子也就算了，偏偏他打射手位的技术简直登峰造极。

他这边把职业联盟里的射手选手嘲讽一圈，转个身就丢出几个视频，按照对方的失误一模一样地做一番应对展示，双重打脸的效果不言而喻，仇恨值拉得满满的不说，偏偏还让人哑口无言，一腔怨气只能往肚子里吞。

毕竟电子竞技靠实力说话，QOG 俱乐部当初就是被毕姚华的顶尖技术所吸引，力扛整个联盟怨愤的目光，将他签到了旗下。

在成为职业选手之后，有联盟规则的束缚，毕姚华的行为处事确实收敛了很多。不过他偶尔还是会管不住自己的嘴，倒是也交得起罚款，还算是安安稳稳地过了一段时间。

直到春季赛的淘汰赛上，QOG 在 BO3 的第二场比赛被对手血虐。

毕姚华全程一打九的情况下，队友始终梦游，独木难支，眼见水晶就要被击破，忍无可忍的他在比赛结束前用脏话冲刷了整个聊天频道。

因为事情发生得太过突然又是现场直播，导播还没反应过来，经典的一幕已经传到了各个角落。

整个电竞圈为之震惊。

当时官方介入，以选手行为不当为由对毕姚华做出了禁赛六个月的处罚。

紧接着 QOG 宣布与 BB 解约，毕姚华自此做回了他的游戏主播，“嘴强王者”重返江湖。

对于这件事外界也是众说纷纭，毕竟像毕姚华这样不惜提交违约金也要离开俱乐部的举动实在令人匪夷所思。但至少有一点可以肯定，QOG 团队内部出现了严重的分歧。

更多人觉得，毕姚华这种自诩实力强劲就自视甚高的存在本身就是个团队毒瘤，一天天的眼睛长在头顶，跟 QOG 那群实力平平的人在一起打比赛，闹掰本来就是迟早的事。

禁赛事件早就闹得沸沸扬扬，再加上毕姚华雷厉风行地退出了俱乐部，当时电竞媒体们纷纷不约而同地发布通告，狠狠地带节奏，传了十余个版本，也让毕姚华享受了一把常驻热搜的流量待遇。

不过B哥还是那个B哥，没有俱乐部的束缚之后，哪里还管这些媒体有多大的背景，但凡提过他名字的逐一点名“问候”了回去，即使以一敌十也丝毫不见劣势。

最后他居然气得各大媒体全部统一了战线，抓着他以前的所有负面新闻疯狂输出，场面一度十分壮观，不得不说——“真·统一全网媒体”的男人！

对此也有看不惯他的人故意收集了不少资料提交给炙热官方，想要落井下石。但是因为毕姚华已经处在禁赛期，而且和QOG解约后并没有签约其他战队，某种意义上算是个不在联盟管辖范围内的自由人，也就只能不了了之。

托库天路这个八卦前副队的福，景元洲当时也算是围观了全程。

除了对毕姚华嘲讽人的能力叹为观止外，这件事情背后到底是什么样的真相，他还是保留了自己的意见。

别说，就冲毕姚华可以舌战群媒的本事，他就不像是打个比赛能炸心态的人，那些媒体纷纷下水的时机显得过分微妙。

他怕是得罪了什么人。

景元洲本身不是个喜欢多管闲事的人，热闹看过也就算了，再加上BK与QOC这种常规一轮游的弱队没有什么正式接触，所以在林延招呼下才第一次静下心来好好认识一下这位传说中的人物。

别的不说，光毕姚华这张天怒人怨的脸，还真担得起“电竞男神”的称号，前提是，忽略他那张随时可以让人抓狂的嘴。

男人懒洋洋的声音里带着几分轻蔑：“没错，对面的射手就是猴哥，不出意外的话，他大概可以在我手下坚持六分钟吧。啧，还真别说，我跟猴哥九一开，百分之十的情况是……我不小心把装备全卖商店的话，还真可能会被他单杀。”

弹幕因为他的一句话刷得飞起。

“B哥真敢说，当初QOG怎么被人家碾压的忘了？”

“好歹是八强战队的射手，你这种在淘汰赛就再见的选手哪来的勇气？”

“老公的脸和老公的嘴，都一如既往地让人脸红。”

“BB 就算了吧，真的只有在直播的时候胡说八道了，真这么能怎么不去打世界赛啊？”

“哈哈哈歇着吧，人家在禁赛期呢！这种要队友伺候着的少爷，哪还有队伍敢要？”

“BB 还能上哪儿打世界赛，在梦里吗？”

毕姚华一边买着出门装备，一边颇有闲心地看着弹幕：“说实话，打世界赛就很厉害吗？看看今年参加全球赛的那些队伍，呵呵，那是去打比赛的？明明就是去公费旅游的！”

说到这里他低低地笑了一声：“行了，别说什么 BK 了。前面总决赛打成那破样，连 Titans 都看不过去转会了。靠那毛都没长齐的小屁孩？哪里还指望他们夺冠，别在场上尿裤子就不错了。”

林延听到这里，笑着看了景元洲一眼：“景神存在感很强啊？”

景元洲：“……”

一提到 Titans，整个弹幕瞬间炸了。

“在这里暗示什么？你以为 Titans 是你吗，输了比赛怪队友？”

“井底之蛙就是井底之蛙，QOG 当初就不该签你，白眼狼一个。”

“Titans 转会肯定有自己的考量，你以为打个春季赛表现不错就真能上天了？职业赛场上信口开河第一人？”

“说别人也就算了，拉 Titans 下水给你垫背，这是真不能忍！”

兵线抵达，毕姚华随手清理了几个小兵，神色不明地冷笑了一声：“是的，Titans 当然和我不一样了，他要真跟我碰到同样的队友，指不定会做出什么事来呢。说真的，这点我倒是挺好奇的。”

说话间他眸光微微一冷，角色在他的操控下角度刁钻地往前移动了两步。话音未落，界面上顿时弹出了击杀提示：

“能 BB 就不动手 击杀了 Hold”。

单杀！

整个弹幕安静了一瞬。

毕姚华瞄了一眼时间，垂眸笑了一声：“看吧，六分钟，正好。”

话音落下，整个直播间顿时被一片“好操作”的弹幕给覆盖了，把骂他的那些话顿时都盖了下去。

不管怎么说，BB 的射手实力还是备受认可的。

林延在旁边已经笑得不行了，微微地侧过身子，整个人差点靠到景元洲的身上：“不愧是 Titans，就算已经不在江湖，江湖依旧有你的传说。”

景元洲垂眸看去，似是而非地说道：“那也要谢谢林总给我成为传说的机会。”

“不客气。”林延甚是顺口地回答了一句，修长的手指戳了戳屏幕上那人的脸，歪着头看向景元洲，询问道，“可以吗？”

一个没头没尾的问句。轻飘飘的尾音落入景元洲耳中，他回答得也非常微妙：“实力可以。”

林延忍不住笑着挑了挑眉，将椅子一转，滑回到了电脑桌前。

直播间瞬间闪过了一排排金光闪烁的字幕。

“谁还不是小公举在没事多 BB 的直播间投了 10 个深水鱼。”

“谁还不是小公举在没事多 BB 的直播间投了 10 个深水鱼。”

“谁还不是小公举在没事多 BB 的直播间投了 10 个深水鱼。”

这样大的动静很快引起了毕姚华的注意。

别看他直播的时候看起来人气爆棚，但百分之九十都是来看他笑话的，除了偶尔有喜欢他颜值的粉丝来刷一下礼物，真的很少见这种一掷千金的老板。

他特别敬业地念道：“感谢‘谁还不是小公举’的深水鱼。老板有什么吩咐吗？”

这样一句在其他直播间再正常不过的话，顿时被一排排的弹幕打成了趋炎附势的做派。

毕姚华习以为常，丝毫不为所动，盯着老板发出的金光闪闪的弹幕，不疾不徐地说道：“哦，老板是想要我加入……”话到这里微微一顿，毕姚华原本只是漫不经心地瞥一眼，忽然整个人愣在了那里，“想要我加入……GH 俱乐部？”

声音落下的瞬间，原来还在疯狂嘲讽的弹幕也迅速慢了下来。

林延向来是个不会考虑别人心理承受能力的人，继续发着弹幕。

“对啊，全新出炉的GH俱乐部等着你，愿意签约吗？”

“就是那家，足以让Titans舍弃BK这种豪门的神级俱乐部，我相信你应该不会拒绝吧？”

向来满嘴跑火车的毕姚华也安静了，片刻后，只听他一字一句地说：“当然，不会拒绝！”

整个弹幕彻底疯狂。

“BB和Titans未来要同框？Titans答应了吗？！”

“这是什么魔鬼配置？”

“啊啊啊，我在做梦吗？我的两个男神要合体了？”

“就BB那衰样也算男神？GH管理层脑子进水了吗？队伍还没组成就准备解散了？”

“照我说，当初Titans就不该转会，现在被坑了吧……”

“假的吧？刚刚还在嘲讽，脸好疼……”

“BB这种选手都敢收，GH这是招不到人了吗？”

林延听到了满意的回复，压根没有搭理那些爆炸的弹幕，狭长的眼笑得弯弯的，转身看向了景元洲：“看吧，就是这么简单。”

景元洲丝毫不吝夸奖：“嗯，厉害。”

用林延的话说，毕姚华是一个非常懂得自己需要什么的人，并且对这样的优秀品质做出了极高的评价。

于是第二天，这个懂得追求梦想的选手就拖着行李箱出现在了GH基地的大门口。

虽然一副墨镜遮住了大半张脸，但那一头五颜六色的“孔雀毛”一眼看去十分嚣张。

最让林延感到惊喜的是，和毕姚华前后脚抵达基地的还有那日家访后就再也没有半点消息的辰宇深。他没有提前打招呼，毫无预兆地拎着一个背包，出现在了众人跟前。

少年的脸上依旧带着不近人情的淡漠，面对热情他也是双唇紧抿，一言不发。

骆默作为林延钦点的战队经理人，当即手忙脚乱地给两人准备签约合同。

林延抱着身子靠在墙边，满意地看着会议室里忙碌的身影，眼见自家俱乐部终于全员到齐，眼里是止不住的笑意。

这边毕姚华已经一目十行地看完了自己的签约合同，龙飞凤舞地签下大名。

不得不承认毕姚华确实是一个很通透的人，非常清楚自己想要的是什么，也从来不会拒绝被送到面前的机会。

之前签入 QOG 是如此，如今来到 GH 也一样，没有其他的理由，单纯就是为了自己。

而与 BB 形成鲜明对比的，无疑是旁边还在认真研究条款的辰宇深了。他安静地坐在会议桌旁边，微微地拧着眉心。从窗户照进的阳光仿佛在他身上镀了一层极浅的边，苍白又纯粹。

林延视线落在他的身影上，联想到少年以前的经历，眼神不由得闪烁了一下。和其他人不同，曾经拥有上帝视角的他，很清楚当年青训营里发生了什么。

也正因此，在见到辰宇深之后，他才越发感到心疼。这样清瘦的一个少年，也不知道当初面对那些人时，到底哪来的狠劲。

隐约感受到了林延投来的视线，辰宇深抬头朝这边看了一眼。误认为未来老板是在对他犹豫的态度感到不满，他微微压低了唇角，提起笔来签下了自己的名字。

随着签约的完成，战队的最后两个席位也正式确定了下来。

林延拍了拍手，笑着宣布："GH 战队，全员集结完毕！"

骆默小心翼翼地收好了最后两份合同，暗暗地松了口气。最近《炙热集结号》官方催他交选手名单催得紧，就差安排工作人员直接来他们俱乐部门口蹲点了。现在终于可以交差了，他不禁热泪盈眶！

第四章
GH偶像天团，原地出道

1

最后两名选手到位之后，整个GH战队也初见雏形。

虽然很多俱乐部都安排了替补选手，但林延目前没有这方面的打算。毕竟他们不是什么资历深厚的老牌俱乐部，才组建完成就安排替补，会给选手们带来一种随时要将他们替换的不信任感，反倒适得其反了。

留了一天时间给辰宇深和毕姚华熟悉环境，隔日林延就把所有人召集到训练大厅，简单地说明接下来的安排："关于《炙热集结号》的事情大家应该都知道了，我就不细说了。不出意外的话，大概两周后，这档节目就要正式开始录制，所以最近几天我会抽空带大家去把队服做一下，顺便拍一下宣传照什么的。记得都预留出一点时间，这几天别去外面瞎溜达了。"

GH要参加这档电竞综艺节目的录制的事确实已经不是什么秘密，不过听到林延正式提出，脸皮最薄的顾洛还是不可避免地感到紧张："这种综艺节目……算是真人秀吗？所以，我们到时候会上电视吗？"

林延好笑地看了他一眼："具体情况骆经理了解后会和大家详细说明，电视倒不一定会上，但是在各大网络电视平台播出肯定是免不了的。如果觉得偶像包袱重，趁着这些日子鼓捣一下，大致的标准就……"他朝周围看了一眼，最后视线落在景元洲的身上，嘴角微微勾起，"向Titans看齐就差不多了。"

景元洲对上林延的视线，也跟着淡淡一笑："我觉得我还需要再努力一下。"

"这种积极的态度就非常可取，大家多向队长学习学习。"林延拍了拍手，朝周围看了一圈，“不过我觉得我们战队的颜值绝对没问题，随便拍拍就是一部偶像剧宣传片，大家也不用太过紧张。”

林延说着，将手中的文件轻轻一拍，合了起来：“战队的辅助教练和数据分析师在这两天就会陆续到岗，除节目相关的拍摄任务外，接下来的训练作息表我会发到大家的邮箱。具体的训练内容每个人都不一样，到时候都记得关注一下。俱乐部给大家开的工资确实都不低，但是扣钱也扣得狠，避免以后出现卖身补罚款的情况，我劝大家还是多上心一点。”他似笑非笑地转身朝毕姚华看去，“特别是BB。你这一张嘴可能随时会变成俱乐部最主要的经济来源，要争气哦。”

毕姚华冷不丁被点名，拢了一把额前落下的彩色刘海：“知道了知道了，在直播时我会尽量争气，努力收敛一点的。嘲讽人不带脏话虽然是个技术活，不过我觉得我可以。”

“直播时”“尽量”“努力”“收敛一点”，还要……实现嘲讽人不带脏话的技术？！作为战队经理的骆默听了这话，差点一口气没上来。他总感觉已经看见自己为战队奔波的昏暗未来了……

林延没有在具体的安排上面继续细说，低头看了一眼时间：“正式的训练，会在后天助教和分析师到岗之后开始。在开始训练之前，为了让我这个教练更好地了解大家的作战风格，今天先来进行一下简单的队内切磋。我和Titans各带一队，三对三，三局两胜。那么现在分一下组，呃……”他一抬头，恰好对上顾洛充满期待的目光，“那Gloy，你跟Titans一组吧。”

顾洛眼睛顿时一亮：“谢谢教练！”

站在后面的毕姚华举了举手：“延哥，我跟你一组吧。有我在，绝对可以帮你镇住场子。”

林延连眼皮都没抬一下：“不，你也跟Titans。”

毕姚华满脸错愕：“边路和中单都在那边，再加上我这个射手，你就不怕输出直接爆炸啊！”

林延一脸冷漠：“不怕。”

毕姚华有些不服气：“给一个不要我的理由？”

林延面无表情地说：“你太吵了。”

毕姚华努力地挣扎了一下：“我可以努力管住自己的嘴。”

林延肯定地说："不，你管不住。"

毕姚华："……"

林延没再给毕姚华说话的机会，拍了拍手，公事公办地说："好了，大家都去挑个固定位，上机准备开打了。"

GH 队内的首次内战分组，就这样轻描淡写地定下了。

林延见景元洲对面的位置空着，走过去随手将椅子拉开坐下。

景元洲隔着电脑看了他一眼："真要这么打？"

林延语调散漫："打啊，BO3，输的那边包今天的晚饭。"

他笑着补充道："要亲手做哦！"

景元洲说："好说。"

光是从阵容上看，景元洲这边包括了上中下三路的主要输出，不管从哪个角度分析，只带着打野和辅助的林延都丝毫不占优势。更何况，辰宇深这个曾经的天才打野已经做了整整两年的陪练，实力下滑到了怎样的程度犹未可知。

而另一边，除了景元洲，毕姚华也算是刚从职业联赛上退下来，手法恐怕也会老练很多。

可即使如此，林延的态度看起来依旧从容，这反倒让景元洲非常好奇，他葫芦里面又在卖什么药。

林延把所有人拉进了自定义房间，完成队伍分组后他才缓缓地吁出了一口气："都准备吧。"他说完，将挂在脖子上的耳机戴上，按下了开始键。

因为是 3V3，他们使用的是比团队地图更加狭隘的冰封峡谷。自定义模式下不存在 BP 环节，双方在各自的队内语音交流后，开始选择英雄。

当林延报出两个英雄的名字时，辅助位的简野和打野位的辰宇深都愣了一下，随后非常配合地锁定了。

随着角色导入界面的出现，两边都看到了对方的使用阵容。

毕姚华看了一眼对面的英雄，就感到整个人都不太好了："这是什么阵容？疯了吧！这阵容怎么打？！"

顾洛默默地低头看了一眼自己锁定的法刺，由衷地感叹道："我怎么感觉我一个人都秒不掉？"

景元洲这个时候终于知道了林延的想法，忍不住笑了一声，没有说话。

比起景元洲蓝色方这边三个强势的线霸，林延所在的红方选择的三个英雄一个比一个偏。

简野毫无意外地拿了他最擅长的血量回复极高的奶妈，辰宇深用的是联赛中被嘲为冷板凳专业户的蛮人艾迪，至于林延，用的则是钢板坦克排行第一的熔岩狂魔哈里斯。

这局打完，在复盘的时候大概可以展开讨论一个非常深奥的问题——最锋利的矛和最坚固的盾，到底哪边更强？

可实际上，没等推到第二个防御塔，蓝色方的强力输出队就快打吐了。别的不说，光是这阵容就太太太恶心了！

蛮人艾迪和熔岩狂魔本来就一个比一个扛揍，再加上还有简野这么一个大奶妈在后面不要命地给他们续航。场中可以看到那些刺客英雄形如鬼魅般忽进忽退，虽然看起来无比的赏心悦目，但是输出队一整套伤害下来都打不掉红色方一半血，就被简野充满爱意奶满了。

最后输出队眼见着自家水晶被红色方击碎，毕姚华自诩心态再好也忍不住想摔键盘：“哇，这套路好脏！真的好久没遇到比我更脏的人了！”

顾洛默默地看了毕姚华一眼，唇角隐约动了动，显然没想到有的人狠起来连自己都骂。

打完一局，林延将耳机摘下来，抹了一把颊边的薄汗：“准备了，继续。”

景元洲刚被套路了一把，心情却意外不错，隔着电脑远远看去：“林教练，下一局还准备用这个阵容吗？”

他本以为林延会轻描淡写地还一句“你猜”，可随之而来的是短暂的安静。

林延不知道在想些什么，脸上并没有因为获胜而有多少喜悦，反倒看起来似乎有些心不在焉。过了好久，他才反应过来，随口应了一句：“打了就知道了。”

这样的状态显然不太像他。

景元洲隐约有种异样的感觉，微微拧了拧眉心，正想再说什么，旁边的毕姚华喊了他一声：“Titans，选人了。”

林延低着头，在队内聊天频道里输入这局的阵容安排。

简野看了一眼，忍不住赞叹：“妙啊！”话说出口他才留意到林延还没有戴上耳机，愣了一下之后也领会过来，转而开始打字：延哥机智，在这里交流，他们就听不到我们的阵容安排了！

林延低笑一声，也不否认，在聊天频道里发了一个微笑的表情。

随着双方地图导入完成，林延才拿起耳机戴了上去，拉过麦来，说话时语气毫无波澜："这局赢了我们的晚饭就稳了，如果谁发挥失误导致要打第三局的话……呵呵……"

林延低低的笑声通过团队语音传来，让简野和辰宇深均感到后背微微一凉。

蓝色方，景元洲从进入地图的第一眼起，就发现了双方阵容明显的克制关系。

别的不说，林延在战术安排上总能未卜先知，虽然只是队内娱乐性质的内斗局，短短的两场对决，他都能精准地抓住他们的阵容软肋，还是在完全盲选的情况下。这个人敏锐得可怕。

但是，这把唯一的问题在于这一局 Abyss 使用的不是他最拿手的打野位英雄，而是经常用于边路的英雄。而景元洲，又是联盟中最强的边路选手。

虽然蓝色方在阵容上被红色方完美压制，但是这一局比赛比上一局更加胶着。

双方轮流团灭对方之后，眼见时间进行到了第十八分钟，最后血拼结束，地图中只剩下最后两个身影。

虽然现实中林延和景元洲面对面坐着，但游戏画面里的两个身影遥遥对峙。

毫无预兆地，景元洲的深蓝色角色忽然向前一动，正式发起了攻击。

林延的眉心微微拧起，他操作的角色也随着键盘的敲击迎面而上。

双方的血条都在飞快地下滑着。

简野紧张地死死盯着游戏画面，下意识地看了眼时间，出于辅助职业的本能开口提醒道："六秒！延哥小心一点，还有六秒他的闪现就要好了。"

在一片寂静的游戏背景音中，简野的声音显得尤为突兀。

随着后背瞬间涌上的一层薄汗以及传遍全身的酥麻感，林延原本操作飘逸的梦雅精灵微不可察地停顿了一瞬。

这只是一个无比细微的细节，但是在这样过于关键的时刻，赫然是一个无法忽略的失误。

当林延回过神时，已经不可避免地露出了破绽。

如果此时他面对的人是顾洛或者是毕姚华，或许还有挽回的机会，可此时与他在战场上对峙的人，是景元洲。

大概胜负已定了吧。林延在心里低低地叹了口气，但并没有放弃挽救的机会，飞速地让角色完成了一个S形走位。正当他准备迎接对方的追击时，他却发现景元洲并没有留意到这个失误般，依旧保持着刚才的操作，迎面冲了上来。

两个角色碰撞在一起的瞬间，有一道血条被彻底清空。

景元洲操作的深蓝色身影就这样重重地栽倒在了峡谷中。

毕姚华有些遗憾地叹了口气："哎呀，好可惜，就差一点！"

顾洛也有些不甘心："我们要煮饭了吗……"

林延一把扯下了耳机扔在旁边，一言不发地操作着角色击碎了敌方水晶。盯着游戏画面上胜利的标识看了几秒后，他才缓缓地吁出一口气，从椅子上站了起来："晚上需要什么材料你们提前跟骆默说，让他去准备就行。我……去抽支烟。"

他说完，头也不回地转身走了出去。

景元洲也在同一时间站起来："我也出去一下。"

2

景元洲找到林延时，林大教练正靠在阳台边的墙壁上。他指间夹着一支烟，袅袅的烟雾间狭长的眼微微眯起，眺望着远处的风景。

偶尔一阵风过，吹得烟尾的火光隐约地闪烁了一下。明明很是微弱的光芒，却莫名扎眼。

大概是听到了脚步声，林延侧眸看了过来。他看到景元洲时并没有露出惊讶的表情，而是娴熟地吐出了一口烟圈，缓缓地站直了身子："抽一支？"

景元洲接过林延递过来的烟叼在嘴边："借个火。"

林延刚摸出打火机，景元洲已经俯身凑了过来。他看到男人清晰分明的眼睫，流畅的棱角线条说不出的完美精致。

点上烟后，景元洲不疾不徐地靠在了阳台的栏杆上，静静地看了林延一会儿，毫无来由地问道："怎么样了？"

林延摇了摇头："没事。"

刚才的失误实在是太明显了，林延会有所察觉，景元洲丝毫不感到奇怪。

虽然不太明白景元洲为什么放弃这个击杀的机会，但林延心里还是感谢景元洲的，毕竟这让他不需要再继续进行第三场对局。说到底还是他太过自信，以为3V3不会产生太大的影响，结果还没一个小时就露了怯。

那冷意瞬间笼罩上来的感觉实在太过清晰，以至于即使已经恢复了平静，当风吹过的时候林延依旧觉得后背生寒。他轻轻地叹了一口气，抬头对上了景元洲的视线：“你之前不是问我为什么不打职业吗？”

景元洲的目光隐约闪烁了一下，他没有说话。

林延淡然的声音在景元洲耳边飘过，平铺直叙的话像是在说别人的事：“PTSD，也就是很普通的创伤后应激障碍。我的耳朵本身没有任何问题，所以平常做事不会受到影响，但是只要在团队语音这种密闭环境中，时间一长就会出现耳鸣、幻听、全身发麻等情况，就像……这个样子。”

仿佛为了证明自己说的话，林延将放在口袋中的手抬起，伸到了景元洲的跟前——虽然已经明显平缓了很多，但是还可以隐约看到指尖不受控制地颤抖。

林延留意到景元洲神色不明的模样：“也别这么看着我，不是什么大事。心理因素造成的，没办法治，就……干脆不打职业了。其实当个教练也挺好，虽然偶尔确实会感到有些手痒。”

说到这里，林延事不关己般地笑了一声：“双排的时候情况会好很多，不过语音频道里声音越多就越容易受影响，3V3 以前没试过，今天的情况只能说明我高估了自己。总之多谢景神高抬贵手，再打第三局的话估计真的得跪，感谢景神不杀之恩！”

明明他说得无比的云淡风轻，景元洲却分明感到心头被什么东西狠狠地揪痛了一下。他下意识地想起了当初林延对 Abyss 说的那番话，眼帘缓缓垂落几分。

明明自己就是一个过分让人心疼的人，却偏偏想着要去心疼别人。

不知不觉间手中的烟燃烧殆尽。景元洲掐灭烟头扔入旁边的垃圾箱，没再继续这个话题，转身往外走去：“走吧，愿赌服输，给你做晚饭。”

林延似是而非地笑了一下：“Titans 亲自下厨，可真不是一般人能享有的待遇。”

景元洲顺着他的话接道：“确实是你的荣幸。”

林延轻笑一声，没再说话。

过去的点滴原本还在他的脑海中盘旋，此时却渐渐消散开去。

那年，林延还没来到这个世界，甚至才刚入联盟。

他只是一个刚刚从青训营里被选入职业战队的新人，看中他的是 WP 的队长章安宁。因为 WP 前射手的退役，输出位置空缺了好久，林延的到来给队里添加了新鲜血液。章队非常看重他，从他入队开始就不辞辛劳地亲自带着。

因为林延在青训营的时候打的并不是射手，所以对此章安宁也问过他本人的想法。

林延倒是不太在乎：“只要可以打职业，什么位置都可以。”

章安宁对林延的重视全队皆知，但也因为林延的实力确实顶尖，全队配合打了几把训练赛后，很快他就得到了队友们的认可。

WP 作为老牌战队，却有一个无比奇怪的属性，每次离冠军一步之遥的时候总会出各种各样的幺蛾子，以至于整个电竞圈给了他们一个“万年老二”的称号。

章安宁对此自然很不服气，特别是在得了林延这么一员猛将后，对接下来的比赛更是充满了希望。

林延被自家队长的情绪所带动，再加上第一次正式参加职业联赛的喜悦，在赛场上打得自然是激进无比。

势如破竹的连胜之后，萎靡许久的 WP 终于再次杀进了总决赛。

决赛前夕，章安宁重重地拍着林延的肩：“Eternal，一起冲向荣耀的顶端！”

连章安宁也没想到，就是这样一句话，在少年心中留下了无法抹去的痕迹。

林延对章安宁是敬重的，只有他知道自己有多想和队长一起站上冠军的领奖台。

总决赛安排在下午，当天早上赞助商那边不知道发什么疯，非要章安宁去补拍一条广告视频。赛场和赞助商所在地正好是在同个城市，他拗不过战队经理的软磨硬泡，只能无奈配合。临走前他揉了一把林延的头发，叮嘱道：“我不在的时候也要好好做热身，今年的冠军必须是我们 WP 的，乖乖等我回来，知道吗？”

林延当时正在玩游戏机提手速，闻言头都没抬一下，只是笑：“知道了队长，你好啰唆。”

章安宁似乎也觉得自己有些婆婆妈妈，笑了一声转身出门，坐上了俱乐部安排的车。

如果要问林延这辈子最后悔的事是什么，大概是当时没有好好地和章安宁说上一声再见。

接到噩耗时，选手们都在休息室里备战。

前一秒还念叨着队长怎么还没到场，后一秒就听说章安宁所乘的车在高架桥上出车祸，一时间所有人都难以置信。

林延从这个消息中反应过来后，第一句话却是：“别开玩笑了……”

来传达消息的战队教练动了动嘴角，没有回答这个问题，而是转身看向替补：“阿明，你接替章队的位置。”

话音落下，整个休息室里彻底炸了。

打野率先按捺不住了：“还打？！队长现在人在医院，什么情况都不知道，你还想着打比赛？！”

教练眼睛猩红，却死死地看着他：“你也说了不知道是什么情况！现在过去能做什么，进去替章队进行手术吗？整个战队好不容易才打到了总决赛，你说你准备怎么办，直接弃赛去医院？你这么做，章队能同意吗？！”

道理谁都懂，但是真到了这个份上，没有人能保证理智可以战胜冲动。转眼间，整个休息室闹成了一团。

打野发了疯地要往外冲，教练在拦人，死活不让他出去。他歇斯底里地喊：“林延你个臭小子说话！队长平时对你最好,这种时候你反倒不吭声了？！”

比起其他人，林延显得过分安静，此时闻言仿佛才回过神来，低头看去，掌心不知什么时候已经被深深嵌入的指尖掐出了深长的伤口。

他双唇透着一抹不寻常的白色，喉结滚了又滚，才声音低哑地说出一句话来：“这场比赛，我们必须打！”

林延清晰的声音落在这样的环境中，让所有人都安静了。

紧接着，众人便见他缓缓地从位子上站起来：“时间不早了，该去做热身准备了……”

话音未落，只见林延的身影晃了晃，吓得旁边的人一阵惊呼，手忙脚乱地将他扶住。队医迅速地冲上来查看，说林延大概是受到的刺激有些大，导致身体状况有了些异常的迹象。

打野神情复杂地站在旁边，欲言又止，最后狠狠地揉了一把头发，低骂了一声：“打！必须打！”

没有人知道章安宁那边的具体情况，但也没有太多的时间给他们多想。

工作人员小心翼翼地敲响了休息室的门，催他们上场。

替补阿明是刚从二队被提上来的新人，万万没想到第一次上场就是在总决赛上，还没走几步就感到双腿有些发软："怎么办……我，我能行吗？"

林延脸色依旧不太好，整张脸都透着病态的惨白，闻言回头看了阿明一眼，丢下一句话来："不行也得行。"

这场总决赛，林延打得前所未有的凶残。

虽然替补的弱势非常明显，但林延强行靠一己之力弥补了队友的空缺，硬是将 BO5 的前四局比赛的比分拖到了 2 ： 2。

决胜局之前，所有人回到休息室休息。因为始终没有得到章安宁的消息，氛围不可避免地变得十分压抑。

林延受不了这样的氛围，起身去洗手间，回来的路上，恰好撞见教练站在走廊尽头的角落里用手机小声通话。

虽然隔得很远，听不清具体的内容，但是林延隐约间听到了一句"没救回来"，顿时全身冰凉，再看去，结束了通话的教练扶着栏杆低声哭了起来。林延不记得自己当时是怎么回到休息室的，也不知道为什么他会连一滴泪都没有流。眼见决胜局就要开始，他跟着队伍再次走上了赛场，这一路的呐喊声显得异常遥远。

其他人还不知道具体情况，一脸严肃地完成了准备，在绝对的高压下谁都没有说话。

然而这一场比赛一开局，就呈现了一面倒的趋势。比赛进行到第十分钟，WP 就完全陷入劣势。

阿明本就是赶鸭子上架，打完前四场比赛，神经本就绷到了极点，此时在对手接二连三的虐杀下，终于彻底崩溃了。

打野本就憋着一口气，替补的哭声更加刺激着他的神经。眼见获胜无望，他虽然没有现场摔键盘，但忍不住在团队语音中爆发了出来。

过了片刻，边路和辅助也纷纷加入。语音频道当中，咒骂声、痛哭声、劝架声混乱地交错在一起，宛如噩梦。

理智和情感的撕扯，早就使林延处在一个随时可能崩溃的临界点。他感觉自己被各种各样的声音包围、淹没，随之而来仿佛又浮现出更多的声音。

这一切到最后，只剩下男人温和的话语："今年的冠军必须是我们 WP 的，乖乖等我回来，知道吗？"

如果我真的拿到了今年的冠军，你就会如约定那样回来吗?

最后一场团战，WP 被敌方打了个一换四。眼见着敌方气势汹汹地压到了防御塔下，基地中只剩下一个单薄的身影。虽然刚经过团战的四人均是残血，但是当战局变成一对四的时候，所有人都觉得胜负已成定局。

林延的操作却没有停止。

“Eternal Kill Uky！”

随着第一条提示消息的出现，之后越发势不可挡。

“Double Kill（双杀）！”
“Trible Kill（三杀）！”
“Quadra Kill（四杀）！”
“Ace！”

团灭!

只剩下血皮的射手，面对状态不一的敌方，在全世界观众的面前完成了一场匪夷所思的屠杀!

最终的冠军，属于 WP！

全场沸腾了，整个电竞圈也沸腾了。

然而当官方准备进行颁奖典礼的时候，却发现 WP 的成员都已经离开了赛场。直到这个时候，众人才知道 WP 选择替补上场的原因。可惜的是，章安宁最终还是没能兑现自己的诺言。

带回冠军奖杯的林延，赶到医院后只见到了那片无尽苍白中的安详身影。赛场上的各种声音忽然充斥在他脑海，在众人的惊呼声当中，他捂着头缓缓地蜷缩了下去。总决赛决胜局中的操作有多惊艳，后来的结局就有多遗憾。

就在整个炙热联盟都以为中国区要出新一代神级选手时，Eternal 的 ID 却彻底消失在公众的视野中。这是他第一次参加联赛，也是最后一次。一年后林延重新出现，不过是以战术分析师的身份。在他的带领下，WP 开始了属于他们的连胜王朝。

曾经的天才选手忽然转职的原因，外界一度众说纷纭，只有林延知道，有人站在台前发光发热，自然也需要有人站在幕后默默支持。

无所谓遗憾或不甘，每个人都有属于自己的路。至少他完成了对队长的承诺，这样其实也挺好。

3

林延与景元洲回去的时候，其他人正在讨论今天晚上的菜单。

简野作为获胜方接连点了几道菜，都被毕姚华毫不客气地否定掉了："你说的这些我都不会。要是会的话还打什么职业，五星级饭店的主厨位置都在向我招手了。"

简野大概是第一次见这么臭不要脸的人，震惊得脸上的刀疤都抖了抖："快餐店去过吗？你敢说在快餐店里没见过这些菜？！"

毕姚华毫无思想负担："没去过，哥我只叫外卖。"

简野："……"

顾洛在旁边一脸着急地看着，生怕这两人一言不合打起来。他一抬头恰好看到了走进来的两个人，忙招呼道："教练、队长，你们回来了！"

景元洲应了一声，问了下目前的讨论结果，然后点头："一会儿把食材列一下，是我最后没守住才输的，晚上我给你们做。"

林延闻言不由得看了他一眼。

顾洛一脸惊讶："队长你还会做饭？"

景元洲说："学过一点。"

骆默拿到清单后，很快将所有的食材准备到位，送进了厨房。

本来毕姚华和顾洛也准备进去帮忙，结果没过五分钟就被景元洲面无表情地"请"了出来。

毕姚华回想起今天一直被人拒绝的历程，忍不住叹了口气："你们这么嫌弃哥，永远不会知道自己因此失去了什么。"

景元洲送给毕姚华一个无比淡然的眼神："不管失去什么，至少获得了清静。"

毕姚华心想：没天理，连嫌弃的理由都一模一样！

没等毕姚华再开口，他就被旁边的顾洛拉走了："走吧哥，我们就别给队长添乱了。”

毕姚华扫了一眼自己刚才奋斗后一片狼藉的战场，没再说什么。

林延靠在墙边，看着这两人推搡着离开，忍不住想笑。嘴里还残留着淡淡的香烟味道，他微微抿了抿唇，回头朝厨房里看去。在这之前他很难想象景元洲穿围裙时的样子，但是当真看到了，又觉得有种说不出来的和谐。这人处在烟火间的模样，透着一种说不出来的温暖。

毕姚华和顾洛离开后，厨房里瞬间宽敞了不少，原本手忙脚乱的景元洲也变得有条不紊了起来。

林延看景元洲这做菜的架势可不像只是学过一点，对方有模有样的，甚至还有些大厨风范。

两边的锅里都煮着东西，景元洲却转过身准备洗水槽里的青菜，林延已经快一步走去，随手接了过来："我来吧。"

景元洲好奇："你还会做菜？"

"不会，"林延回答得特别淡然，"不过洗菜还是可以的。"

景元洲看着林延认真冲洗菜叶的样子，认同道："是挺专业。"

热气腾腾的一桌菜，所有人都吃得非常满足。

顾洛小心翼翼地掏出手机，对着桌子悄悄地拍了好几张照片。这可是 Titans 亲自下厨做的菜！简直此生无憾了！

林延没有小迷弟这么多心思，舀了一碗汤端在手里慢慢地喝着，温热入肚，终于把下午那令人不适的寒意彻底压下去了，连带着整个胃都感到暖暖的。

一大桌菜很快见了底，众人把碗筷整理起来放进了水槽，清理干净。

见一行人准备回宿舍休息，骆默忽然想起一件事来："对了，炙热节目组今天联系我们了，说要进行正式官宣了。因为我们队服还没到，宣传照可以先放一放，但是大家需要把游戏 ID 确认一下。来来来，都过来做下登记，回头就要正式提交上去了。"

话音刚落，景元洲已经提起笔来，写下了自己的 ID：GH · Titans。

紧接着毕姚华从他手中接过了笔：GH · BB。

简野把餐后水果暂时搁到了旁边，也走了过来并写好自己的 ID：GH · Gun。

顾洛写的时候一脸认真：GH · Gloy。

最后只剩下辰宇深，他的视线久久地停留在登记表格上，最后仿佛做出决定般，他拿起笔来，写下了这个已经许久没有提起过的 ID：GH · Abyss。

《炙热集结号》官方陆续公布了参与节目的选手名单。

次级联赛的队伍实力虽然不比职业联赛战队，但在长年累月冲刺职业联赛的过程中，也积累了不少不离不弃的粉丝。

特别是 QU、IBB 两家的支持者，对于自家战队多次失利总决赛的事一直意难平，现在额外多了一个争夺秋季赛资格的机会，普天同庆。

“虽然觉得官方搞这种综艺完全是搞事情，但是作为 IBB 的五年老粉，实在无法拒绝这样的诱惑。”

“唉，IBB 最近两年打成什么鬼样心里没个数？最后的冠军肯定是 QU 的，‘2B’队就别想了。”

“呵呵，都别太美，这个综艺的参赛队伍可不止你们两家呢。”

“路人插个嘴，次级联赛里面实力稍微能看的确实就 QU 和 IBB 了，别的战队，实在辣眼睛。”

“我说你们别是忘了吧，Titans 转入的 GH 好像也参加了这个节目，你们觉得景神一打五会怎么样？”

“我怎么把这事给忘了！话说 GH 的名单呢？怎么还没把 GH 的名单展示出来？”

也不知道是不是听到了众网友期待的呼声，《炙热集结号》很快又发布了一条微博，展示的正是 GH 俱乐部参加节目的选手名单。

@炙热集结号：#炙热集结号#@GH 俱乐部
全新起航，业内首秀。
全体参赛成员名单公布——
边路：@GH · Titans
打野：@GH · Abyss
中单：@GH · Gloy

射手：@GH · BB

辅助：@GH · Gun

和其他参与节目的俱乐部一模一样的官宣格式，唯一不同的是，这一条消息中缺少了俱乐部官方宣传照。这样一来，反倒让GH这支全新的队伍越发神秘。

之前景元洲转会到GH这种三流俱乐部时，粉丝们已经被狠狠地虐了心，这时候从名单当中再次看到“Titans”，又不可避免地受到了暴击。

但是Titans在联盟当中拼搏了这么久，一直以实力说话。比起很多根基未稳的选手，粉丝也相对成熟很多，眼见一切已成定局，除去脱粉和脱粉后恶意抹黑的那拨BK粉丝，绝大多数粉丝都在节目组的这条微博下表示了对未来的期待和祝福。

直到众人发现了名单上的BB。

因为那天林延在直播间拉人实在是太过明目张胆，有一部分蹲在现场恶意抹黑他们的人已经第一时间得知了这个消息，私底下一传十，十传百，今天就等着节目组官宣的时候来搞事情。

于是，在一串Titans名字中，有一部分的讨论方向已经彻底跑偏了。

“BB和Titans同框？简直有生之年系列！”

“实在搞不懂GH的管理层，佩服佩服。”

“我笑了，和Titans同队，输了比赛以后还怎么甩锅？你们简直是在为难我B哥！”

“还有什么事是BB做不出来的？没人背锅怎么了，我骂我自己，很难？”

“其他的都是些没见过的生面孔啊，有BB这个团队毒瘤在，真的不会翻车吗？”

“给大家讲个笑话，BB还在禁赛期。”

“禁赛期好啊，又不影响参加节目，说不定GH就是看上他这一点，签约打折哦！”

“楼上会说话，打折可还行。”

GH俱乐部基地，坐在休息室里的众人人手一部手机，神色不一。

队服上午就已经送到了，按照计划今天本应该去拍摄宣传照，但突然下起了大雨，接送的车子被堵在了半路。所有人都闲着没事，也知道今天节目组发布官宣消息，自然好奇地想去看一看。只是不看不知道，这一看还真是……令人心情复杂。

辰宇深已经将评论反复看了好几遍，确定微博下面没有人提自己的名字，才稍稍松了口气。当年闹出事情的时候，毕竟他还在青训营，除了圈内人并没有太多人关注，比起名声在外的毕姚华也确实没什么知名度。

辰宇深知道，自己的事一旦被人挖出来，到时候对俱乐部的声誉多少会有不好的影响，这时也算是稍微放心了。不过看着关于 B 哥的评论不停地刷屏，他还是忍不住朝毕姚华看了过去。

然而 BB 不愧是 BB，非但脸上没有任何不悦的表情，还挑了个无比舒适的姿势靠在沙发上，悠闲地跷起二郎腿，一脸感慨："看吧，这就是属于哥的江湖。你们数了评论没，看看这阵仗！我的粉丝，不比 Titans 少吧？"

顾洛沉默了片刻，提醒道："你那都是恶意抹黑你的人……"

毕姚华奇怪地看了他一眼："我说你们这些小年轻怎么回事？恶意抹黑我的人难道就不是粉丝了？他们也是发自真情实感在抹黑我好吗？他们要是对我没感情，怎么会每天追在我屁股后面吃屁？有一说一，那都是深深的爱呀！"

他说着又欣赏了几条嘲讽他的评论，满意地勾起嘴角："算了，和你们说了也不懂。知道哥这叫什么吗？排面！"

4

其他人都有些不忍听，只有林延在旁边不轻不重地拍了拍手："谢谢 BB 提供的排面，确实帮我们省了不少宣传费。你看，把骆经理都感动成什么样子了！"

骆默正因为公关事项忙得焦头烂额，冷不丁听到这么一句，嘴角微不可察地抽搐了一下："没错，宣传效果实在是……相当惊人。"他何止是感动，简直都快哭了好吗！

毕姚华特别谦虚地摆了摆手："也别太客气，都是一个俱乐部的，以后哥的流量就是大家的流量，资源共享，应该的。"

神一样的资源共享！骆默坐在沙发上的身子一歪，差点没忍住暴走揍人。

他深深地吸了一口气，很是头疼地再次确认了编辑好的内容，紧张地点击发送。

能不能力压BB这种“顶级流量”，就在此一举了！

GH俱乐部官博正在以肉眼可见的速度疯狂涨粉，在万众瞩目下，他们发布了关于GH的第一条微博。

@GH俱乐部：

感谢Titans对俱乐部的信任，3500万转会费，你值得！#鲜花

@GH·Titans

@BK俱乐部

我的天，Titans的转会费居然有三千五百万？！

大家早就知道Titans转会的消息，但是没有内部人士透露具体的转会费金额，这条消息一出，顿时没人搭理毕姚华了，全网再次爆炸。

毕竟在这之前，转会费最高纪录一直停留在Luni三年前的两千八百万。

现在，直接上跳了一个级别。

GH俱乐部背靠林氏集团，资金雄厚是众所周知的事情，但是大家万万没想到居然有钱到这个地步！三千五百万是个什么概念？精打细算都够买一家独立的俱乐部了！如果说别人家是豪门俱乐部，那GH无疑就是豪门中的豪门啊！

Titans老粉们原本的不满顷刻间荡然无存，此时此刻都忍不住开始默默流泪。虽然Titans已经二十三岁，也注定没有太久的职业生涯，但是三千五百万，他们的Titans值得！

景元洲眼看着#Titans 3500万#的词条登上了热搜，似笑非笑地看了林延一眼。

其实之前他就已经猜到了，这位小林总在签下他的时候，恐怕早就做好了用签约费来做文章的准备。要不然各家媒体哪能这么迅速，铺天盖地的通稿冒出来，显然都是事先准备好的。这样的转会费看起来似乎是个天价，但光是从战队的宣传效果来说，这三千五百万花得，物超所值。

被这个转会金额炸到的不只是关注电竞领域的普通网民们，职业选手圈很快也传开了。顶级选手们一个接一个地纷纷转发这条微博，场面十分壮观。

在这样全网热议的局面下，被捎带上的BK俱乐部管理层看着频繁冒出的

转发提示，一个个捂着胸口，差点当场昏厥。

GH 这家土匪俱乐部，诱拐他们的支柱选手不说，做宣传还要拖他们一起下水，真是丧心病狂，丧心病狂啊！每一条转发，都仿佛是插在他们胸口的刀子。

但不管怎么说，大家的关注点确实被景元洲的转会费所吸引，评论中上蹿下跳嘲讽 BB 的人也终于少了很多。骆默刚刚松了口气，就听到毕姚华在旁边唏嘘："这些人实在是太肤浅了，怎么可以就这样被金钱吸引呢？是我 BB 不够有才华吗？是 B 哥不配吗？"

"呸……配！你配你超配！"骆默忍着冲动应道，他低头看了眼刚刚收到的微信，非常迅速地转移了话题，"行了都别看了，车已经到门口了，赶紧走吧！摄影棚是有预约使用时间的，可不能一直等着我们。"

一出门就可以看到停放在门口的商务车。

拍宣传照这种事情原本和林延这个教练没什么关系，但是他还有幕后老板的这层身份，所以便饶有兴致地跟去一起看看。他上车的时候，往里面看了一眼。辰宇深坐在第一排，旁边是刷着手机的毕姚华，后面坐着简野和顾洛，只剩下最后一排留着空座。

景元洲坐在靠窗的位置看着林延。

林延躬身坐了进去。

车子很快发动了。车外淅淅沥沥地下着小雨，使得车厢里的空气不可避免地有些黏稠。

林延一直低头看着手机，一抬头恰好对上景元洲的视线。他也没避讳，直接将手机递到了景元洲的眼前："看看，我这条内容回得怎么样？"

景元洲看了一眼那条评论内容：

"我觉得 GH 管理层是疯了，花 3500 万买一个 Titans？有那钱直接包一个职业联赛的俱乐部不好吗？ Titans 今年都多少岁了，23 岁的老龄选手了，等再打进职业联赛，还没拿冠军就直接退役了吧？"

再往下，是林延用小号刚刚发出的回复：

"Titans 退没退役我不知道，但你这样的人一看就不懂生活。GH 在乎的是职业联赛的成绩吗？人家享受的明明是从底层创造辉煌的过程！真以为职业联赛的俱乐部就有多好？你看解散几年后还能有几个战队被人记住？GH就不一样了，一上赛场，全程护送所有对手安全回家。次级联赛都没打过的队伍，到时候一路拿下世界总决赛的冠军，啧，载入史册的存在，浓墨重彩的一笔！”

随着这条回复被发出，后面分分钟跟上了一片冷嘲热讽。

但是林延就像没有看到一样，凑在景元洲身边又反复看了几遍自己的回复，似乎越看越满意：“照我说，现在的人就是太缺少追求了。养成的乐趣，他们一点都不懂。”

话落，旁边的景元洲轻笑了一声。

林延挑了挑眉梢：“笑什么？难道我说的不对吗？”

景元洲：“话说得都对，就是……”

林延：“就是什么？”

景元洲：“就是，我还没有试过被养成的感觉，有点不知所措怎么办？”

林延心想：没被养成过他信，不知所措，是真的看不出来。

两人在后排大眼瞪小眼，连车子已经抵达目的地都没察觉到。

其他人都已经陆续下车，骆默等了半天没见自家老板下车，疑惑地朝车门里探了探脑袋：“里面的二位，还不下来吗？拍摄快要来不及了，私下交流的事，咱能不能稍微往后挪挪？”

林延是真觉得自己这个助理自从接管了俱乐部，这脾气是越来越大了。他一边往外面走去一边嘀咕道：“来了来了，催什么催！就算我跟Titans交流，那也是为了俱乐部的内部和谐在做贡献。阿默，作为战队经理，你不能只盯着眼前的表象看，目光要长远一点，知道吗？”

骆默无言以对：“我错了，是我肤浅，但你们还是得快点。”

林延还想说点什么，景元洲已经跟着下了车。

景元洲手里的雨伞打开的一瞬间，挡去了林延头上淅沥的小雨：“别生骆经理的气了，以后有的是时间。”

林延琢磨了一下，觉得也是这个理，点了点头：“也是，先去拍照吧。”

林延与景元洲并肩往摄影棚走了几步才反应过来：“哎，不对，我什么时候生气了？”

景元洲低低地笑了一声："嗯，你没生气，我理解错了。"

摄影棚里早就已经等了一片人，专业的造型团队和摄影师，加在一起约莫有二十个人。

眼见GH俱乐部众人终于抵达，一群人顿时一拥而上，紧锣密鼓地张罗了起来。

林延没什么事做，随手拿了一本时尚杂志坐在旁边的沙发上，心不在焉地翻看着。

没多久，GH队员们陆续做好了造型，定妆完毕。

林延听到动静抬起头来看了一圈，毫不吝啬地竖起了大拇指："可以可以，GH偶像天团，原地出道！"他说完，最后视线落在了景元洲的身上，由衷赞美道，"景队最帅。"

这些人里，当属毕姚华这一头五颜六色的发型最扎眼。他本来还想搔首弄姿一番，但听林延表扬景元洲，无声地张了张嘴，最后转身看向了旁边的辰宇深："Abyss，你实话实说，哥帅吗？"

辰宇深昨晚睡得比较晚，今天又被强行拖起来拍宣传照，这时候正强忍着睡意，闻言，视线迷离地瞥了毕姚华一眼："帅……"

毕姚华露出了笑容："那你觉得，队里谁最帅？"

辰宇深面无表情地撑着打架的眼皮，脑子昏昏沉沉的，不想做任何思考："你……"

毕姚华满意了："可以啊Abyss，别看平时一直臭着一张脸，还是你有眼光！"

辰宇深默默地回头看了他一眼，满头问号，怎么好像无缘无故，自己突然得到了极高的褒奖？

那边，摄影师已经布置好了拍摄现场，招呼他们过去。

整个拍摄的过程进行得格外顺利，先是每个人的单人照，最后是集体合照。可即使顺利，完成最后一张照片的拍摄，也已经是三个小时以后的事了。

玩电竞的人大多是夜猫子，就算没有辰宇深熬夜熬得那么夸张，也都早不到哪里去。

这一番折腾下来，GH的队员们一个个早已哈欠连天了。

好不容易等到摄影师说"OK"，所有人吁了口气，正准备撤退，忽然被景元洲喊住了："都稍等一下。"

其他四人下意识地看了过去。

景元洲留意到疑惑的目光，也不说话，转过身朝着旁边沙发上的男人招呼：“林延，过来一下。”

林延在旁边观看了他们拍摄的全部过程，正考虑要不要留下来监督选片，闻言疑惑地从沙发上站了起来。

他刚走近，景元洲忽然伸出手，一把将他拉了过去。

没等林延反应过来，宽大的GH队服就这样盖在了他肩膀上。

因为日常锻炼的关系，景元洲的身形比林延要健硕一些。带着景元洲独有气息的队服，悄无声息地将林延笼在了其中。

景元洲低哑的声音轻轻地从耳侧传来：“比个手势？”

林延下意识地抬头，恰好看到摄影师正对着自己的镜头，忽然明白过来。眼底的笑意浓了几分，他朝着景元洲的方向懒散地歪了歪头，带着灿烂的笑容比出了一个胜利的手势。

在他们身后，GH俱乐部的其他队员也纷纷围了过来。

摄影师捕捉到了这样一幕，眼明手快地按下了快门。

5

新出炉的官方宣传照很快被放在了网上。

之前还一直诟病GH俱乐部玩神秘的一群人被短暂地堵上了嘴。原因无他，他们从来没有见过如此直白不造作的俱乐部官博。

@GH俱乐部：

抱歉让大家久等了，实在是因为我们前几天才完成俱乐部选手的签约，今天早上队服刚到手，就拎着选手们去拍宣传照了。这是新鲜出炉不到一个小时的照片，挑了几张还没来得及精修的，大家凑合看看吧。

网友们差点被官博的内容给折腾笑了。前几天才签完选手？没记错的话，《炙热集结号》的阵容官宣也刚发布不久吧？这也就意味着，这家俱乐部报名参加节目的时候，还完全是一个空壳？谁给他们的勇气！不看好他们的人或许会迟到，但永远不会缺席。

“草台班子就是草台班子，我忽然有些怀疑这些选手的来源。”

“连 BB 都能签，还看不出来 GH 管理层的作风吗？”

“临时抱佛脚可还行？我仿佛看到了考试前手忙脚乱的我。”

“莫名觉得有点接地气怎么办？快，快来打醒我！”

“现签选手，现定队服，现拍宣传照，我居然一时间不知道还能说什么……”

“GH 的全称是什么？ Go Home 吗？炮灰队伍实锤了吧？这是准备综艺节目一轮游回家吗？”

“哪能是炮灰啊，人家有 Titans 呢！一打五完全没压力！ GH 目标世界总决赛冠军好吗！”

“哈哈哈，楼上阴阳怪气有一手。”

GH 俱乐部的第二条官博刚发出，分分钟评论就上了几千条，其中绝大部分是 Titans 和 BB 带来的流量。

但是随着评论数的增加，内容在悄无声息间发生了改变。

“呜呜呜，我的 BB 老公还是一如既往的帅。”

“不说我都没注意，这是没修过的生图？这队的颜值太猛了吧！”

“旁边那个刀疤平头有点帅，是打野吗？盲狙风格一定很凶。”

“那个‘奶奶灰’的耳根好像有点红哎，哈哈哈，拍宣传照居然还脸红，这么可爱的吗？”

“Titans 还是队长吧，这脸，这腿，我爱了。”

“左二的那个选手真的不是捡回来凑数的练习生吗？这个臭脸绝了，太有感觉了！”

“楼上都哪里冒出来的花痴？电子竞技靠实力说话，靠脸能吃饭吗？”

“我算看出来了，回家队哪是打比赛的，这是真的准备整一个电竞男团？”

“别的不多说了，请原地出道！”

“别的不多说了，请原地出道！”

“别的不多说了，请原地出道！”

几个小时过去，恶意抹黑的粉丝在评论区里拼命地带节奏，另一边，新收入的一批被他们颜值吸引的粉丝又在疯狂吹捧。

Titans 和 BB 的实力众所周知，但是大家对其他三人确实没有什么了解，所以很长的一段时间内，明明发布的是一支电竞战队的宣传照，硬生生给网友们搞出了偶像男团出道造势的既视感。

骆默将一切看在眼里，不可避免地陷入沉思。为了经营好战队，他明明提前向不少同行求取过经验，可是画风为什么完全不对呢？所以到底是哪一步出现了问题？或者说，他其实更有当娱乐经纪人的潜质？

林延看起来倒是对这次的宣传效果很满意：“不管怎么样，我们的战队已经吸收了一批稳定的粉丝，所以在接下来的节目当中，我们一定要好好表现，不要辜负大家对我们的期待，知道吗！”

毕姚华举了举手：“那个，教练，我有一个问题。”

林延说：“你说。”

毕姚华指了指官博下面的讨论内容，诚挚地问：“所以你是怎么从这些评论当中感受到他们对我们抱有期待的？”

林延伸出指尖在屏幕上滑了滑，最后轻轻地点了点已经预热的热搜新词条：“这还不够明显？”

毕姚华的视线随之下移了几分——#GH 偶像男团，请原地出道 #。

毕姚华叹为观止，嘴里挤出几个字来：“这也算？”

林延拍了拍毕姚华的肩膀：“不是你自己说的吗？恶意抹黑的人也是粉丝，都是一步一个脚印跟在你身后，发自真情实感地在抹黑你啊！既然这样，为什么被我们颜值吸引的粉丝就不能算粉丝了？自信一点，他们也是发自真情实感地在欣赏你们的颜值好吗？”

林延的“鸡汤”继续：“所以，不管他们看上的是你们的颜还是技术，不用怀疑，这都是爱！”

毕姚华沉默了片刻，彻底被林延说服了：“林教练你说的真的是……好有道理！”

林延满意地结束了爱的教育，用力地拍了拍手，招呼道：“所以还愣着做什么？为了 GH 的粉丝们，赶紧练起来啊！”

这几天辅助教练和数据分析师已经陆续到岗，随着《炙热集结号》录制时间的临近，留给他们训练的时间着实不算太多。

之前每个人都收到了属于自己的训练计划表，但一直没有时间凑到一起进行过集体训练，这时候他们已经各自登录了自己的账号，迅速地拉起了五排队伍。

他们的ID已经统一整齐地改成了战队的格式，看起来终于有了一些正式感，随后他们又给战队起了一个非常接地气的名字——回家专线。

林延脖子上挂着耳机，看着游戏里对战的情况，时不时地抓起耳麦念叨两句，手里始终拿着笔记本做着记录。

一个战队的磨合通常需要很多时间，不过GH这一下午的组排进行得非常顺利。

毕竟每个人的自身实力摆在那里，而且战队刚刚建立，排到的对手水平又明显偏低，转眼间已经连赢了好几局。

等林延宣布集体训练结束，已是晚上十点，往窗外看去，只剩下一片斑驳的灯光。

毕姚华坐在椅子上松了松筋骨，看着八连胜的对战记录，忍不住感慨："队友实力强就是舒服，全程下来就跟切菜一样，真是好久没有享受这种每局都把下路打穿的待遇了。"

顾洛在旁边探了探头："我的中路也打穿了。"

简野忍不住提醒他们："那是因为有滚哥保驾护航，你们才可以疯狂输出。"

刚才一直是全线碾压，辰宇深一个打野连gank的机会都没有，大多数时间在野区里漫无目的地飘。此时听他们讨论，他也没说什么，只能幽幽地叹了口气。

林延转眼间已经把对战记录整理了一遍，见他们坐在那里聊起了天，迅速地做出了决定："知道离你们睡觉的时间还早，反正现在也没什么事情，交给你们一个项目。"

队员们抬头看了过去："什么项目？"

林延看了一眼时间："从现在开始，补兵训练两个小时，十二点准时解散。"

在这些训练项目当中，补兵练习最为枯燥乏味，一想到要跟那些拳头大的小兵纠缠两个小时，所有人的脸就垮了下来。

“我们战队成立得晚，留下的训练时间不多，都打起点精神。”林延在安排任务方面从来不含糊，还不忘笑着提醒道，“记得开录像，到时候我要逐个检查。如果发现谁少了一秒钟，明天多补三个小时。”

话音刚落，所有人都迅速地坐回到自己的电脑跟前。

简野想了想，还是忍不住问道：“延哥，我一个辅助也要练吗？”

林延眼皮都没抬一下：“练啊，当然练。万一哪天遇到强劲的对手，我们家射手被虐得不是在等待复活，就是在等待复活的路上呢？输出死了八九十次，这些经济留给谁，送给敌方的铠甲兵吗？”

毕姚华说：“为什么要拿射手举例子？作为一个资深射手，我感觉有被冒犯到。”

林延笑了笑：“是我的问题。那就假设死的是中单。”

忽然躺枪的顾洛：“嗯？”

“咳咳，好了，赶紧训练。”林延说着，转身看向了景元洲，“景队，你就不用练了，跟我去下会议室。”

另外四人闻言，忍不住羡慕地抬头看了过来，宛若在看一个开小灶的特优生。

林延瞥了他们一眼：“别看了，等哪天你们也拿上几个世界冠军，我就给你们发布特权。”

众人：不带这么人身攻击的！练补兵去了，告辞！

林延把景元洲叫到会议室后打开了投影仪，以快进的模式看完了几局组排比赛的录像，而后问：“发现什么了吗？”

景元洲不假思索地道：“他们很强。”

这样的话能从Titans口中说出，无疑是一个很高的评价，但是他的表情看起来并不轻松。他微微皱了皱眉，又道：“这很难安排。”

在粉丝印象当中，自然是希望自己支持的战队拥有绝对强劲的选手，但始终没有一个战队实现过全员顶尖的配置。究其原因，并不是缺乏资金，最主要的问题还是在于资源配置。每个战队作战核心不同，资源倾向自然也有所不同。比如之前景元洲效力的BK，就完全是围绕着他所在的边路展开的战术。

实力较弱的选手给顶尖选手让经济，本是一件再正常不过的事，但是当全员都处于一个强势的状态时，这个平衡度显然很难把握。毕竟，没有哪个选手愿意在自身拥有绝对能力的情况下，一直给别人当背景板。所以，每年转会期都会有很多选手因为不满意自己在战队的待遇而选择挂牌。

以 GH 目前的情况来看，刚才组排遇到的都是弱队，尚且可以实现全线碾压，但如果遇到一些稍强的队伍呢？当全体经济处在完全均衡的状态下，就很容易暴露出问题。这个时候，一个核心的存在就显得至关重要了。

林延和景元洲都深知这点，但他们也知道，要牺牲一个人的经济去满足团队，对有天赋的选手来说，是一件多么残酷的事。这些年轻的队员都是他们精挑细选出来的，因此，他们更不愿意轻易剥夺其崭露锋芒的机会。

林延是一个惜才的人，所以一整个晚上，他都在认真思考这个问题。而现在，他显然已经有了想法。

此时听完景元洲的话，他只是懒懒地勾了勾嘴角："要是不难安排，还要我这个教练做什么？"说着他拿出了笔记本，翻到其中一页，推到景元洲眼前，"看看这个。"

景元洲看到上面密密麻麻罗列出的十多套方案，微微一愣："这些都是你今天晚上想的？"

"嗯，还只是一部分，其他的等回去后我再仔细想一下。"林延拿过笔来，在本子上迅速地圈了几下，"我觉得以现在的情况，这三套方案大概会比较合适。"

因为姿势的关系，林延的笑容肆意张扬："谁规定一个战队就必须有人自我牺牲？既然每个人都拥有当核心的实力，那就让每个人成为 GH 的核心好了。景队，你觉得呢？"

林延的语调拉长了几分，景元洲的目光微微晃了晃。不得不说，这样理想的想法可以说太过天马行空，但是如果真的实现，无疑会实现真正的所向披靡。虽然疯狂，但是足以让人热血沸腾。短暂的沉默后，他的嘴角微不可察地勾起："嗯，你说的都对。"

林延低头认真地写下了几句备注："那就这么决定了，今天晚上回去我就把具体的训练方案制订出来，在节目开始录制前，让他们把套路都摸熟了。"

景元洲提醒道："那可没几天了。"

林延摆了摆手："放心吧，时间挤挤总会有的。都是些年轻人，血气方刚体力好，到时候我让骆默多注意一下营养的补充，应该没那么容易折腾趴下。”

景元洲想了想，点头：“也行，那我配合你的安排。”

第五章
一场“友谊赛”

1

谁也没想到，GH俱乐部的首次封闭式训练，就这样毫无预兆地开始了。

接到《炙热集结号》节目组的通知，已经是一周后的事，紧闭的GH基地大门，这才再次被打开。

当天早上，官方安排的跟拍早早地就等在了GH俱乐部的门口。过了一会儿，终于有几个身影飘进了他们的视野。

简野目光有些迷离地抬头看了看天：“啊，这原来就是阳光的味道吗？”

辰宇深的脸看起来更臭了：“困。”

顾洛的身子一步一晃：“我觉得自己现在好像一只气球……你们有这种感觉吗？”

毕姚华低低地骂了一声：“我感觉这几天下来都快折寿十年了！”

摄像大哥早就架起了摄像机，当镜头刚对准他们的时候，顿时被GH几人那一个个深深的黑眼圈给吓了一跳。

摄像大哥还没回过神来，脚步虚浮的毕姚华已经给了他一个深深的拥抱：“谢谢节目组拯救我们脱离苦海，你们简直是我们的救命恩人！”一抱即收，毕姚华抬步往车上一钻，直接缩在车里倒头就睡。

紧接着，其他人也眼神空洞地跟着挤上了车。只是几秒钟的时间，就已经可以听到此起彼伏的呼噜声。

摄像大哥面对着这诡异的画面，一时间拿捏不准要不要继续跟拍。

这时候景元洲也已经出来，他轻轻地拍了拍摄像大哥的肩膀：“辛苦了，我们队员刚结束封闭训练，都有些累，拍摄什么的过阵子再补吧。”

摄像大哥：“啊？啊……好。”他缓缓地把摄像机收起来，心有余悸地往睡死一片的车厢里看了一眼——这是刚结束训练？什么样子的魔鬼训练能把人折腾成这样啊！

林延最后一个上车，随着车门被关上，商务车也启动了。

坐在副驾驶座上的林延通过后视镜看了一眼后面睡着的那群人，无奈地摇了摇头：“虚，还是太虚了！这体力都不行啊！这大好的年华，你说他们怎么可以这么虚？”

车上唯一状态还好的景元洲闻言，笑了一声：“第一次持续训练这么久，应该是还没适应，以后多来几次就习惯了。”

林延勉为其难接受了这个说法，侧眸看向景元洲，由衷道：“不得不说，Titans，还是你的状态最好。”

景元洲笑了笑没接话。

节目组安排的是一家五星级酒店，待遇可以说非常不错。

GH众人睡眼惺忪地下了车，远远就看到一个工作人员跑了过来。来人朝人群看了一圈，然后问：“你好，请问谁跟我去进行一下入住登记？”

林延看着这些人一个个死气沉沉的样子，叹了口气：“我去吧。”

其他人闻言，纷纷把身份证摸了出来。轮到景元洲的时候，他想了想，说：“我跟你一起去。”

林延对此倒没什么意见，点了点头，让骆默先带几人去休息室，自己则与景元洲一起去大堂办理入住手续。

今天是参加节目的战队集合的日子，他们一路走去，陆续遇到了不少穿着各种队服的选手。

林延之前毕竟是个圈外人，其他人不认识他，但是和他同行的景元洲俨然是块移动招牌，引人注目。这些次级联赛的选手天天盼着出头的机会，很多人把职业联赛的顶级选手当成自己的偶像，向来十分关注。这时候他们看到景元洲，虽然不敢贸然上去搭话，但一个个都兴奋地小声议论着。

时不时有几句话钻入林延耳中，他皱了皱眉，忍不住回头看了景元洲一眼，过了片刻，又看了一眼。

景元洲留意到他的动作，好笑地问："看什么？"

林延笑道："景神很受欢迎啊。"

景元洲客气道："还好还好。"

两人在前台领了房卡，前往 GH 众人等候的休息室。

因为魔鬼式的封闭训练，林延考虑到队伍上节目时的精神风貌，提议道："你说，我前几天是不是逼他们逼得有点狠？要不，今天晚上带出去好好放松放松？"

景元洲说："我觉得他们会更愿意在房间里睡觉。"

林延莞尔："好像也是。"

说话间，两人刚经过了转角。

林延的步子微微一顿："滚仔和 Abyss？他们在这里做什么？"

景元洲顺着他的视线看去："看对方的队服，好像是 ZX 战队的人。"

从这个角度可以看到，双方各自占据一边面对面站在走廊当中，应该是无意中撞见的。虽然很像老熟人相遇，但是现场的氛围有种剑拔弩张的感觉。

就在这时，只听 ZX 战队里有人轻轻地笑了一声："Abyss？好巧啊，真没想到会在这里遇到你。仔细算算，我们应该有两年没见过面了吧？"

辰宇深的脸色一瞬间沉到了谷底。

2

说话的人也不过十七八岁的样子，身材瘦小，见辰宇深不搭理他，阴恻恻地低笑了一声："还是老样子。"

简野不认识对面的人，但也感受到了氛围中的不对劲。

眼见小个子还准备向前，简野已经快一步拦到了跟前，微微提高了音量："你谁啊？有事吗？"

简野的长相其实并不凶悍，还带着一种独特的酷劲，但是现在他微微眯起眼睛，连带着脸上的刀疤仿佛都微微拉长了几分，顿时气场张开了好几米。

小个子不过才到简野肩膀的位置，这时候仰头看过来，本能地瑟缩了一下。他咽了口口水后退了回去，眼角的余光却掠向了站在简野身后的辰宇深："不错呀 Abyss，之前在战队名单上看到你的 ID，我还以为只是巧合，没想到你居然真的回归电竞圈了，还有队友这么护着，可真是让人感到羡慕啊！”

ZX 的其他人显然也不懂两人之间的恩怨，这个时候开口问道：“LAN，这是你朋友？”

LAN 似笑非笑地抬了抬眼：“我可不敢有这样子的朋友，不过，熟倒是挺熟的。还记得那会儿在青训营里的时候，我们同过队，谁知道后来就……”

辰宇深身子微微震了一下，毫无表情地打断了后面的话：“你到底想做什么？”

LAN 奇怪地看着他：“我能做什么？只不过看在参加同个节目的分上，给大家提个醒。特别是你的那些队友，可不是得注意了吗？你也知道你凶起来的时候是什么样子，如果闹出一点矛盾动起手来，可不是每次都像上次那么好运的，万一真闹出人命……”说到这里，他讥诮地扯了一下嘴角，转过脖颈，把领口往下用力一扯，露出了一道狰狞的伤疤，脸上的表情也冷了下去，“这道伤疤是怎么来的，我这辈子可都不会忘记。”

话音落下，ZX 战队几人看辰宇深的眼神顿时不太对。显然，关于 LAN 脖子上有伤疤的事，作为队友的他们也都知道，只是怎么也没想到，会在这里遇到当年动手的元凶。毕竟是队友，他们本能地想要为 LAN 撑场子。

在一片沉默当中，ZX 的队长神色凝重地开了口：“把这种差点弄出人命的选手招进俱乐部，GH 管理层是不知道吗？”

管理层是否知情，简野不知道，不过关于辰宇深以前的事，他确实是第一次听到。他下意识地回头看向辰宇深。

只是此时，辰宇深的表情却是前所未有的平静，这种平静里透着一抹颓靡，仿若整个世界枯萎后的一抹黯彩。在这件事上，他没有做任何解释，只是微微垂了垂眼眸：“走吧。”

这样的眼神他已经看过太多，也正因此，反倒麻木了。

然而辰宇深刚迈开脚步，ZX 的人就在他身前依次站成了一排，拦住了他的去路。

LAN 神色讥诮地看着辰宇深，话却是对简野说的：“所以这位朋友，你回去后还是告诉 GH 其他人都小心着点，Abyss 啊，指不定什么时候狠起来连队友都捅。”

辰宇深双手紧紧地握成了拳，死死地盯着 LAN，因为压抑的怒意，整个眼眶已经泛着猩红，语调有些不稳：“让开！”

LAN仗着有ZX其他成员给他撑腰，冷笑了一声：“不让又怎么样？你以为躲上两年就真的没事了？等着吧，到时候如果我把你以前的事抖出去，你猜，GH的管理层还愿不愿意继续留你？”

辰宇深的胸膛隐约起伏了两下，握紧的拳头更是止不住地颤抖。但他还是强行忍耐了下来，没有朝着这张令他恶心的脸呼去。为了那些垃圾，他已经断送过一次自己的职业生涯，实在不值得再断送一次！

辰宇深深深地吸了一口气，终于控制住了自己的情绪。他眉目森冷地正要抬起头来，忽然有人从身后拉了他一把。巨大的力量让他不由得往后退了几步，再看去时，简野已经重重地撞上了LAN的前胸。

两人的身材本就差距巨大，简野这突如其来的一下，几乎把LAN整个弹出去，最后他无比狼狈地一屁股跌坐在了地上。

突如其来的顶撞让LAN没反应过来，等反应过来后，他更加愤怒：“怎么回事，你们GH集体都是暴力狂吗？！”

简野在自己的平头上摸了一把，露出了一抹人畜无害的笑容：“刚才就是着急回去，不好意思啊，你太矮了，走路时没看着，没有把你撞疼吧？”

LAN怎么也没想到对方居然可以睁眼说瞎话到这个地步，在这副臭不要脸的做派下，整张脸都快绿了：“你，你……”

简野没等他“你”完，似乎忽然想起一件事来：“对了，一直忘记自我介绍。我是Gun，你们可以叫我滚哥，GH的辅助，想团战的话记得找我。”说到这里，他漫不经心地用食指挠了挠脸上的刀疤，“还有就是，不管在什么时候，开团，我是专业的。”

听这话的意思是，这还准备原地“开团”了？别说ZX战队的人了，就连辰宇深也被简野的态度给惊讶到。在这之前，他已经做好了受到质问、排挤的准备，但万万没想到，这个相识不算太久的队友，居然会这样毫不犹豫地挡在他的身前。

辰宇深的喉结滚了滚，他张了张嘴，却发现一个字都说不出来。

简野的做法，毫无疑问地让两边的对峙越发剑拔弩张。

双方正相持不下，只听有人轻轻地拍了拍手：“哟，这里还挺热闹啊！”

熟悉的声音让简野下意识地回头，当看清走来的两人时，他顿时一喜：“教练，队长！”

辰宇深垂了垂眸，藏下了眼底翻涌的情绪。

林延也不客气，随手将一堆房卡塞到了简野的手里，似笑非笑地朝周围看了一圈：“玩什么呢，带我一个？”

这话一出，原本就微妙的氛围显得越发诡异。

刚才林延与景元洲在旁边稍微站了会儿，具体情况也听了个大概。对于林延这种两三句话可以把水彻底搅浑的天赋，景元洲也是叹为观止，这时候饶有兴趣地站在旁边，一副静待发展的样子。

ZX 队长看到两人突然出现时，脸色也微微变了一下。他看了看林延，又看了看景元洲，吞了口口水，说：“就是路上正好遇到……没在玩什么。”

“哦，这样啊？”林延看起来有些失望，“我还以为贵队把我们的选手堵在走廊，是准备指教些什么呢。”

轻描淡写的一句话，却让 ZX 队长不由得抹了把冷汗：“哪能啊！叙个旧而已……单纯是队员之间叙个旧。”

“叙旧？”林延眼角的余光从辰宇深不善的脸色上掠过，要笑不笑道，“刚才不知道情况，我差点还以为贵队是来寻仇的呢。”

“能有什么仇，都是开个玩笑。”ZX 队长下意识地瞄了一眼旁边的景元洲，赔笑道，“今天也算认识了，景队，接下来在节目录制期间，还请多多关照了。”

GH 的其他人他或许不太了解，但是 Titans 在业内的影响力摆在那里，他多少还是要留些面子。

景元洲抬了抬眼，闻言，不置可否，只“嗯”了一声：“客气。”

林延看了眼时间，淡淡地道：“既然没什么事的话，那我们就先走了。”

辰宇深也没说什么，缓缓地吸了口气，跟在了林延身后。

LAN 已经被队友从地上扶了起来，眼见他们真的要走，不甘心地脱口而出：“等一下！”

辰宇深对这样的纠缠毫无感觉，回过头，表情麻木地看着他。

感受到其他人投过来的视线，LAN 暗暗地咽了口口水，话却是对林延说的：“你是 GH 的教练对吧？你们俱乐部知不知道……”

“知道，”没等他说完，林延已经干脆利落地打断了 LAN 后面的话，“关于每一位选手的情况，我们俱乐部都进行过非常深入的了解。”

LAN 哽在了那里，片刻后，难以置信地瞪大了眼：“知道你们还……”

“选择哪个选手，是我们的自由。”林延似笑非笑地看着 LAN，眉目忽然颇为和善地弯了起来，“而且，就是因为知道得太清楚，才会想方设法地把 Abyss 挖进队里。至于我们具体知道一些什么，需要在这里向你们逐一汇报吗？”

LAN 本来还想说些什么，在这样的目光注视下莫名感到后背一凉，所有的话顿时哽在了喉头。

林延垂眸看了他一眼，眉目里透着一丝鄙夷：“所以，我劝贵俱乐部的选手们还是不要有任何抹黑 GH 的举动，要是我在外界听到什么不好的风声，日子过得不开心的话，大概也一样不会让你们好过哦。选手的身份得来不易，该珍惜的时候，还是要好好珍惜一下才是。”

LAN 的身子微微震了一下，他本能地想要避开这样露骨的目光，下一秒，林延转身看向了 ZX 的队长。

此时，林延换上了散漫的笑容，似乎忽然想起一件事来：“对了，反正节目还没开始录制，看在我们两队这么投缘的分上，晚上来一场友谊赛怎么样？”

ZX 队长心想：投，投缘吗？！

虽然理智告诉他应该果断拒绝，但他还是下意识朝旁边的景元洲看了一眼。要知道，像他们这种次级联赛的队伍，几乎没有和顶级选手切磋的机会，机会难得。

最后，ZX 队长还是没能抵挡住 Titans 的诱惑，严肃地点下了头：“好，定个时间吧。”

回休息室的路上，景元洲回想了一下刚才的事，说：“我好像不知不觉间又被利用了？”

林延不以为然：“用一下就用一下嘛，这么小气干吗？”

景元洲说：“这次就算了，下次就要收费了。”

林延失笑：“行了行了，有那么委屈吗？大不了回头给你写个欠条，这样，总不能说我剥削你了吧？”

景元洲想了想：“也行。”

简野满脑子还是刚才的事情，越想越气：“我说，教练你们怎么出现得这么是时候？再晚一步该多好。照我说，就不该这么轻易放过他们。”

“怎么，你还真想‘真人开团’？”林延看了他一眼，学着他刚才的语调说道，“‘开团，我是专业的’。啧，厉害呀滚哥，生怕人家没证据告我们是吧？”

简野低低地咳了两声：“这不，行走江湖，重在一个‘义’字嘛。”

林延毫无感情地说道：“有时间看那些武侠玄幻小说，不如我每天多给你安排几个小时补兵练习？”

简野特别能屈能伸：“教练，我错了！”

林延也不是真的想训他，闻言低笑一声，侧眸看了一眼旁边的少年。

从刚才到现在，辰宇深始终没有说过话。一路无声无息地走到现在，虽然他已经竭力克制，但是依旧可以发现他的身子在止不住地微微颤抖。刚才在面对 LAN 的时候，他本以为自己可能会再次爆发，结果却比预想中要平静很多。可是随着林延的出现，内心某块地方反而被柔软地一击，彻底地支离破碎。

林教练和 ZX 约的那场友谊赛为的是谁，他比谁都清楚。这是他两年自我封闭以来，第一次真切地感受到温暖。

林延看着辰宇深这副样子，无奈地低叹了口气。林延把自己的外套脱下来，随手盖在辰宇深的身上，还不忘用大手重重地在对方脑袋上揉了一把：“行了，也别委屈了。这不是特意为你约了一把友谊赛吗？今天晚上，有冤报冤，有仇报仇，知道吗？”

林延不说倒还好，一说，辰宇深整个人抖得更厉害了。

林延在哄人这件事上实在没招，感到很是头疼，只听身边有些哽咽的少年深呼吸了两口气，才语调倔强地挤出几个字来：“我没……委屈。”

林延莞尔：“好的，你没委屈，只是感动。”

辰宇深这次没有反驳，再次沉默了。

正巧已经到了休息室的门口，林延就没再说什么，推门走了进去。

因为之前在车上已经睡了一阵子，大家倒没有在休息室里倒下，一个个躺在沙发上，等着房卡送达。

顾洛看到一起走进来的四人，微微愣了一下：“你们怎么一起回来了？”

毕姚华看了一眼被外套盖住了大半个脑袋的辰宇深，想了想，提问道：“这是在扮演什么？蒙面侠？”

被这么一打岔，简野忍不住笑出声来。

辰宇深顿时把头埋得更低了。

林延一边给几个人分配房卡，一边把刚才发生的事轻描淡写地说了一遍。

顾洛问："所以今天晚上的训练项目是和 ZX 的友谊赛？"

简野吐槽了一句："和他们？友谊个鬼！"

林延挑了挑眉梢："如果大家觉得太累的话，不想打也可以，我去跟 ZX 那边说一声就行。"

"打啊，为什么不打？"毕姚华看了一眼旁边依旧沉默的辰宇深，用力地拍了拍桌子，"ZX 这是以为我们 GH 没人吗？看把这孩子欺负得，都自闭了！"

辰宇深原本复杂的心情在这连番的"刺激"下荡然无存。这时候他终于忍不住一把将林延的外套从头上扯了下来，露出了那双还有点红的眼睛，面无表情地朝毕姚华看去，眼睛里似乎写着充满警告意味的四个字：我没自闭!

然而毕姚华关注的重点向来歪得很，看着这么"委屈"的眼神，只觉得更加心疼了："咋还哭成这样了呢？"

辰宇深："……"

林延已经在旁边笑到不行了，轻轻地拍了拍手，总结道："那比赛的事就这么定了。酒店的房间里都有电脑，到时候准时上机就行。正好刚结束了封闭训练，也趁这个机会拿 ZX 练一练手。反正就这么一个事，虽然说是友谊赛，不过今晚的口号相信大家也应该都知道了吧？"

众人一脸蒙："什么口号？"

景元洲淡淡地接话："比赛第一，友谊去死。"

林延笑着打了个响指："精准！"

3

老实说，林延对战队目前的状态感到非常满意，特别是队里还有景元洲这么一朵"解语花"，简直是人生的一大妙事。

征求过队员们的意见后，和 ZX 那边的友谊赛定在了当天晚上的八点，BO3 模式，三局两胜。

在房间里休息了一下午，大家集体去餐厅里吃了晚饭。吃完饭，距离比赛还有一段时间，大家各自回房间，聚集在微信群里开赛前战术会议。

鉴于时间有限，前阵子他们集体训练期间只针对性地选择了三套方案。考虑到 ZX 实在实力过弱的战队属性，林延觉得不值得他们提前暴露战术，慢悠悠地开始打字。

林饲养员："大家打起点精神，马上开始了，也不多说什么了，今晚使用X方案。"

Gun·简野："什么？不是，教练，我们有过X方案吗？"

林饲养员："看不懂？X方案，就是叉方案，就是……没有方案。"

Gloy·顾洛："……"

BB·毕姚华："纯散打？我喜欢！今天晚上没有把他们三路全打穿，谁都别想睡觉！"

Gun·简野："哥，倒也不用对自己这么狠。"

林饲养员："打穿干什么？今天一路都不许打穿。对线期间谁打穿了，今晚就别想睡觉！"

Gun·简野："嗯？这又是什么路子？"

林饲养员："今晚这场比赛的训练项目只有一个，就是只收人头不推塔。"

林饲养员："对了，记得投喂Abyss，每局比赛我要看到他的人头不低于二十个。"

BB·毕姚华："哇，无脑填鸭式吗？我喜欢！"

Gloy·顾洛："这个……谁是鸭？"

Abyss·辰宇深："……"

BB·毕姚华："你别担心，有哥在，一定把你养得白白胖胖的！"

Gloy·顾洛："我也会。"

Gun·简野："还有我！"

Titans·景元洲："+1。"

Abyss·辰宇深："……"

为什么连队长也跟着凑热闹？

节目组给每个战队安排了三个房间，毕姚华和简野合住在了一间，顾洛和辰宇深一间，景元洲则和林延自然而然地住在了一间。

此时，景元洲坐在靠窗的沙发上，他看见林延躺在床上娴熟地打着字，忍不住笑出了声："你这是准备把ZX的心态彻底玩崩啊？"

林延闻言头也没抬，承认得特别坦然："要不然好端端跟他们打什么友谊赛？我们 GH 又不是做慈善的。”

景元洲想了想，问：“那，我的人头也让给 Abyss？”

林延否定得很干脆：“不用，那些话是说给娃儿们听的，你该怎么打就怎么打。怎么可以让 Titans 让人头呢，那多委屈咱景神！”

景元洲莞尔：“倒也不会，我不委屈。”

林延终于抬头看了过去。

景元洲对上了这样的视线，眼底的笑意又浓了几分：“还是帮团队完成一下今晚的 KPI 吧。”

林延本还想说些什么，无意中看了一眼手机上的时间：“回头再说，快开始了，准备上线吧。”

七点三十分左右，GH 众人准时用酒店房间里的电脑登录了游戏。

因为这次是来录制综艺的，所以大家都没有带自己的设备，提前到也算是熟悉一下这里的键盘和鼠标。

毕姚华一边测试着键盘，一边拉了拉耳麦：“喂喂喂，能听到吗？你们说，明明打的是 ZX 那种菜鸟队，我怎么就这么激动呢？难道真的是离开职业赛场太久了，只要打比赛就有些兴奋？”

简野调了调鼠标的灵敏度：“这不怪你。看我自从打了辅助位置后都一心向佛这么久了，还是第一次想在游戏里大开杀戒。要不，今天滚哥给你们表演一个暴力辅助，就用我刚练的树魂怎么样？”

顾洛想起了前阵子疯狂掉分的经历，眼皮狠狠地跳了一下，忙道：“哥，千万别！”

简野感到有些遗憾：“其实我的树魂玩得真的还行吧？”

毕姚华的“鸡汤”如期送达：“滚滚啊，其实玩什么并不重要，最重要的是有一颗输出的心。只要你心里有输出，就无处不是输出。友谊赛说白了就是娱乐局，你到时候要是实在无聊，就找对面唠唠嗑呗！”

简野无语：“我跟 ZX 的人有什么好聊的？”

毕姚华“啧”了一声：“平常情况下当然没的聊，这不他们队里出了个奇葩队友吗？稍微采访一下，问问他们是怎么实现沟通的，简直不可思议啊！”

简野：就不该多嘴问这么一句！

一直听着团队语音的辰宇深一时没忍住，原本紧绷的嘴角微微勾起。

景元洲忽然开口："都准备好了吗？快开始了。"

话音刚落，可以看到以"ZX"为前缀的一串ID陆续进入自定义房间。

林延刚才忙着拉人，这时候确定所有人都进来了，在语音频道里不轻不重地提醒了一句："今晚的比赛我都会开录像，如果我发现Abyss被喂得不够肥，呵呵……"

一句"呵呵"成功地让所有人的汗毛都竖起来了。

毕姚华的脸色忽然变得凝重，他无比严肃地叮嘱道："Abyss，记得多来下路，看到人头尽管上，不用把我当人看。"

其他人纷纷附和："同意！别把我们当人看！"

辰宇深："……"

就在这时候，公屏上弹出了ZX队长的询问："请问，可以开始了吗？"

GH · Titans："开。"

随着第一局正式开始，双方很快进入BP环节。

转眼间，GH顺利禁掉了六个几乎不会有上场机会的冷板凳英雄。

这样的做法摆明了是让ZX那边任选英雄，还未开局就把嘲讽技能发挥到了极致。

至于GH这边的阵容选择，既然已经说了使用"X"战术，林延就没插嘴干预，他们想玩什么就玩什么，选择得都很有效率。

轮到辰宇深的时候，他视线锁定在了荒野剑客身上，按下了锁定键。

这是一个在当前版本相当冷门的打野英雄，即使尘封已久，也没有随着黯淡的回忆而被彻底湮灭。只是不知剑鞘里的那抹利刃，是否依然锋利。

顾洛有点惊讶："Abyss你居然会用荒野剑客？之前一直没见你用过啊！"

辰宇深沉默片刻，道："嗯，会。"

GH之前的封闭训练虽然主要针对三套战术，但是最核心的提升实际上是团队的默契配合。现在这种时候，就是对默契度最好的考验。

ZX在BP环节就已经被气了个够呛，GH这边乱七八糟的阵容一出，他们差点一口气没接上来。瞧不起人也要有个度，简直是欺人太甚！

LAN更是气得直咬牙，直勾勾地看着导入界面上辰宇深的荒野剑客，眉目间一片森冷。眼见进入游戏，他到底没忍住在全体频道里输入：Abyss，真是好久没见你的荒野剑客了。都什么版本了还敢拿出来用，过来野区练练？

辰宇深看着公屏上那排惹眼的字拧了拧眉，正准备回应，有人却快了他一步。

GH · BB：“我们家 Abyss 是你爹吗？一开局就玩‘小蝌蚪找妈妈’？”

辰宇深愣了一下，便听毕姚华在语音频道里笑了一声：“Abyss，该干吗干吗去，这里留给哥。也是好笑了，长这么大还是第一次见到有人敢在我面前嘲讽我队友，真让他继续蹦跶，哥的江湖还要不要了？”他言谈之间，竟充满着正气凛然的使命感。

辰宇深到底没说什么，迅速地买好打野装备，一头钻入野区。

LAN 也就是想开局刺激一下辰宇深，没想到毕姚华会突然插上一嘴，过了好半晌才做出反应。

ZX · LAN：“我和 Abyss 的事，跟你有什么关系？”

GH · BB：“哎呀，孝顺还是你孝顺，我都没指名道姓说是谁，这就着急出来认爹了？”

这种公开挑衅的情况，不管在职业赛还是次级联赛都是被禁止的。可是现在只是私底下的切磋局，而且，训练赛内容不允许对外泄露是业内默认的规矩。正是因为不担心挑衅的操作外传，LAN 才趁着这个机会想要刺激一下辰宇深的心态，没想到三言两语间自己的心态反而被毕姚华直接搞炸了。

LAN 原本还想继续接话，却被 ZX 队长厉声阻止了：“BB 什么人你不知道吗，跟他对上，找虐？”

LAN 按捺着内心的冲动，最后只能把气往肚子里咽，随着兵线的抵达一边补着兵，一边死死地盯着眼前射手的身影。

忍了又忍，他还是咽不下这口气，正准备在语音当中招呼他们家打野过来帮忙，界面上忽然弹出了击杀提示。

“GH · Abyss Kill ZX · Pu！”

“First Blood（第一滴血）！”

打野 Pu 怒送一血，ZX 队长提醒道：“辅助去跟打野，野区小心点。”

Pu有苦难言，只能委屈地“嗯”了一声。

有了辅助的保护之后，打野在野区发育的过程果然顺利很多。然而，就当ZX准备稳定一下局面开始寻找机会时，下路再次爆发人头。

在视野中消失了许久的辰宇深忽然间出现在下路，和辅助简野一起，在毕姚华的配合下完成了塔下强杀。三个人强行在ZX的防御塔下狠狠践踏了一番LAN的“尸体”，随后“抛尸荒野”，扬长而去。

在这个过程中，全体聊天频道已经被毕姚华彻底承包了。

GH·BB：“看到没，爹多疼你啊，知道你找不到，就自己过来找你了。”

GH·BB：“有时候也挺羡慕你们的，我永远都感受不到这种在塔下被强杀的感觉。”

GH·BB：“听哥一句劝，射手真的不能浪，你看你刚一浪，浪出事情来了吧。”

GH·BB：“我前几天带了一个新手小朋友打人机，你的死法真的跟他一模一样。”

GH·BB：“来来来，后面稍微关注一下哥潇洒飘逸的走位，就当免费教学了。”

GH·BB：“虽然知道你喜欢认爹，不过这次就不收你学费了，毕竟我也没你这样的儿子。”

GH·BB：“哎呀！我怎么这么喜欢你们这种知道输定了还主动要求被虐的队伍呢！公屏聊天什么的，真是太让人心情愉悦了！”

毕姚华到底心情有多愉悦，ZX队员们不知，他们只知道，这一刻他们要疯掉了。

ZX队长沉默了片刻，然后在团队语音里说：“放轻松，别被影响了心态。”

ZX众人：有一说一，这真的很难。

随着接连几次击杀的完成，GH的节奏已经彻底被带起来了。前面几个人头全部被辰宇深收割，以至于荒野剑客宛若一个行走在峡谷里的超级Boss，不管走到哪里，都寸草不生。

相比起来，被ZX众人以为是GH核心的景元洲，却始终平静地在上路和ZX队长相安无事地补着兵，任凭下面腥风血雨，始终岿然不动，一副与世无争的样子，连一点推防御塔的趋势都没有。

ZX队长一直屏息凝神留意着景元洲的一举一动，不知道为什么，越是这样和平发育，越是有一种不好的预感在萌生。

比赛进行到第十五分钟时，辰宇深的荒野剑客顺利超神，与之形成鲜明对比的是ZX战队的射手LAN。

一整局下来，LAN保持了一上线就死的节奏，在下路补兵死，去野区偷野死，有辅助保护就被双杀，跟打野、辅助一起去中路gank就被三杀……时间一分一秒地过去，当比赛进行到第三十分钟的时候，LAN已经顺利送出了十五个人头，0–15–0。即使是在普通的匹配局，也很难遇到这种射手数据。

LAN被针对了一整局，他看着电脑屏幕的眼神已经有些空洞了。对面的GH不是一支连次级联赛都没有参加过的队伍吗？为什么比赛会变成这样？再次从泉水复活的时候，LAN不禁犹豫了一下，十分怀疑自己到底应不应该继续走出自家高地。

在这个时候，ZX战队的其他成员也有了新的发现。随着人头比无限制地被拉大，在这样巨大的经济差距下，除了被小兵顺利推掉的一塔之外，他们红色方上中下三路的二塔依旧完好。

比赛进行到这里，ZX哪里还看不出来——GH根本没有推塔的意思，这些家伙，只想“杀人”！ZX队长看着线上数据始终平稳地保持着0击杀数的景元洲，回想着前几次不动声色让出到辰宇深手上的人头，眼里的最后一丝战意也彻底黯淡了。GH的实力居然已经强大到就算没有景元洲参与，也足以将他们彻底击垮的地步了吗？太过可怕。

比赛进行到第四十五分钟的时候，GH众人终于跟着兵线的脚步，踏上了ZX的高地。

然而，他们依旧没有着急推水晶，而是拔掉两颗门牙基地塔后，在泉水前依次站成了一排。

毕姚华作为战队代表，精神饱满地进行着发言。

GH·BB：“ZX战队，我宣布，你们已经被包围了！”

GH·BB：“但是你们不用担心，我们都是讲道理的人，冤有头，债有主，我们针对的不是在座的各位，我们只针对LAN一个人！”

GH · BB：“其他人只要不动手，我们绝对不会动你们！”

GH · BB：“简单来说，我们就是想要帮 Abyss 教训一下 LAN 而已。”

LAN 目前为止，已经“死”了整整二十次，后来之所以没有像刚开始那样“死”得那么凶，还得归功于随着比赛时间的推移，复活时间相应延长的规则。这让他躺在地上，度过了一段又一段静好的安全岁月。

这个时候，LAN 放在键盘上的手也在微微颤抖，视线落在眼前那行人的身上，满脑子只飘着一句话：怎么会这样……

然而他还没来得及继续思考，眼前忽然甩过来一个锁链，从 ZX 众人身边穿过，不偏不倚地捆在了他操作的射手英雄身上。下一秒，对方用力一甩，已经将他操作的英雄从泉水当中扯了出来。荒野剑客手起刀落，再次收割一个人头。

众目睽睽之下虐泉。

ZX 队长看着静待 LAN 复活的 GH 众人，轻轻地吐出了一口气，点开了系统界面。

ZX 的游戏界面中，出现了发起投降的投票框。

LAN 仿佛看到了救命稻草，颤抖着手指毫不犹豫地按下鼠标，选择了确认。

ZX 的其他人看着眼前的两票投票微微愣了一下，也纷纷选择了投降。

随着基地水晶的自爆，可以看到聊天面板中毕姚华颇为遗憾的最后一句话：哎呀，着急投什么，再多玩玩嘛！

毫无疑问，他没有等到对方的回应。

所有人随着比赛结束全部退了出去。

结算界面上，LAN 所操作的射手英雄被击杀的数值显得触目惊心，和辰宇深这个优胜方的 MVP 形成了鲜明的对比。

一个超鬼，一个超神。

GH 的众人一方面因为完成了林延要求的指标而松了口气，另一方面又迫不及待地想要看看 ZX 战队那边是个什么脸色。然而连毕姚华都还没来得及说些什么，对面的选手们已经一个接一个退出了房间，转眼间撤得一干二净。

林延看了眼 ZX 队长在同一时间发来的消息，将挂在脖子上的耳麦挪到嘴边，似笑非笑地拉长了语调：“ZX 战队那边有人闹肚子，第二场怕是打不了了。”

毕姚华笑了一声："教练你帮我们关心一下，闹肚子的那个，是不是叫LAN啊？"

其他人闻言跟着一阵笑。不过现在ZX的人都走了，他们也各自退出了游戏。毕竟封闭训练的后遗症还在，打是打得真凶，困也是真的困到不行，现在刚虐完菜鸟神清气爽，正好可以睡个好觉。

ZX摆明了是被他们彻底打崩了，这个结果令人非常满意。嘿，之前不是叫嚣得很厉害吗？看之后在节目录制期间再遇到，还能不能横起来！

景元洲也关了电脑，眼见林延居然真的用微信跟人"慰问"上了，无声地笑了一下。

等林延聊完了，他才不疾不徐地开口问道："现在爽了？"

林延刚刚把ZX队长聊到自闭，闻言随手把手机放回了口袋里："爽是爽，但还不够。明明说好的BO3，现在打了一局就想跑，哪有这么好的事？"

景元洲顺着他的话问："嗯，所以？"

林延朝他露出了一抹肆意飞扬的笑容："不是要录制节目了吗，当然是……明天继续了！"

4

景元洲向来有早起锻炼的习惯，即使在封闭式训练期间，这样的节奏也从未打破，足见其自律程度，今日自然也不例外。

林延迷迷糊糊中醒来的时候，往旁边的床铺上一看，毫无意外地只看到了被收拾整洁的被子，早就没有了男人的身影。

今天是《炙热集结号》第一天录制，录制时间安排在下午一点，不过因为大家都需要提前完成造型，大概十一点众人就前去报到了。

林延看了一眼手机，确定时间还早，随意地揉了一把蓬松的头发，眯着睡眼钻进了卫生间。等洗漱完毕出来，他正思考着要不要去楼下吃早餐，无意中一瞥，发现了摆放在床头的那张字条。他疑惑地走了过去，拿起来看了一眼。

这显然是景元洲留的，大概是怕发消息会吵醒他，才选择了使用这个方式。字条上写着：早餐不用去餐厅吃了，我会顺道带回来。如果有人敲门，记得去开，是我叫的客房服务。

字条上面的内容显然没有任何问题，只是林延反复看了看，总觉得哪里不太对劲。

然而不等他多想，房门被人敲响了。结合景元洲留下的字条，林延第一反应是客房服务员到了，所以开门后，当看到站在门口的辰宇深时，有些惊讶："今天怎么起这么早？"

按照他对电竞选手的了解，那些人绝对是能在床上多赖一秒钟就坚决不会浪费这点宝贵时间的存在，很显然，八点半就起床并不符合他们的生物钟。不过从辰宇深隐约的黑眼圈来看，显然昨晚没有睡好。

林延见少年站在门口也不动，瞬间明白了对方的来意，侧了侧身子让出一条道来："Titans 现在不在，你先进来吧。"

辰宇深走到沙发边坐下。

林延给自己倒茶的时候顺便给辰宇深也倒上了一杯。

辰宇深抱着茶杯，指尖有些局促地摩挲着杯面，视线落在桌面上，久久没有说话。

林延倒是也不着急，靠在沙发边有一口没一口地喝着。

不知道过了许久，辰宇深抬头看了过来，声音微哑："教练，我想跟你聊聊……两年前的事。"

他做出这样的决定无疑有些艰难。但是经过昨天的事，他一整晚都在想这个问题。原本以为会永远烂在记忆里的过去，随着赛场上每一个人头的击杀，一点一点地，终究还是松动了。

林延早就猜到了辰宇深的来意，不动声色地堵下了后面的话："你不用说，我都知道。"

辰宇深的后背微微一震，他错愕地抬头看去："都……知道？"

林延歪着头看向他，微微一笑："昨天我跟 LAN 说的那些话都是真的，并不是随便吓唬他而已。"

辰宇深张了张嘴，却发现发不出声。这种感觉就像是鼓足勇气蓄满了力，最后的一瞬间却被彻底放空了，他全身有些脱力地颓坐在沙发上。

林延低低地叹了口气："放轻松，先喝点热水吧。"

关于 Abyss 的故事，其实原书剧情中并没有提到太多，他知道的只是整个事件的大致轮廓，想要了解更多的细节，自然还是需要辰宇深自己来说。

只不过，这件事显然在少年心中留下了太深的烙印，林延深知很多事情在经历过后，想要开口是多么的艰难，到底还是不忍心让这样隐忍的少年在他面前揭开以前的伤疤。

有的事情，过去了就是过去了，对于活着的人来说，到底是需要继续向前看的。

林延静静地注视着有些失神的辰宇深，默默地在心里骂了一顿那些不是人的东西。

在圈内的人大多数听说过，两年前青训营里发生的两件大事：一是有选手坠楼，二是暴力事件。

然而，这两件事之间的具体关联，真正知道的屈指可数。所以林延知情，才让辰宇深感到无比惊讶。

喝了几口热水之后，辰宇深感到紧绷的神经稍稍放松了，这才缓缓地吁出了几口气来。

虽然他一直不认为自己做错了什么，也没有为此有过任何的后悔，但是从某方面来说，有些事情，确实是他做的。

当年他刚入青训营没多久，就已经是声名在外的路人王、天才打野，一进队就处在了极高的起点。但是因为天生的那张臭脸，总是给人一种高傲、冷漠的错觉，不可避免地遭到了不少人眼红排挤。

当时他唯一的朋友就是同宿舍的阿沐，也是训练营里实力顶尖的中单，一个非常爱笑的温柔少年。原本他们和其他的训练选手一样，只需要完成训练营里的所有项目，就可以等待俱乐部的邀请，上赛场发光发热。偏偏在这个时候，阿沐无意中招惹上了一个新来的团体。

阿沐性格本就柔软，往不好听了说有些懦弱。起初只是一些小打小闹，他都忍了。只是他怎么也没想到，那些人居然越来越过分，渐渐地从言语欺凌上升到了肢体层面的侮辱。

当时辰宇深正在教练手下进行深入培训，正好和那个小团体里的几人凑到了一个队，每天累得回宿舍倒头就睡，经常接连几天都没能跟阿沐说上几句话，一时间竟然没有发现好友的异样。

等到他发现不对劲时，已经晚了。阿沐走得毫无预兆，原本前途无量的少年宛若流星般坠落，彻底黯淡了光芒。

当整个青训营因为有选手坠楼而陷入一片混乱时，只有辰宇深一个人抱着好友的日记本泣不成声。除了愤怒，更多的还有自责。如果他早一点发现，一切就会完全不一样。

然而更让辰宇深无法接受的是那些施暴者的态度。当他找上那些人的时候，居然还有人笑出声来：“那个软包子阿沐？这事你找我们有什么用？谁能想到他心理素质那么差，只是随便说了两句就受不住了。有一说一，就这承受能力，就算真的从青训营毕业，也照样打不了职业，谁签谁倒霉！”

讥诮的言语宛若剐在心头的利刃。当时，辰宇深的拳头就这样重重地呼了上去。那些人显然没想到他会突然动手，愣了一下之后瞬间全部围了上来。具体细节辰宇深早就已经不记得了，他只记得当时自己嘴里都是浓浓的血腥气。

那个带头的家伙站在人群后面，自始至终神色不明，一言不发，辰宇深几次三番想要冲过去，都被拦下了。

LAN 当时也不过是那些人中的一个，似乎是图个表现，蹦跶得特别起劲。

在连番言语的刺激下，辰宇深无意中摸到了旁边桌子上的刀，在众人的围殴下，双眼猩红地挥了过去。溅开的血液浓烈刺目，顺利让在场的所有少年都傻了眼，脸色齐刷刷地白了一片。也是直到这个时候，这些人才终于感到害怕。

后面的事情就如外界所知道的那样，LAN 被迅速送去了医院，辰宇深也被闻讯赶来的人看了起来。

这件事发展到最后，本来已经严重到了刑事案件的程度，但也不知道为什么，事后那些小团体里的人，纷纷表态不继续追究了。随后，这次暴力事件随着辰宇深被强制退营后，不了了之。

两年后的现在，当初牵涉其中的人基本上被残酷的电子竞技淘汰了。像 LAN 这样被次级联赛队伍选中已经万分幸运，其他人退圈的退圈，打网吧赛的打网吧赛，真正能够成为职业联赛选手的，也就只剩下当年带头的那个家伙——他在某职业俱乐部有了一席之地。

被霸凌的人无奈湮灭在尘埃，始作俑者却站上了光辉灿烂的赛场，正是因此，辰宇深才感万分讽刺。

房间里一时没人说话。

辰宇深虽然惊讶于林延知道真相，但是也没有多问什么。他胸膛隐约起伏了两下，握着杯子的手指紧了几分：“但是不管怎么样，我必须承认的是，那天，最先动手的人是我。”

这样的态度，像极了面对教导主任时局促不安的坏学生。

林延失笑，伸手在辰宇深的头上轻轻地摸了一把：“没关系，以后不会就行了。”

辰宇深垂着头，紧抿着双唇，努力地控制自己的情绪：“嗯……”

林延笑了笑：“我相信自己的眼光，你是个好孩子。”

想了想，大概觉得自己说得还不够有说服力，他又补充道：“虽然你总是摆着一张臭脸，也不擅长控制自己的情绪，以前还打过架，但是在我眼里，你真的是一个好孩子。”

辰宇深：倒也不用特意强调一次。

对话进行到这里，之前有些压抑的氛围荡然无存。

不知不觉间，辰宇深手里的热水已经喝得见了底，林延特别有主人风范地问：“再给你倒一杯？”

“不用了。”辰宇深摇了摇头，抬头时，欲言又止。

林延问：“怎么，还有其他事吗？”

辰宇深沉默了片刻，忽然低声说道：“教练你……真的好温柔。”

林延猝不及防被发了张温柔卡，不由得愣了一瞬：“嗯？”

大概是感到有些不好意思，辰宇深仍旧面无表情，然而耳根已经红了一片。

“很久没有人这样子跟我说过话了，”说到这里，他低下头，避开了林延的视线，声音顿时更轻了，“这样的温柔，有一种……就像是妈妈的感觉。”

林延脸上的笑容微微一僵：“嗯？”但凡你说像爸爸，我可能都会高兴一点。

辰宇深解开了心结，离开时的神态显然要轻松很多：“谢谢教练，那我就先回去了。”

林延找回了自己的声音：“回去补个觉，把黑眼圈消一消，录制的时候别迟到。”

辰宇深下意识地摸了摸自己的眼睛：“好。”

把人送走之后，没一会儿客房服务员就敲响了房门。

林延满脑子都是辰宇深最后那神仙般的比喻，留出空间给人打扫，他则心情复杂地一个人趴在窗口抽烟。

现在再回想俱乐部成立后的情况，难不成，真是他对那帮小兔崽子太好了？

“先生，打扰一下。”客房服务员的声音唤回了林延的思绪，此时基本清扫完毕，她手中拿着桌面上的那张字条，询问道，“请问，这个需要帮您扔了吗？”

“扔……”林延刚想回答，回头时视线一扫，有什么从脑海中一闪而过，把到了嘴边的“吧”字硬生生咽了回去，“等等，给我看看。”

他三步并作两步地走过去，接过字条，视线落在最后两个字上，停留了许久。

等客房服务员退出了房间，他沉默地掏出了手机，从相册中翻出了曾经留底的那张照片。

画面中的三个字无比清晰：服务费。

与之相辉映的，是旁边字条上遒劲有力的大字：客房服务。

难怪刚才他觉得有一丝异样的熟悉感。

看着一模一样的两个字，林延陷入长久的沉默。

随后，他手上一用力，面无表情地掐灭了快要燃尽的烟蒂。

5

林延坐在沙发上，本能地想要再摸一支烟，动作却停顿了一下，把旁边的水杯捞起来喝了两口水。

他开始回想之前发生的事。“服务”两个字的字迹实在是太像，几乎可以肯定是出自同一个人的手。所以当时他并不是做梦，喝醉之后在酒吧门口碰到的男人真的是景元洲？而且那天晚上，他们还一起去了酒店。

虽然梦里他对 Titans 上下其手的事还待考证，但是从最后放在桌上的一毛钱服务费不难看出，什么事都没发生是绝对不可能的。

而最最最关键的是，第二天加好友之后，他居然还把景元洲这个当事人当成了“虚拟好友”的店员，将之前的事狠狠地控诉了一遍。

想到这里，林延不由得低下了头，把脸深深地埋进了掌心。当时他说了什么来着？“我有一个朋友”？

而景元洲居然看破不说破，任他在那里口若悬河。

现在回想，林延几乎可以想象当时男人在手机那头眉目含笑的神态，以至于事后再次问起“一毛钱人渣”的举动，放在眼下看来，简直是充满了浓浓的挑衅意味。

林延说不好此时的心情如何，大概就是觉得，一腔真心喂了狗。

景元洲拎着早餐回来的时候，发现房间的门虚掩着，推门进来，一眼就看到了坐在沙发上神色不明的林延。

眉目间闪过一丝错愕，他换好拖鞋进门，把早餐搁到了眼前的桌上，非常自然地猜测道：“这是和客房服务员吵架了？”

林延默默地看了景元洲一眼，没有说话，打开袋子拿了个包子，送到嘴边咬了一口，随后面无表情地将桌子上的手机解了锁。

景元洲顺着林延的动作瞥过去，一眼就看到了屏幕亮起的照片里那略显眼熟的三个大字。再看了看搁在旁边的那张字条，他忽然间明白了过来。猝不及防的掉马，让他略微错愕了。

林延转眼间已经啃完了包子，舌尖轻轻舔了舔唇角，语调淡淡的：“我记得，景队似乎还挺关注我找‘一毛钱人渣’的进展？”说完，也没等景元洲说话，他似笑非笑地挑了挑眉，“我觉得，现在好像已经找到了。”

话落，一阵长久的寂静，窗外吹入的微风吹得帘子隐约晃了两下。

景元洲在这样审视的目光下，低低地清了清嗓子，说：“是吗？那可真是太好了。”

他打开一罐牛奶喝了一口，笑了笑：“我还一直在想，应该怎么跟你说才比较好呢。”

三言两语间，倒是承认得利索。如果不是太了解这个男人，光听这语调当中的释然，恐怕还真要信了这样的鬼话。

林延一只手支着下颌，扭头看着景元洲：“那么，那天晚上到底发生了什么，是不是……终于可以说说了？”

景元洲对上了林延的视线，想了想，说：“这事，其实有点难以启齿。”

在这样的目光下，林延动作微微一顿，莫名有一种不太好的预感。

“那天晚上，队友带我去酒吧街散心，我也没想到，回来的路上林教练居然会突然冒出来缠上我。”只听景元洲不疾不徐地继续说着，“毕竟那会儿我们还不认识，而且我也没有管人闲事的兴趣，但是当时你偏偏缠着我不放，还口口声声地说……好想要。怎么说呢，这件事再仔细想想，大概就是传说中的缘分。”说到这里的时候，他停顿了片刻，眉目含笑地朝林延看去，“也不知道为什么，当时看着林教练，我忽然间就……心软了。”

林延心想：按照景元洲的描述，如果没有添油加醋的话，当时自己是实打实的难缠。

林延难得地感到耳根烧得厉害，头疼地伸手揉了揉太阳穴，避开了景元洲的视线，另外一只手捂住了半边脸："送我去酒店的事，确实应该谢谢你，但是……这后面一毛钱的服务费，又是怎么回事？"

景元洲低低笑了一声："你真想知道？"

林延重新抓了一只包子，狠狠地咬了一口，表情麻木地说："想。"

景元洲想了想，说："其实我也就是突发奇想，毕竟那天晚上林教练确实取悦到了我，什么都不表示直接走人，总觉得不太道德。"

林延心想：先不说那留下一毛钱的举动算不算道德……取悦？什么鬼？！

"俱乐部里的那些事，你应该知道的。说起来，我那段时间的状态确实不太好，要不然天路也不会绞尽脑汁带我出去散心了。"景元洲有些感慨地低笑了一声，"如果那天晚上没有遇到你的话，可能我至今还在钻牛角尖。"

林延闻言挑了挑眉，本想再调侃两句，只见景元洲忽然定定地看着他，语气诚挚："所以对此我也必须说一句，谢谢。"

落入林延耳中的尾音像是在他心头轻轻地挠了一下。他在这样的神态下稍稍一愣，到了嘴边的话语也跟着停顿了一瞬："倒也不用。"

毕竟，连他自己都不知道自己到底怎么"取悦"了这位顶级大神。说到底，还是喝酒误事。

林延沉默了片刻，没有由着景元洲把话题带偏，随手在发丝上狠狠地揉了一把，回归了正题："但是，如果真要感谢的话，那天加上微信后为什么不说？还是说，景队只是真心实意地觉得耍着我很好玩？"

在隐瞒这件事上，景元洲确实不占什么理。毕竟，表面上看起来，他加入GH俱乐部是给了林延天大的面子，但只有他知道，自己才是那个享尽了天大好运的人。加入这个全新的俱乐部，是他毕生之幸。

这个时侯，景元洲稍稍打量了一眼林延的表情，他还是放低了声音解释道："主要还是当时看到你那副咬牙切齿的样子，感到有些害怕。"

林延冷不丁听到了这么一句："Titans也会有怕的时候？"

"可不是，我当时害怕极了。"景元洲低笑了一声，"那时候毕竟还没有进队，萍水相逢的，如果突然跑出来认领身份，万一让你以为我是在拿那件事情卖惨，那就不太好了。"

林延眉心微微一跳，试探性地问道：“哪件……事情？”

景元洲意味深长地看了他一眼，说得一片淡然：“倒也没什么大不了的，就是那天晚上相处时不小心弄脏了我……”

林延愣了：“啊？”

正当他想追问什么时，只听啪嗒一声，门口传来了什么东西掉落在地上的声音。

两人下意识地回头看去，只见顾洛一脸呆愣地站在门口，脚边是散落在地上的文档资料。

屋内忽然陷入诡异的沉默。

顾洛本是受节目组所托来送今天的节目流程，刚才看到门没有关就轻轻推开来看了一眼，谁料猝不及防地听到了这么劲爆的消息，整个人石化在了原地。

最后，还是景元洲先清了清嗓子，打破了这份沉默：“Gloy，有什么事吗？”

顾洛这才回过神来，手忙脚乱地把资料捡了起来，非常克制且谨慎地放在了门口的壁柜上：“没，没什么大事，这是节目组的导演让我送来的！其他就没什么了……我，我先走了。”

说完，他就要转身离开，被面无表情的林延开口喊住了：“等一下。”

顾洛背脊僵硬地转过身来，非常合时宜地抖了一下：“还……还有什么事吗？”

林延缓缓地吁出了一口气，才语调平静地说出一句话来：“麻烦把门带上。”

顾洛：“是！”

等顾洛带上了房门，景元洲笑着回头看向了林延，仿佛什么事都没发生般地继续刚才的话题：“那么，现在林教练已经把我揪出来了，下一步准备怎么做？是要我跪在你的面前，痛哭流涕地求你原谅我吗？”

林延：“……”

当GH众人陆续来到商务车上集合的时候，顾洛已经神态呆滞地在上面坐了很久，看着遥远的天际，也不知道在想些什么。

简野一眼就留意到了“奶奶灰”的异样，非常有队友爱地走过去问道：“怎么了，感觉哪里不舒服吗？”

顾洛默默看了简野一眼：“没有。”

后面的毕姚华刚坐下，一抬头看到了远远走来的两个身影，轻轻地吹了声口哨："队长和教练也来了啊！不过，怎么感觉他们之间的氛围好像有些不对劲？"

顾洛回想起之前的经历，在强烈的求生欲下，嘴角抿得更紧了。

景元洲坐上了后排的位置，林延并没有跟上，随意将副驾驶座的车门拉开，动作轻盈地坐了上去。

后面来不及阻止他的跟拍大哥迟疑道："那个……那里是我的位置。"

林延头也没抬一下："大哥你就坐后面吧，近距离接触拍摄挺好的，保证效果出乎意料。毕竟我们队里的戏精这么多，每一分每一秒都是精华，千万不要错过。"

无辜躺枪的 GH 众人：原来教练是这么想我们的？不过，我们有那么戏精吗？

景元洲闻言，不由得抬头朝前面看了一眼，眼底浮起一抹极淡的笑意。

林延透过后视镜看到这样的表情，眼帘不由得垂落了下来。

最初听景元洲说出那句话的时候，林延还挺能理解顾洛受到震撼的心情。

毕竟林延也没想到，自己喝醉酒之后居然吐在了景元洲身上，弄脏了他的衣服？

商务车一路驶去，然而今天车里的氛围因为某人身上散发出的低气压而显得异常压抑。

林延已经把节目组送来的流程简单地看了一遍，这时候言简意赅地总结道："第一期节目没有淘汰制度，都是一些娱乐局，不需要有压力，该怎么打就怎么打。不过这也算是我们战队在公开场合的第一次亮相，如果录制过程中出现什么不和谐的情况，到时候等节目结束，我会跟大家好好地……进行复盘的，都明白吗？"

GH 众人："明白。"

林延"嗯"了一声："其他没什么要说的了，就这样吧。"

整个车内陷入长久的沉默。

跟拍大哥坐在众人之间，暗暗地抹了把手心的汗。说好的每一分每一秒都是精华呢？

毕姚华靠在窗边看了一路的风景，最后还是忍不住了。

他悄悄地将顾洛拉了过来，小声问道：“你早上不是去送过资料吗，有没有发现哪里不对劲？教练和队长是怎么回事？这是吵架了？”

不得不说，B 哥的直觉是真敏锐，可惜敏锐得不是时候。

顾洛本来低头玩着手机，一门心思地想要当个透明人，闻言手上一哆嗦，差点就要哭出来：“哥你就别问了，我真的什么都不知道！”

毕姚华莫名其妙地看着顾洛一脸生无可恋的表情，意味深长地“哦”了一声。

随后，他同情地拍了拍顾洛的肩膀：“原来是这样！放心吧，哥都明白！”

顾洛：你都明白什么了？！

第六章
《炙热集结号》录制

1

炙热联盟官方为《炙热集结号》专门搭建了一个演播厅。

正式录制开始之前，所有参与录制的战队都在各自的休息室里进行着最后的造型整理。根据节目组要求，每个队伍由五名正式选手和一名教练组成。对于 GH 这种本身就没有替补的战队来说，正好全员上场。

简野的寸头打理起来最方便，第一个完成造型后出去上洗手间，回来的时候人还没进门，声音就已经传了进来：“我去，你们猜猜我刚在外面看到谁了？”

毕姚华一头花里胡哨的碎发差点把造型师给逼疯了，此时被强行按在椅子上不敢动，懒懒地抬了下眸子，真情实感地猜道：“奥特曼？”

顾洛在旁边听了噗地笑出声来，也跟了一句：“那是不是也可能是小怪兽？”

简野头大：“Gloy，平时就叫你离 BB 远点，别被他给带坏了。”

毕姚华随手抄起旁边的一本书，头也不回地扔了过去，笑骂道：“我这种人见人爱、花见花开的五好青年，能带坏人什么？少坏我名声。”

“首先你得有名声……”简野随口回着，轻盈无比地避开了偷袭，不死心地继续问旁边的辰宇深，“Abyss，你猜？”

辰宇深想了想，说：“是不是哪个职业选手？”

毕竟是炙热联盟官方举办的电竞节目，现在正在休赛期，季中赛还没开始，邀请一些职业选手来撑场子，一切都在情理之中。

终于遇到了一个正常的队友，简野神秘一笑，放轻了声音：“说出来你们可能不信，我刚才在去卫生间的路上，看到LDF战队的Luni了！”

毕姚华、顾洛：“哦……”

简野：“什么鬼，你们就这反应？”

毕姚华：“不然还要什么反应？我们这种射手位的，对中单职业玩家从来没有什么真情实感。”

顾洛轻轻地挠了挠侧脸：“我倒是中单没错，但是……我还是比较喜欢我们队长。”

简野：“行吧，当我没说。”

坐在沙发上的林延忽然开了口：“居然把Luni请来了？这敢情好啊，不知道到时候会不会安排一起打娱乐局。之前那些媒体不是很遗憾Titans和Luni没有对线的机会吗，这下好了，圆梦的机会来了。”

景元洲闻言抬了抬眼帘，笑了一声：“怎么感觉，林教练好像很期望我在场上挨打呢？”

林延：“自信一点，把‘好像’去掉。”

两个人一直没有说话，此时只是三言两语，休息室内好不容易活跃起来的氛围顿时又凝滞了。

简野瞬间噤了声，目不斜视地回到了自己的位置，对化妆师说：“不好意思，麻烦你再给我补个粉。”

林延看了眼景元洲，重新把注意力放到了手机上，没再说话。

景元洲的造型已经处理完毕，他站了起来。

顾洛见景元洲要出门，下意识提醒道：“队长，录制快开始了。”

景元洲朝林延的方向看了一眼：“放心，我就是去跟Luni核对一下挨揍的细节，很快回来。”

林延眉梢微微抬起几分，不置可否。

景元洲推门出去后，很快找到了正在和工作人员对流程的Luni，他脑袋后面的小发髻，一如既往地分外醒目。

众所周知，LDF和BK在赛场上一直是劲敌。不过在私底下，队员们虽然交集不多，但也没什么私人恩怨，反倒是到了他们这个级别的选手，还多少有些惺惺相惜。

关于景元洲突然转会的事情，Luni 其实一直很关注，私下里也曾经帮忙出过主意。之前一直没机会见面，这时候好不容易遇到，景元洲于情于理都应该打个招呼。

Luni 在转会的这件事上，显然依旧耿耿于怀："虽然说换成是我，也会选择转会，但是明明有那么多强队想要你，怎么偏偏就去了 GH 呢？价格高是高，可你也不像是差那点转会费的人。当时如果让 BK 稍微松一下口，说不定我们现在都已经是 LDF 的队友了。"

景元洲看了 Luni 一眼："我去 LDF？你是认真的？"

Luni 疑惑："有什么不好的吗？"

景元洲笑了笑："就一个问题，如果我们真的成为队友，你说 LDF 是继续你的中路核心体系呢，还是把侧重点移到我的边路？"

简简单单的一句话，倒是真的把 Luni 给问住了。他很清楚，LDF 现在的这套战术已经熟练地运用了很久，不可能直接做出改变。

"所以其实你也知道，很多俱乐部看起来都是不错的选择，可实际上，都不适合我。"景元洲点到即止，说到这里没再继续往下深谈，转移了话题，"说起来，LDF 很缺钱吗？居然放你出来抛头露脸，做起这种生意来了？"

"能不能好好说话？什么叫这种生意？"Luni 没好气地瞥了他一眼，又忍不住笑出声来，"怎么好端端的正经综艺被你一说，感觉变了味似的？这好歹是联盟官方主办的节目，上面专门派人来俱乐部请，总不能拂了他们的面子。反正离季中赛还有一段时间，就当过来散心了。"

景元洲"哦"了一声，忽然颇有兴趣地问道："这么说的话，你应该已经看过节目流程了？"

Luni 答："看了啊，怎么了？"

景元洲："所以在后期节目的录制中，会安排你们这些职业选手和我们三流战队娱乐对线吗？"

Luni 心想：什么"你们这些职业选手""我们三流战队"，你转个会真就把自己彻底摘出去了？

对于景元洲这种随遇而安的心态，Luni 也是不服不行，但是平常当惯了对手，这时候终究还是保持了一分警惕："后面几期确实有这个环节，不过，你这是想干吗？别告诉我到时候让我选你出来对线，呵呵，想都别想。你以为我会给你这个虐我的机会吗？”

景元洲笑了：“怎么会，是我想被虐。”

Luni愣了：“嗯？”

随着一个身影从脑海中一闪而过，景元洲眼底的笑意加深了：“之前不小心惹了某人不高兴。这不想着，如果在台上被揍得太可怜的话，说不定他一高兴就不计较了呢？你说是不是？”

这样的话语，让Luni极度震惊，半晌后才憋出一句话来：“你什么情况？”

景元洲回到休息室的时候，正好来了几个工作人员，准备带他们去候场区。

林延原本走在前面，忽然听到景元洲喊了他一声：“林延。”

他转身看了过去：“嗯？”

还没待他问什么，只见景元洲已经靠了过来。男人的手臂伸到了他的跟前，替他整理了一下领口：“领子没理好。”

整理完毕，林延还没说什么，一抬头，正好看到了迎面走来的ZX。他的脸上不由得闪过了一抹意味深长的笑意。

ZX众人看起来精神不太好，尽管有妆容的掩盖，依旧可以清晰地看到黑眼圈。看到GH一行人的时候，他们下意识地就想避开，却被先一步拦住了。

这种时候，林延自然不会浪费上去打招呼的好机会，他一派从容地挡在路中间，模样要多关心就有多关心：“嗨，各位，都还好吗？昨天休息得怎么样？现在应该没人再闹肚子了吧？”

GH众人努力憋笑。

ZX队长听到这样的话语，脸色难免有些难看：“有劳林教练挂心了，都已经好了。”

“那就好。”林延满意地点了点头，要笑不笑地瞥了一眼后面脸色颓靡的LAN，语调拉长了几分，“很期待一会儿的节目录制。”

LAN在这样的目光注视下，本能地感到背脊凉了大半截。

远远地，可以听到激昂的背景音。

不难听出是一段由《炙热》游戏中各种语音剪辑而成的音频，等播放完毕，现场响起了一片热烈的欢呼声。

第一期的节目录制正式开始。

《炙热集结号》采取的是录播的形式，并没有在各大平台上实时转播现场画面，即使如此，现场邀请来的庞大观众团，也足以把气氛炒到极致。

主持人说完简单的开场白后，随着 Luni 的登台亮相，一阵又一阵的尖叫声此起彼伏。

全场沸腾，差点掀翻演播厅的屋顶。

毕姚华忍不住掏了掏耳朵："现在的小年轻都怎么回事？Luni 这种万金油选手，人气居然这么高的吗？"

顾洛嘀咕："能与 Titans 齐名的五大现象级选手之一，人气当然高了。"

毕姚华嫌弃地看了顾洛一眼："想吹队长就直接吹，这么拐弯抹角干什么？LDF 以后也是我们的对手，这么早就开始长他人志气，灭自己威风了？"

顾洛无故被扣了好大一口锅："我错了，哥。"

转眼间，开场预热完毕，正式进入各队伍登台时间。

这次参加节目的一共八支战队，除了 GH，都是次级联赛的常见队伍。其中，QU、IBB 两家战队的呼声最高。此时在工作人员的安排下，各战队陆续上场，按照流程进行队伍展示。

轮到 IBB 战队的时候，毕姚华忍不住嘀咕了一句："之前老有粉丝问我和这家俱乐部的关系，虽然烦是烦了点吧，但是 IBB，IBB……爱 BB，别说，我也有点怀疑这家老板暗恋我。"

简野忍不住打断毕姚华的话："哥你醒醒，现在还是白天呢。"

按照流程，IBB 之后，就是他们 GH 了。GH 被安排在了最后一个，也算是重点对待。

虽然 GH 只是一支新组成的队伍，但是景元洲和毕姚华两个人毕竟都是官方联赛的职业选手，加上前段时间那场声势浩大的炒作，在众人完全不知道其他几人具体实力的情况下，人气居然出乎意料的高，光是听现场的呐喊声就丝毫不逊于 QU 和 IBB 两家热门队伍。

等众人在场上站定，主持人简单地做了一下介绍，按照流程进入采访环节："和其他战队不太一样，这应该是 GH 战队成立以来第一次在这种公开场合亮相。对此我们节目组也收集了网友们的意见，其中一部分人认为 GH 在这个舞台上走不了太远，也有一部分人觉得只要放 Titans 上场，就可以一个打五个。”说到这里，主持人轻轻地笑了一声，习惯性地挖坑道，“对此，林教练你怎么看？”

全场观众的视线瞬间聚集了过来。

林延并没有表现出丝毫的紧张，闻言淡淡地往下接话道：“别的不说，Titans 可以一个打五个，这点我倒是信的。”

主持人：我只是随口一问，你居然真的敢接？

林延不疾不徐地继续往下说道：“所以，反正冠军都注定是我们的了，其他队伍，还是尽早打包回家吧。”

主持人脸上的表情微微僵住，沉默了一瞬才找回自己的声音：“呵呵，林教练真是相当幽默……”他已经不敢让林延多说，慌忙把话题转向了景元洲，“那么，Titans 又是怎么想的呢？”毕竟是职业联赛的老牌大神，在这样的公共场合总应该知分寸一点。

只听景元洲轻笑了一声：“别说五个了，教练都已经发了话，就算让我打十个，那我也必须上。”

主持人：“……”

在场的其他战队选手：“……”

主持人好不容易控制住自己的情绪，非常生硬地结束了采访环节：“总之，让我们欢迎 GH 战队的到来。那么最后，让我们听听选手们的节目宣言吧！”

在电子竞技领域当中，赛前互相嘲讽是必不可少的一部分，在这种娱乐性质的综艺活动中，节目组还是非常愿意借此来提升一下场上的火药味的。

毕姚华显然特别喜欢这个环节，当即拿过了话筒：“有一点我必须道歉，在这场比赛之前，我还没有机会好好地了解在场的各位。不过没关系，因为我相信，在这一季的节目结束后，这些问题一定会迎刃而解。”说到这里，他微微一笑，总结道，“毕竟 B 哥我从来不 care（在意）菜鸟。”

现场众人：“……”

接下来发言的是顾洛，在一片喧哗声中，他低低地清了清嗓子，然后非常谦虚地说：“不管实力如何，我都会努力去了解一下的。”

随后简野也接过了话筒，神采飞扬道：“我站在原地不还手，如果有人可以打死我，我就记住他。”

辰宇深想了想，说：“不想了解，算了。”

景元洲接过话筒，微微一笑，十分真挚：“总之，加油。”

观众：“……”

其他参赛战队：怎么就加油了？！

主持人愣了会才说：“谢、谢谢各位的发言，那么，林教练还有什么要说的吗？”

林延稍稍清了下嗓子，语调懒散地开口：“各位参加节目录制都辛苦了，不过有一点可以放心，回家的机票，我们GH全包了。”

全场彻底寂静无声。

其他战队虽然也依次完成了这样的互相嘲讽环节，但是考虑到节目迟早要在各大媒体平台上播出，到底还算克制。

而GH却凭借着一己之力，将所有的仇恨值牢牢地拉在了自己身上，这简直就是生怕不被人群起而攻之啊！

眼见林延还想再说什么，主持人几乎本能地心头一跳，陡然提高了语调：“欢迎来到《炙热集结号》，各位，请入座吧！”

林延虽然意犹未尽，倒也无比随和：“好说。”将话筒交给旁边的工作人员之后，他带着GH的其他人来到了印有GH队徽的选手席。

简单的串场之后，迅速进入第一期节目的重点环节——娱乐solo赛。

毕姚华跃跃欲试，搓了搓手：“是那个要来了吧？是那个吧？”

“Solo这种一对一的对线局，每队三个名额，ZX应该会派LAN这个射手占一个吧？”简野远远地扫了眼ZX战队那边，也摩拳擦掌，“等会儿怎么安排？放Abyss去报仇雪恨？”

林延嫌弃地看了简野一眼：“这种菜鸟还需要Abyss动手吗？切他个七八百次，都没有半点的成就感。”

简野皱了皱眉：“话是这么说，不过，别人上不也一样是虐菜鸟吗？”

“虐菜鸟是一门学问，虐也要虐得深沉。你还年轻，不懂不怪你。”林延扫了一眼大屏幕上播放出来的对战规则，“所以啊，这样千载难逢的机会，我思来想去，滚仔，还是非你莫属。”

辰宇深本来还想主动请缨，闻言默默地把到嘴边的话咽了回去。虽然不能上场捶爆LAN确实会有些可惜，不过稍微想一下简野用奶上台打solo的画面，似乎确实有点刺激？

毕姚华：“我去，教练你这一手简直是……咯，我的意思是说，妙啊！”

顾洛下意识地想起简野来基地第一天的不好回忆，默默地打了个激灵。那种打到想吐的感觉，他真的是不想经历第二次了。

简野本身对LAN就抱有足够大的恶意，对这样的安排自然没有意见，他蠢蠢欲动，撸起了衣袖：“放心，交给滚哥，奶爆他！”

林延摇了摇食指，和善地提点道：“我们都是文明人，记得别太凶，还是得……慢慢玩。”

简野爽朗一笑：“明白！”

顾洛举了举手：“可是，万一我们没有拿到和ZX对局的资格呢？”

景元洲平静地说：“放心，一定会拿到的。”

就在这个时候，主持人已经介绍完了接下来的项目规则。几个工作人员给各支战队分别派发了一块手写板。等所有队伍写下自己心仪的对手战队名称后，按照规则，票数最多的一队将优先获得选择对手的资格。

很快，众人纷纷展示了写下的队名。除了ZX，其他队伍的手写板上都整齐划一地写着两个字母——GH。

林延笑吟吟地趴在手写板上，眉梢微挑：“唉，看来我们在嘲讽环节很是深入人心嘛！对于你们拉仇恨的能力，我果然还是……非常放心啊！”

2

这样的投票结果，显然也让主持人愣了一下，但是结合之前互相嘲讽的种种，GH获得这项“荣誉”又是如此的众望所归。

从某方面来说，可以让其他战队这样统一战线，也算是一种排面。

简单地调侃了几句后，主持人非常专业地开始走流程：“让我们恭喜GH战队拿下了第一轮的选择权。不得不说，大家对这支全新的队伍真的是充满了期待呢！那么请问GH战队的教练，你们在这一回合想要挑战的战队是哪支呢？”

主持人看了一眼林延跟前的手写板，已经做好了cue（点名）隔壁IBB的准备。

而IBB战队也早就看到了自己战队的名字，内部紧急讨论了之后，迅速地制订出一套出战方案。他们的首选对战对象写的也是GH，毕竟人家都已经那么嚣张地放话了，这些次级联赛的选手也很想看看这支战队到底有几斤几两。

不过从某方面来说，这期的比赛规则对 GH 而言可以说是相当有利的。毕竟 Titans 和 BB 这两个前职业联赛选手他们估计是真打不过了，倒是可以努力一下，在第三位新选手手上拿下一分。总之，三局 solo 赛，保一争二就对了。

然而，等各方准备完毕之后，只见林延接过话筒，非常简洁明了地说道："我们选择 ZX。"

IBB 战队众人满脸疑惑。

ZX 战队刚才就已经有不好的预感了，这个时候，所有队员的脸色一瞬间都唰地白了。

LAN 想起前一天晚上的遭遇，要不是还在录制节目的过程中，几乎想转身就走。

主持人也错愕了一下："选择……ZX？"

林延显得更加奇怪："有什么问题吗？"

主持人再次看了一眼还摆在他眼前的手写板，提醒道："你们刚才写的，好像是 IBB？"

林延"哦"了一声，很是坦然："这是随便写写的，不要在意这些细节。"

IBB 众人："……"

林延留意到周围人的沉默，疑惑地问："怎么了，不可以吗？"

主持人哽了一下："当然……可以！接下来，让我们看下两支队伍的出战名单吧。"

话音落下，大屏幕亮了起来。

不出意料地，LAN 也在 ZX 的出战名单当中。

林延跟队员们交换了一下眼神，眼底尽是笑意。

而 GH 这边的出战名单一公布，又在现场引起了不小的骚动。出乎所有人意料的是，猜想中呼声最高的景元洲和毕姚华两人，均没有被安排出场。屏幕上 GH 的队徽后面，三个眼生的 ID 无比醒目。

谁能想到，在所有人都认为对 GH 极度有利的规则下，这支战队居然主动放弃了自身的所有优势，全体新兵上阵，恣意、嚣张，又狂妄。他们似乎在用这种方式无声地表示，不管是 GH 的哪个队员，都拥有绝对碾压对手的能力。

毕竟是一支新队，想要用这种独特的方式为自己做一下证明，自然是无可厚非的，但是关键问题是……众所周知，景元洲和毕姚华两人，一个是边路选手，一个是射手，如果他们都没有上场的话，那是不是意味着GH战队的这份solo名单里，还混进了他们战队的辅助？倒也不是说辅助选手就不会玩输出英雄，但是“吃斋念佛”太久之后，操作上肯定没有本职选手要来得凶悍。这就不是什么自信不自信的问题了。也不知道他们是根本没瞧上这个节目，还是单纯瞧不上他们的对手？

在GH战队内部，也有人因为这份名单忍不住叨叨。

但是碍于林延的淫威，毕姚华到底不敢造次，只是独自在旁边小声地碎碎念：“多好的开局立威信的机会啊，怎么就不让我上呢？次级联赛这种水平我一只手就能打两个，更别说ZX这种菜鸟了。兵线直接击杀难道不香吗？而且这还能节省录制时间，早点回家休息，也算是造福社会啊！”

景元洲作为另外一名被“冷藏”的选手，淡淡地开了口：“这样的机会我们以后还有很多。”

话里的意思，毕姚华自然是懂的，瞬间就噤了声。他本来也就是本能地吐槽两句，此时顺着这话继续往下说去：“这倒是真的。这样的机会还是让给后辈们吧。”

毕姚华虽然看起来不受待见，但毕竟是打过职业联赛的选手，即使比不上景元洲，却也从来不缺少这种抛头露脸的机会。

相比起来，其他三位队友就不一样了。他们都是刚刚开始发光发热的新星。

林延拟出这样的出战名单，也是想用这一次机会，让所有人在节目播出的第一期，就记住这几个注定会披上万丈光芒的名字。

而这样的名单公布之后，有的人失望，有的人却越发期待。

ZX作为GH的对手，反而显得浑浑噩噩。和其他队伍不同，之前的友谊赛已经让ZX充分感受到了GH的实力。对方会派谁上场，显然已经不是他们需要关注的问题了。现在的关键点在于他们到底怎么做，才能在镜头前留住自己最后的体面，至少，“死”得稍微安详一点也好。

主持人询问之后，很快确定了由GH选择的第一队对战选手。

毫无意外地听到了自己的名字，LAN深深地吸了口气，在工作人员的带领下走上了对战席。几乎可以肯定的是，他的对手将会是Abyss。虽然说打野本身就是脆皮射手的克星，但如果他稍微猥琐一点的话，强行把节奏往后拖，发育到持有装备起来之后，也不是没有获胜的可能。

LAN迅速地吸了一口气调整心态，无意中一抬头，恰好看到了GH选手席上站起来的那个高挑身影。过分讶异下，他顿时愣住了。

然而简野并没有如LAN猜想的那样重新坐下去，而是一路来到了对战区，并在工作人员的协助下调试起了设备。

LAN的视线落在简野脸上的那道刀疤上，脑子不由得迟钝了一瞬。如果他没有记错的话，这个刀疤男好像是GH的辅助吧？Abyss呢？GH安排这么一个辅助跟他打，又是个什么意思！

大概是因为LAN这样的目光实在是太过炽热，简野无意间对上，忍不住笑出声来："别紧张，相信我，滚哥一会保证让你玩到爽！"

LAN闻言，嘴角不由得狠狠地抽了一下，原本神态颓靡的他终究被激起了一丝怒气。一个辅助而已，有什么嚣张的！

其他人也很快留意到了简野在GH中打的位置。各支战队内部小声地讨论了几句，随着第一局solo正式开始，所有人的注意力都投向了场中央的大屏幕。

选人环节。

只见LAN那边迅速地锁定了自己最拿手的射手英雄，而就当所有人期待着简野会选出哪个输出英雄时，他却毫不犹豫地锁定了超高治疗量的辅助英雄——琳利女巫。

在这一瞬间，全场陷入一片诡异的寂静。

这样身娇体软的性感美女，和场上的平头酷哥实在格格不入，而最让人无法理解的是——现在明明打的是一对一的solo局吧？现在的版本不适合治疗型英雄，在团队赛中勉强选个回复血量高的奶妈也就算了，这会儿单挑局，玩什么奶妈啊？！

所有人震惊之余，瞬间又对简野佩服得一塌糊涂。毕竟不是每个人都可以做到，光是通过选择英雄环节，就让对手感受到满满的嘲讽。拿一个辅助奶妈和射手对线，摆明了就是瞧不起对方。

果然，LAN眼里的戾气难以压制，而且越来越浓。等角色刷新在复活点的一瞬间，他就随着刷新出来的小兵，迅速来到线上。

简野就显得相对保守很多。虽然一级直接点了输出技能，但是毕竟琳利女巫伤害不高，清兵没有敌方射手迅速，很快就被压到塔下。

这样的情景，让LAN内心憋着的一口气顿时顺畅了不少，压线压得也就更狠了。啧，自信奶妈打射手是这么容易的事吗？

随着时间的推移，双方齐齐到了三级。

只见身上的光线一闪，简野的琳利女巫终于有了行动。兵线刚刚抵达，对方扭动着小蛮腰往前走了几步。

LAN眼见对面辅助居然敢走出防御塔了，眼底不由得闪过一丝讥诮，趁着这个机会也不着急吃兵线了，飞速地上去打压血量。

与此同时，琳利女巫的长鞭也在LAN的射手英雄的身上抽了两下。

只不过比起射手的强度输出，辅助英雄的伤害，显然有些不够看。

看着琳利女巫残着血量后撤回塔下，LAN心满意足地开始吃兵线。然而过了一会儿，只见对面的辅助又气血值全满地出现在了他的面前。

会加血就是恶心！

LAN拧了拧眉，如法炮制重新打了一套。

琳利女巫再次后退，没一会儿又举止妖娆地在LAN眼前开始跳舞。

LAN："……"

不知不觉间，这样的画面重演了一次又一次，LAN看到这个性感角色都不由得有些生理性厌恶，而敌方除了蓝量涨涨掉掉，永远是一副气血值全满的状态。

从装备栏中可以看到，简野的出门装备选择的是一个持续回蓝的蓝瓶，续航能力满分。

在这样反复的折腾之下，LAN整个人都快打麻木了。等到他回过神来的时候，他才发现自己的气血值不知道什么时候已经被对面的琳利女巫给消耗掉了一大半。

有点危险。

LAN愤恨地咬了咬牙，可也只能看着敌方性感的身影在他眼前搔首弄姿，完全没有办法。

现阶段他的输出可以说是非常尴尬，除非简野单方面双手离开键盘，要不然根本不存在完成击杀的可能。

反倒是他自己，再被消耗下去，真要给这辅助奶妈拿去第一个人头了。无计可施下，他只能迅速地把兵线推完，选择了回城补给状态。

他这一回城，简野就更加快活了，毫无顾忌地吃完兵线，也美滋滋地回城补了下蓝和装备。

直到进入这样短暂的中场休息，终于有人发现了长得过分的对战时间——八分钟。

这场本以为可以迅速结束的对局，居然硬生生地被拖到了第八分钟，而且有无止境延续下去的趋势。

可实际上，全场观看下来，倒不能说 LAN 的水平有多菜，要怪只能怪 GH 这个治疗辅助玩得实在太细节了，每一次加血技能都完全用在了节奏点上，丝毫不给对方击杀的机会。

简野趁着这次回城补了装备后，等琳利女巫再次回到线上，比起之前的欲拒还迎，画风大胆露骨了起来。

原是娇羞佳人，现在变成了奔放的热辣玫瑰。如果说之前简野还只是绕着 LAN 的射手转几个圈圈打迂回的话，那么这次他直接杵在兵线中不走了。

对线进行到现在，LAN 脸上的笑意已经荡然无存。他发现自己居然拿这个辅助半点办法都没有。

而此时简野的做派，难免让人想到赛前的互相嘲讽环节他说的话——“我站在原地不还手，如果有人可以打死我，我就记住他。”

有一说一，按照目前的比赛节奏来看，还真是……根本打不死他。

比赛进行到第十五分钟的时候，主持人看了眼远超预计的比赛时间，快要疯了。按照原计划，这时至少开始进行第三局了。如果后面的每一局都这么玩，今天的节目还录不录得完了？！

台下，除了 ZX，其他战队的选手们都已经讨论上了。

IBB 队长说：“GH 的这个辅助是叫 Gun 吗？这一手治疗辅助玩得可以啊！”

射手搭话道：“何止可以，简直就是个移动泉水好吧！我怎么感觉这局 solo 打不完了呢？”

IBB 队长朝简野的方向看了一眼，微微拧了拧眉心：“什么时候打完倒是无所谓，反正不是我们的人在打，就当是休息了。只是不知道为什么，我总觉得这个辅助，我好像在哪里看到过。”

辅助无语：“队长，你没认出来？”

IBB 队长疑惑：“嗯？”

辅助说：“之前我们不是去和JH做过线下交流吗？当时Gun是他们队内的辅助替补来着，我还跟他说过话。所以那天看到GH公布的选手名单我才那么惊讶，没想到才一阵子不见，他居然就转会了。”

“JH的替补辅助？”IBB队长眉目间闪过了一丝惊讶，再看向场上时，意味不明地“啧”了一声，“JH这是白给GH战队送了一份大礼啊！”

现在他多少有点庆幸，还好不是他们战队和GH打，实在是……太恶心了！

场上，比赛进行到第二十分钟，LAN的心态快崩溃了，以至于琳利女巫站在他眼前，他都完全没有了输出的心情。

这种时候，任何进攻似乎都失去了价值。他的输出落在现在的琳利女巫身上，就像是挠痒痒。挠在对方的身上，恶心的却是自己。等新兵线抵达的时候，LAN终于彻底放弃了击杀取胜的念头，准备强行推掉对方的防御塔。毕竟solo赛，赢的方式并不是只有一种而已。

LAN深吸了一口气，强行打起精神来，跟着迅速推进的兵线压近了对方的防御塔。随着这样的操作，二十秒后，胜负将定。

LAN久久地看着自己眼前暗下的屏幕，直到工作人员过来提醒才回过神。

第一滴血爆发，完成人头击杀的是——GH的简野。

在solo局上，他辛辛苦苦地磨了二十多分钟，最后居然输给了一个治疗辅助？！虽说当时他的气血状态确实并不好，但是他很清楚，分出胜负的关键点在于——他根本没有留意到，对方是怎么从他身上“骗”到的那一丝输出仇恨！

当时他为了快速清理兵线，不过是放了一个远程射击技能，完全没想到，琳利女巫居然在极限距离里故意蹭了那一下的伤害。也就是这样过分细节的一个操作，顺利地将防御塔的输出目标引到了射手单薄的身躯上。

防御塔的攻击一下又一下，转眼间，血槽清空。最后的一下伤害，则来自琳利女巫甩来的那一长鞭。

那一鞭分明是落在角色身上，LAN却感觉更像是打在他的脸上。虽然现在节目还只是在录制过程中，但他几乎可以预见，等节目正式播出后，观众们会怎么嘲讽、鄙视他。

简野作为获胜方，老神在在地走到了LAN的跟前，非常爽快地拎起他的手握了握，特别谦虚地说：“怎么样，是不是说到做到，滚哥有没有让你爽到？”

LAN：爽？想吐还差不多！

LAN 满腔激愤下，狠狠地咬牙，动了动嘴想说什么，忽然感到眼前一黑。

好在旁边的工作人员眼明手快地扶住了他，他才没跌倒在地上。

ZX 队长迅速地跑了过来，一边安排队员扶 LAN 回到选手席，一边和现场导演道歉："不好意思，他就是昨天晚上吃坏了东西，没休息好，今天有点贫血。没什么事，继续录制吧。"

简野闻言，忍不住叹了口气："所以说，东西还是不能乱吃。"

LAN 原本靠在队友的身上，顿时把白眼翻得更彻底了。

待稍微平息了混乱之后，主持人接收到了导演的提示，迅速地接下了话："那么，让我们恭喜 GH 顺利拿下第一局，接下来有请第二组个人赛的选手上场！"说话间他下意识地朝 GH 选手席看去，看到站起来的顾洛，才稍稍松了口气。GH 终于派出输出型选手了！

然而谁也没想到的是，GH 战队持久起来持久得过分，快起来也快得惊人。

与简野过分夸张的 solo 时长比起来，顾洛和辰宇深两人所花的对局时间，加起来甚至没有超过三分钟。

几乎一个照面就强行突进，完完全全地秒杀！

台下，IBB 的队长和 QU 的队长交换了一下眼神，看到了彼此眼里的深意。只能说，还好 GH 没能参加今年的次级联赛，要不然，必定会是一个非常可怕的对手。抛开实力公认的景元洲和毕姚华不说，剩下的三个新人也完全有狂傲的资本。

在电子竞技的领域，"狂"从来不是一个贬义词，只要你有足够的实力。

这样迅速的推进节奏，让主持人稍稍松了口气，也终于找回了自己的主持节奏。随着辰宇深下场，其他队伍的对战也陆续展开。

林延懒洋洋地靠在位子上，看到已经回到选手席的辰宇深，笑着朝对方伸出了手："打得漂亮。"

辰宇深微微一愣，也伸出手去。

两只手掌在空中碰撞，发出了清脆的声响。

随着其他战队陆续完成了 solo 赛，第一期的录制正式结束。

按照节目规则，虽然本期对战的成绩不影响第一批淘汰名单，不过，获胜方在下一期录制时将有特殊的优先权。至于具体是什么，节目组还卖了个关子。

GH众人对此倒是无所谓，好不容易昏昏欲睡地熬到录制结束，从摄影棚的安全通道前往停车场。

远远地，可以看到其他各战队的粉丝早就举着应援牌等在了外面，落入GH众人眼中的是一片五颜六色的LOGO。粗粗看上一眼，毫无意外地没有找到GH的名字。不过光是景元洲一个人的粉丝，就足已抵上这些次级联赛全队了。其中还不乏追随毕姚华而来的恶意抹黑他的人。毕姚华从他们眼前经过的时候，他们非常客气地纷纷“问候”了一下他的祖宗。

一行人好不容易在保安的护送下上了车，才终于松了口气。

顾洛刚刚坐下，就发现车里少了一个人：“Abyss呢？”

毕姚华喝水的动作顿住：“呃……刚才他还走在我后面的？”

话音刚落，车门应声打开，辰宇深有些狼狈的身影出现在门口：“来了。”

刚才辰宇深走路的时候没有注意，等到回过神的时候才发现自己跟丢了，不知怎么被推挤进了IBB战队的粉丝圈，连戴着的帽子也被撞歪了。

这时好不容易杀出重围回到自己战队的车上，辰宇深上车的步子微微一顿，不由得回头多看了一眼。视线尽头，那些闪烁的队徽醒目，夹杂着粉丝们的激情呐喊，让人热血沸腾。正如曾经他所期待的那样。

林延留意到了辰宇深的表情，趴在副驾驶的位置，一把抓下那顶歪了的鸭舌帽，在少年的头上揉了一把。

辰宇深回过神来抬头看去，正好对上一双笑意盈盈的眼睛。

只听林延低笑了一声，语调散漫：“别看了，以后，我们都会有的。”

辰宇深闻言微微一愣，渐渐地，眼底也隐约有了一抹期待的光：“嗯。”

没错，不管是星光还是荣耀，他们都会有的。

3

回俱乐部的路上，GH战队的好几个队员都没挨住，在车上睡了一觉。

景元洲倒是没有太浓的睡意，坐在后排透过后视镜看向副驾座上的林延，后者无意中抬头对上他的视线，然后不着痕迹地移开了。

简野显然是在solo局打累了，没一会儿，车内就充斥着他打呼的声音，一起一伏，颇有节奏。

辰宇深微微拧了拧眉心，睡眼惺忪地将头上的鸭舌帽压低了几分。

返程的时光就在这样的氛围中悄然度过。

等回到基地宿舍时，夜已很深。

景元洲回去后洗了个澡，从浴室出来后看了一眼手机上的时间，接着推门看去，毫不意外地看到了对面门缝里漏出来的灯光。他果然没有猜错，当所有人都安心入睡的时候，某人还在连夜进行复盘。以这人的性子，即使对手只是次级联赛的选手，也不愿意错过可以为战队所用的战术资料。明明嘴上说的话比谁都嚣张，可实际上，任何人都没有这人来得严谨、认真。

电竞选手的辛苦众所周知，但毕竟都是台前的人物，从来不缺粉丝的心疼和关心。相比之下，在背后支持他们的教练，总是不可避免地被人忽视。在不为人知的时候，这些幕后英雄所付出的汗水，完全不比职业选手们少，有时候甚至更多。

景元洲擦了擦发丝上沾着的水珠，下楼倒了一杯咖啡，然后敲响了对面的房门。

过了片刻，门开了，林延看了他一眼："有事？"

大概是因为嫌垂落的刘海碍事，此时的林延用头绳在额前绑起了一个小发鬏，莫名透着一种可爱。景元洲忍不住多看了几眼，才想起来似的把咖啡递了过去："在复盘？"

或许是刚洗完澡的缘故，景元洲的周身飘散着淡淡的沐浴露气息。

林延低头看了看手上的杯子："嗯，趁着比较有记忆点，先做一下整理。"

景元洲说："讨论一下？"

林延打量了一下这张脸上的表情，到底还是侧了侧身："进来吧。"

景元洲的眼底闪过了一抹不易察觉的笑意。

进屋后，林延随手拉了一把椅子给景元洲坐下，自己则坐回到了桌前。他敲击几下鼠标，点开了电脑桌面上的几个文档："今天几个战队的solo赛我都看过了，多少都藏了一手。不过我已经一帧一帧地仔细抠了细节，很明显，这些队伍在结束联赛后又都提升了不少。特别是IBB和QU，虽然是次级联赛队伍，但是有几个选手绝对已经达到了职业联赛的水准……"

林延此时说话的态度和平日里散漫的调调完全不同，公事公办的做派，连带着侧脸看上去都平添了一种说不出的感觉，就像是……景元洲想了想，脑海中忽然冒出了一句话来——就像是，身上有光。

林延陈述的声音，一时间成为房间里唯一的背景音。

“不过这些都没有关系，不管怎么样，他们被淘汰回家都是迟早的事情。以我们战队目前的实力，保一争一不算是什么难事。回头我再整理下思路，就可以正式制订接下来淘汰赛环节的战术了。”

林延说到这里，随口问道：“目前复盘的结果，我这里就这些，你还有什么要补充的吗？”

景元洲说：“很详细，我没什么要说的了。”

林延点头，干脆利落地开始下逐客令：“行吧，没其他事的话，早点回去休息。我这里需要再把最后几个视频看完。”

林延毫不客气地下了逐客令，景元洲被“请”出了房间。

第一期录制的内容经过剪辑、审核、排期，终于到了正式上线播出的时间。

虽然当了选手后多少会有比赛直播，不过这样正经上电视大家都是头一遭，于是众人早早地都来到休息室巨大的屏幕前，准备第一时间观看节目。

顾洛一进门就看到毕姚华整个人埋在沙发里，手速飞快地在输入着什么，有些好奇地问：“B 哥，做什么呢？”

毕姚华神色淡淡地抬了下眼眸：“我在看粉丝们怎么骂我。”

顾洛愣了：“啊？”别的不说，把恶意抹黑自己的人理所当然认成粉丝这种事，只有 B 哥干得出来。他是真的服气 B 哥。

毕姚华刚亲身上阵嘲讽完，这时候热情地朝顾洛招了招手：“来看来看，这些人真的特别有意思。”

顾洛好奇，当即凑了过去。手机屏幕上的内容瞬间落入他眼中。

“厉害呀，这种节目居然真的要播出了。BB 你实话实说，这是节目组体恤我们，专门给我们提供嘲讽你的新平台吗？”

“GH 一轮游预备！还以为富二代砸钱好歹可以组个像样点的队伍，结果就这？就这？”

“台词我都帮你想好了，赢了是你 B 哥厉害，输了就是队友太菜。除 Titans 外，你随便嘲讽。”

“直接说吧，Titans 拿了 3500 万，你又拿了多少？”

“我最近特别困惑，难道现在富二代都有砸钱捡垃圾的习惯？”

“最大的垃圾王，BB排第二，没人敢排第一。”

“还没到时间吗？赶紧播，想看BB被虐的心情已经如饥似渴。”

顾洛艰难地张了张嘴：“哪里，有意思？”

毕姚华摇头：“算了，面对他们的乐趣，你这种小白兔不会懂。”

顾洛：并不想懂，谢谢。

站在旁边的简野非常懂顾洛此时的心情，同情地拍了拍对方的肩膀道：“别管他了，来滚哥怀里，安全点。”

顾洛毫不犹豫地转身坐到了简野旁边。

后面又陆续进来了几个人，最后一个到场的是林延。他刚走进来，视频软件就推送了《炙热集结号》第一期节目上线的消息。

骆默迅速地点开。

随着节目的播出，弹幕也疯狂地刷了起来，转眼间，就被各大战队的粉丝们霸屏了。其中，就属GH战队的“应援方式”最为奇特。在满屏的“加油”中，渐渐地被统一的口号给刷了屏：“回家队今天回家了吗？”

骆默看得直皱眉，考虑到选手们的心情，忍不住问林延：“要把弹幕关掉吗？”

林延眉梢微挑：“不用。”这才哪到哪？只是这样心态就炸了的话，以后还怎么站上世界舞台？

骆默张了张嘴，没有再说话。

嘲讽一直在持续，直到GH战队集体亮相的时候，才出现了第一次转折。

“啊啊啊，一看这脸，我怎么感觉骂不出口了？”

“骂的是灵魂，舔的是颜，没毛病。不多说了，屏幕让我亲一下。”

“绝了，这垃圾战队当自己是来选练习生男团的？”

“BB这张嘴是真的臭，但这个颜也是真的香……”

“等下，站在前面的那个帅哥是谁？宣传的时候好像没见过他呀？”

“说话了说话了，我去，居然是教练？颜值暴击啊！”

“别的不说，GH这整体颜值我真爱了。仔细想想，就算多混几轮也不错？”

“前面的能不能有点出息？靠脸能吃饭？靠脸能赢比赛？”

“啊啊啊！Titans 我好想嫁！活的 Titans！”

“别刷弹幕了，挡我看帅哥了。”

“呜呜呜我都可以！谁能想到有生之年，我居然会在一档电竞节目里挑花了眼……”

顾洛无意中瞥见几条夸他可爱的弹幕，脸上微微发红。

毕姚华看着视频画面中的自己，忍不住有些得意地撩了撩发丝：“哎，我总觉得那天的造型好像太低调了。下次录制记得提醒我一下，我得和造型师再交流交流。”

辰宇深无语地回头看了毕姚华一眼。

简野也无力吐槽：“你这都快赶上孔雀开屏了，还低调？”

毕姚华摇了摇头：“B 哥的江湖，没有最骚，只有更骚。”

简野：“嗯，你全队最骚。”

骆默在旁边无意中听到这么一句：“噗——”

弹幕内容随着节目的播出也有所改变，这让休息室里的氛围顿时轻松了不少，一转眼就到了相互嘲讽环节。

“哈哈哈哈哈哈，我要是其他战队，我想打人。”

“B 哥干啥啥不行，嘲讽第一名。”

“那个是叫 Gloy 吗？奶凶奶凶的，笑死。”

“三观塌了，酷哥居然是辅助？！”

“臭脸打野了解一下。”

“Titans 这刀补得，太强了。”

“为什么我总觉得，这支队伍……都好特别啊？”

“是我的错觉吗？Titans 看着教练笑得好宠溺，姐妹们快叫醒我！”

“前面的，你不是一个人。”

林延看到最后一条的时候，眉梢微微地挑了一下。

虽然这条很快就被其他的弹幕大军给压了过去，但不知怎么的，他本能地回头看了一眼，恰好对上了景元洲投来的目光。

林延略微沉默，然后说："骆默，把弹幕关了吧。"

骆默答："啊？啊……好！"

弹幕一关，整个世界彻底清静了。

只有毕姚华嫌挨骂挨得不够过瘾，一边看着节目，一边用手机刷网上的评论，还时不时地给队友们做一下现场转播。

"Gloy，不错啊，你这一次收获了很多妈妈粉哎！"

"看不懂现在网友们的审美，Abyss 这种臭脸居然这么吃香？那以后我是不是也可以走一走冷漠路线？"

"我就知道，果然很多人为我和 Titans 没有出场而感到遗憾。不过，他们怎么能因此推断我状态下滑呢？我怎么就是老龄选手了？二十岁风华正茂的年纪，这就老龄了？不是我说，这届网友真不行！"

"滚滚，知道他们是怎么评价你的吗？金刚男妈妈，哈哈哈，好贴切！"

简野本来不想搭理他，闻言忍不住赏了一个字："滚。"

毕姚华抬了抬眼："好端端的，骂自己干什么？"

简野：算了，说不过，躲还不行吗？！

此时屏幕上正在播放第一局 solo 赛的精彩场面，毕姚华没再和简野掰扯，兴冲冲地继续刷评论反馈，只感觉整个人都舒服了："哎哟喂，这个 LAN 也算是出名了一把啊！射手大战性感奶妈，今日爆限预定了！"

事实上，何止是出名，反响远比毕姚华说得还要热烈。

节目才出来没多久，就有手快的网友把这场 solo 赛剪成了一段鬼畜视频。画面中，性感妖娆的治疗辅助，搭配上简野这标准型男的造型，转眼间就在视频网站爆上了热门。

这操作让 GH 莫名其妙地火了一把，很多原本不屑看节目的电竞玩家们纷纷入坑，随后一个个笑到扶墙。

这实在是太魔性了！

原本那些恶意嘲讽的留言也纷纷被围观群众的热情盖了过去，他们无处发泄，居然摸去了 ZX 俱乐部的微博和 LAN 的私人博客，开始疯狂展现自己的战斗力。

"搞什么呀？一个打不过辅助的射手留在战队里干吗？ZX 基地储存的大

米太多吃不完吗？”

“ZX 好歹也是次级联赛队伍吧，这种射手，垃圾堆里捡来的？”

“楼上别侮辱垃圾堆，同样是捡垃圾的，和 GH 比较之后才知道垃圾也分三六九等。”

“虽然现在提倡废物利用，但好歹也是可回收废物，这种射手请原地分解好吗？”

“明人不说暗话，LAN，原地爆炸吧！”

“难怪连次级联赛都打不出成绩，有这种射手，基地改建当菜园吧！”

将第一期视频完整看完，所有人在毕姚华的转述下，对网上的情况也知道了个大概。

不得不说，大快人心。

骆默关上视频播放软件后，快速地翻了下微博，果然看到几个词条的热度正在疯涨。

第一梯队的是 #BB 第一期坐冷板凳 #、# 辅助 solo#、# 辅助捶爆射手 #、#GH 首秀实力 # 等等爆点内容。

第二梯队的是 #GH 教练颜值 #、# 全颜值战队 #、#GH 电竞男团 #、# 靠颜值出道的战队 # 等等颜值衍生。

虽然每个词条下面不乏恶意抹黑的人上蹿下跳企图带节奏，但是俱乐部官博的粉丝数仍然随着节目的播出和鬼畜视频的发酵一路飞涨。

骆默当机立断联系了微博负责人，准备好好地利用这次机会冲一冲人气。

“关于我颜值的那个词条就不用顶了，我们这些幕后的人，不用这么高调，流量多往选手身上引。”林延非常慷慨地退居二线，看了一眼手机，从沙发上站了起来，“好了，时间差不多了，都准备一下，继续进行训练了。”

话落，他不出意外地听到了一阵哀号。

骆默趁机提醒道：“明天开始节目组会安排人来进行直播跟拍，大家别忘记配合一下，争取早点起床。”

林延抬眼看去，感受到了周围期待的目光：“行了知道了，今天不会折腾你们到太晚的，给你们留点力气明天表现，总行了吧？”

众人欢呼：“教练最好了！”

林延低笑一声，推门走了出去。走廊里没有人，没走两步，他就听到了身后隐约的脚步声。回头看去，眼见来人也跟着他一起停下了脚步，他的表情有了些许变化。

这两天他和景元洲并没有少见面。该训练的时候训练，该复盘的时候复盘，该讨论战术的时候讨论战术，就是没有再提过“一毛钱人渣”的事。大概算是虚假的和睦。

林延可以感觉到景元洲想要解释的心情，不过仔细一想，也确实没什么好解释的。

当时谁也不认识谁，人家把他这么一个醉鬼送到酒店而不是“抛尸”路边，已经是仁至义尽了。至于心里不爽什么，虽然说不上来，但他也不是一个喜欢斤斤计较的人，最多别扭几天，估计也就没事了。

实际上，就连过几天去买件二手外套赔给景元洲的事，他都已经计划好了。这时候对上对方这样的视线，他觉得自己还是大度点算了，于是作势清了清嗓子：“那个，其实也真不用……”

话未说完，景元洲开口打断道：“把手借我用一下？”

林延有些疑惑地看了景元洲一眼，虽然不知道对方的葫芦里卖的什么药，但还是伸出手去，摊开了掌心。

下一秒，只见景元洲抓了一把什么放在了他的手里，冰冰的、凉凉的。

林延低头一看，只见他手掌上满满的都是一毛钱的硬币。这种面值的硬币现在近乎消失了，也不知道这人上哪里掏来这么多。

留意到林延疑惑的视线，景元洲坦然道：“之前一直瞒着你，是我不对。不过我也确实没有耍你的意思。反正我都已经当了‘一毛钱人渣’了，就干脆当到底吧。这些硬币你都收着，当是我赔罪了。”

林延乐了：“我看起来像是缺这些钱的人吗？”

“林总当然不缺，不过这些钱，可不是让你留着花的。”景元洲直勾勾地看着林延，语调淡然，“既然说是赔罪，这些钱当然都有它们该有的用法。就当是我给你的承诺了，每一毛钱都能提一个要求，有什么需要的时候就拿它们来跟我兑换，没有时限，童叟无欺。”

不得不说，这可真是一个特别“良心”的用法。只是林延也没有想到景元洲居然会玩这么一手。

他低头看了一眼那满满一手掌的硬币，本还想故意端一下，可是终于有些控制不住嘴角的弧度了：“真的要玩这么大？一下子许出这么多的承诺？”

景元洲笑了一下：“话都已经说出来了，哪有收回去的道理。”

他转身去训练室准备今天的内容。

景元洲站在原地没动。直到那个身影消失在转角，他才默默地摸出了手机，面不改色地清空了近两天浏览器内的搜索记录。

4

不得不说，《炙热集结号》第一期的反响比预期还要来得热烈，短短一天时间，包揽了整个微博热搜榜。

于是景元洲次日醒来，一眼就看到了手机上快被刷爆的消息提示。

有人在职业选手群里艾特（网络流行词，字符“@”的音译，根据英语“at”的读音读作“艾特”。网络中常用“@+昵称”用于提到那个人或者通知那个人）他后，这个常年沉寂的“养老群”里，难得聊起了电竞相关的话题。

在这个群里的都是炙热联盟的现役选手，有的关系不错，有的彼此之间没说过几句话，偶尔问候两句，平时都是一片岁月静好的样子。不过因为刚刚结束转会期，这段时间关于圈内话题多少有些敏感，大多人就识趣地选择了潜水的方式。现在这么前卫的综艺一播出，有人带头挑起话题之后，憋了好久的选手们自然也纷纷冒泡。

景元洲拿着手机走进了卫生间，一边刷牙，一边随手翻了翻前面的聊天记录。

职业选手1：联盟这次搞的综艺真的可以，前面被人损爆，现在被人吹爆，逆风翻盘啊！

职业选手2：所以大家都看了吗？

职业选手3：那不是废话吗，现在不看电竞综艺就和不懂潮流一样。

职业选手4：看了看了，我昨天也看了！不得不说，两位在上面的表现真的特别突出 @Luni@Titans。

Luni突然被点名，也出来回复。

Luni：我不就露了个脸，有什么好表现的？

众人纷纷响应：作为官方默认的选手代表，你的脸就是我们的脸！

Luni：我那真不算什么，充其量也就是个人形立牌。真要说，倒不如直接问问某前职业选手在这种场合嘲讽对手得不得劲呢 @Titans。

景元洲随便瞄了两眼，发现自己居然被艾特了好多回，不由得轻笑了一声。

之前他转会的事虽然在职业圈里传得沸沸扬扬，但是这个群里从来没人单独拎出来提过。都是圈里混了多年的人，知道哪些事情比较戳心窝子，都心照不宣地没有在他伤口上撒盐。现在他转会到 GH 的事情已经尘埃落定，大概也觉得他在综艺节目上表现得心情不错，众人这才趁着这个时间调侃上两句。

把聊天记录粗略地翻完之后，景元洲也了解了个大概。最近季中赛还没正式开始，这些职业选手显然是一个比一个闲，居然还有闲情雅致看起综艺来了。不过这也从侧面表示，《炙热集结号》这档电竞综艺节目，确实火了。

景元洲随手拿毛巾擦了一把脸，然后才漫不经心地拿起手机做出了回复。

Titans：@Luni，有感而发，没有嘲讽，谢谢。

Titans：以及，这是职业选手群吧？我这个前职业选手待这儿好像不太合适，就先退了。

刚刚还聊得热火朝天的群瞬间安静。

下一秒，群内就被铺天盖地的问号彻底刷屏。

职业选手 2：完了完了，Titans 生气了，Luni 你摊上事了！

职业选手 4：退什么退，年度级选手还不适合留下，让我们这些菜鸟还怎么混啊？

Luni：？？？

然而 Luni 没来得及再说些什么，眼睁睁地看着群聊人数瞬间减少了一个，同一时间，身为管理员的他接到了退群提示。

我去，还真退了？！一时间 Luni 也没时间理会彻底爆炸的选手群，迅速给景元洲发了一条消息过去。

Luni：你怎么回事？我开玩笑而已，退什么群！

景元洲正好走出了房间，看了一眼，回复道：和你没关系，本来就是事实，我现在又不是职业选手了。

Luni：那也不用退得这么干脆啊！你不是也说了，GH 迟早会进职业联赛的吗？进进出出很好玩？

景元洲：好玩啊，到时候再进群我就是 GH · Titans 了。

Luni 还想说些什么，便见景元洲又发了一条：留在群里做什么，方便你们打听我们 GH 的战术布局吗？趁着我们还没进军职业联赛，提前做应对策略？我不准备给你们这种机会。

Luni：你想多了。

虽说第一期节目中 GH 的两个新人确实表现不错，但也不过是和次级联赛里的三流队伍 ZX 在比，放在他们这种职业联赛的选手眼中，实话实说，还真不是很够看。

景元洲：是不是想多了，以后就知道了。

Luni 见景元洲主意已定，也没有再说什么，随便聊了几句后就结束了对话。

景元洲把手机收入口袋，下楼穿过走廊来到 A 区，远远地就看到了林延在那里指挥着一行人，忙忙碌碌地安排着什么。

为了更好地延续综艺的热度，节目组特地安排了工作人员来基地安装摄像头。

此时，各大直播平台已经为参加综艺的八家俱乐部开放好了直播专区，准备定时定点地直播日常。

林延让工作人员把摄像头安排在了训练室里，各个角度都有，到时候观众可以随意切换，保证三百六十度没有死角。

林延刚安排完毕，一回头正好看到了站在不远处的景元洲，眨了眨眼后冲他招手："Titans，过来一下。"

景元洲刚走过去，林延已经一把把他捞了过去，端端正正地摆在了摄像镜头前，提醒："先别动啊。"

说完，林延转身直接跑到了不远处的工作人员身边，仔仔细细地看了看显示出来的画面，满意了："这个画质可以啊，把我们家 Titans 拍得很帅，非常 OK。"

景元洲又猝不及防地当了一把工具人："我先去跑步了。"

林延头也不抬地摆了摆手："不送。"

景元洲看了一眼这样冷漠无情的身影，哑然失笑，转身走出了大门。

临近中午的时候，GH 其他成员陆续起来，看到了焕然一新的训练室。

毕姚华感慨："这阵仗，有些厉害啊……"

连B哥都这样说了，更别提其他人了。

顾洛本就脸皮薄，光是看着这些摄像头，就已经不可避免地感到全身僵硬了。这样，岂不是有很多人看他们的日常训练了……

骆默在旁边翻了翻计划表："我已经和节目组确定过了，这些摄像头在节目播出期间每周开三天，时间是下午一点到五点。所以，现在大家还有时间可以做一下准备。"

林延补充道："为了配合节目效果，原定在下午的训练内容，我全部给你们推到了晚上。下午的时间全部会空下来，到时候大家都开一下直播，单排双排都可以，也当是应付一下之前合同里的直播时长了。"说到这里，留意到几个人的状态，他又拍了拍手说，"我知道刚开始直播的时候会感到不自在，但是如果想要成为职业选手，这都是必须克服的环节。现在还只是节目组安排的摄像头而已，如果这就脸上受不住了，那以后上了几千万人的赛场呢？到时候可是真真正正的观众了，总不能因此影响到比赛的发挥吧？"

顾洛听到这里，脸上的神色渐渐地坚定了起来："教练，我会努力的！"

林延忍不住笑着在"奶奶灰"上揉了一把："嗯嗯，Gloy最乖。"

简野忍不住凑了上来："教练，我也很乖。"

林延嫌寸头扎手，把简野推开了几分："行行行，我们家的崽都乖！"

俱乐部的阿姨此时已经准备好了午饭。所有人聚在餐厅吃完饭后，趁着摄像头还没正式开启，纷纷跑进了训练室做最后的准备。

林延看着队员们如此热情的态度，不由得露出了满意的笑容，忽然感到有人拍了下他的肩膀，回头看去，只见景元洲给了他一个眼神，无声地招了招手。

此时景元洲手上拿着手机，也不知道是在和谁通话，一边带着林延往走廊走去，一边继续跟电话那头的人说道："你确定这几天战队里真的没有什么训练安排？嗯……那行吧，不过这件事情，我还需要向领导请示一下。"说到这里，景元洲神态一片清明，将手机稍稍拉开了几分，看向林延，"Mini说想找个时间来我们俱乐部看看，你觉得呢？"

林延的思绪还停留在前面那句"向领导请示"上面，这时候他反应过来："Mini？就是上次去俱乐部接你的时候，搞得跟生离死别一样的小哭包？"

景元洲的手机还保持着通话，离得也不是很远，不知道蓝闽在电话那头是不是听到了这句评价，隐约可以听到电话那头传来了一声咒骂。

景元洲失笑：“嗯，是他。不过最近基地里面不是训练就是节目直播，不方便的话，下个月再说也行。”

林延却回答得无比干脆：“不用等下个月，我觉得方便得很！择日不如撞日，今天下午就很好。”

蓝闽毕竟是BK顶替Titans位置的新边路选手，这是准备让他在节目直播的第一天，就堂而皇之地来GH俱乐部基地做客？只需稍做一下设想，就可以猜到将会掀起多大的风浪。别说，这种事情还真的只有林延做得出来。至于用意，不言而喻。

景元洲瞬间领会了林延的心思，琢磨了一下，就将原话转达给了蓝闽。

蓝闽是在睡醒后才发现的景元洲退群的事，所以第一时间打电话过来问了下情况。至于说想来GH俱乐部看看，也不过是心血来潮而已。可是刚才，他偏偏清楚地听到了林延对自己的评价，当即脱口而出：“好的师父，我这就出发，你等我！”

景元洲：“嗯，回见。”

挂断了电话，景元洲似笑非笑地回头看去：“用BK的人给自家俱乐部引流量，林教练这算盘打得可真好。”

林延不以为然地挑了挑眉，笑道：“拿GH来成就你的那位小徒弟，景神的算盘打得也很不错。”

两人都没再说什么，心照不宣地相视一笑。

互惠互利这种事情，自然谁都没有拒绝的道理。

半个小时后，GH的人都做好了直播准备。

下午一点整，所有的摄像头正式开启，《炙热集结号》的第一次日常直播正式开始。

因为每个战队都有独立的直播间，所以不可避免地分散了不少流量，不过光是Titans的粉丝们就已经替GH俱乐部撑起了足够大的场面。

在刷得飞快的弹幕中，还夹杂了不少新增的综艺粉。

“还是第一次看这样的直播呢，感觉挺有意思的。”

“啊啊啊，看到我老公了！啊啊啊，简直吹爆节目组，能看一下午，也太幸福了吧！”

“这些摄像头都没带滤镜的吧？我就是来看这支队伍的盛世美颜的，满足。”

“唉，打什么电竞呢，打得不好还要被嘲讽，直接改男团出道不好吗？”

“BBBBBB 在哪里？让我看看你日常是怎么嘲讽队友的！”

“等下，BB 这个电脑界面……这是在看我们吗？”

也不知道毕姚华是不是看到了最后那条弹幕，正对着电脑的他忽然转过身，对着身后的摄像头微微一笑：“对啊，我就是想看看，有多少人追在我 BB 身后努力尽孝呢。”

直播观众们：“？？？”

现场直播嘲讽粉丝！弹幕迅速地被一连串的省略号和“不愧是你”给彻底霸占了。

林延本来坐在旁边的沙发上观察直播间的情况，看到这样一幕后微微挑眉，拎着一本杂志走到毕姚华的身后，在他的头上不客气地敲了一下：“玩什么呢，还不快开直播？”

毕姚华叹了口气：“唉，是……”

“哈哈哈哈哈，天啊我看到了什么，BB 吃瘪盛况现场？”

“我去，我认识这个人，这是 GH 的教练！”

“教练颜值我可以，啊啊啊！教练别走，让我多看上两眼。”

林延低头瞥了眼手机，正好看到了最后一条，嘴角微微地上翘。他转过身，冷酷无情地坐回到旁边处于拍摄死角的沙发上。

随着林延的提醒，GH 众人陆续开启了直播间。

只有景元洲一人在那里慢悠悠地打着单排，一副无动于衷的样子，惹得他的粉丝又是一阵挠心挠肝。

不过鉴于景元洲从来不轻易露脸，能像现在这样在非比赛场合看到他的身影，一众卑微的粉丝已经感到非常满足。

顾洛打开客户端，非常娴熟地邀请了简野，开始双排。他用的还是原来的直播间房号。来GH之前，他直播期间一直没有露过脸，老粉们在他“消失”了一段时间后，也是在《炙热集结号》播出后才重新看到他。此时对着这样一张人畜无害的脸，一众妈妈粉充满爱意地尖叫。毕竟，崽崽实在太可爱了！

顾洛不像毕姚华，不敢去看那些疯狂刷新的粉丝留言。最后他被自己直播间的粉丝们闹得不行，看了两眼直播间界面上滚动着的内容后，一脸不好意思地关掉了弹幕，和简野一起专注上分。

辰宇深自始至终没有说话。但是只要稍微留意就可以发现，这张臭脸紧绷，表情比任何时候都要沉重。

林延把一切看在眼里，忍不住暗暗摇头。唉，还是不行，都太嫩了！除了BB这个老司机，其他人还得加把劲才行，到底还是缺少了电竞选手该有的臭不要脸的传统美德。

想到这里，他点开了手机的备忘录，无比慎重地加上了一条：加强脸皮训练。

随着众人直播的进行，整个训练室里除了键盘和鼠标敲击声，只剩下毕姚华语调懒散的声音，他滔滔不绝地和直播间里的粉丝互动着，成为唯一的背景音。

“嗯，对，我这把准备玩火焰魔女。什么，射手玩什么中单？那你如果在殡仪馆工作的话，是不是这辈子都不用去医院了？

“打小号怎么了？你们以为小号很容易玩？高端局面好歹是5V5，小号一不小心就要玩成1V9，我这才叫增加难度。

“双排就算了，B哥我还是放荡不羁爱自由，双排容易限制我的发挥。

“对啊我就喜欢一直说话，要不我的名字是怎么来的？出门没带头的话记得回去找一下，如果已经带了就当是我的错，是我不对，居然指望无脑抹黑我的人有脑子。

“又赢了，无敌的人生真的是寂寞如水啊，啧。”

就冲着毕姚华的这一张嘴，他理所当然地成为GH人气最高的直播间拥有者。

很多观众都是看到节目推广进来的，发现队员们都开了直播，所以一直在几个直播间里反复横跳。不得不说，和他们最初以为的要看枯燥乏味的静止画面相比，现在确实无比快乐。

很显然，随着第一期节目的播出，外界对 GH 的整体印象已经比最初好太多了，一时间公屏上的弹幕居然一派和谐。毕竟大部分粉丝都是奔着队员们的颜来的，也不指望直播期间的排位赛能有多精彩，只想着多看看摄像头下的盛世美颜而已。

但是渐渐地，也有人开始留意到更多细节。随着队员们一场又一场排位赛的开启，他们发现，GH 战队这些人的胜率，未免也太高了。有心人点开一个个的战绩去做了番回顾，这才发现，不管是双排还是单排，这些人居然都连胜了好几局。

抛开毕姚华玩的小号不说，要知道，另外几个年轻选手在参与的，可都是天梯一百名以内的排位赛啊！

“会不会是炙热官方给 GH 的人开了绿色通道啊？话说，天梯排位有这么好打吗？”

“说绿色通道的是不是瞎？再怎么搞动作，把把 MVP 你来试试？”

“不是说花瓶队吗？这实力有点强啊……”

“GH 管理层到底从哪里淘来的人？厉害了啊！”

“吹过了，最多也就实力还行，职业选手打这种段位，连胜很奇怪？”

“呵呵，最多也就准职业水准，真没见过世面。”

“前面无脑诋毁吧？说得那么厉害，你行你上啊！”

弹幕持续刷新着，和其他战队直播间里保持平稳的观看人数比起来，GH 战队直播间里的粉丝数以肉眼可见的速度持续增长着。

林延满意地看着弹幕上的内容，挑了挑眉。他从来不担心战队如何被人接受的问题。毕竟在电子竞技的领域，实力永远是最具说服力的存在。而这一切，不过才刚刚开始。他抬头看了看场内认真排位的几人，眼底的笑意一闪而过，视线一瞥，正好看到景元洲从位子上站了起来，往休息室外走去。

他低头看了一眼手机上的时间，瞬间明白了过来——他们的引流渠道到了。

景元洲的忽然离席，让原本就飞速滚动的弹幕，瞬间再次沸腾了起来。

当所有人都在纷纷猜测他的去向时，只见他又折了回来，身后还多了一个高挑的身影。

弹幕："？？？"

虽然来人头上戴着鸭舌帽挡住了大半张脸，但是不得不说，越看越让人觉得眼熟。就在这时，蓝闽已经一把摘下了头顶硕大的帽子，露出了一张神态复杂的脸。

关于节目组安排直播的事，在进 GH 基地的路上景元洲已经和他说过了，也是在那一瞬间，他终于明白，为什么要让他今天来这里了。他多少有些怨念。他总觉得师父明明知道是怎么回事，居然还什么都不和他说，就直接让他过来了。

蓝闽不用看也知道现在直播间的弹幕估计刷疯了。毕竟他在 BK 战队代替 Titans 的事众人皆知，也不乏有人把 Titans 离队的账算在他的头上。结果现在他出现在 Titans 转入的 GH 基地中，话题度简直分分钟爆炸。

想到这里，蓝闽不由得感到有些头疼，早知道就改天再来了。今天来这里他确实得到了库队的批准，可是到时候动静闹得太大的话，估计回去之后免不了挨一顿训。

蓝闽越想越恼火，接过林延递过来的那杯茶时一脸敌意："谢谢。"

林延倒是非常热情："Mini 是吧，欢迎来到 GH。不过大家现在都有些忙，要不稍微等等，回头我让人过来陪你玩玩？"

"玩？"蓝闽抬头看去，脸上终于露出了一丝笑意，"好啊。"

对于师父现在队友的实力，他确实挺期待的。

林延点头："那行，你看看想和谁一起玩，Gun 可以吗？别看他是辅助位，前面刚打过 solo 赛，效果非常不错。"

蓝闽的嘴角微微抖了一下。别以为他年纪小，就欺负他不懂！他可是早就把第一期节目看完了，自然知道这个 Gun 打起个人赛来是个什么情况。性感妖娆的身影从脑海中一闪而过，他当即毫不犹豫地说道："不和辅助打。"

"不喜欢辅助的话，那，中单怎么样？"林延想了想，没等蓝闽同意又直接否决，"算了，Gloy 正在直播双排呢，突然打断也不好。这样吧，反正要切磋以后多的是机会，今天毕竟情况特殊，我倒是没什么事，不嫌弃的话我陪你练练？"

听到最后一句，景元洲有些惊讶地抬头看了过去，正好对上林延笑意盈盈的目光，明白过来后眉目间也多了几分了然。

蓝闽刚想表示嫌弃，景元洲已经开了口：“我觉得挺好的。”

蓝闽回头看去：“师父，他不是教练吗？”

景元洲说：“教练跟你练才好呢。”

转眼间，林延已经为蓝闽开了一台电脑，自己则在对面拉了一把椅子坐下，漫不经心地随口问道：“Mini 你最擅长什么英雄？我们用同一个英雄对线，娱乐性也强一点。”

双方使用同一个英雄，往往更考验一个人对这个英雄的理解程度。

只是林延一开口就让蓝闽选最擅长的英雄，多少就有一种“就算用你最擅长的英雄，我也一样打爆你”的嚣张调调了。

蓝闽毕竟年轻气盛，闻言在心里骂了一声，不再犹豫，一屁股在电脑前面坐了下来：“你别后悔！”

人争一口气，他好歹也是一个职业选手，这是在瞧不起谁呢？！

5

自从蓝闽出现在摄像镜头前，整个直播间就炸了。

蓝闽毕竟是 BK 的选手，鉴于景元洲和 BK 那层特殊关系，今天他是受谁邀请来的基地，不言而喻。

在此之前，实际上很多 Titans 粉丝对顶替自家选手位置的蓝闽多少印象不佳。但是蓝闽被提升为正式选手的消息毕竟是在景元洲转会之后才公布的，他们也不好说些什么。只是有网友爆料，景元洲转会后就和 BK 相关人员再没有过公开互动，这难免让人猜测这次突然转会背后的真相。一来二去，大家也不可避免地往俱乐部内部矛盾的方向进行联想。

而今天，就冲景元洲亲自把蓝闽接到 GH 的态度来看，至少 BK 新旧两个边路选手的关系，并没有外界想象当中的那么不堪。

“哎，这个是 BK 的 Mini 吧？我在宣传照上看到过他。”

“我还以为 Titans 和 BK 的人会老死不相往来呢，看这样子，似乎关系还不错啊。”

“Titans 老粉泪目了，原本他们应该是队友来着。”

“作秀成分过大，剧本安排的炒作吧？”

“等等，Mini 坐电脑前是干吗，千里迢迢跑来 GH 打游戏吗？”

“或者是专程来求 Titans 做指导的？毕竟 BK 的战术向来都是围绕边路展开的，新人刚上，多少会感觉不适应吧？”

“虽然但是，Titans 并没有坐下啊……看对面，开电脑的那个不是 GH 的教练吗？”

弹幕三言两语就把所有人的注意力都吸引了过去。

这边林延已经调试好了设备，侧了侧头，越过电脑屏幕问蓝闽：“准备得怎么样了？我们基地的设备用得还顺手吧？”

蓝闽来的时候两手空空，并没有带自己的外部设备，所以只能用 GH 自带的设备。此时闻言，他绷着脸应了一声：“嗯，还行。”

林延无声地笑了一下：“那行，上号通过一下好友申请，我刚加你了。”

蓝闽低头，果然看到电脑屏幕上弹出了一条好友申请，点开，“谁还不是小公举”的 ID 出现在了屏幕中央。

加上好友之后，林延创建了一个自定义 solo 房间，向对方发去邀请。双方准备完毕，正式进入选人环节。

林延不忘提醒道：“选吧，我随你。”

蓝闽一听这话又忍不住咬牙，反手直接锁定了深渊暗影格里芬。

林延了然地挑了挑眉，紧跟着锁定了同样的英雄之后，似笑非笑地看了一眼旁边的景元洲。

众所周知，深渊暗影格里芬可是景元洲众多成名英雄之一。

蓝闽是景元洲的忠实迷弟，喜欢和他使用相同的英雄并不是让人感到惊讶的事，这个时候拿出，也有着宣示徒弟身份的意思。

两人都没有开直播，观众们只能通过摄像镜头角度看去，艰难地看着其他人电脑屏幕上的轮廓。

“这两人是在打 solo？”

“好想看，一人血书求开直播啊，啊啊啊！”

“Mini 这是一开场就拿了格里芬？笑死，Titans 在旁边呢，这不是班门弄斧吗？”

“教练好像也拿了格里芬啊。”

“这是什么情况？一进 GH，人均 Titans？”

不用看，林延也可以猜到弹幕上在刷的大概内容。他不以为意，调试了一下天赋后，懒洋洋地戴上了原本挂在脖子上的耳机。只要不是团队语音，其实他对戴耳机的感觉还算好，只是不喜欢经常使用。

虽然蓝闽还没有正式经历职业联赛的毒打，但毕竟是景元洲手把手教出来的人，把耳机戴上也算是表达了认真面对的态度。

景元洲留意到了林延的举动，若有所思。他转身过来轻轻地拍了拍蓝闽的肩膀：“跟林教练好好交流。”说完，他并没有选择留下来观看他们的对局，转身回到了自己的位置。

蓝闽委屈地看了一眼离开的背影，眼底藏着不服。他在这局拿出格里芬，就是抱着打爆林延的想法。眼见对局开始，他当即收回了心思，买好出门装，迅速来到了线上。他先是补了几个兵，随后看了一眼林延所在的位置之后，迎面冲了上去。

不得不说，蓝闽这个格里芬确实很有景元洲的精髓，该狠的时候果断无比，直接突脸的操作更是不给对手半点机会。可惜的是，他对面的那个人，是林延。

短暂的交锋之后，反倒是蓝闽的格里芬顶着一身残血，有些狼狈地躲回了防御塔下。而另一边，林延已经舒舒服服地吃完了剩下的兵线，此时再往路中央一站，仿佛一个霸道的屏障，彻底断了蓝闽上来吃兵线的机会。

蓝闽怎么也想不明白，明明自己掌握了先手，为什么现实和预期会是截然相反的两个结局呢？可是现在两人的状态差距实在过大，林延有意断了蓝闽的发育渠道，他还真半点办法都没有。

蓝闽无计可施，只能强自收回不甘，选择了回城恢复状态。

毕竟林延一直留在线上，蓝闽这样一操作，双方的等级差距彻底拉开了。等到他再次回到线上，想要寻找反击的机会时，已经无从下手了。他很快发现，不论自己做出什么举动，林延总能预先做出判断。他就这样被林延玩弄于股掌之间，彻底压得死死的。

“Defeat！”

四分钟后，看着屏幕正中央失败的字幕，蓝闽有些蒙。

目前他确实不能算是职业联盟中的顶尖选手，但是从实力上来说，也绝对是上层阶梯的存在，而现在，居然被这个名不见经传的俱乐部教练轻轻松松地按在了地上摩擦？

林延摘了耳机，侧头似笑非笑地看了过去。

大概是感受到了这样的视线，蓝闽紧紧抿着嘴角，迅速回到自定义房间："再来！"

林延笑了笑，开启了下一局。

这次，蓝闽选择的是月影守卫贺拉斯，依旧是景元洲的成名英雄之一。和上局不同的是，他没有贸然采取行动，小心谨慎地清理着兵线，试图等进入强盛期后再寻找机会。万万没想到的是，上一把明明打一棒才会动一下的林延，这局反倒打得十分积极，一个照面再次把他打残，在一分半时将他逼回了泉水复活，再上线的时候已经被压了整整一个等级，重演了碾压局面……

蓝闽哑声道："再来！"

不知不觉间，已经过去了大半个小时。一个接一个的边路英雄走马灯似的陆续上场，然后在一通暴揍下，横尸峡谷。

"Defeat！"

"Defeat！"

"Defeat！"

……

冷酷无情的系统音一次又一次地在蓝闽的耳中响起，就连直播间里的观众们看着那反复暗淡的电脑屏幕，也久久不能回神。

"所以，Mini居然一局都没有赢过？"

"不能够吧！对方不是GH的教练吗，这都赢不了？"

"就这实力，确定可以代替Titans的位置吗？"

"我以前看过他打比赛啊，其实挺强的，不至于这么水啊！"

"还是说，是GH的教练太强了，而不是Mini太弱？"

"得了吧，真的强早就当选手去了，谁还愿意当教练啊！"

"别的不管，我只想说，GH的教练真的好帅啊，啊啊啊！！！"

蓝闽看不到滚动的弹幕，只是随着一次又一次的失败，放在鼠标上的手忍不住地抖动了起来。这个人，好强！和他之前训练赛时遇到的任何对手都不同，这是一种让人本能地觉得无法获胜的强大。

上一次产生这样的感觉，还是在他进入 BK 不久，面对他的师父景元洲的时候。想到这里，他狠狠地眨了眨有些干涩的眼睛，控制住了已经在眼眶中打转的泪水。实话实说，长这么大他还从来没有被人这么残酷地打败过，而且，用的还都是他引以为傲的英雄！这种强烈的绝望感，简直是在狠狠地摧残他的自尊心。

林延等了一会儿，没有等到蓝闽再次进入准备，不由得歪了歪身子看了过去。只见少年的脑袋不知不觉间已经深深地垂下了，散落的发丝盖住了脸上的表情，虽然竭力克制，但依旧可以看到他的肩膀隐约起伏。

林延看了一眼身后的摄像镜头，非常体贴地压低了声音："怎么，这是被虐哭了？"

他不说倒还好，一说，蓝闽抬起头，眼睛隐约发红："谁说我哭了！"

林延看着垂耳兔一样的少年，了然："哦……"

确实没哭，看起来也快了。不得不承认，这个小朋友的泪腺确实有些发达。从某些方面来说，至少要面子，有自尊。这种"天赋"放在电子竞技领域里，比如说，每次打输比赛之后对着采访镜头哭上一通，用来卖惨其实还挺好用的。可惜的是，他们 GH 就没有这方面的人才。

想到这里，林延多少有些唏嘘，看了一眼手机，觉得时间差不多了，对蓝闽提议道："刚才都在用你拿手的英雄，现在是不是该换我来选了？"

在接二连三的打击下，蓝闽的心态已经一塌糊涂了。他第一反应是转身就走，但是想着景元洲还在旁边，于是倔强地吸了吸鼻尖，带着鼻音哼哼道："行，你选。"

这种边哭边打的做派落入林延眼中，莫名让他感到心情愉快，脸上不由得浮起了一抹笑意："那就用瘟疫革命者吧，会吗？"

蓝闽已经完全没有想法，本能地应道："都行……"

等到对局正式开始，他强自打起了精神。

景元洲教给他的第一堂课就是——电子竞技，输并不可怕，可怕的是忘记自己还站在赛场之上。

作为职业选手，就算是死，也要站着倒下！蓝闽反复默念了几遍"我是职业选手”，忍着眼眶里打转的泪水，手上的操作也越发敏捷。

留意到对方调整好状态后，林延眼底闪过了一丝不易察觉的赞许。

不知不觉间，这一局的对战时间已经过去了三分钟。双方虽然有过几次对拼，但是血量保持得都很健康。

蓝闽本以为使用林延擅长的英雄，要被虐得更加惨，结果怎么也没想到，手感居然非常好。随着时间的推移，他原本丧气的神态也有了几分光彩。可惜的是，他还是没能从林延的手里拿下这一局的胜利。

“Defeat！”

两人再次进入自定义房间，林延又选择了另外一个边路英雄：“这次用末日守卫。”

蓝闽在林延手上坚持的时间更长了。

又接连打了数局，到后面林延甚至懒得再换英雄，直接用同一个英雄和蓝闽反复对战。

连续对局之下，蓝闽的手感逐渐好了起来。渐渐地，他从一开始被完全压制，到后来稍有起色，最后，虽然过程非常艰难，但终于从林延手中接连收获胜利。

“哎哟喂，看得我辛酸，Mini 这是终于开始赢了。”

“这算是迅速成长吗？后面好像打得顺手多了。”

“谁知道呢，这么远的距离，也不知道他们在玩什么。”

“不管怎么样，BK 能让他接替 Titans，他肯定有什么过人的地方，以后看 BK 在赛场上的表现就是了。”

“哈哈哈，觉得他前面被虐了那么多把，终于翻身，我居然莫名有一种老母亲的欣慰感是怎么回事？”

“还能说什么呢，就……希望以后在赛场上加油吧！”

林延用手机翻了翻弹幕上的内容，眼见蓝闽又进入自定义房间，说：“时间差不多了，今天就到这里吧。”

话落，正好五点。训练室外面的节目组工作人员们正好纷纷涌入，将直播设备依次关闭。GH 战队的第一天日常直播特别节目，到此圆满结束。

在一片忙碌的人影间，蓝闽就这样定定地坐在那里没有起身。许久之后他才抬头，朝林延看去："我有话想跟你说。"

虽然后面赢了几把，但是少年的眼睛分明比连跪期间更加红。

林延看了看周围，朝他招了招手："去外面说。"

蓝闽跟着林延来到了走廊。远离了来来往往的忙碌人群后，他才一字一句地开口问道："你说实话……最后那几局，是不是故意让着我？"

在刚才对局的过程中，他隐约有一种感觉，也正因此，后面的胜利根本没能带来多少喜悦。他一个人坐在那里钻牛角尖，反倒越想越憋屈。

他原本还以为在这种事情上，林延多少会委婉一点才对，没想到听他这么一问，干脆利落地承认了："哎呀，我以为我演得不错，居然被你发现了？"

蓝闽红着的眼睛有些湿润，但还是艰难地忍着那种发自内心的委屈感，倔强地问："为什么？"

林延奇怪地看着他："为什么？今天我们这现场直播呢，小朋友！招呼你来做客，然后把你在我们基地彻底捶爆？本来最近你身上话题度就高，这是不准备在电竞圈里混下去了？你们BK俱乐部的人收到消息后，怕是会集体杀过来啊！"

这倒是事实，叫蓝闽来一是蹭流量，二是降一下因为景元洲而落他身上的仇恨值，可不是想让网友找机会骂他骂得更狠。虽然是事实，但是他想着自己在林延故意放水后还赢得那么艰难，原本就摇摇欲坠的自尊心，终于支离破碎了。他到底还是没有绷住最后的体面，一股酸楚感涌上胸腔之后，泪水终于夺眶而出。

可惜林延这个人向来没有同情心。看着跟前的泪人儿，他"啧"了一声后叹出一口气，神色无波地在那里落井下石："之前说你是哭包你还不认。至于吗？多大点事，就哭成这样了？其实以你现在的能力，打不过我不是很正常的事吗？刚才怎么输的应该都记得吧？说实话，边路不是你那样打的。就你那打法，平常还好说，真要遇上高手，迟早被捶爆。"

蓝闽也没心思去计较林延话里的调侃之意了，整个人哭得有些抽抽，啜泣着抹了把脸，咬牙道："谁说……谁说边路不是这样打的？我……我用的……明明就是，呜，明明就是Titans的打法！"

林延垂眸看了一眼这小可怜的模样，嗤笑一声："哟，原来你也知道这不是你自己的打法？”

这样的话从蓝闽耳边掠过，让他不由得愣了一下。

只听林延不疾不徐地说道：“你刚才应该也已经发现了吧，后面我选的那几个英雄，其实对你而言反倒合适一些。能够在电竞领域里拥有地位的选手，哪一个是那么容易被人取代的？个人风格的形成，从来都是从千万场比赛当中慢慢磨炼出来的。所以，Titans 可以是你的偶像，却不可能是未来的你。这样的道理，很难明白吗？”

蓝闽忽然意识到什么，一时间没再说话。这个人最后反复使用同一个英雄和他交手，原来是故意的吗？难道他之前的方向，真的选错了……

蓝闽眼泪哗啦啦地流，一把又一把地用袖子抹着。直到整个袖子都快被浸湿了，他才忍不住问了一个问题：“也就是说，你后面拿出来的那些英雄，也不是你擅长的了？”

林延闻言笑意盈盈地眨了眨眼：“你说呢？”

眼见少年的泪水又要喷涌而出，林延忽然想起一件事来：“对了，回去帮我问问你们 BK 现在的队长呗？”

蓝闽哽咽着说：“问……问什么？”

林延笑道：“问他，能不能一起约个练习赛什么的。”

这句话，让蓝闽自欺欺人建立起来的一丝自尊心支离破碎。果然，这个人看中的都是那些前辈，至于他，根本没有存在感！就像外界说的那样，以他现在的实力，确实还没有资格代替师父的位置！这段时间在心里累积下来的压力，在这一刻彻底把他的心态压垮了。

林延没得到想要的回答，没等再问，却看到蓝闽直接蹲在地上抱头痛哭。他只能一脸无辜地挠了挠侧脸。

“哭归哭，别忘记帮我问哦。”他十分坦然，仿佛把人聊崩溃的并不是他，“我现在要去忙了，就不送你了啊。你自己先在这里哭会儿，等哭完了就去门口找我们俱乐部的司机，他会开车送你回 BK 的。”

留给林延的，只有少年那无比委屈的啜泣声。

林延被哭得头大，没再理会蓝闽，转身回了休息室，刚经过转角，就看到了靠在门口的景元洲。

景元洲刚才把两人的对话内容听了个大概，此时对上林延的视线，诚挚地做出了回应："谢谢。"

林延淡淡一笑："不用客气。"

蓝闽一个人蹲在角落哭了好久，到最后哭得上气不接下气。其实他也不是一个受不住虐的人，只是这段时间以来，关于BK未来的话题始终压在他的身上，像一只无形的手锁住了他的咽喉，使他原本平淡的生活带上了一种强烈的窒息感。

这种心情他没有跟任何人说，只是一个人默默消化着，日复一日，不可避免地在他心里留下了过深的痕迹。

林延的这一通残酷的打压反倒在他的心头撕开了一道口子，现在借着这股子委屈的劲头，他干脆一股脑儿地发泄了出来。

这不爆发还不知道，一爆发真是连蓝闽自己也吓了一跳。他以前真没发现自己居然这么能哭！当他彻底哭完抬起头的时候，一双眼睛几乎肿成核桃了。打开手机摄像头一照，镜头里的人活脱脱像一只受尽委屈的红眼兔子。他感到有些没脸看，扶了扶额，正准备趁着没人注意赶紧离开，结果一转身，正好与身后的人四目相对。

两个人双双愣住。

顾洛之前就留意到了这边的动静。作为收过自家教练"见面礼"的幸运儿，可以说，他真的无比理解这种难受想哭的心情。他手里拿着纸巾，愣了片刻后递了上去："擦擦眼泪吧？"

蓝闽之前哭的时候还没感觉，这时候闻言忽然间感到脸上一阵发烫，接过纸巾胡乱地在脸上抹了两把："谢谢……"

顾洛："要回BK吗？我知道基地的车在哪里，送你过去？"

蓝闽现在恨不得原地消失，一张脸绷得更紧了："不用，我自己去就行。"

顾洛留意到了对方的尴尬，第一反应是惊讶于遇到了一个比自己脸皮还薄的人，想了想，学着林延平常鼓励他们的语调说道："那个，你不用这么不好意思。其实你长得还……挺可爱的。"

蓝闽有些无语。直到坐上返回BK俱乐部的车，他的脸依旧有些红。好在他头上的鸭舌帽够大，帽檐压下后，完全盖住了他猩红的双眼。

手机振了振，是库天路发来了消息：我说你怎么回事，不是去GH看景队吗？怎么还上热搜了？

接着是一张配图，配图当中，#Mini 现身 GH#、#Titans 与 BK 关系 #、#GH 教练指导 BK 选手 #、#Mini 被虐哭 # 等词条分外醒目。

蓝闽揉了揉太阳穴，回复道：队长我错了……这些事情，等回去后跟你解释。

库天路看起来也很是头疼：别跟我解释了，你还是去跟公关部说吧！我觉得他们都快提刀杀过来了！

这样的形容终于让蓝闽忍不住笑了一声，他这才想起林延反复强调的话：哦对了，队长，我有事要跟你说。

库天路：什么事？

蓝闽迟疑了片刻，斟酌着输入道：GH 的教练，想跟我们战队约训练赛。

库天路：？？？

6

结束了晚上的训练回到宿舍，景元洲不出意外地接到了库天路的电话。

一提到最近俱乐部的事，这位 BK 现队长一如既往地絮絮叨叨："不得不说，你这个师父做得是真仗义！这次突然想到叫 Mini 去 GH 基地，应该也是听说了一些事吧？"

"唉，关于你转会这件事外界一直传得沸沸扬扬，那些老粉不认识什么管理层，也就只能找 Mini 这个顶替你位置的新人开刀。Mini 这小子也真是的，虽然动不动哭唧唧的确实叫人心烦，但毕竟是你选出来的人，骨子里的倔劲那叫一个一脉相承，愣是从头到尾没有因为这些压力哭过鼻子，刚也是真的刚。"

景元洲说："你知道他压力大，还不想办法兜着点？"

"我想了啊！你怎么知道我没想！"库天路十分冤枉，"其实之前我就考虑过要请你回 BK 基地一趟，到时候假装无意中在谁的直播间镜头里经过一下，也算是让外界知道你和前战队队员们的关系。或者说，干脆让 Mini 开直播的时候拉你打几局双排，多少都能让网上的舆论对他温和点，对吧？"

库天路叹了口气："可问题是，Mini 这个当事人不肯啊！他说你都已经从俱乐部里出去了，BK 的事就不应该继续麻烦你。听听，多么孝顺的一个小徒弟，我都快被他气……咯，感动哭了！"

景元洲无声地笑了一下："他一直挺让我感动的。"

"得了吧，你会感动？感动还叫外人那么虐他？"库天路在那头听得直翻白眼，“下午他去GH见师父，原本是多高兴的一件事啊，结果直播被捶爆，回来的时候眼睛都哭肿了。那小可怜的样子哦……你也不哄他两句，这委屈的……”

景元洲丝毫不为所动：“我就是想要借着这次机会，让他从我的影响里走出来，这个时候再出面，就适得其反了。”

“这话倒是真的！我听Mini说了，他终于愿意换个打法试试了。之前俱乐部那些教练苦口婆心劝了那么久，都没一点用，现在见他幡然醒悟，还以为是信徒吃斋念佛感动到了上苍，高兴得都快哭了！”库天路说到这里，忍不住问道，“不过，GH的教练真的有那么强吗？”

景元洲毫不犹豫地点头：“嗯，他很强。”

库天路从不怀疑景元洲看人的眼光，只是有些奇怪：“既然这么有实力，为什么还……”

景元洲知道库天路要问什么，淡淡地打断了对方后面的话：“每个人都有自己的选择而已。”

库天路敏锐地察觉到这个谈话内容似乎不太讨喜，清了清嗓子，把话题引到了今天联系的重点上：“说起来，想约训练赛的事，你为什么不直接跟我说？这还需要让Mini转达？别告诉我说开不了这口，不能吧，景队，咱俩共患难那么多年的关系，还没因为那些管理层僵到这种地步吧？”

“别多想，训练赛的事我也是刚知道，是林教练的意思。”景元洲说着，下意识地看了看门口的方向，无形的视线似乎可以投到走廊对面的房中。

其实，景元洲大概也能猜到林延不通过他约BK的原因。虽然他和那些老队友没什么恩怨，只要他开口，库天路肯定是不会拒绝的，不过毕竟有BK管理层那档子破事在。这样一来，虽然说是出于兄弟情义，但实际上他多少还是承了对方的情。

林延这是不想他再欠BK什么。想到这里，他嘴角的弧度不由得明显了几分。这个人真的会为他人考虑。

库天路在电话那头看不到景元洲的表情，追问道：“所以你的意思呢，也想打吗？我们现在在休赛期，时间倒是有很多，只是GH这支队伍才刚成立，一开局就来这么狠的，就不怕适得其反吗？”

景元洲当然懂库天路的意思。

电子竞技向来残酷，每年因为不堪重负而彻底被压垮的新队不计其数，以GH目前的情况看，不管怎么样，和BK都差了很大一截。然而，景元洲的回答没有丝毫犹豫："他想打，就一定有他的道理。"

库天路："知道了，我这就去跟教练组商量一下。"

挂断了电话，景元洲躺在床上，神态平静地看了一会儿天花板。

到现在，他都记得听林延说出PTSD时心头微颤的感觉，深刻地，像扎在心头的一根刺。

其实有时候，欣赏和心疼只隔了一层很薄的纸。原本他并没有往这个角度深思，可是在今天的通话中，被库天路无意间捅破了。他下意识地又往林延房间门口的方向看了一眼，低低地吐了一口气，闭上了眼睛。

林延接到BK的反馈后，在次日吃午饭时，和战队的队员们交代了训练赛的事。

顾洛忽然感到送到嘴里的饭都不香了："今晚就和BK打训练赛？"

昨天下午的直播非常顺利，蓝闽的出现使GH再次迎来了巨大的流量。同一时间，关于GH和BK两边的恩怨纠葛又多了无数个版本，只是从原本的互不待见，演变成了相爱相杀。

总之，整体来说，最近连番的造势之下，除了没有拿得出手的成绩，GH的热度一路飙升，都快跟正经联赛的职业队伍的热度不相上下了。

毕姚华一看就没少刷微博，想到网友们截图Mini的几张哭包头像，不由得猜测道："是那个兔子回去跟他们战队哭惨了？BK这是想给他们的新手来出头啊？"

林延在他们越猜越离谱之前，打断了毕姚华后面的话："是我提出约战的。我们练了这么久的套路，总需要找队伍实践一下吧？这种时候，虐菜就没任何意义了，当然得找强队才有意思。要不怎么说你们还太嫩，你们看，Titans一点都不感到惊讶。"

景元洲留意到众人投来的视线，应了一声："昨天BK的队长已经给我打过电话了。"

简野见这两位一派从容的样子，忍不住有些期待地问："所以，教练你是觉得我们战队的实力，现在已经可以和BK抗衡了吗？"

林延点了点头："嗯，差不多吧。"说完，没等众人开始嘚瑟，他又补充道，"胜率的话，大概也就两成吧。"

毕姚华的唇角微微抽了一下："不用这样灭自己威风吧，教练？GH好歹有我和Titans在，怎么也应该跟BK五五开吧？"

"人家BK是成立了多久的俱乐部，我们成立了多久？《炙热》是一款团队游戏，配合默契那是一场场比赛中练出来的，以你们现在的实力，从BK手里争取一局的胜利就够你吹的了。打了几把组排，就想跟人职业强队五五开，要不我放你一个人去一挑五试试？"

林延冷酷无情的脸上露出一抹毫无温度的笑意，嘴里吐出几个字来："你在做梦？"

毕姚华一时之间被噎得哑口无言。

就在这时候，平时不太说话的辰宇深忽然开口："保一争二吧。"

林延有些惊讶地看了辰宇深一眼，最后也淡淡地笑了笑："还是可以努力一下的，就是要你们好好加油。"

当天下午，依旧是《炙热集结号》官方的战队日常直播时间。几人和之前一样打开直播。毕竟有合约在身，每个月都需要完成约定的直播时长，这种时候不混白不混。而景元洲，和昨天一样，自己在那里打排位赛。

不知道为什么，明明是和昨天一样的画面，观众们却莫名地觉得GH训练室内弥漫着一种微妙的紧迫感。就连BB在直播时也跟粉丝们少了很多互动。难得的沉默让他越发显得高深莫测，引得一众真爱粉丝和恶意抹黑他的人疯狂讨论，夸赞中夹杂着挖苦，让他的直播间依旧热闹无比。

林延则抱着笔记本坐在旁边的沙发上，一边和数据分析师在线上进行讨论，一边制订着今天晚上和BK的对战策略。

一直到临近五点，林延接了一通电话，才走出了休息室。

五点整，当天的直播正式结束。

所有人活动了一下筋骨，从座位上站起来。先起身的毕姚华看到林延抱着一个包裹走了进来，利落地拆开，取出了一个存钱罐。

毕姚华揉着有些酸痛的脖子走过去，看着这个穿着粉色蓬蓬裙的Q版小人，不由得陷入沉默。

其他人也纷纷看了过来。

景元洲倒了一杯水回来，远远地就看到了这样的场面。

顾洛倒是很喜欢这种Q萌的东西，只是觉得有些奇怪："教练，都什么年代了，你怎么还买存钱罐？"

林延心情颇好地摆弄着Q版小人，确定粉色蓬蓬裙可以拆卸后，才满意地晃了晃指尖："你们懂什么，勤俭节约一直是中华民族的传统美德。做人不能忘本，知道吗？"

突然被扣了好大一顶帽子的众人满脸疑惑。

不远处的景元洲无声地笑了一下。

然后，就见林延炫耀似的扒光了存钱罐小人的衣服，并将它转了过来："说起来这家店真不错，你们要是有需要的话随时问我要链接。看，私人订制，还能刻字。"

之前藏在衣服里没有注意，此时看去，可以发现小人脖子上挂着一块精致的小牌子。

上面，"一毛钱人渣"五个字龙飞凤舞，熠熠生辉。

GH众人："哇哦，原来是男扮女装！"

景元洲："……"

当天晚上，GH众人准时登录了自己的游戏账号。

其实炙热官方还有一个职业选手的自定义服务器，供战队进行训练赛使用，可以保护对战资料不对外泄露。但是因为GH战队还没有获得账号资格，再加上BK战队答应这次训练赛，就是单纯地想看看景元洲现在所在队伍的实力，因此大家都非常配合地选择了使用私人账号。

训练赛开始之前，林延先给毕姚华提了个醒："今天打的是友队，记得给我闭麦。"

毕姚华无奈："知道了……团队语音里说话总可以了吧？"

林延一想被折磨的反正也不是自己，就毫无思想负担地答应了："队内交流是获胜的必要因素，放心沟通。"

其他队员："……"

BK占地也显得非常克制，进自定义房间后，在公屏上纷纷和景元洲打了声招呼，然后很友好地问候了一下其他人。

在这样一片和睦的氛围当中，第一局对战开始了。因为约的是BO3，要想像辰宇深说的那样保一争二，就必须在前两局比赛中至少拿到一场胜利。

林延站在GH队员身后，指导他们进行BP环节。

两边各自禁掉几个英雄后，BK这边很快发现了关键点。虽然GH禁的确实是联赛场上的强势英雄，但是几个特定的选择下来，居然直接封了他们常用阵容的所有后路。这无疑让BK战队的教练在排兵布阵时感到非常难受。

库天路瞥了一眼对面的几个ID，感慨："对面这个教练……对我们的套路摸得很熟啊。"

旁边的蓝闽一改昨天的沮丧，今天显得特别有干劲："摸得熟又怎么样，最后一样还是我们赢！"一想到昨天是靠林延放水才获得后面几局的胜利，他就不由得气得牙痒痒，果断无比地锁定了末日守卫。

这样的选择，让林延愣了一下。他下意识地回头看去，正好对上了景元洲投来的视线。两人不由得相视一笑。很令人欣慰，那通充满爱意的暴揍到底没有白打。

两边的阵容很快确定下来。

林延看了看自家选择的几个英雄，简单干脆地进行了一下最后的叮嘱："今天的指挥全权交给Titans。这局针对边路的意义不大，大家围绕着BB的下路打就行了。"

魔鬼训练的那段时间，林延给GH制订的几套优选战术当中，就有以下路为核心的方案。今天面对BK的第一局就拿出来这个方案，让毕姚华感到很是开心："请大家不要吝啬，尽情宠爱我吧！"

简野随口接道："放心，有滚哥在，奶管够！"

林延最后说了一句"加油"后就关闭了自己的麦克风。

随着比赛正式开始，游戏数据也都记录在列。

以BK一贯的风格，他们的战术习惯性地围绕上路展开。昨天林延已经侧面试过了蓝闽的实力，虽然还比不上景元洲，但也绝对称得上顶尖。他之前一直因为盲目地崇拜景元洲而模仿对方的风格，如今终于懂得使用更适合自己的英雄，相信很快就能找到一片属于他的全新天地。

林延很确定，等BK全新的边路体系组建完成后，必然将在职业联赛上掀起一阵新的风暴。只不过现在，BK这支队伍还没有完全成长，他们原来的队伍支柱，可是在GH这边呢！

林延并没有料错，有景元洲在的上路稳如泰山。

蓝闽新使用的英雄虽然更合他手感，但毕竟还没有经过针对性的系统训练，全程处在被压制的状态之下。这样的状态，非常限制BK这套体系的发挥。

而景元洲实在太过熟悉BK的套路，每次都能在对方来边路抓他时精准地做出反应，仿佛可以越过地图上的迷雾，看到BK五个人的走位，打野来抓就能完成双杀，三人夹击就反杀一人，即使被四人包围也能全身而退。

虽然BK战队很快地意识到了自己的策略问题，但是等到做出调整时，毕姚华在简野的保驾护航下，快把下路打穿了。

第一局比赛进行到目前为止，看起来还算顺风顺水。这样的情况一直持续到了中期。

GH这支新组建的队伍，在接连爆发的小规模团战下，终于暴露了配合上的劣势。

顾洛和毕姚华都是对战非常激进的类型，景元洲和简野的包容性虽然很高，但是在频繁的交手之下，还是出现了破绽。

这种配合上的失误非常小，但是BK这种身经百战的老队伍，自然不会放过丝毫反击的机会。

最后一场团战，辰宇深绕到敌军后方，一举秒杀了敌方中单，可是被BK射手找到了最佳输出位置，完成了清场。

眼见基地水晶被敌方摧毁，看着暗淡的大屏幕，GH众人陷入沉默。

一局下来，林延已经收获了自己想要的资料，心满意足地写下了最后一笔后，合上笔记本。

简野靠在电竞椅上，唏嘘道："原来，这就是职业战队的实力！"

顾洛低声感慨道："他们的团战，好完美……"

林延眉梢微挑，刚想说什么，只听毕姚华已经先一步道："这把输得太可惜了！刚才是我不对，我太飘了。前阵子打低分段玩家太多了，面对职业选手还想用同样的打法，是我的问题，我的锅我的锅。"

简野说："我也有问题，当时一心想着奶B哥了，没想到他们居然会先集火队长。我的位置没能站好，距离太远，但凡我记得给队长一口奶，结果也不会是现在这样。"

顾洛沉默了片刻："不对，应该怪我。是我上头了，自信可以秒掉对面中单，才中了他们的埋伏，被强行开了团。"

辰宇深开口："我……"

林延忍不住笑了一声，打断了他的话："行了，Abyss你刚才那局表现得很好，前期的节奏全部被带了起来，对面的射手也盯得特别稳，怪就怪这群坑货拖了你的后腿。"

林延口中的那群坑货："……"

毕姚华在一片尴尬中，转身朝景元洲的方向看去："队长，你没有要说的吗？"

景元洲没有回答，反而转身看向林延："教练觉得我打得怎么样？"

林延由衷地点赞："全场MVP！"

如果不是景元洲一个人在上路牵制了BK那么久，或许他们从前期就开始崩盘了。不过，这种优势并没能保持到最后，也充分说明了队内存在很严重的问题。

林延想了想，觉得刚才的模式还挺好的，于是提起笔在本子上记录了下来："哦对了，我觉得大家这次的态度就很好，可以保留。以后，我们结束训练赛后都可以加一个流程。输了比赛集体开会把自己剖开了骂，这种时候的话肯定最具有真情实感。就像刚才你们反省的那几点，我觉得特别可以，不过还不够狠，最好两三句话就可以把自己骂哭。"说到这里，他抬头看了看众人，询问道，"我说的那种感觉，你们能体会到吗？"

GH众人：可以不体会吗？

林延对GH众人哀怨的目光视而不见，单方面地把这个环节列入日后队伍的优良传统当中，眼见几人还没进入下一局的准备，他拍了拍手："好了，具体的等到时候复盘的时候再说。你们不是要保一争二吗？只有最后两局的机会了，加油！"

林延的话乍听之下是鼓励没错，可是不知道为什么，GH众人总觉得他的语气中夹杂着不以为然的蔑视。教练是觉得他们在BK战队手上一局都拿不下来？！

景元洲了然地垂了垂眼眸，而GH其他人均一脸振奋，脸上宛若写着几个大字——加油就加油！

7

BK 这边虽然拿下了第一局训练赛的胜利，但气氛并没有胜利的轻松。

回想起刚才在下路被碾压的情况，BK 的射手心有余悸地抹了把汗："以前没跟 BB 对过线，没想到居然这么凶。难怪网上的人都说他像条疯狗，不只嘴上疯，操作也疯。"

中单凉凉地搭话："他们就射手疯吗？你们没看到那中单？法刺在他手里都快飞起来了！我上次去 GH 的直播间里看了，那个'奶奶灰'看起来又软又乖，怎么一上赛场风格就变了呢？"

蓝闽闻言，不由得想起了自己在 GH 基地里遭到调戏的情形，忍不住嘀咕："他乖个屁！"

库天路的打野之路也并不顺利，他每次去 gank 回来，自家野区用"寸草不生"来形容都不为过："都别说了，打野也不是什么善茬。不愧是当时训练营里被传得神乎其神的天才新人，那时机抓得，啧！有景队帮忙拖节奏，简直都快把我们的野区当自己家了！"

辅助疑惑道："什么天才新人？"

库天路清了清嗓子，说："没什么，总之这局打完你们也清楚了，GH 的实力绝对不是随随便便可以应付的。都打起点精神来，赶紧准备下一局了！"

虽然他们的套路没准备在这种训练赛上使用，但现在明显要以对付职业联赛队伍的态度来打 GH 了。

蓝闽活动了一下筋骨，非常客观地开口："我面对师父还是有些吃力，队长你看是不是……"

库天路知道他想问什么，点头应道："可以。"

第二局比赛正式进入 BP 环节。

林延看了一眼 BK 那参差不齐的 ID，平静且笃定地说："他们准备换线了。"

所谓换线，即安排边路选手和射手互换位置。毕竟现在 GH 队内打边路的是 BK 的前队长景元洲，在这种所有套路都被吃得死死的情况下，换线确实是一个非常明智的选择。只是这样一来，就意味着毕姚华要跟蓝闽对战上路，而景元洲则去应付 BK 的射手和辅助双人组合。

这样的说辞全凭个人推断，但是 GH 队员们习惯性地对教练信任，没有丝毫质疑。

毕姚华笑了笑："换呗，刚好我也会会那个蓝兔子。"

景元洲很清楚 BK 换线后会是什么样的情况，说话时用的是陈述的语调："不是好事，肯定会影响你的经济。"

对射手这种主力输出位来说，如果前期发育滞后，对整个团队都会造成很大的影响。

林延琢磨了一下，就觉得对他们来说不太划算，干脆利落地做出了决定："我们也换。"

说完，他一边指导众人做英雄选择，一边针对上一局体现出的问题，调整策略。

目前有所准备的几套方案当中，以 BB 的射手路为核心的体系已经试过了，林延现在需要收集的，是其他战术的数据反馈："这一把，滚仔你先跟 Abyss 去入侵对面野区，收割后开始保护 Gloy 的发育。"

简野："好嘞，收到！"

《炙热》目前的版本，辅助职业就是一块砖，哪里需要往哪里搬。在这方面，简野素来非常有职业觉悟。

扫了一眼双方的阵容，林延笑眯眯地补充道："都记住，这局，我们不打团战。"

第二局训练赛正式开始。

蓝闽刷新在复活点，买好出门装备就往下路跑，边跑边说："对面射手放心交给我，我一定会稳稳地把他压住的，到时候……我去！"

当 Titans 的 ID 出现在蓝闽视野当中时，他放在键盘上的手微微一抖，差点原地交出闪现。

已经来到野区的库天路也发现了下路相遇的两个边路，瞬间明白了过来："GH 这是猜到我们换线了。"

射手一边补着兵一边问道："那怎么办？要不要趁下次回城补给的时候，把线换回去？"

"到时候再看吧……"库天路说着，正准备吃掉眼前的元素怪，突然看到草丛里钻出来的两个身影，心头一跳，"他们来反野了，中路过来帮忙！"

BK 中单非常迅速地想要做出反应，然而顾洛早有准备，直接甩出了一个持续伤害技能，拦住了他的去路。

辰宇深这边有简野的奶妈撑腰，做派比上一局来得更加激进。

他干脆利落地一手抢下库天路的元素怪，瞬间升级学习了二技能。一套伤害，直接清空了库天路残余的气血值，收割了本场的第一个人头。

"First Blood（第一滴血）！"

库天路看着两个土匪般的身影从昏暗的屏幕上扬长而去，暗暗地咬了咬牙，提醒道："上路射手小心，他们辅助回去了。"

BK 射手答："收到。"

十五秒后，中路爆发了全场第二个人头。被击杀的 BK 中单躺在地上，暗骂了一声。

库天路看着霸占着中路线的敌方中路和辅助，愣了神。按照第一局训练赛的情况来看，GH 走的是以下路为核心的路线，可是这一局，怎么突然变成主力压中了？然而，并没有时间让他想太多。

中路的顾洛已经起来，一套技能迅速清完兵线，瞬间空出了足够多的时间去提供支援。

GH 上下两路，景元洲和毕姚华原本就是拥有足够强的实力的职业级选手，BK 在线上根本没办法占到半分便宜。再加上中路频繁丢失视野，每次顾洛和简野一消失，BK 中单就迅速给两边队友们打信号，不可避免地将原本的对战节奏打乱了。

在这期间，库天路也试图进行包围夹击战术，但是林延赛前提醒的那句"不打团战"被 GH 众人贯彻到底，只要敌方超过三人，GH 的队员们就头也不回地转身就走。来的时候风风火火，走的时候更是毫无留恋。

就算偶尔也会出现有人跑慢了的情况，其他人也没有半点犹豫，就把人扔在原地任 BK 群殴，卖队友卖得毫无思想负担，简直冷酷无情。

BK 战队几次试图开团都落了空，只能偶尔捡几个落单的人头泄愤，一口老血堵在胸口，随时都可能喷出来。偏偏这一局，GH 选择的英雄一个比一个飘逸，哪个都不好抓。一个顾洛的中单，一个辰宇深的打野，直接玩成了双刺客联动，游击战打得风生水起，好不快活。

BK 战队众人心里憋着一口气，在游戏中后期千难万险地终于抓到了机会。然而，落在他们视线范围的只有一个景元洲，而简野的性感奶妈在后方为他保驾护航，BK 费了九牛二虎之力完成击杀后，还被强行换走了一个辅助。

一切并没结束。

紧接着 BK 又“享受”了一把后院起火的待遇——随着顾洛和辰宇深入场，BK 的中单、射手两个核心输出被齐齐收割。

BK 的这次机会团最后打了个四换二，只剩下一个库天路残血反杀了毕姚华，仓皇撤离。

比赛进行到此时，从整体的局面来看，BK 逐渐失去优势。

结束团战后的 GH 只剩下三个残血，回泉水补状态是最稳妥的做法。但是，再看一眼已经到了 BK 高地前的兵线……

顾洛询问：“队长，强推吗？”

景元洲并没有直接回答：“看你自己。”

顾洛没想到这个时候景元洲会把决定权放他手上，然而他没来得及思考，双手就已经操作着角色往 BK 基地跑去。他愣了一下，反应过来后说：“要不……推吧？”

辰宇深言简意赅：“推！”

简野的法力值已经所剩无几，闻言他直接用最后几个技能给两人回复状态，一路跟到了 BK 基地前。他非常有牺牲精神地拦在前面，做队友们最后的保护屏障。

BK 存活的就只剩下一个库天路了，其他人复活还需要时间，他面对三个状态不佳的对手时，没有选择被动守塔。

英雄状态本就不佳的简野，在库天路突如其来的进攻下，第一个倒下。顾洛和辰宇深反应也很快，齐齐在第一时间冲了上去。

库天路显然计算好了进攻的流程和退路，拿下一个人头后丝毫不给其余两人围攻自己的机会，干脆利落地退回了防御塔下。

一对三的局面，转瞬间变成了一对二。然而 BK 众人还没来得及夸赞队长，只见游戏画面当中忽然人影一闪，原本保持着一定距离的辰宇深，当机立断地使用闪现拉近了距离，一个飞踢之后完成突脸，打出了一套完整的爆发伤害，将库天路的血线压到了最低，紧接着引爆了自身气血值。

屏幕上血花绽开的同时，库天路的血条也随之清空。辰宇深进行自爆后只剩下血皮，这个位置，完全来不及撤回了。

辰宇深被防御塔收走了人头。这次击杀毫无疑问地算在了库天路的头上，系统弹出了双杀的提示。然而BK众人根本笑不出来。

此时的赛场上，还站着一个顾洛！辰宇深果断利落的自杀式换血，顺利让顾洛成为全场唯一的存活者！恰好有新的兵线抵达，他没时间多想，迅速地带兵压上，BK基地水晶被彻底击碎。

最后那次，看得毕姚华彻底服气："看不出来啊Abyss，平常闷不吭声的，狠起来还是你最狠。这一次越塔强杀快准狠，B哥单方面宣布，这场MVP颁给你了！"

辰宇深摇头："前面的节奏基本是Gloy在带，没他赢不了。"

顾洛刚刚推完水晶，手上都有了一层薄汗，闻言忙道："没有滚哥跟着我，我也没办法支援得这么放心。"

简野顺势表示了一下谦虚："我就是一个莫得感情的补血工具，无视我就好。但是不得不说，队长的全局把控简直绝了，他往下路一站，对面打野都没敢离开过下路野区。"

景元洲活动了一下手指的关节："行了，你们都是MVP。"

终于从BK手上拿下一局，虽然不排除有战术原因和运气成分在里面，但足以让士气高涨。

林延记完最后一笔，抬头对上了一排充满期待的目光："干吗，求表扬？"

没人回答，算是默认。

林延想了想，觉得给点鼓励也确实有必要。

于是，他的语调也稍微诚挚了起来："加油，口号里的'一'已经保住了，努力拿下第'二'局吧，相信你们可以的！嗯……大概。"

GH众人：但是林教练你的表情，可不像相信我们可以的样子！

就在这时候，只见景元洲在自定义房间里打下一行字。

GH·Titans："季中赛的套路应该已经练了吧？拿出来遛遛？"

BK·Luuu："这……确定？"

GH·Titans："嗯，都已经第三局了，也配看看了。"

BK·Luuu："那行吧！"

其他人原本还想对林延这样打击积极性的态度吐槽两句，见状，互相交换了眼神。虽然他们有些不甘心，但BK在前两局跟他们打的时候，果然藏了一手。其实也能理解。毕竟他们还不是职业联赛的战队，BK能够答应陪他们打几局已经很给面子了。马上就要迎来季中赛，训练赛的时候不想暴露太多战术也是很正常的事。这样想着，原本还嬉闹的氛围一下子再次严肃了起来。

林延留意到这样的变化，无声地笑了笑。等第三局BP环节结束，光从BK这局选择的阵容就不难看出，对方的教练已经发现了输掉上一局的关键。他就喜欢这种有来有回的拉扯。

对战再次开始。

不出意料，BK没有再给GH任何机会。

库天路上一把开局就被针对，这次反过来直接入侵了GH野区。其实如果看过往届职业联赛的话，就不难发现，这才是库天路最常规的打野方法。先前考虑到新队的承受能力，库天路尚且收着点节奏，现在听景元洲那么说了，终于彻底放开了打。

有一点库天路必须承认，GH这套游击体系一旦打起来，确实叫人无比头疼。所以这一局BK从开局起就抱团压线，完全没有给GH留下半点抓单的机会。

林延站在队员们后面，下笔如飞，对眼下越来越差的局面，却更觉满意。

在战队成立初期，暴露问题并不是坏事，反而暴露得越多，越能成长。至少从目前队员们兴奋的表情来看，很显然，对战强劲的对手让他们感到无比满意。不畏强势，无惧失败，这才是电子竞技！

正全身心投入比赛的队员们，并没有留意到训练室大门被推开了。

林延听到声响抬头望去，看到骆默探进来的脑袋。他动了动嘴角，无声地问："怎么了？"

骆默神色微妙，看了一眼还在对战的众人，招手示意林延过去。

林延布置好录像设备，转身走了出去。关上训练室的房门，走廊里一片清静。他疑惑地看向骆默："这样神神秘秘的，什么事？"

骆默没有直说，而是看了一眼他手里的手机："你看看微博就知道了。"

林延疑惑地登录账号，才发现GH原本粉丝数有限的超话，已经爆了。而同时引爆的，还有好几个相关的话题。

今天GH和BK的训练赛是在普通服务器进行的，虽然设置了不允许观战模式，但网友们可以通过官方助手查询对战记录。

像BK这种老牌豪门战队，选手们一共有几个小号早就被扒得差不多了，所以这时候，虽然他们用的都是私人账号，但依旧可以一个个对上号。

也不知道哪边战队的粉丝发现了选手在线，心血来潮去看了一下对战记录，一看团队赛对战双方的身份，粉丝们自然而然就炸了。

而且就在刚刚，GH作为获胜方的记录，还清清楚楚地摆在那里！

林延看了一眼热议话题。

BK俱乐部超话下的讨论区几乎沦陷——

"什么情况，是我眼瞎了吗？BK居然跟GH这种队伍打训练赛？！"

"谁知道是不是正好遇到打着玩呢，怎么就一定是训练赛了？"

"嗬，你家打着玩打BO3？第二局还叫GH赢了，BK这是真不行了吧！"

"嘀——季中赛一轮游卡预定！"

"下注下注，我觉得BK再菜，怎么也撑得过第二轮。"

"呵呵，还第二轮呢，我早就说了，BK没了Titans不行。"

"说个笑话，世界赛夺冠热门战队输给三流综艺队伍。"

"我怎么感觉BK今天是在做慈善？休赛期嘛，卖点人情给Titans，放放水，培养一下GH的自信心啊！"

与此同时，GH战队的超话评论也好不到哪里去——

"居然赢了BK，厉害了，不愧是我刚粉的战队！"

"为什么不允许观战？Gloy的粉丝第一个表示不服！"

"哈哈哈，你们闹呢？没看到吗？隔壁的超话已经炸翻了。"

"刚从隔壁回来，凭什么觉得BB赢了就是对面演？他再狗，实力也是公认的好吗！"

"哈，来这边串个门，还真有GH粉丝真情实感以为赢了训练赛？"

"说个笑话，GH实力能赢BK。"

"楼上的几位，哪里来滚回哪里去！"

"哦哟哟，GH这种三流战队，没有职业的命，得了职业的病，GH粉脾气可大的嘞！”

“BK 打得臭，粉丝的嘴更臭，千里迢迢来这里求骂？要是嘴欠了说一声，想要几个巴掌，我们赏你。”

“哈哈哈，一看就是 BB 的老粉了。”

骆默在旁边等了一会儿，始终没发现林延有所反应，忍不住问：“老大，你看这……我们需要做出回应吗？”

以目前情况来看，只是有粉丝发现后引起的热议，如果俱乐部选择露面，显然又是另一种情况了。

林延也没想到，约个训练赛而已，会闹出这么大的场面。以他个人的意思呢，自然是很乐意借机从 BK 战队那边再蹭一蹭热度的。

虽然他因为景元洲的关系对 BK 管理层有点意见，但是战队选手们都是无辜的。对方好心陪他们 GH 打练习赛，结果被扯入这种纠纷当中，多少让他感到不太好意思。

沉默了片刻，林延说：“等最后一局打完再说吧。”说完，他推开门走回了训练室。

他进门第一眼看到的画面，正好是电脑屏幕上，自家基地水晶被击碎的那一幕。

BO3 的最后一局，GH 毫无意外地输给了 BK。

不过，大家虽然被虐了一通，但是看起来心情不错。

毕姚华长吁了一口气：“BK 实力可以啊！以前看他们总是节奏不太稳，现在看来拧得还挺紧的嘛！阳间的队友就是不一样，这才是职业战队嘛！”

辰宇深面无表情地朝他看了过去。

毕姚华留意到辰宇深的视线，清了清嗓子：“咳，我是说我原来的队友来自阴间，没说你们！”

景元洲无声地笑了一下，回过头朝林延看去，询问道：“有话要说？”

刚才在比赛的过程中，他留意到林延离开了。

林延应道：“嗯，你最好也和 BK 那边说一声。”

他把目前的情况简单地说明了一下。听完，包括毕姚华在内的所有人都陷入沉默。

BK的档次他们都清楚，如果放在平时，就算次级联赛的队伍三跪九叩，BK也未必会赏脸打训练赛。结果，人家毫不犹豫地答应了来和他们这种三流战队练手，这卖的是谁的面子，所有人心知肚明。BK算是非常有情有义了。

而现在，因为这几局训练赛，GH居然把人家打坑里了。

景元洲拿起手机，往外面走去："我给库天路打个电话。"

林延说："去吧。"

剩下的人安静地在训练厅里等着，一个个脸上的表情比输了训练赛还凝重。

林延看着只觉好笑，正想说上几句，出去没一会儿的景元洲就回来了。

景元洲感受到其他人投来的视线，低笑了一声："这都什么表情，能不能有点出息？"

毕姚华一脸凝重："没有人比我更懂声誉的重要性！"

简野原本也还非常担心，闻言忍不住噗的一声喷了出来。

BB的字典里居然还有"声誉"两字？！

"库队说了，不是什么大事，让我们不用放在心上。"景元洲知道大家在等什么，也没卖关子，一边说着一边摆弄了两下手机，"而且，他那边已经在处理了。"

库天路的私人微博上，可以看到一条最新消息：刚结束训练赛，才知道网上发生的事。感谢各位的关心，训练赛打得很爽，也不会为丢失的那一局做任何解释。新套路还在磨合期，虽然不足，但也在努力完善中，希望能在季中赛给大家一份完美的答卷。另外，感谢GH战队的所有人，你们很强，期待在职业联赛上的正式交手！#致敬#致敬。

紧接着，BK战队的其他成员也陆续登录了微博。

BK射手："BB除了嘴，手速也非常厉害，有被爽到，佩服佩服。#致敬#致敬。"

网友："？？？"

BK中单："现在果然是年轻人的天下了，唏嘘。#致敬#致敬。"

网友："不，你在我心目中永远18！"

BK辅助："我要不要试着玩奶妈呢？#致敬#致敬"

网友：“这个版本玩什么奶妈？”

最后一个发布微博的是蓝闽：“感谢 @GH · Titans 的悉心指导，你永远是我的师父！ # 致敬 # 致敬。”

没等评论区被网友们攻陷，蓝闽很快新发了一条：

@BK · Mini：“@GH 俱乐部，职业联赛的赛场上，我等你们！”

第七章
同行有你

1

BK 战队成员们的微博一经发布，毫无意外地又在网上掀起了一阵血雨腥风。这件事情不出意外地也吸引了其他职业战队的关注。

不过相比起来，圈内人到底比普通群众看得开。毕竟景元洲和 BK 那层关系摆在那里，职业选手们当然能够猜到这场训练赛的用意。至于 GH 训练赛赢了 BK 的话题，BO3 的其中一局而已，没有人能确保自己每场都发挥正常。在不知道具体情况的前提下，就开始过分质疑 BK 战队的整体实力，确实大可不必。

景元洲收到 Luni 的消息时，就知道职业选手群里正聊得热闹。

说来奇怪，以前还在职业联赛中时，两人虽然惺惺相惜，但也没有太多交集，结果他现在暂时离开了职业圈子，倒是有了深交。

Luni 问得特别直接："所以，你们训练赛真的赢了？"

景元洲纠正："一局。"

"都一样，"Luni 感慨，"新队能在 BK 这种实力的队伍手里拿下一局，已经很强了。"

景元洲笑："怎么，这么拐弯抹角的，是你们 LDF 也想跟我们约训练赛？"说完，不等对方开口，他就淡淡道，"不过我们战队最近有点忙，要约也得排时间。"

Luni 气笑了："你是不是想太多？跟你们约？我们可没那么闲！季中赛马上就要开始了，教练组就算要给我们安排训练赛，联系的肯定也是其他的职业战队。”

景元洲不以为然：“职业战队的实力当然强，不过这种训练赛有太大的意义吗？马上就是赛场上的对手了，为了不暴露战术又不能试新套路，打得再激烈，想测的套路一个都测不上。两边演戏，看谁演技更好而已。”

这话说得直接，却是事实。

Luni 噎了一下，居然发现无法反驳，沉默了片刻后，清了清嗓子，模棱两可道：“那个……训练赛什么的也不是不可以考虑，其实就冲你的面子，要给机会也是可以给的。总之……嗯，到时候再看吧！我刚才也就随口问问，今天来找你，是为了别的事。”

景元洲问：“什么事？”

“这次准备直接录制两期节目的事，你已经知道了吧？也没办法，后面我们战队要开始训练了，只能让节目组把录制时间尽量压缩一下了。”Luni 说，“明天下午大概会先录制第二期的内容，到时候产生第一轮的淘汰名单。然后后天就要录制第三期的内容了。”说到这里，他意有所指地笑了笑，“你上次不是跟我说，想让我在节目上把你暴揍一顿吗？现在机会来了，要不要成全你？”

景元洲刚刚煮好咖啡，从茶水间走了出来，闻言脚步未停：“不用了。”

Luni 听起来有些遗憾：“这就不用了？”

景元洲缓缓地走上楼梯，可以看到不远处门缝中隐约漏出的灯光。他勾了勾嘴角：“嗯。”

“行吧行吧。”对于不能在大庭广众下捶爆 Titans 这件事，Luni 多少感到有些失望，顿时兴致索然地告别道，“那就不打扰了，晚安。”

景元洲低头看着手机，无声地笑了一下，转身敲了敲林延的房门。

屋内传来脚步声。

没过一会儿门开了，林延一如既往地将额前的刘海绑成一个小发鬏，看到景元洲时微微一愣：“你还不睡？”

明天就是再次录制的日子。就像 Luni 说的，为了挤两期录制的时间，这次拍摄行程安排得比较紧。所以避免明天现场发挥不佳，刚结束晚上的训练赛，林延就催促所有队员回房间休息去了。

景元洲随手把咖啡递了过去，半真半假地说：“训练赛的事太受关注了，好多朋友跑来对我表达慰问，拦都拦不住。”

林延接过咖啡，了然道："也是，闹出这么大的动静，职业选手那边估计也都知道了。"说着，他忽然抬头看了景元洲一眼，"所以，有没有其他战队想跟我们约练习赛？"

景元洲说："季中赛就要开始了，都很忙，估计互相约战，内部消化了。"

林延"啧"了一声，神态嫌弃："弄得好像跟职业战队打训练赛就能提高档次似的！迟早都是对手，战术藏着掖着也不好暴露，这种训练赛打了有什么用？还不如跟我们打呢，实力过硬，还不影响他们季中赛的发挥。"

"我也是这么说的，"景元洲嘴角微扬，"所以，大概有队伍已经开始考虑了。"

林延微微愣了一下，神色顿时飞扬了起来："可以啊 Titans！"

景元洲的视线垂下，在林延脸上滑过，他低低地"嗯"了一声。

"你做事向来考虑周全。"林延抱着景元洲冲好的咖啡喝了一口，又看了一眼时间，催道，"真不早了，快回去休息吧。"

景元洲瞥了一眼林延房间里亮着的电脑屏幕，提醒道："明天的录制，你好像也要参加吧？"

"我又不用上场打比赛，出发后在车上眯一会儿就好了。"林延伸手捏了捏鼻间的穴位，神态疲惫，"今天大家打得都挺好，趁着好多细节还没忘，我得赶紧把复盘视频给搞出来。现在整理完，正好等录制结束后带大家好好地把细节抠一抠。所以说，还是要跟强队打才更能发现问题啊！以前没注意，现在才知道我们团战的过程中居然有这么多漏洞。在秋季赛开始之前，必须抓着他们一个个全部扳正了才行！"

季中赛还没开始，综艺节目的职业联赛资格也还没拿到，林延居然已经考虑起秋季赛的事了。也不知道应该说他杞人忧天，还是高瞻远瞩。

景元洲知道自己劝不动林延，也就不坚持了："那我先睡了，你也别熬太晚。"

林延摆手："去吧去吧，我继续奋斗了。"

景元洲垂眸看了一眼，到底还是没有多说什么。所有人只知道职业选手的辛苦，可实际上很多时候，教练这个职业所面对的工作更加烦琐复杂，还无比耗费心神，熬的夜从来不比他们少。

次日一大早，GH 战队的队员齐齐集合在节目组安排的商务车上。

因为前车之鉴，这一回，摄像大哥在第一时间霸占了副驾驶的座位，坚定地捍卫住自己的工作领地。

林延现在也没有和景元洲闹别扭了，对此倒是无所谓。他上车后扫了一眼，见只有景元洲身边的位置空着，就打着哈欠坐了过去。

他这样的精神状态一看就没有休息好，也不知道最后熬到了几点，还能看到若隐若现的黑眼圈，有着一种极致颓靡的慵懒感。

林延坐到位子上，随手把车上的抱枕捞了过来。昏昏欲睡间感到有什么东西轻飘飘地落在了身上，他强忍着睡意睁开眼睛一看，是一条粉红色的毛绒毯子。他愣了一下，转头看向这条毯子的主人。

景元洲仿佛没感受到林延的视线，随口问道："几点睡的？"

林延神情木然地想了想："好像……四点？"

景元洲"嗯"了一声："睡吧。"说着，留意到林延停留在绒毯上的视线，又补充道，"车里开着空调，睡着容易冷。我不困，你先用着吧。"

林延对此倒是没什么意见，将绒毯往身上拉了拉，怀里搂着抱枕，找了个舒适的姿势倒头就睡。就在他即将进梦乡时，脑海中隐隐约约地闪过了一个念头：所以这是Titans的毯子，但……为什么会是粉色的？这样的念头轻飘飘地在他脑海中拂过，然后沉入一片黑暗的宁静当中。

景元洲感到身边的人渐渐平稳的呼吸，微微侧眸看了过去。与平常的肆意张扬形成鲜明的对比，林延睡着的时候神色一派平静。额前垂落的发丝，随着车内空调隐约的凉风轻轻摆动。修长的腿垂落在两边，这样散漫洒脱的样子与怀里的那条粉红色绒毯显得格格不入。

这条毯子是景元洲晨跑路过小摊时买的，也不知道当时怎么想的，鬼使神差地买了粉红色绒毯。

此时恰好经过一个弯道，林延的身子晃了晃，紧接着一歪。

景元洲眼明手快地托住了林延的脑袋，随后轻轻地放下，他就这样安安静静地靠在了景元洲的肩膀上。

直到抵达了节目组安排的酒店，林延才迷迷糊糊地从睡梦中醒来。这一路，他睡得很好，熬夜后的疲惫感在短暂的休息后缓解了不少。只是睁开眼睛后看着近在咫尺的景元洲，他稍稍愣了下神。

景元洲的态度很是平静，他只是提醒道："以后睡觉的时候，尽量注意一下形象。”

林延低头，可以看到某人肩膀处明显湿透的一块。他虽然不太好意思，但本能地嘴硬道：“其实，也别太在意细节，毕竟口水……咯，杀菌。”

其他人已经陆续下了车，眼见神色微妙的林延跟着景元洲下车，一起去前台办理入住手续。

这时候，GH 众人才充分感受到这次的行程到底有多满。

他们回到各自的房间放好行李，简单地填了下肚子，马上就跑来了一个工作人员，催他们去准备造型。

下午将直接进入录制阶段。

休息室里，简野一边由着造型师摆弄平头，一边叹了口气：“这个世界果然还是强者有话语权。为了照顾 Luni 的行程，节目组就这么死命地折腾我们，说到底，我们这种菜鸟没人权啊！”

林延睡过一觉后，现在精神了很多，闻言瞥了一眼：“想要人权，自己加油挣吧。”

毕姚华想起刚才路上的情景：“说起来，你们有留意到那些粉丝举着的牌子吗？是我的错觉吗，总觉得今天现场的观众们比第一期的时候热情多了啊！”

“确实热情了很多，”顾洛说到这里，有些不好意思，“刚才还有好几个人举着我们的牌子呢！”

毕姚华笑道：“牌子不是早有了吗？上一期，你哥我就已经很有排面了好吧！”

辰宇深默默地看了毕姚华一眼：“你，确实有排面。”刚才他也看到了，有一块区域举的全是“狗 BB”的应援牌，特别醒目。

骆默正好从外面走入，听到他们谈话，随手展示了一下手里的数据：“是真的，刚才工作人员跟我说了，今天我们战队的粉丝确实增加了不少。”

话落，GH 众人顿时振奋了一些。

他们很清楚彻底获得认同有多难，这显然已经是一个非常不错的开端。

林延也满意地拍了拍手：“不错不错，再接再厉，今天下午努力打爆对面吧！”

毕姚华将一头五颜六色的“孔雀毛”飒气一甩：“打爆，那不是必须的吗！”

造型师眼睁睁地看着自己好不容易定好型的发型又乱了，忍不住拿梳子在毕姚华头上敲了一下："说了别动，发型崩了！"

毕姚华闻言，当即坐姿笔挺。

所有人定完造型后，来了个工作人员跟他们说明本期录制的重点。随后，那人就带众人来到了战队的选手席，等待录制开始。

两点整，熟悉的开场音乐准时响起。

和第一期的小打小闹不同，第二期迎来了《炙热集结号》的第一轮淘汰赛。

主持人介绍完规则后，对上一期节目中的获胜方拥有的特权进行了说明。这一季综艺，一共有八支队伍参加。第一期两两solo，获胜队伍将自然进入守位者的位置。而在本期节目中，他们将接受四支失败战队的挑战。

淘汰环节采用的是等同官方联赛的5V5团队赛，BO3赛制，最后获胜的一方将顺利进入下一轮，战败方直接淘汰出局，告别节目录制。

听完规则后，GH众人显得有些失望。不用猜也知道，ZX肯定是不会主动选他们的。这样一来，他们就没办法在节目当中"关爱"一下那个LAN了，多少有些遗憾。

大屏幕上显示出了守位方的名单。第一期获胜方一共四支队伍，除GH战队之外，QU和IBB两队都是毫无疑问的强队，对ZX战队来说，最后剩下的KON自然而然成了最佳选择。

只可惜，轮到ZX的时候，KON已经被选走了，在剩下的三支队伍中，ZX最后只能咬牙选择IBB。紧接着，在剩下的GH和QU两支队伍中，第三支失败队伍毫不犹豫地选择了GH。

随着主持人的采访，队长还不忘礼貌得体地放了一下赛前狠话："听说GH训练赛赢了BK，我们也想趁着这个机会看看，自己和职业战队到底有着多大的差距。"

谁不知道现在"GH训练赛赢BK"已经成了网上的一个热哏，这时候放出这话，嘲讽意味十足。

毕姚华作为嘲讽技能满级的人，没太放心上，只是似笑非笑地勾了勾嘴角："哎呀，怎么办，总觉得被人看轻了呢？"

辰宇深在旁边活动手指，闻言微微地抬了抬眼皮："那就送他们……go home好了。"

正式对战开始。

ZX 被 IBB 打了个 2 ： 0 的碾压局。

看得出来 ZX 全队的状态都有些糟糕，全场下来几乎都在梦游。特别是 LAN，在场上非常认真严肃地给对手扮演了“一台提款机”的角色。这两局比赛实在是打得没有任何爆点，以至于就连乐得见 LAN 被虐的 GH 众人，都提不起太大的兴趣。

终于，轮到了 GH 战队上场。

林延拍拍屁股站了起来，想了想，决定给这种毫无难度的娱乐局增加点难度：“这样吧，也不给你们太大的压力，定个小目标，比赛解决的速度，比 IBB 快就行了。”

这话说得轻松，可实际上 IBB 赢 ZX 是碾压局，时间已经短得惊人了。

不过，GH 众人对林延这种临场加难度的做法倒是无所谓：“可以啊，没问题。”

双方简单地调试了一下设备后，比赛正式开始。

林延早就有了心满意足的阵容安排，三言两语指导完成了英雄选择后，下场回到了选手席。

GH 五人刚刷新在复活点，购买了出门装，第一时间就冲出了高地大门。

如果有人看过 GH 昨晚和 BK 打的训练赛，就不难发现，今天 GH 使用的正是和 BK 对战的时候，第一局战败的阵容。

但是因为对手不同，玩起来的手感差距甚大。

毕姚华对被 BK 压后期的事一直耿耿于怀，憋着一口气，本想好好地扬眉吐气一把，然而跟敌方射手在线上几次接触后，就开始忍不住地叹起气来：“次级联赛和职业联赛真的差这么多？这也太水了吧！我还以为 ZX 的实力只是一个偶然，没想到，居然是个必然？！”

话音落下，系统几乎在同一时间弹出了击杀提示。毕姚华在简野这个钢铁奶爸的辅助下，直接完成了双杀。

顾洛这边正追着对面中单疯狂输出，手中一番操作之后，越塔强杀，又身影飘逸地回到了兵线上收经验。他闻言笑了一声：“是大家要求太高了。”

辰宇深已经把对面的打野堵在高地不出来了，低低地叹了口气，在这件事上还比较赞同毕姚华说的话：“确实没有难度。”

简野本来还想说些什么，无意中看了一眼上路的情况，愣了一下："队长你不声不响，怎么都快推上高地了？"

景元洲瞥了一眼时间："不是有时限任务吗？都抓紧点，别惹你们教练生气。"

其他四人闻言，脑海中不约而同地闪过了林延生气的表情。联想到回到基地后可能"享受"的后果，几人的后背均是一凉，脸上的神色顿时严肃了起来："是，知道了，都推塔！"

很快，GH 就以摧枯拉朽之势拿下了第一局的胜利，用时十八分钟，整整比 IBB 对战 ZX 的碾压局快了两分钟。

这已经是足够令人震惊的时长了，万万没想到的是，第二局居然结束得更快。十五分钟！一场用十五分钟结束的比赛，放在这种场合中，一时连主持人也不知道应该说些什么。此时镜头恰好切到 GH 的对战区，可以看到一行人彻底松了一口气，一副如释重负的样子。主持人微微一愣。难道这两局比赛实际上赢得并不如他们看起来的那么轻松？也就是说，GH 在对战过程中，实际上也承担了很大的压力？这样想着，主持人迅速地拿着话筒过去，切入采访模式："恭喜 GH 赢得进入下一轮比赛的资格！那么请问各位，现在有什么想要对镜头前的粉丝说的吗？"

让人惊讶的是，毕姚华居然没有着急开口，这次第一个说话的是简野。

简野朝着摄像机露出了一抹笑容，脸上的刀疤微闪了一下，狂野又迷人："别人怎么想的我不知道，不过，次级联赛队伍和职业战队到底有多大差距，我现在知道了。"

这样的一句话，让正在收拾外设的败方战队队员动作微微一僵。

这时，顾洛已经接过话来："可能因为昨天训练赛的关系，手感还没调整回来，打得有些凶，不好意思。"

辰宇深想了想，说："这种对手没有节奏的比赛，不太好打。"

刚输比赛的某战队：是我们太弱了，真是不好意思啊！

话筒转了一圈，终于还是落在了毕姚华的手上。他撩了下额前的刘海，低低地叹了口气："我也不知道还能说什么。"

就当所有人震惊于 BB 居然也会无话可说的时候，只见毕姚华有些惆怅地抬头看了镜头一眼，情真意切地吐出一句话来："真要发表感言的话，只能说……

虐菜鸟，真的好无聊！”

全场众人：你们GH也就和BK打过一次训练赛吧？这是吃过大鱼大肉，就瞧不上清汤寡水了？这才打一局，就把嘴给养刁了？！

没等毕姚华再多说，主持人已经将话筒递到了景元洲的手上：“景队，你……有什么要说的吗？”

景元洲看着镜头笑了一下：“不好意思，是我和林教练把他们惯坏了。”

留在选手席的林延忽然被点到名字，一脸蒙。说就说，把他也扯进去是什么意思？！

2

等四组战队都打完，《炙热集结号》第一轮的淘汰名单正式产生。

录制到最后，节目组非常有仪式感地给四支战败队伍安排了一场告别仪式。四支队伍在演播厅正中央依次站开，陆续发表离场感言。

氛围十分悲壮。

林延坐在GH的选手席，眯着眼睛看着场中央的方向，话却是对旁边的景元洲说的：“你刚才在场上说的是认真的？”

景元洲勾了下嘴角，明知故问：“你指的哪句？”

刚才结束后主持人又进行了一会儿采访，两人的确做了好多的交流。

林延要笑不笑地偏头看去，完全不吃这一套：“把他们惯坏的话是你说的，没错吧？所以说，景队也觉得，我们战队平常的训练量太少了？”

GH的其他人无意插入两人无形的战火中，听到这么一句，顿时有一种不好的预感。

毕姚华本能地脱口而出：“教练，我觉得现在的训练量已经足够了！刚刚好，真的，刚刚好！”

林延仿佛没有听到毕姚华说话一般，连一个眼神都没给他，依旧看着景元洲不疾不徐地继续说道：“刚好，那这次回去之后，我准备给大家再好好地制订一份全新的训练计划，保证让你们感到非常满意。”

生无可恋的四人：“……”

等到录制结束，外面的天色已经彻底黑了下来。

被淘汰的队伍提前回去。考虑到第一手的宣传资料，工作人员将获胜队留下来拍摄几段宣传用的素材视频。这样紧张的行程无疑很不人道，然而更不人道的是，节目组居然还没有帮他们这些劳动力安排晚饭。等到全部结束准备回酒店的时候，所有人已经饿得前胸贴后背了。

“都别回房间了，先去吃饭吧。”坐在节目组的车上，毕姚华只觉得说不出的疲惫，“我第一次觉得，连说话都是一种负担。”

简野忍不住笑骂了一声：“那你就不能直接闭嘴？”

毕姚华瘫倒在位子上：“你不懂，我的身体已经没有了活力，不能再因为闭嘴，失去我骄傲的灵魂。”

辰宇深揉了揉钻疼的太阳穴，感到有些没耳听。

后排，林延裹着粉红色毯子面无表情地靠在位子上。很显然，早上在车上补充的那些体力使用到现在，基本上也消耗得差不多了。

景元洲回头看到林延随时能睡着的样子，问：“要不你先回房间休息，我给你把晚饭打包带回去？”

林延扫了一圈车内。队员们虽然看起来萎靡，但是因为赢了比赛，氛围还算活跃。他也不想扫大家的兴，打了个哈欠，说：“算了，一起吃吧。”

酒店三楼的餐厅，今天基本上被参加录制的战队承包了。放眼看去，都是各式各样的战队制服，回来得早的队伍已经吃完，准备回房休息了。

众人刚走出电梯，刚好有一支熟悉的队伍从远处走了过来。

今天录制的时候，ZX 为了避开 GH，选择了另一支强队 IBB 作为对手，惨遭淘汰，明天一早就要退房回自家俱乐部基地了。因为战败的队伍回来得比较早，他们已经结束了在这家酒店的最后一顿晚餐。这么想的话，多少有些凄惨。很显然，ZX 没料到，临离开前又在这里遇到了刚刚拍完素材视频回来的 GH。冤家路窄也不过如此。

其实看得出来，上一期结束录制后，ZX 的状态就不太好，再加上下午刚在比赛中受到了 IBB 的重创，整个队伍的氛围格外低沉。

这让 LAN 本就尖嘴猴腮的脸，明显透着一股子晦气。

ZX 队长看到 GH 众人的第一反应，是想当作什么都没看见，直接绕道，可是林延已经笑呵呵地跟他们打了声招呼：“好巧啊，这是准备回去了？”

这样热情的语调乍听起来十分和善，可是“回去”这个词用得又太过精妙。

一语双关，听得ZX众人脸色又是一沉。

景元洲侧眸朝旁边看去，只见刚才下车时还昏昏欲睡的某人一改颓靡的状态，此时脸上神采奕奕的，仿佛要笑出一朵花来了。

景元洲无声地笑了一下，也和ZX队长点了点头。

这样的态度，让ZX队长不得不带着队伍停下来聊了两句。

其乐融融的氛围落入路人的眼中，不知道的还以为他们是哥俩好的友队。

辰宇深站在后面始终没有吭声，面无表情地看着同样站在ZX后方的LAN，对方脸色不善地看着他。

林延微微回头，也留意到了这两人充满敌意的视线。他微微勾起嘴角，毫无预兆地转移了话题："对了，你们ZX的基地在平城吧？"

ZX队长没想到林延突然提起这个，虽然不解，但下意识地接话道："嗯，是在平城。"

林延笑着瞥了后面的LAN一眼："你们的队员好歹跟我家Abyss是半个熟人，我们GH向来说到做到，之前答应的事情还是要兑现一下的。平城是真的挺远的，明天回去的机票已经买好了吗？"说着，他往后指了指，"喏，这位是我们战队的骆经理，回家路费报销的事，随时找他处理就行。"

骆默适时地拉起ZX队长的手握了握，一派久经商场的从容："随时找我。"

ZX队长愣了一下，等到回过神来的时候，脸已经黑了："不用了……"

林延却客气得很："那怎么行！说好的事怎么能不算数呢？说报销就报销，必须要的！"

"各位还要去用餐吧？我们就不打扰了。"ZX队长说完，抬步就走。

"那就不多留了，慢走啊！"林延非常善解人意地侧了侧身，给他们让出了一条道来。

LAN始终一言不发地跟在战队的最后面，随着队伍的前进，也迈开了脚步。

他精神状态看起来确实不太好，深重的黑眼圈透着说不出的颓靡，一直目光不善地盯着辰宇深。这段时间以来，虽然他很努力地想要将状态调整过来，但是在GH战队这样过分直白的针对下，始终没能顺利缓过来。现在战队已经发现了他的情况，而且已经私下里和他谈过，准备对他做出另外的安排。

LAN眼神越发阴鸷，不甘心地咬紧了牙关。眼见就要和辰宇深擦肩而过，他却突然停下了脚步。回头的时候正好对上辰宇深一脸淡漠的样子，这让他更加愤怒：“Abyss，你得意不了多久的！”

然而辰宇深只是平静地看着他，一言未发。

林延噎完人后又恢复了困倦的神态，正准备带众人去餐厅吃饭，听到这么一句，又回头看了过来。

ZX战队其他人恨不得早点离开，没想到LAN会突然发作，显然也有些错愕。

ZX其他队员正在犹豫要不要直接把人拖走，LAN已经冷笑着继续说了下去：“就算我输给你又怎么样？就算我没机会打职业又怎么样？你以为把我彻底搞垮之后，就没事了？就算你的队伍进入职业联赛，那又怎么样？嗬，别忘了，还有那个人在等着你，他可以放过你第一次，却未必会放过你第二次！”

这样的话落入耳中，让辰宇深的背脊微微一震。那个人……他下意识地紧抿唇角，眼见LAN一脸恨意地又要往前走，正欲拧眉，却有一道身影忽然闪出拦在了他的眼前。

顾洛虽然不敢在这种场合出头，但在一边紧紧地抓住了辰宇深的手臂。

此时辰宇深抬头，看到挡在自己面前的高大背影——简野。

而另外一边，毕姚华已经一把抓住了LAN的双手，虽然眼底没有什么笑意，但是在情真意切地表示着感激之情：“谢谢啊！谢谢ZX战队对我们的认可啊！”

LAN一想到自己即将被调到ZX二队，前途尽毁，就满腔的愤懑之情，正想发泄，冷不丁听毕姚华这么一句，差点没控制住自己的情绪：“有病吗？听不懂人话那我再给你们说一遍，谁认可你们了！”

毕姚华一派淡然的神色，仿佛被骂的人压根不是他：“你刚才不是自己说的，我们队伍会进入职业联赛吗？这不说我还不知道，原来在你们ZX心目中，我们GH居然已经是这一季节目当之无愧的冠军了！你们游戏技术有多不行姑且不说，眼光那是真的不错！”

他说话的时候丝毫没有避讳，有其他队伍的选手路过，闻言纷纷驻足看了过来。

ZX战队其他人内心：我们不是，我们没有，别瞎说！

毕姚华神情感动：“不得不说，LAN你这个人，虽然技术菜，人品渣，心理又脆弱，但是至少看人还是很准的！这一口奶，那是必须感谢，必须感谢！”

三言两语之下，LAN差点气疯，胸膛一阵起伏，急着解释，可是一时间又不知道应该从何说起。他越着急就越喘不上气，直接一口气没接上，身子晃了晃。

站在他身后的 ZX 队员心头一跳，慌忙把他扶住。

毕姚华适时地松了口，眼见着 ZX 内部乱成一团的样子，还特别有爱心地关切道："唉，虽然可以理解被 B 哥夸奖后，多少会有点心情激动，但是也不用这样吧！说起来，我总觉得你们这个 LAN 贫血有点严重啊，要不要帮忙联系一下附近的医院？"

辰宇深原本还有些走神，此时看着气得说不出话来的 LAN，嘴角不由得微微上扬。眼见 LAN 在其他队友的簇拥下渐行渐远，他微微垂了垂眼睫。不得不承认，刚才 LAN 有一点确实没说错——他要走的路，才刚刚开始。

有一只手轻轻地搭上了辰宇深的肩膀，拉回了他的思绪。

林延搭着他的肩往餐厅走去，声音轻飘飘地擦过耳侧："好了，饿死了，赶紧去吃饭吧。"

其他人振臂赞成。

进了包间后，众人飞速地点好了菜，等菜肴满满地上了桌，当即毫不客气地吃了起来。所有人都只在拍摄前垫了一下肚子，这时候早就饿到不行了，这一顿吃得跟土匪进村似的。

本来大家就已经疲惫得很，加上被 ZX 的破事一搅和，更是没有了半点聊天的心情，闷头吃完饭后，一个个抱着手机进行简单的中场休息。

节目组已经跟他们打过招呼了，因为第一期节目的播出效果不错，所以在第二期节目正式播出前会陆续给观众们放出一些拍摄花絮，用来延续一下节目的热度。

果不其然，这时各队从出发到酒店集合的跟拍花絮，已经陆续放了出来。

炙热联盟的总部在宁城，为求方便，职业联赛的基地也大多安排在城郊。但是这种发达城市房价高昂，很多次级联赛的队伍只能退而求其次，选择临近的其他城市，有些甚至更远。因此，各支队伍参加节目的出发时间也就各有不同。

提前一天出发的队伍，相对来说花絮剪辑自然要完整很多。像 GH 基地这种只需要花半天时间就能抵达的距离，到目前为止，只挑选了几张照片来满足观众们的好奇心。

毕竟时间有限，这种操作也是可以理解的，只不过当顾洛翻到自家战队的花絮照的其中一张时，他缓缓地揉了揉眼睛。

从照片的背景看，显然是在来酒店时乘坐的那辆商务车上，他们的队长坐在最后一排的位置，旁边的林教练怀里抱着一条与其形象极其不符的粉红色绒毯，微微侧头靠在队长宽阔的肩膀上，睡容安宁。散乱的发丝本在空中飘动着，却因为抓拍有了一个静止的弧度。也不知道他在睡梦中看到了什么，嘴角微微上扬。

此时队长正低头看向教练，脸上分明没什么表情，却因为车窗外漏入的那层充满暖意的阳光，整个人带着一种前所未有的柔和。

照片上方是节目官方微博留下的一行配字："GH"队长与教练，同行有你。

顾洛下意识地往下瞥了一眼评论区。

毫不意外，已经炸了。

3

其实真的不怪网友们太激动，这张配图经过后期完美的光影处理，实在美感十足。

"这是谁？靠在我老公肩膀上的是谁，GH 的教练？"

"林教练的颜值我真的可！！！"

"有种莫名的岁月静好的感觉……是怎么回事？"

"我一直以为 Titans 是高冷男神来着，现在看来，私底下原来这么暖吗？"

"这个眼神，我都要融化了！男神什么时候也这样看看我！"

"呜呜呜，教练睡着的样子，太可了。"

"别的不说，GH 队内的颜值我是服气的，抛开实力不说，电竞男团实至名归了吧。"

"眼看高楼平地起，这对组合我嗑了！"

"楼上的姐妹，好诗，好诗！"

随着越来越多的网友涌入，终于有人开始进一步的思考——

"所以这对应该叫什么组合？教练姓林吧？园林组合？"

"啧，组合名还不简单？双亲组合了解一下。"

"等等！为什么是双亲？"

“哈哈哈哈我忽然懂了！GH队可不就是教练和队长带着一群小朋友吗！”

“这组合名起得妙啊！”

扫过越来越嗨的评论区，顾洛忍不住抿起嘴角。

他悄悄地往后瞟了一眼，一时有些犹豫，不知道要不要去看看自家战队这对“双亲”的表情。原本，这种组合如果只是表面营业倒还好说，可是根据他上次无意间听到的内容……他感受到了一种不应该让他这个年龄承受的压力，转念间，不可避免地为两位前辈思考了甚多。

想到最后，他的小眼神顿时坚定了起来。

指尖在手机屏幕上一番操作后，他迅速登录了小号，开始对微博上的留言一条一条进行回复。

网友：“之前没注意，越看评论区感觉越合拍。”

G很强大：“合拍个屁！”

网友：“双亲组合是真的！磕死我了！”

G很强大：“你嗑个鬼！”

网友：“还有糖吗？再来点。”

G很强大：“没有了，想得美。”

就当顾洛满腔激情地进行着战斗时，只听旁边闷头玩手机的林延有些疑惑地开了口：“不对啊，我这一路走来，难道还不够低调吗？”

景元洲看了过来，问：“怎么了？”

林延微微侧了侧身子，靠到旁边，随后将手机递到了景元洲的眼前：“说起来，我们俩组个官方组合应该没碍着别人什么事吧？你看看这个谁，叫什么来着，哦对，‘G很强大’……什么破名字！还追着微博下的留言一条条地回复。这么真情实感，我怎么感觉他不像是对俱乐部有意见，而像是对我们有意见？”

顾洛刚准备按下回复键，听到那个ID名的一瞬间，手一抖，一时不知该如何是好。

他回过头，只见林延神态慵懒地搭着景元洲的肩膀，一脸感慨：“不过不管怎么抹黑，都拦不住我们组合打出去的事实。是不是万万没想到，俱乐部第一组开始营业的组合居然是我们啊！双亲组合？哈，亏他们想得出来！”

景元洲他随手放大了微博上的照片，看了一眼。

林延看着景元洲这样的举动忍不住直笑。

顾洛抓了一把头发，随后默默地退出了自己的微博小号。

与此同时，他心里非常坚定地做了一个决定：这个号废了，回头还是再注册一个吧！

好在林延对一个“普通的抹黑自己的人”没有太大的兴趣，随口抱怨了两句就把注意力放在了其他的评论上。看了一圈之后，他满意地给骆默这个俱乐部经理开始布置任务：“阿默啊，现在俱乐部经营的事情基本上是你在管，等这次回去之后，你看一下后续需要跟进什么。要求不高，三天内把方案给到我手里。到时候，该营业的营业起来，还没来得及开始营业的……”说到这里，他回头扫了一圈包厢里的众人，“嗯，也该陆续开始准备营业了。”

现在俱乐部整体的势头正好，而且《炙热集结号》还为GH带来了足够高的热度，抛开教练的身份，林延作为这家俱乐部的经营者，必然不想放过这样千载难逢的好机会。

说起来也算讽刺，在电竞领域，早已不是闷头打比赛就足够存活下去的时代了。实力是必须的，该有的曝光度也不能少，战队营销从他自己做起。以身作则，那自然是应该的。

吃饭吃到后半段，包厢里的画风莫名其妙地变成了林延在线经验教学。一行人好不容易熬到彻底结束，一听到原地解散，顿时头也不回地直奔酒店房间。

林延也和景元洲一起，一前一后地回了房间。

“我先洗个澡。”景元洲说着，打开行李箱取出一套衣服。

他刚一转身，只见林延修长的手臂在走廊上一挡，拦住了他的去路。

景元洲不由得疑惑地问：“怎么了？”

林延微微挑眉：“怎么了？应该我问你才对吧？”说话间，他的视线从景元洲这张看不出什么表情的脸上掠过，“要是景队不愿意进行这种虚假营业的话，直接跟我说也没关系。要记得，当时我们白纸黑字签下的合同，我给的承诺就是不会强迫你做任何事情。所以，如果心里不舒服的话，真没必要违心做任何迁就。”

在包厢里的时候林延就已经留意到了，景元洲虽然没说什么话，但是表情的变化分毫不差地落入他的眼中。电子竞技领域从业的大部分是男性，对于很多战队来说，这种营业，都是满足战队粉丝的必然存在。

林延熟知这个行业的所有操作，这种事情就算落在他自己身上，在他看来也是习以为常的，倒是一时忘了问景元洲的意思。

现在回想，当初还在 BK 的时候，景元洲好像就一直没有任何负面消息。往深里一琢磨，或许这人是真的不喜欢掺和到这方面的事情里。BK 按捺不住等不及他退役就先安排新人，或许很大程度也是这方面的原因。

队长不营业，造势程度肯定会低上很多。不过，在这点上林延倒也不是不能接受。运营自然是不可避免的，但说到底，也不是整个战队的全部。他心目中，所有其他因素摆在绝对的实力面前，都可以毫无原则地做出妥协。

趁着现在还没安排上后续操作，林延只等着一句表态。只要景元洲说不愿意，他绝对会毫不犹豫地把“双亲组合”扼杀在摇篮里。

景元洲没想到林延会突然和他说这些，更加让他感到惊讶的是，这人敏锐起来实在是可怕。

两人一时间都没有说话。

过了片刻，景元洲忽然问道：“你只知道问我的想法，那你自己呢？”

林延听了这样没头没脑的一句话，微微一愣：“我怎么了？”

景元洲看着他，顿了一下后，问：“一起组合营业，你又是怎么想的？”

林延想了想，说：“就是战队正常的官方营业而已，还能怎么想？现在粉丝们就吃这一套，合理地运用自身条件就能推动俱乐部发展，为什么不呢？”

景元洲心情复杂地应道：“知道了，所有的营业内容我会配合，按照你的意思做就行。”

林延打量了一眼景元洲的表情：“如果你接受不了组合营业的话，其实也可以不用勉强。”

“我不勉强，而且我也非常乐意配合。”景元洲对上这样的视线，眸子深邃，语调却是一如既往的平静，“让骆经理放心做营业策划，他的所有工作，我会无条件配合的。唯一的一个要求是，如果有工伤，你是不是应该负责？”

林延一时没回神，本能地应道：“工伤……当然……负责。”

“那就好，我没有其他问题了。”景元洲思索了下说道，“那么，如果没别的事，我可以去洗澡了吗？”

林延顿了一下才道：“当然可以。”

景元洲打开卫生间的门后，没再说什么，侧身走了进去。不多会儿，浴室里隐约传来了水声。

林延靠在墙边久久没有动作，刚才景元洲的表情从他脑海中一闪而过，林延不由得在心里低低地骂了一声：真是半点亏都不吃！

林延渐渐站直了身子，走到床边一头倒了下去。他躺在床上看着天花板走了会儿神，直到手机铃声忽然响起，打断了他的思绪。他拿过手机看了一眼，目光晃了一下，脸上散漫的表情也难得地收敛了起来：“喂，威哥，终于等到你电话了！之前拜托你去调查的事进行得怎么样了？”

电话那头传来了一个男人豪爽的声音：“小林总交代的事，我能不尽心吗？既然都来联系你了，当然是有结果了！”

说话的人名叫谢威，辰宇深入队后不久，林延就私底下联系了这位威哥，让他帮忙调查当初青训营的事情。

听到终于有了消息，林延微微地眯起了眼：“哦？那是怎么样一个情况？”

谢威说：“我也查了很久。其实关于那桩跳楼的案子，当年就已经有线索了，不过当时被人压了下来，最后才不了了之。这边如果你想要强行出头，需要把这事重新调查，但也不是什么难事，就看最后想要一个什么样的处理结果。如果确实想要求个心里舒坦的话，让当年那几个人进去吃几年牢饭还是没有问题的。”

林延低笑了一声：“我就说，那事明明闹得很大，最后怎么就没下文了，果然有人在背后搞动作吗？”

谢威沉默了片刻，而后道：“具体情况应该更复杂，我也只是听说，当时是淮城那边的彭家出的面。不过以目前到手的资料来看，没有证据可以证明彭家那个后辈也参与其中，这也是我唯一感到奇怪的地方。”

林延拧眉：“有人销毁线索？”

谢威说：“也不太像。”

林延想了想，说：“辛苦了啊威哥，大致情况我已经知道了。等我回头和队员商量一下，决定好怎么处理，再联系你。”

“好嘞，没问题。”谢威调查当年的事，当然也了解辰宇深与后面引发的暴力事件相关，“这个决定，确实需要当事人慎重考虑。据我了解，电子竞技好像对暴力事件抓得还是比较严的。你队里那位当年没有被追究责任，应该也是彭家那边出面的，要不然按照你们圈内规则，不会只是赶出青训营那么简单。现在如果真要把当年的事挖出来，被再次牵扯估计是免不了的。”

听到这里，林延又陷入沉思。这个案子看起来最奇怪的一点是，彭家一方面帮忙压下了自杀事件的调查，另一方面又出面调解了暴力事件。这好人和坏人都被彭家给做了，也不知道到底是什么目的。

林延对谢威的仗义出手真心实意地表示感谢：“放心吧，我这边会好好商量的。也相信他一定能够做出不会后悔的选择。总之这件事，真的谢谢你了！”

谢威豪爽一笑：“客气！”

浴室的门被推开，微小的动静让林延抬了抬头，恰好看到从里面走出来的景元洲。

留意到林延在打电话，景元洲并没有出声，只是随手拿起毛巾擦了擦滴水的头发。

电话那头中气十足的声音从听筒中传出：“说起来，小林总，你有多久没找我们聚了？哥几个可是怪想你的！自从上次酒吧街聚过，昌乐欣可是一天天地一直念叨你呢，搞得我们都快以为他得什么相思病了。”

谢威的声音其实不大，可是在这安静的房间当中，又异常清晰。

听到“酒吧街”三个字，某些片段从记忆中浮起，景元洲回头看了过来。

景元洲的视线掠过，林延头皮微微发麻，顿时清了清嗓子，抱着手机转向了另一边：“威哥你就别调侃我了，昌乐欣什么人你又不是不知道。他要是能得相思病，就算告诉我全人类快要灭绝了我都信。”

因为背后那人的目光过分专注，林延说着，又往里面缩了缩。

谢威被林延的话给逗乐了：“行吧，不跟你开玩笑了，什么时候有空了跟哥打个招呼，到时候给你把人都叫出来好好聚一聚。”

林延：“行，等我这边忙完就联系你。”

谢威笑了笑，没再说什么，挂断了电话。

林延低头看了一会儿手机，直到屏幕暗下去，才回头看去。

只见景元洲已经坐在了不远处的沙发上，视线正好对上：“聊完了？”

林延：“嗯。”

就在林延微拧着眉心时，景元洲没有追问刚才听到的酒吧街是怎么回事。

翌日，又是需要参与节目录制的一天。

因为第三期的内容当中不存在淘汰环节，整个流程以娱乐性互动为主，所以比起刚刚结束的第二期录制，就显得轻松很多。

从绝大多数人的角度来看，是普遍意义上的轻松。然而，当GH众人坐上前往摄影棚的商务车，一眼看到坐在后面的林延时，原本昏昏欲睡的几个人，瞬间就被他阴沉的脸色给吓清醒了。

毕姚华算是比较不怕死的，还敢趴在椅背上凑到景元洲的身边，用自以为林延听不到的声音小心翼翼地问道："景队，教练这是怎么了？"

"没什么。"景元洲看起来也不太高兴，脸上没太多表情，将手中的资料递了过去，"拿去给大家看看吧，这是今天录制的大概流程。"

毕姚华本来还想多说什么，留意到林延投过来的麻木的目光，也没敢多问，当即接过资料就坐了回去。

其他人好奇今天的流程，也纷纷凑了过来。前面部分的内容安排都很正常，正如之前猜测的那样，到时候让他们这些参与节目录制的队伍选出代表，和职业选手代表进行切磋互动。

简野拍了拍顾洛的肩膀："跟Luni对线啊！机会难得，你们都是中单，上去切磋一下？"

顾洛也跃跃欲试，下意识朝后排看了一眼："等教练安排吧。"

林延淡淡地接了话："不用等，本来就准备让你去玩。Luni虽然主走团战路线，不过自身实力确实没话说，你去跟他试试手，没有坏处。"

顾洛的眼睛微微一亮："谢谢教练。"

林延没继续说话，靠在位子上闭上了眼睛。其实他早上起床的时候心情还是挺好的，毕竟昨天从威哥那里得到了消息，两年前青训营的那档子破事终于有一个结果了。原本只要等今天的录制结束后回基地，他找辰宇深好好地聊一聊，就可以开始安心地安排后续事宜。把这些破事处理完，他再联系一下昌乐欣，压榨一下对方的媒体资源，可以将"双亲组合"的营业问题好好落实一下。

不管怎么看，一切都是无比的美好。偏偏就在这个时候，节目组工作人员给他送来了节目流程表。

几个围在前排研究流程的人，发现了今天录制的另一个重头戏。

毕姚华说：“等等……后面那个环节，是教练选手的混合团战？”他说完，错愕地朝后排看去，“这意思是教练你也要上场吗？”

简野说：“教练上场啊！教练你打什么位置，要玩辅助吗？我让道给你呀！”

顾洛也特别捧场：“教练你玩中单吧，中单方便输出！”

辰宇深说：“打野更好带节奏。”

然而林延闻言，嘴角越发抿得紧了，心烦地吐出几个字来：“都闭嘴！”

四人下意识地噤声，朝着旁边的景元洲看去。

景元洲留意到他们的视线，语调淡淡的：“安静点，别惹你们教练生气。”

GH 卑微的队员们：所以我们又说错了什么吗？委屈。

4

节目录制进行到现在，剩下的四支队伍分别是 QU、IBB、KON 和 GH。

其中 QU 和 IBB 都是次级联赛的顶尖战队，属于和职业联赛只有一步之遥的存在，从实力上来说，和已经被淘汰的另外四支队伍根本不在同一层面。相比之下，KON 弱势一些。但是这种中庸队伍的成绩往往和当天的状态挂钩，保不准那天突然临场超常发挥，成为赛季中的一匹黑马。

总体来说，节目后半赛段的比赛比起之前的虐菜，局势要严峻很多。正是考虑到即将迎来的激烈战况，节目组才会在每两期的淘汰环节间，安排一期特别节目，用娱乐局的方式缓解紧张。

这样的安排本来没有任何问题，可是关键问题在于，教练与选手混合参与的赛制，对林延这种特殊情况来说，显然很不友好。

下车后，GH 一行人跟着工作人员来到了休息室做造型。

林延让造型师随便摆弄了一下，就将桌子上的烟盒往口袋里一塞，转身走了出去。

过了一会儿，景元洲也站了起来。

休息室的门晃了两下后再次关上，留下的人面面相觑。

“我说，你们有没有觉得，队长和教练的样子有点奇怪？”简野虽然有着一副硬汉的外形，但心思无比细腻，这时候微微拧了下眉，“这么严肃，会不会是我们俱乐部的资金出问题了？”

骆默作为战队经理，本来是留下来监督造型情况，闻言不由得身子一歪：“乌鸦嘴什么呢！”背靠林氏集团的资金链，有那么容易断吗！

顾洛倒是本能地联想了一下，但是考虑到自身的生命安全也不敢多说，低头继续摆弄着手机。

毕姚华环视一圈，幽幽地叹了口气：“队长之前不是都说了吗，今天我们就安静点，别惹教练生气。”

辰宇深的嘴角抽了一下：“B 哥，你先安静就行。”

休息室里的对话被闭上的那扇门阻隔在了里面。而外面的走廊一片安静。

林延叼着烟靠在转角的墙壁上，听到脚步声一抬头，就看到了跟出来的景元洲。

林延忍不住笑了笑：“干吗追得这么紧？怕我想不开？”

景元洲看得出来林延依旧有些心烦，但是对方此时脸上的表情淡淡的，显然心态调整得还算不错。

景元洲一眼扫过林延的脸，就猜到了对方的决定：“这是准备上场了？”

“要不然呢，和节目组说这次的娱乐局我们不参加了？”林延叼在嘴里的烟随着他说话的动作上下晃了晃，“违约金什么的都是小意思，只是这次综艺节目本来就是我们 GH 打招牌的最佳时机，少参加一次活动，不知道要损失多少镜头，亏损太大了！”说到这里，他感慨般地叹了口气，“有一说一，让我平白放过这次机会，我也确实舍不得。”

景元洲问：“那你自己呢？”

林延实话实说：“不知道。不过，我对自己应该还算有信心吧，所以准备到时候再看看。说不定，忍忍就过去了呢？”他抬头看了看天花板，半开玩笑道，“但是如果真的扛不住了，那也没有别的办法，只能辛苦你们四打五了。”

关于 PTSD 的事，景元洲是唯一知道详情的人，话是这样说着，林延其实也做好了景元洲苦口婆心劝他的准备。

让他没想到的是，短暂的沉默之后，景元洲微微垂了垂眼眸，忽然没头没尾地问道：“多长时间？”

林延刚缓缓地吐出了一口烟，整个人都埋在烟雾中。他闻言愣了一下：“什么多长时间？”

景元洲抬头看去：“五人团队战，你可以打多长时间？”

“这……还真没确切地测试过，”林延一时也被问住了，认真琢磨了一下，“抛开一些临场因素的影响，二十分钟肯定是没问题的。逼自己一下的话，大概可以坚持三十分钟！如果两场比赛之间再安排一些中场休息时间给我调整，应该还能再努力延长个十几分钟。”

景元洲点了点头：“那就四十分钟。两局比赛，在四十分钟的游戏时长之内，全部拿下。”

林延身体微微晃了一下，随后靠在墙上，神态玩味地看着景元洲：“Titans，景神，你当切白菜呢？剩下的那三支队伍可不像之前遇到的三流队伍，就连最弱的那个 KON 也不是什么省油的灯。开口就说四十分钟拿下两局，这是跟我待久了，越来越嚣张了？”

“怎么，嚣张点不好吗？”景元洲勾了勾嘴角，没搭理林延的调侃，反而语气淡淡地将问题抛了回去，“怎么，林教练是觉得做不到？”

林延顿了一下，将手里的烟头掐灭，低笑了一声。

最后他意思意思地谦虚了一下：“话也不好说太满，横竖都得上，那就试试看吧。”

短暂的赛前准备后，工作人员到休息室提醒众人准备录制。

录制现场的观众们早就全部就绪，随着四支战队队员的到场，录制正式开始。

这期节目的第一个内容，就是职业选手的挑战环节。

Luni 毕竟是职业赛场上的顶级中单，不出意外地，四支挑战战队派出的也全是队内的中路选手。

随着挑战者一个接一个上场，等待在座位上的顾洛悄悄地擦了擦手心的汗。

旁边的简野留意到了顾洛这样的举动，侧头看了过来：“怎么，紧张？”

顾洛微微地点了点头：“嗯，有一点。”

简野的手往顾洛的小肩膀上一搭，哥俩好地一个用力，传递过去的力量差点把顾洛给揉碎了：“放心去，干就完了！滚哥永远与你同在！”

顾洛的小身板不禁微微一抖：“谢谢哥。”

目前在场上进行挑战的是 IBB 的中单选手，对峙片刻之后，毫无意外地输给了 Luni。

观众席响起一阵礼貌性的掌声后，轮到了 GH 代表上场。

顾洛深吸了一口气，从位子上站了起来，出发前下意识地朝林延那边看去。

林延对上顾洛的视线，知道对方要问什么，微微挑了挑眉梢："随便玩，用自己拿手的就行。"

顾洛准备上场。调试设备期间，主持人见缝插针地对 Luni 进行了一下采访："目前为止，已经有三支战队的选手进行了挑战。那么 Luni，以你本人的主观感受来看，哪支战队的中单选手更强呢？"

Luni 自出道以来，一直是以稳健的画风著称，因此也被一些粉丝调侃为"万金油选手"。

主持人的这种采访，对于他这样的老油条来说自然不难应付，一番官腔打得滴水不漏："中单这个位置，原本就没有特别规范的定义。每个选手的风格，其实从某方面来说都是按照队伍的风格来走的，有的队伍保守，有的队伍激进，没有什么优劣之分。"说到这里，他轻轻地撩了下刘海，绑在脑后的小发鬏也跟着晃了晃，"刚才进行的只是普通的 solo 对线而已，胜负并不能说明什么，如果因此就给选手们下定义，这显然是不负责任的举动。毕竟《炙热》是一款 5V5 的团队作战游戏，一个选手是否拥有存在的必要，主要不是看他的对线能力，而是应该看他对团队的贡献程度。"

乍听起来 Luni 似乎说了很多，可实际上，一点实质性内容都没有。

主持人非常有职业素养地保持住了脸上的笑容："不愧是年度十大职业选手之一，我们 Luni 对于中路位置确实有一套自己的见解。"

选手席上，毕姚华听得直乐："有些时候我真的服气这些职业选手打太极的水平。明明觉得对方水平不够吧，还要这么冠冕堂皇地说一大堆，有意思吗？Solo 确实不代表什么，可是谁不知道 Luni 的作战风格？队伍里的老万金油了！哪里不足补哪里，确实是团战的关键性存在没错，可对线的时候也是真的胆小，职业联赛里完成单杀的情况都屈指可数。Solo 连这种专求不功不过的龟系中路都打不过，刚才那些人一概定义为菜鸟，应该不为过吧？"

有一句话简野其实早想说了，这个时候他终于忍不住问了出来："BB 你老实说，是不是看不惯 Luni 很久了，怎么感觉你一直在抹黑人家？"

毕姚华要笑不笑地勾了下嘴角："我抹黑的人多了去，想听听其他人的吗？

列出来的名单保证都够你摆一桌满汉全席了。”

简野无语：“牛还是你牛。”

景元洲一直在旁边听着，这时忽然开了口：“你们都把 Luni 看得太轻了。”

毕姚华不以为然：“队长，我知道你们俩关系不错，不过 Luni 对线期毫无作为是全联盟公认的事，这点你不能否认吧？”

“嗯，这是事实，不过……”景元洲抬头看了一眼大屏幕，“这才更能证明，他那可怕的对线能力。”

毕姚华闻言愣了一下。一开始他没明白这话里的意思，随后脑海中灵光一闪，终于后知后觉反应过来。Luni 在赛场上确实很少完成单杀，但是同样地，在经济从不落后的情况下，也几乎没有丢过一次额外的人头。

想到这里，毕姚华眼底有什么一闪而过。抬头看向场上的时候，他眉目间的神态终于稍稍认真起来了。

这时候，即将上场的顾洛已经做好了准备。

最后一局娱乐赛 solo，正式开始！

简野有些紧张地咽了口口水：“你们觉得谁会赢？”

虽然刚才景元洲已经那么说了，但是毕姚华想了想，还是选择坚定自己的立场：“我赌 Gloy！”

没有人比他们这些队友更加清楚，顾洛的法刺在线上是多么凶猛的存在。就算 Luni 确实是联盟中的顶级中单又怎么样？单说对线能力，毕姚华对顾洛还是存有绝对的信任。

八分钟后，对局结束，Luni 胜出。

顾洛回到选手席时显然还沉浸在刚才的比赛中，脸上并没有失败的沮丧，回过神来时眼底的光芒反而越发亮了：“队长，教练，Luni 真的好强！”

这局 solo 的最终结果是 Luni 低血量反杀。

虽然在旁观者看来未免有些可惜，但只有顾洛这个当事人才能切身体会到，在别人看起来只差了毫厘的情况，实际上却存在着无数细节处理的巨大差距。

毕姚华还在回味刚才两个中单的交锋过程。

景元洲留意到了毕姚华难得的沉默，平静地说：“能够在职业联赛上打出一片天地的选手，往往都会在某些方面为团队做出妥协。这些妥协能够让他们站上高峰，看到更远的风景，但永远不要因此忽视了他们原有的锋芒。不只是

Luni，记住那些出现在职业赛场上的每一个名字，他们都很强。”

毕姚华的喉结滚了滚。

景元洲继续说：“不过，也不能完全怪你被Luni的表象迷惑。这家伙老阴险了，藏着自己的实力，装弱确实是一把好手，自从出道后不知道骗了圈里的多少青春少年，也确实荼毒了不少人。”

毕姚华沉默片刻，然后特别干脆地自省：“别说了队长，之前是我眼瞎。”

B哥骂人，不分敌我，向来干脆。

林延刚才没怎么关注solo赛的情况，而是利用这些时间临时制订了一下今天的战术。

此时听到他们的讨论，他稍稍抬了下眼。

Luni现在确实是联盟中的顶级中单选手，玩得一手藏拙的好伎俩，真要论起实力来，实际上和景元洲不分伯仲。还记得在原书剧情中，Gloy也是用了整整一年时间才将Luni击落神坛，自此开启了让所有人闻风丧胆的“大魔王传奇”。

在纸上涂涂画画完成了最后一笔，林延缓缓地吁出了一口气。速推流的初始阵容安排，基本完成了。

第一个娱乐环节至此结束，主持人又采访了Luni几句后，切到了中场的Cosplay（角色扮演）表演。

表演过后，即将展开的是教练与选手混战的重要环节。

这次的对战名单，是根据网友关于“最想看到哪两个战队对战”的投票结果产生的。GH战队的粉丝们凭着自己强烈的信念感，为他们选择了两支强队之一的IBB。

林延一边在内心诚挚地“感谢”网友的全家，一边简单地给队员们进行着战术安排：“Abyss，这次你先休息一下，我来上。”

打野，确实是最适合带动全场节奏的选择。

辰宇深当然没什么意见：“好。”

林延继续说道：“滚仔你全程跟我，Gloy前期速度清线，随时准备跟我入侵对方野区。”

简野、顾洛回答：“明白！”

毕姚华等了半天没听到林延提到自己，忍不住问：“教练，那我呢？”

林延沉默片刻后说：“BB，给你个任务。”

毕姚华说：“你说。”

林延说：“很简单。”

在林延看起来有些严肃的神态下，毕姚华也难得地严肃了起来：“嗯，教练你尽管吩咐！”

林延的话说得无比郑重，像极了远行前的最后嘱托：“比赛期间，多打信号，别说话。”

毕姚华愣了：“啊？”

其他人：“噗——”

5

四支队伍，一共两场比赛，GH 战队和 IBB 的对战安排在第二场。

林延考虑再三，以防万一，趁着场上另外两支队伍进行比赛的工夫，为自己可能打完比赛就会消失的事，和旁边的工作人员提前打了声招呼。

导演组对林延的态度还算客气。毕竟他除了是 GH 的教练，还是 GH 俱乐部的幕后老板，更是综艺节目的幕后赞助商。导演组虽然不知道他之后有什么要事要去忙，但也没有多问，简单地沟通了一下之后表示会进行相应的安排。

把所有事情都安排妥当后，林延回到了选手席，继续看场上的比赛。

现在对战的两支队伍是 QU 战队和 KON 战队，两家的教练不约而同地选择了替换辅助的位置。

毕竟术业有专攻，当教练的操作终究没有选手来得细致，辅助这个更看重大局观的位置，确实是最佳的选择。虽然只是娱乐局，但是根据节目组之前的表现，今天的胜负很大概率会影响到下一期节目淘汰环节的分组。

这场 BO3 打得很是胶着。

一直到第三局，QU 才以 2 ∶ 1 的微弱优势从 KON 手中拿下了最终的胜利。

主持人邀请两队选手来到场中央进行赛后采访，工作人员带领另外两支队伍的选手前往对战区备战。

林延坐在位子上，手指灵活地熟悉了一下键盘，然后拿起耳机放到耳边，简单地调整了一下音量，又把它挂回脖子上。

GH 的团队语音里，前所未有的安静。

这样的情况惹得顾洛都感到有些不习惯了：“不知道为什么，我总觉得今天好像缺少了一些比赛的氛围。”

简野看了一眼旁边快萎在位子上的毕姚华，忍不住笑了一声：“那是因为你 B 哥失去了他的灵魂。”

景元洲试了试麦，不为所动，淡声说道：“安静点挺好的。”

毕姚华抬头看看这个，又看看那个，张了张嘴，本来想说些什么，余光瞥过旁边神色不明的林延，到底还是闭了嘴。最后他默默地在电脑桌面上打开了一个文档，开始输入：

“早点结束下午的比赛，求求了。”

“这场比赛结束后 IBB 会怎么样我不知道，但是 BB 真的会自闭。”

“话说回来，对面的教练一看就跟我们延哥不是一个段位的，不碾压他们还真说不过去。”

“我就不信了，今天和 IBB 这场总得有个说法，看看到底谁才是山寨货。”

毕姚华打完字，伸手拍了下站在他身后的简野和顾洛，指向文档中的字，一副“我都打这么多了，你们给点反应”的样子，引得两人差点笑趴。

林延听到动静也跟着看过来，看毕姚华跟看二傻子似的：“我只是让你比赛的时候别说话，赛前不用闭麦。”

毕姚华长长地吁了口气，没再纠结这个问题，只是感到灵魂得到了短暂的释放：“真的快憋死我了！我跟你们说，其实我想和 IBB 打一场想很久了，这个渊源追溯起来算是很久以前。还记得我当时只是一个初出茅庐的小主播，总是时不时地会有一拨人涌入直播间把我狠狠骂一顿。一开始我还不明白是为什么，后来才知道是 IBB 打输比赛迁怒我！我就和那群人理论，那些破玩意儿还说人家战队叫 IBB，我起个名字叫 BB，故意蹭热度就要承受孽力回馈。听听，这是人话吗？”

联想到当时的壮观场面，其他人忍不住笑了。

顾洛有些好奇地问道：“那后来呢？”

“后来？”毕姚华呵呵地笑了一声，“当然是全被我给嘲讽跑了！多大点能耐，来我 BB 面前蹦跶，不管怎么进来的都让他们躺着出去。”

简野由衷地佩服道：“B 哥厉害！”

毕姚华原本还想说些什么，只听旁边的裁判示意他们比赛就要开始了，他仿佛被按下了静音键，瞬间噤了声。也不知道从什么时候起，他可以在这两种极端状态间自如地切换，熟练得让人心疼。

在主持人的宣布下，第一局比赛正式开始。

林延在裁判的提醒下戴上了耳机，开始安排阵容。

为了给即将迎来的四强赛的录制预热，今天节目组还特地邀请了两位职业联赛的官方解说兔帽哥、哭哭到场与 Luni 一起为娱乐局进行现场讲解。

眼见 BP 环节开始，解说兔帽哥已经发现了和前一场比赛的不同之处："看来 GH 战队和 IBB 战队的教练对自己的实力都非常自信啊！ GH 替换下来的居然是负责带动全场节奏的打野位，而 IBB 战队的教练直接选择顶替了射手位。"

"感觉两边都有些冒险。"解说哭哭接话道，"打野位置很重要，如果 GH 教练没能带动节奏的话，很容易让全队陷入被动的局面。而 IBB 的话，GH 的下路射手是 BB，要顶住压力不在线上崩盘，输出位发育就得受限，对团战来说不是一件好事。"

说到这里，哭哭笑着把话头抛了过去："Luni，你参加这个节目已经好几期了吧？按你目前的了解，这两支队伍你更看好哪边呢？"

哭哭原本以为 Luni 会延续他一贯避重就轻的回答方式，没想到此时他却是淡淡一笑："当然是 GH 了，毕竟边路可是 Titans，和他对线过的都知道这人有多难搞。"

解说兔帽哥原本还想就 Luni 的这次回复调侃两句，此时，对战双方阵容已经选择完毕，兔帽哥当即把注意力放回场上："好的，第一局比赛已经正式开始了。让我们来看看对战双方的阵容安排。哦，IBB 使用的是他们最常用的战术体系。"

解说哭哭："看来 GH 这支新队对对手还是不够熟悉，居然给 IBB 放出了这么完整的英雄体系，注定要陷入一番苦战了。至于 GH 这边的阵容，呃……"

等看清楚了 GH 的阵容分配，兔帽哥不由得沉默了一瞬，最后有些迟疑地做出了最后的评价："这阵容未免也……太前期了吧？！"

通常，一支战队只有在对自身实力拥有绝对自信的情况下，才会做出一些偏前期的强势阵容。但是赛场上的情况毕竟瞬息万变，即使想要在前期打出绝对的优势，也多少会补上一两个中后期英雄，来预防被迫拖后期的情况。

而现在，GH 这边除了简野使用的治疗辅助，其余四人拿出的，全是纯前期的强势压制类高输出型英雄。

这样的阵容一拿出来就足以让所有人知道，GH 这是准备二十分钟内定生死了。

一旦 IBB 把时间拖过二十分钟，而前期 GH 没能实现绝对的碾压，GH 就再也没有任何机会翻盘。发现这样奇葩的阵容后，两位官方解说就此进行了一番战术上的讨论。虽然他们没有明说，但观众们多少听得出来，他们都觉得 GH 这样的战术布置过分自信了。

IBB 的粉丝们听了多少有些不高兴，总觉得自家的队伍被人看得太轻了，一阵阵的加油声此起彼伏，只希望 IBB 能快点给这个不知天高地厚的新队一点教训。

比赛初期，野区争夺是必不可少的冲突爆发点，这局也不例外。谁也没想到，对局才刚开始，GH 就用实际行动堵上了所有人的嘴。

“First Blood（第一滴血）！”

“Double Kill（双杀）！”

观众回过神时，只看到屏幕上两个完成击杀后扬长而去的身影。

两个人头落在了林延身上，经济转眼就高出了一大截。他反手回到自家野区清了野怪后，也不着急去帮线上，直接摸过河道草丛，绕进了敌方下半场的野区。

此时 IBB 的打野正好再次复活抵达野区，不过还没来得及享受野怪经验，就看到了草丛里冒出的林延与顾洛，没忍住低骂了一声。

林延走的路线十分刁钻，完美地避开了 IBB 的视野，在没有提前防备的情况下，其他人想要前来支援已经来不及了。

随着 IBB 打野被连续击杀了两次，整片野区彻底沦陷。

林延瞥了一眼经济面板上的统计数据，干脆地宣布：“他们的打野已经废了。”说完，他又给下路打了个信号，“BB 注意一点，下次复活估计他们会去搞你。”

毕姚华张开的嘴巴停顿了一下，最后神色凝重地在地图上打了个感叹号，表示收到。

林延提醒后并没有留下来帮忙蹲守的意思，非常放心地向上路走去。

按时间来算，IBB 地图上半野区的小怪应该刷新了。

比赛进行到现在，解说兔帽哥叹为观止：“GH 教练这个大局观简直绝了，这是把 IBB 的野区直接当成自己家了啊！”

解说哭哭从上帝视角可以清晰地看到两边的局势，眼见 IBB 的打野复活后带着辅助直奔下路，遗憾地叹了口气：“IBB 的中单危险了。”

话音刚落，清理完敌方野区的林延带着自家辅助从后方突然绕出，直接切断了 IBB 中单的退路。

IBB 中单仓皇逃离，但完全来不及，再次被拿下一个人头。

与此同时，因为有了林延的提前警示，在下路的毕姚华早有准备，从 IBB 三人的包围夹击中逃生，途中还反杀了敌方辅助。

接二连三的击杀看得全场观众有点蒙，紧接着，GH 的上路传来了新的喜讯。

“Enemy turret destroyed（敌方防御塔已被摧毁）！”

林延这时候才分神往上路看了一眼，毫不吝啬地夸道：“Titans，秀啊！”

在林延疯狂带动野区的情况下，GH 可以说到处开花。出于对景元洲的放心，众人一时间忘记去关注相对平稳的上路，谁也没想到，这么点时间，他不声不响地居然连防御塔都直接摧毁了。

导播切到回放，众人才发现一直没有爆发人头的景元洲，可是将 IBB 的边路选手逼回城了三次，而他的气血值依旧保持着过半的安全状态。

这是绝对实力的碾压。

Luni 显得有些惊讶，半开玩笑般地调侃了一句：“我现在有点怀疑，IBB 是不是在哪里得罪过 Titans。以前在职业联赛的赛场上，都没见过他打这么凶啊！”

不得不说，从开局到现在，景元洲的表现给人的感觉确实有些不同于在 BK 时期的稳健操作。

Luni 视线落在上路的那个身影上，微微拧了下眉。可是如果要问他景元洲具体哪里不同，他又有些说不上来。就像是彻底释放了一些不为人知的力量。

林延把一切看在眼里，脸上淡淡的笑意一闪而过。他看了一眼游戏时长，深吸了一口气：“Gloy，准备跟我。”

顾洛应了一声，迅速收走了线上的兵线，赶去完成会合。

林延在前面带路，头也不回地带着顾洛走了一个 S 形的路线。他们刚从草从冒头，就撞见了 IBB 来打元素怪的打野和中单。

解说兔帽哥震惊："GH 的教练怎么知道 IBB 会来拿 BUFF 的？！"

Luni 事不关己般地摇了摇头："IBB 炸了，彻底炸了。"

他们刚刚分析过，GH 拿的是超前期的阵容，如果不尽快打到优势，中后期就注定无力招架。而现在对局时间还没到十五分钟，GH 就已经把经济差拉到了一个无法挽回的高度，说是把两位官方解说的脸打得啪啪响也不为过。

在这样的绝对优势下，GH 只要能够稳住不出意外，就可以没有悬念地拿下这一局的胜利。让人万万没想到的是，GH 非但没有收敛，反而打得更加凶残。

景元洲所在的边路已经推到了 IBB 基地前。GH 直接放弃了中、下两路的推进，全员集结在上路，准备强行突破高地。

这样的情形看得解说哭哭直皱眉："这……GH 是不是太着急了？"

毕竟是娱乐局，兔帽哥乐得搞事情："速战速决，挺好的，我就喜欢 GH 这种暴脾气！本局比赛的关键就看 IBB 能不能守住了。"

Luni 看了一眼大屏幕中景元洲的装备，摇了摇头："守不住了。"

别看全场接连爆发人头，但是实际上，一直在上路收割经济的景元洲才是最大的赢家。

在林延疯狂带动节奏的情况下，IBB 这边根本没有余力对边路进行牵制，以至于比赛进行到现在，景元洲的装备已经发育成神装。

作为曾经和 BK 战队有过无数次交锋的对手，Luni 比任何人都清楚，这个时候的景元洲会是怎样强势的存在。

而且 GH 的教练，同样强得过分！

就如 Luni 预料的那样，这次正面团战，IBB 溃不成军。

林延先入场开团，配合简野一口极限治疗顺利完成了第一个击杀。IBB 的射手企图远程收走林延残留的气血值，林延后退的同时，景元洲上前几步打了个完美的时间差配合，替林延承担了两下防御塔的火力伤害后，顺利完成掩护，让林延逃生。

其他 IBB 选手瞬间将火力集中在景元洲的身上，结果顾洛一个闪现上高地，直袭其后方，整个阵容被彻底冲散。

IBB 接连损失两人，眼见不敌，准备后撤，却不想毕姚华已经趁着新的兵线抵达，迅速地推掉了高地塔。

另一边，景元洲长刀一立，彻底拦住了IBB的退路。

简野站在极限的位置，迅速为队友们回复着气血值，手速和心跳齐飞。

随着系统提示音响起，IBB全军覆没，GH全员存活！

新的兵线抵达，IBB基地水晶彻底碎裂。

“Victory！”胜利的字母出现在大屏幕中央，全场的观众还有些回不过神来，许久之后才爆发出了热烈的掌声。

“GH这支队伍还真是……”解说兔帽哥一时之间竟然找不出一个贴切的形容词。

林延摘下耳机的时候，听到的正是这么一句话。落入耳中的现场的声音带着真实感瞬间笼罩了上来。在这个时候林延才发现，自己的背上不知不觉间竟已经渗出了一层薄汗。他缓缓地吸了一口气，活动了一下有些酥麻、僵硬的指尖。

他可以清晰地感受到，距离彻底失控的时限又拉近了不少。最后那次团战的时候，还好有景元洲替他挡了一下走位上的失误，要不然他很可能成为场上唯一一个在赛中倒下的选手。

想到这里，林延微微晃了一下。他下意识地侧眸看去，正好对上景元洲朝他投来的视线。留意到目光中的询问之意，他无声地摇了摇头，表示自己暂时没事。衣衫被汗水浸透的感觉确实不太好受，特别是现场还开着空调，冷风一吹，更是让他忍不住打战。他收回视线，看了一眼刚才那局比赛的用时。

二十五分钟，对于一场正式比赛来说，已经是很短的时间了，但是对他来说，还不够。

眼见裁判人员提醒他们准备进入下一局，林延强行整理了一下情绪，正琢磨着要不要趁着BP环节先跟队员们说一下“临终感言”什么的，忽然听到景元洲的声音从旁边传来：“你好，我的设备有点问题，能不能找人帮忙看看？”

裁判闻言，慌忙叫了工作人员过来进行检查。

导演组见状，喊停了录制。

景元洲坐在电竞椅上，脚上稍稍用力，连人带椅往后滑开了一段距离，给检修人员让出了一点空间。

林延原本已经不情愿地把手放到了耳机上，见状忍不住有些想笑。连公共设备都能说搞坏就搞坏，这招拖延时间用得妙啊景神！看着景元洲这老神在在的样子，真的完全看不出来是他下的黑手。

这时，景元洲还侧了侧身，一脸淡然地问旁边的人道：“看这情况，估计还要修好一会儿，可以喝点水吗？”

工作人员当即取来了一瓶矿泉水。

景元洲接过后道了声谢，起身走到林延的跟前，一只手扶着椅背，另一只手把矿泉水递到了对方的面前：“指挥辛苦了，润润嗓子。”

林延不确定自己现在的脸色怎么样，也不客气，接过矿泉水后拧开瓶盖喝了一口。其实他有些好奇景元洲是怎么做到把人家设备给搞坏的，可是当着这么多人的面又不好问，最后只能清了下喉咙，说：“谢谢。”

“不客气。”景元洲淡声应着，视线落在大屏幕的用时统计上，忽然道，“下局比赛，要不，直接开局碾压吧？”

虽然没在录制，但是耳机还收着声，这话落入导播耳中，听得他一脸震惊地看了过来，心想：你们刚才那一局打得还不够碾压吗？！然而就在这时候，导播听到林延没什么情绪地“嗯”了一声：“我也是这么想的。”

工作人员把景元洲的设备上上下下排查了一遍，为了确保不会再有故障，花了将近二十分钟才彻底修好。

BO3 的第二局比赛正式开始。

导演组惦记着刚才休息期间景元洲和林延两人的对话，一开局，就把关键的视角锁定在了上、野两个位置。他们也终于知道了，所谓的“开局直接碾压”到底是什么意思。

如果说前一局的边路是景元洲靠一己之力打通的话，那么这一局随着林延的无脑针对上路，通关的速度简直快了一倍。

更丧心病狂的是，林延完成 gank 之余，还有余力完美掌控了上半地图的野区，使得 IBB 这边的其他队友想要前来支援，也有心无力。即使勉强支援，在林延的蹲守下也无济于事。如果三个四个前来包围夹击，在简野的强势续航下，林延和景元洲也应对得从容。这样一来，非但占不到半点好处，反倒是让留在中、下两路的顾洛和毕姚华接连拿下了两座防御塔。

解说兔帽哥看得直摇头：“射手实力不够确实是硬伤，IBB 这局，恐怕又走远了……”

最后比赛结束于第二十分钟开启的团战，IBB 终于在万军丛中击杀了仇恨值爆表的林延，与此同时，也送出了最后的团灭。

GH 顺利地拿下了第二局的胜利。

虽然打的只是娱乐局，但是整个碾压的过程看得观众们热血沸腾。一阵接一阵的掌声席卷了演播厅，呐喊声几乎冲破演播厅的屋顶。

比赛结束，主持人邀请两边的对战选手们进行赛后采访。

关于林延提前退场的事，主持人已经提前听导演组打过招呼，但是他们怎么也没想到居然连景元洲也一并失去了踪影。主持人下意识地朝刚刚的对战区看去，确定 GH 是真的只留下了三个队员来应付赛后环节，忍不住深深地吸了口气，控制了一下情绪。

针对刚才的比赛，主持人本来准备了很多问题，这下子，只能默默地把那些问题咽回去。他花了点时间调整心态，才非常有职业素养地恢复了笑容："恭喜 GH 连赢两局。请问，对于刚才的比赛，有什么想要对观众朋友们说的吗？"

简野和顾洛识趣地没有吭声，把发挥的空间留给了比赛时一直忍着没有说话的毕姚华。

BB 在第一时间接过了话筒，清了清嗓子，然后开了口："这话那就多了去，让我好好想想，我们应该从哪里说起呢？"

主持人脸上的笑容微微一僵，心中忽然涌上了一种不太好的预感。

然而，一切都已经晚了。

忍耐了一整场比赛的毕姚华，此时终于得到了释放："要不先说说关于 IBB 教练打下路这个问题吧。我觉得这明显太看不起我 BB 了，做人贵在有自知之明，很可惜绝大多数的人，显然没有。这首先吧……"

演播厅后侧的安全通道处，可以听到 BB 那滔滔不绝的声音远远传来。

周围没有什么人影，林延一只手搭着景元洲的肩膀，血色微失的唇角勾起了一抹浅浅的弧度。

"看样子……还真是把 BB 给憋死了。"林延额前的刘海被隐约的薄汗浸湿，他低头看了一眼垂落在身侧微微颤抖的指尖，神色不明地叹了口气，"不过，还好他忍住了，要不然……估计现在就换我快死了。"说到这里，他顿了顿，然后由衷道，"在我这里，今天的 MVP 必须是 BB……别的不说，BB 是真的厉害！"

林延自我调侃的语气看起来云淡风轻，但实际上今天两局比赛的用时，已经超出了他的预期。

景元洲的视线从这张显然神色不佳的脸上掠过，然后他搀着这个还有精力贫嘴的家伙往出口走去：“回去了。”

6

别看打完比赛之后林延还能贫上两句，一回到酒店的房间，他整个人就瘫倒在床上。

景元洲看了一眼床上那人死气沉沉的样子，转身进卫生间，用毛巾浸了点热水，拧干后走到床前，给林延递了过去。

“刚出过汗，就这样睡不太好。”景元洲垂眸看来，脸上是淡然的神态，“不想动的话，我帮你擦。放心，这次不收费。”

毛巾湿润的触感从额上传来，林延慌忙伸手抓住：“我自己擦。”

他现在全身上下都没有太多的力气，可刚一碰上毛巾景元洲就松开了手，毛巾还真就被他抢了过来。

景元洲看着林延很是敷衍地在脸上胡乱抹了两把，垂眸稍稍往下瞥了一眼，示意道：“脖子也擦一下？”

林延动作麻利地擦了下脖子，然后将毛巾一把扔回景元洲手里，哀号道：“放过我吧景队，让我睡会儿。”

景元洲看着这张生无可恋的脸：“睡吧，我给你烧点热水。等你睡醒了，正好可以喝一点。”

林延含含糊糊地“嗯”了一声，卷过旁边凌乱的被褥，将整个人都埋了进去。他很少在别人面前露出疲惫的状态，这时候显然是真的累了，也不再管景元洲落在他身上的视线，沉沉地闭上了眼睛。

实际上在场上时，他就已经晕得厉害。虽然今天的团队语音里已经尽量保持了安静，但在比赛过程中，队内的交流终究不可或缺，而氛围带来的窒息感也不可避免。过长时间地处在这样的环境中，每一分每一秒都是对意志的考验。就连林延这种内心无比坚韧的人，有那么一瞬，都感到抵达了失控的临界点。

景元洲回卫生间把毛巾洗干净后，挂回墙上，又倒了一壶水烧上，再出来的时候，发现床上的男人已经进入梦乡。

林延整个人趴在床上，半张脸埋在枕头里，只露出了半边脸庞线条流畅的轮廓。他眼睫很长，安静地垂落下来，像极了休憩当中的蝶翼。被子则是被他毫无形象地揉在一起，紧紧地抱在怀里，仿佛这样才能在睡梦中获取足够的安全感。

景元洲确定林延这会儿睡得还算安稳，才从旁边拉了一把椅子过来，坐下来摆弄起了手机。

最新收到的一条消息来自顾洛，说是节目录制已经结束了，现在正在回酒店的路上。

因为GH基地离录制现场并不太远，原本他们应该直接出发回去的，但是考虑到林延的情况，到底还是选择了多住一个晚上。

景元洲回了一句“知道了”，下意识地朝床上的人看了一眼。

看得出来林延并不愿意过多地回想过去，因此，关于PTSD的事情一直没有对其他队员说。就连提前离场，找的也是有事要忙的借口。如果不是还有景元洲这么一个知情的人，林延恐怕是准备一个人悄无声息地把一切扛下来。虽然这个人平时表现得散漫不羁，但实际上，他为了俱乐部的发展操心最多。

在电竞圈里待了这么久，景元洲见惯了形形色色的人，更是见多了因伤病等各种状况而匆匆退场带来的遗憾和缺失，他早就习以为常了，甚至随时做好了准备，为自己退役发表最后的感言。可是没见过林延这种。

虽然他表现得云淡风轻，但是他今天在赛场上肆意飞扬的身影是藏不住的。明明他也有自己想要追逐的光。

景元洲沉默了片刻，用手机打开了浏览器，在搜索框里缓缓地输入词条：PTSD的治疗方法。

当林延醒来的时候，天色早已经暗下，他微微地皱了皱眉，抱着被子打了个滚，才迷迷糊糊地睁开了眼睛。

林延伸手揉了揉眼睛，第一反应是伸手摸手机，结果一抬头就看到床边隐约的轮廓，顿时惊呼：“吓我一跳，你坐这里做什么？”

景元洲说：“查了一下，这个位置风水好。”

林延：“……”

要是平时林延会调侃上两句，可是今天不知道为什么，他总觉得景元洲的语调和平常有那么一丝不同。

“干吗不开灯啊？”林延顶着迷迷糊糊的脑袋转移话题。他正要起身去找开关，景元洲已经先一步站了起来，打开了床头灯。

两人的视线终于对上。

景元洲问："饿了吗？先叫点吃的？"

听他这么一说，林延确实感到饥肠辘辘："嗯。你也没吃？那就随便点一些吧。"

景元洲应了一声，倒了杯热水递给林延，然后给酒店餐厅打了个电话。

没一会儿，送餐的服务生就按响了房间的门铃。

林延填饱肚子后感到恢复了一些力气，看了一眼时间，没有贪恋他温暖的被窝，转身打开了旁边的行李箱。

景元洲刚把垃圾收拾完分类好，就看到林延已经在桌前把笔记本电脑给摆好了，动作稍稍一顿："不睡了？"

"嗯，暂时睡饱了。"林延随口应着，一只手拿着手机，另一只手娴熟地操作着鼠标，转眼间就打开了一份文档，"下午和 IBB 打的那场让我发现了很多的问题，不只是对方的，还有我们队内的。果然啊，还是要现场体验过才会有发现。我觉得我找到了一个很适合我们战队的打野节奏，正好先记下来，回头给 Abyss 说一下，应该会有很大的提升。"

景元洲一直知道林延是个工作狂魔，但是没想到对方居然可以疯到这个地步，前一秒还在床上宛若咸鱼，现在就强打精神要完善比赛记录。

景元洲下意识地拧起了眉，嘴角也压低了几分。但是他到底没有多说什么，只是随手拿过林延喝空的水杯，倒了一杯热水，放到了林延的手边，他则拿着手机坐回了旁边的沙发上。

整个过程中谁也没有说话，却让林延下意识地回头看了一眼。

眼见景元洲神色平静地在那里刷着手机，林延才轻轻地拍了下自己的额头，开始整理新收集到的资料。

时间一分一秒地过去。

林延工作时向来非常投入，直到听到景元洲从沙发上站起来的声音，才发现居然已经一点多了。也就是说，这个人坐在沙发上刷了几个小时的手机？

这样的念头从林延脑海中一闪而过，他越想越觉得今天的景元洲不大对劲，正想要问什么，只见手机屏幕忽然亮起，弹出了语音通话申请。

林延低头看了一眼语音发起人的备注名"Titans"，下意识地回头看去，只见景元洲坐在床上，手机屏幕上正是发起语音的界面。

明明是面对面的距离，说话都不需要带喊的，偏偏要用手机？

林延错愕片刻后按下了接听，视线接触，四目相对，他莞尔地问道：“玩什么呢，景队？”

房间里不过这点空间，景元洲的声音和听筒中的渐渐重合了：“其实，我刚才一直在想下午比赛的事。”

虽然莫名其妙，但林延居然觉得这种交流方式还挺好玩的，也笑着拿起手机问道：“是有什么发现吗？”

“嗯，”景元洲轻轻地应了一声，“发现有件事情似乎非你不可，就想拜托你帮个忙。”

只有他可以帮到的事，听起来多少有些稀罕。林延眉梢微挑：“说来听听？”

景元洲：“你知道的，我最近一直在研究和队伍磨合的方式，但是毕竟年纪大了，老龄选手习惯了BK战队的养老模式，多少感到有些跟不上这些小年轻的节奏了。”

林延失笑。BK战队用的是养老模式倒是真的，只是要说Titans跟不上队内节奏，骗鬼呢？

除了景元洲确实在研究队伍的磨合方式，其他的，没一句真话。

景元洲在林延一脸“看你怎么忽悠”的表情下，神色未改：“不过，经过今天下午和IBB的那场对战后我发现，好像只要跟你在一个队里，我就本能地可以打得很凶残。林教练，你说是不是特别神奇？”

林延踮着脚将椅子转过半圈，要笑不笑地勾起了嘴角：“我怎么听着感觉这不像什么好话呢？和我组一起就能激发你凶残的本能？景队，这会让我合理怀疑，你是不是想打我很久了。”

景元洲眼眸微抬：“这怎么可能。之所以会有这种特殊效应，明明就是因为你的存在可以让我产生一种特别放心的感觉。”

林延似笑非笑地等着景元洲继续胡扯。

景元洲的神态依旧一片泰然：“真的，我在赛场上从来没有像今天下午这样感到这么放心过。不论我做出什么样的操作，都一定可以得到你的完美配合。我觉得，这应该就是我想寻找的队内共鸣。”

林延：“你还不如说，我就是你想寻找的队友算了。”

景元洲挑眉：“你要这么理解，似乎也没什么问题。”

房间里突然安静了一瞬，林延忍不住低笑了一声：“行了，兜了这么大一个圈子，越扯越远。说吧，到底想要我帮什么忙？”

“其实也很简单，”景元洲抬眸看去，顿了顿，说，“就是希望在有空的时候，林教练可以陪我一起多打几局双排练练手，找一找感觉。或许真的可以让我早点从养老节奏中解放出来，你觉得，是不是这个道理？”

林延愣住了：“我陪你练？”

景元洲应道：“从今天下午的表现来看，如果我的观察没错的话，你对我声音的接受程度应该还算好。按照之前的说法，双排语音应该会比团队赛来得舒缓很多，偶尔一起打两局排位，应该不会有太大的问题。”说到这里，他意有所指地勾了勾嘴角，“两人连麦的感觉，大概就像我们现在这样通话。你看我们现在都已经交流了这么久，这是不是意味着，我的声音还算……在你可以接受的范围内呢？”

最后一句话落下，林延一时没有接话。他抬眸打量了一番景元洲的神色，不知道想到了什么，眼神瞬间变了几变。

到了这个时候，林延哪里还不知道这人故意跟他扯了这么久的语音，目的是什么。他玩味地笑了起来：“景队，你到底是希望我陪你做练习呢，还是希望给我做缓解治疗呢？”

景元洲已经尽可能地委婉，偏偏林延太聪明，又不愿意揣着聪明装糊涂。此时被揭穿，他也不做任何解释：“其实，你怎么理解都可以。”

在这样坦然的态度下，林延没有再说什么，直接挂断了这通已经失去意义的语音通话，坐回了电脑前，开始检查刚整理完成的对战资料。

只不过很显然，他有些心不在焉。文档就这样长久地停留在第一页，他也一直没有往下翻阅。

房间里一片诡异的寂静。

就在景元洲以为林延不会回答的时候，只见对方揉了一把凌乱的发丝，略带恼意的声音低低传来：“这事……不着急的话，到时候看看吧。”

景元洲稍稍一愣，嘴角的弧度分明了几分：“嗯，我不着急。”

7

翌日一大早，GH战队全体队员下楼退了酒店的房间，一起坐商务车回了基地。

吃过午饭后，林延就把所有人集合到了会议室，没有留给他们休息时间。他很清楚，复盘这种事情需要趁着还没忘记细节，热乎着进行才好。现在因为节目录制的关系，已经延后了，再拖下去怕是黄花菜都要凉了。

趁着现在还没开始进行下一期的日常直播，抓紧时间给他们把对战关键点捋一捋。

因为需要复盘的内容过多，所以林延也不废话，直奔主题，打开了第一份视频资料。

这是GH和BK训练赛时林延录下来的视频，也是问题暴露最多的一段。可以看出，队内前期的所有优势，在团战时全部功亏一篑。团战的配合过程中，存在着很大的问题。

整个会议室里，林延的话语字字清晰地落入队员们的耳中。

从顾洛的中单到简野的辅助，随后到辰宇深的打野和毕姚华的射手，甚至于景元洲在对线过程中出现过的微乎其微的失误……就这样被林延一字一句、毫无纰漏地逐一罗列了出来。

在场的除顾洛外，都或多或少经历过复盘，可从来没有哪一个教练的复盘可以精细到林延这种程度。他恨不得把所有操作细节无限地放大。不过半小时左右的比赛，等他从头到尾全部抠了一遍，居然已经过去了两个小时。这还只是针对一局比赛进行讲解所用的时间，只看林延能把所有内容分析得这样透彻，就能知道这个视频他私底下需要看更多遍。

看似简单的复盘背后，所花费的精力和时间可想而知。

眼见林延没有休息，直接打开第二局比赛的视频，景元洲不动声色地递了瓶水过去："先润下嗓子？"

"谢谢。"林延伸手接过，仰头灌了几口后扫了其他人一眼，稍微改变了下有些严厉的语调，"这次复盘发现的问题确实很多，不过我们毕竟是新队，这些都可以理解。所以你们也不用太放在心上，自己哪里存在问题就从哪里开始改正。我会针对性地给大家补充训练，杜绝下次再犯就行，都知道了吗？"

其他人纷纷应道："知道了。"

教练在战队上花费的心力，他们全部看在眼里，自然也都记在心上。

林延满意地点了点头："大家应该看出来了，我们战队的情况和其他队伍相比也有些特殊。其实我也知道，光是完善一个核心点的体系就已经很有难度，更何况你们还有这么多核心体系需要进一步消化，确实非常辛苦。但是这一切的前提在于我确信你们每一个人都拥有成为战队核心的实力，也相信你们一定不会辜负我的期望，大家说是不是？”

这样的话掷地有声，听得人心潮澎湃。

会议室里的队员本能地挺直了背脊：“一定不辜负教练希望！”

毕姚华到底还是忍不住吐槽道：“我不是针对你的意思，教练，我怎么越听越觉得这像是哪家传销的话术啊？”

不得不说，破坏氛围BB确实是一把好手，只听一阵笑声响起，刚刚营造起来的振奋氛围荡然无存。

林延喝了大半瓶矿泉水，看了一眼时间，没让他们继续起哄，利落地又点开了和BK战队的第二局比赛视频：“好了，下一局！”

不得不说这几天积累下来的复盘内容确实有些多，分析完与BK的三局训练赛后，林延又带着众人简单看了一下第二期节目中的两场淘汰赛。

这期间，就连晚饭都是阿姨给他们送到会议室，他们边分析边吃的。即便如此，等到全部复盘结束时，外面的天也已经一片昏暗。

亏得昨天林延在景元洲的搅和下，没有及时完成与IBB那两局娱乐赛的复盘，要不然，今天很可能直接拖着整支队伍一起通宵。

结束复盘的时间刚好是晚上十点半，林延见缝插针地继续压榨了一把众人，让其他人去训练室练补兵，把顾洛留下来，单独帮他分析了一下和Luni那场solo的细节。

半个小时后，训练室的众人看到顾洛神清气爽地走了进来。

毕姚华瞥了一眼：“怎么回事啊Gloy，开小灶的感觉这么爽吗？看你这一脸满足的样子。”

顾洛这时候才回过神来，一双眼睛一片清亮：“B哥你是不知道，教练他实在是太强了！你说他怎么可以这么强！”

毕姚华见顾洛这副样子就知道他又被“折磨”过了，忍不住多调侃了一句：“先不说教练到底有多强，你这种越虐越兴奋的，我还真是第一次见。”

顾洛先是愣了一下，等回过味后忍不住脸上一热：“B哥你能不能好好说话！”

毕姚华笑道："我这就叫没好好说话了？你怕是没见过我没好好说话的时候。"

顾洛绷着脸本想再争论两句，忽然想起一件事来，就没再和毕姚华贫嘴，转身看向了旁边的辰宇深："对了 Abyss，教练说让你去会议室一趟。"

不知道为什么，这话落入辰宇深耳中，莫名有一种被年级主任传召的既视感，引得旁边正为补兵感到头疼的简野也看了过来："怎么回事，今天这小灶还带轮流开的？"

辰宇深猝不及防地手下一抖，眼睁睁地看着自己漏补了几个小兵，他的嘴角压低了几分，收走剩下的兵线后，从座位上站了起来。

林延刚才单独留下了顾洛，现在再叫辰宇深，让其他人下意识地觉得进去是进行单独指导。但是辰宇深知道事情没有这么简单，这几天他一直等着的事，终于来了。

自从在酒店里和 ZX 起过小冲突后，林延就没有再提过这件事了，辰宇深心里本能地有一种预感，教练这是终于要找他好好聊聊了。他抱着这样忐忑的心情一路走进了会议室，刚进门就看到林延坐在电脑前玩着扫雷。

林延修长的手指飞速地敲击着鼠标，眼花缭乱地一阵操作，转眼间就结束了一局。

他显然听到了开门的动静，没有选择继续，而是用脚轻轻地点了下地面，带着电竞椅转了过来："来了，坐吧。"

辰宇深就近拉了一把椅子，隔着相对安全的距离坐了下来。

林延留意到了辰宇深的紧张，淡淡地勾了勾嘴角："今天叫你来，是想跟你聊聊以前的那些事情。"

果然。

辰宇深默默地闭了闭眼。

林延说："我知道我这样做显得有些多管闲事，但是必须承认，那件事情对你的影响确实太大了。这还是只在面对 ZX 这种次级联赛队伍的时候，如果日后碰到职业联赛的对手呢？如果你不能把心里这件事彻底解决掉的话，以后总会因为这些乱七八糟的事情，在重要比赛期间影响到你的心情。"

虽然林延没有明说，但是辰宇深知道林延说的是职业联赛中的哪支队伍，越发抿紧了嘴角。他已经准备好接受更多的训诫，然而林延并没有如他预料中的那般对他进行责问，而是感慨般地叹了口气："所以当年的事，还是尽快做一个了结吧！如果可以给你一个满意的结果，你可以坚定地面对自己以后要走的路吧？"

辰宇深错愕地抬头看去："结果？"

林延从旁边抽出一份文档递了过去："看看这个。"

辰宇深疑惑地接过，当打开文件看清楚上面的内容时，整个身子僵在了原地。之前他愿意对林延坦白过去，是出于对这位教练兼老板的足够尊重，除此之外并没有抱有过任何过多的想法。只是他万万没想到，林延居然会为了他做到这个地步。

辰宇深可以感受到手中这份档案的沉重。

纸张上面字字清晰，分明就是当年那件事的调查结果。虽然很多机密内容都打了码，但基本上还原了青训营里那起自杀案件的完整过程。就如他想的那样，当初经过暴力事件后，这件事被人深入调查过，但后来被默默地压了下去。

不算太厚的一份文件，被重新翻出，足以想象背后花费了多少心血。

起初辰宇深还只是微微地攥紧了双手，随着他一点一点往下看去，渐渐地，他握着文档的双手颤抖了起来。

关于好友曾经的经历，他也只是在事后通过好友的日记进行猜测，他现在才知道，寻求了那么久的真相，原来远比他想象中的要来得不堪。

一想到好友当年在他的眼皮子底下出了这么多事，他就感到体内的每一寸神经都在微微颤抖。原本，阿沐可以和其他选手一样站在耀眼的赛场上，现在却……那些人，怎么可以！

林延在一片寂静垂了垂眼眸，并没有着急开口。很多事情，只有当事人才拥有资格决定。

许久之后，辰宇深才克制住自己的情绪，声音微哑："可以……告他们吗？现在告他们……还，来得及吗？"

"可以告，今天叫你来，就是为了确定后续操作。"林延说，"当年事情的经过，就如你看到的这样，至于当初这个案件为什么会不了了之，我就不多说了，只是根据目前的局势，给你提供两种解决方案。"

辰宇深控制了一下情绪："教练你说。"

"第一种，在控制影响力的前提下，将相关的资料举报给联盟的管理部门，在联盟内部对此事进行相应的处理。这样一来，最后的结果是可以将 LAN 那几个涉事的人彻底赶出电竞领域，从此无法从事业内相关工作。”

林延打量了一下辰宇深的神色：“惩罚力度确实比较轻，但理性地说，这样的处理如果安排妥当，对你未来的职业道路不会造成太大影响，也算是对你更有利的一项选择。”

辰宇深毫不犹豫地问道：“第二种呢？”

按照自己对辰宇深的了解，林延一早就料到对方不会满足于第一种轻拿轻放的处理方式，揉了揉太阳穴，继续说道：“第二种，就是直接交给刑事部门进行处理。虽然是两年前的案件，但是如果我找人重新翻案的话，这些证据足以让那些人全部被关进去。铁窗泪什么的，你懂的。”

辰宇深听到这里，果断地说道：“我选第二种！”

林延深深地看了辰宇深一眼，提醒道：“有一点你必须想清楚，涉及刑事的话，你当年的那件事也会曝光。虽然你当时不是正式的职业选手，但是一旦被曝出来，舆论压力必然是巨大的。这种情况远比当年要严重，你确定你顶得住吗？”

辰宇深坚定的目光落在文档上面：“我想得很清楚。就算联盟会因此将我彻底除名，就算再也不能当职业选手，我也要那些人自食恶果！”

虽然是预料中的回答，但林延还是忍不住叹了口气：“彻底除名倒不至于，要不然我花了这么多心思，就为了让队里的打野禁赛？我看起来像是那种傻子吗？”

辰宇深愣了一下：“教练，我……”

“反正决定是你自己做的，要我帮忙也可以，但是后面的压力你要全部给我顶住。我花了这么多力气是让你彻底收心比赛，而不是让你再被卷进一种莫名其妙的状态。”

林延说着瞥了辰宇深一眼：“Abyss，我们可是白纸黑字签的合同。如果你跑了那就是违约，到时候我就把你也送进去，再找一个新打野，听明白了吗？”

林延近似威胁的话，落入辰宇深的耳中，却似有一股热流重重地撞在他心头。

辰宇深不禁有些哽咽：“教练……只要还能打比赛，我这辈子都是你的人！”

“去，少恶心我了，”林延笑骂了一声，“我要你一辈子做什么？什么时候年纪到了打不了比赛了，就该上哪儿给我上哪儿去。这是想退役后都一直黏着我，这小算盘打得倒是精明，想借机讹我，门都没有！”说完他直接拿着手机站了起来，当着辰宇深的面拨通了一个号码，“喂，威哥吗？对就是上次那个事，我这里已经讨论过了，嗯……是的，有决定了。其他的事情不用考虑，后面我自己可以安排，你该怎么处理就怎么处理，麻烦你了啊！嗯？我想让那些人在里面关多久？”

林延感受到旁边投来的凝重视线，他的嘴角毫无温度地勾起了几分：“那当然是……在法律允许的范围内，越久越好了！”

第八章
滚出电竞圈

1

辰宇深回训练室时，两眼猩红，看得其他队员十分疑惑林延是用什么方式欺负他了，居然可以让这个不苟言笑的少年哭成这样。

感受到队友们的关心，辰宇深一时心情十分复杂，沉默了片刻，最后低声说道："过几天就知道了。"

辰宇深不说，其他人也不好多问。而另外一边，林延提前和战队经理骆默打了声招呼，让他做好相应的公关准备，提前和相关媒体联系，以便应对接下来的舆论压力。

巧的是，事情爆发的日子，刚好是《炙热集结号》第二期节目播出的当天。

炙热联盟官方爆出了当年青训营里发生的一起内部霸凌事件，被施暴者自杀轻生，情节十分恶劣。

炙热联盟官方微博公开展示涉事人员名单后，说明了一下该事已移交相关部门处理，将会严格按照办事流程，让犯罪嫌疑人承担相应的法律责任。

虽然整条公告当中都没有说明具体的霸凌过程，但是从如此严肃的处理态度中，网友们不难觉察这件事情的严重性。毕竟，但凡对生活还有一丝希望，谁又愿意以这样的方式放弃对电子竞技的梦想，轻易结束自己的生命？

稍微关注电竞圈的人，都知道青训营是很多战队选拔选手的主要来源，谁能想到居然出过这样丧心病狂的事情，而且整整过了两年才有处理结果，全网都炸了。

“只公布那些人在青训营的ID是几个意思？照我说，就应该把所有资料全面曝光！”

“职业联盟这两年都是在吃屎吗？拖这么久，现在才想起来处理？”

“我记得那个LAN，之前在《炙热集结号》里看到过，好像是ZX的射手？”

“这个人，游戏打得烂成狗，作妖倒是一把好手。当时我就觉得他有凶相，果然吧！”

“报！ZX在第二期节目里就已经被IBB淘汰回家了，大快人心！”

“以后俱乐部选择选手的时候都擦亮点眼睛吧，别什么垃圾都往自己队内收。”

各式各样的唾骂不绝于耳，很快就有人出来爆料说，公开的这几个人今天早上已经被抓进去了，就等最后的判决，看看到底会判上几年。

网上正义的“小警察们”终于觉得出了口气，但还是有很多人义愤填膺地跑到和那几人有关的微博下面，强势轰炸了一番。涉事的其他几个人虽然也有在进行电竞幕后工作的，但是成为正式选手的只有LAN一个，因此他所在的ZX官方微博毫无疑问成为被迁怒的对象。

ZX官方微博的评论区，清一色全是网友们“问候”管理层的评论，就连ZX战队的其他队员也无一幸免。

这样一来，ZX在节目中第一轮淘汰赛后就回家的结果，反倒成了件好事。至少这样一来，避免了他们全队在后面几期节目里被追着骂的凄惨遭遇。

林延在会议室待了一早上，目睹了整个事件引爆的过程，脸上始终没有太多表情。此时他看了一眼时间，心里估摸着差不多了。

果不其然，随着该事件发酵，终于有人想起了同样发生在两年前的青训营里的暴力事件。因为当年暴力事件涉及的只是一个寂寂无闻的青训队员，所以虽然当年官方也有公开处理结果，但也仅仅是在小范围内激起水花，最后随着该成员被逐出青训营，也就没人留意后续。

只是这事现在回想起来，时间与霸凌事件过分吻合。于是，真的有网友顺藤摸瓜找出了当年的处分通知。这不看不知道，一看到那个熟悉的ID，所有人都震惊了。Abyss？不就是现在GH的打野吗？！

一石激起千层浪，原本就已经乱成一团的网络上再次炸开了锅。就连第一期GH派辅助对战LAN的视频也被重新挖了出来。其实当时节目刚播出的时候，就有人认为GH这样安排solo赛未免有些羞辱人，现在回头再看，这只怕是两支战队之间有私仇啊！

同样是两年前的案件，Abyss因暴力事件退出电竞领域，而LAN则逍遥法外且顺利成为职业选手，天差地别的待遇，而今两人却在一档综艺节目当中重新相聚，而且水火不容。

抽丝剥茧之下，网友们分分钟脑补出了一出大戏。

景元洲是收到库天路的询问才知道的这件事，再回想当时林延招募辰宇深时的细节，顿时明白了过来："这事你早就知道了？"

林延点头："算是吧。"

景元洲不由得深深地看了林延一眼："所以，还有什么事是你不知道的吗？"

林延似笑非笑地抬了抬眼。

"你猜。"

"你猜。"

两人几乎是异口同声地说着，随后相视一笑。

景元洲已经习惯了林延似是而非的态度，翻了翻GH官网下快要沦陷的评论区，问："准备怎么处理？"

林延淡定无比："我已经交给阿默了，这种事情他比我专业。"

骆默是一直跟在林延身边的私人助理，虽然之前并没有接触过电竞领域，但是各个行业都是互通的，在舆论处理上面自然是一把好手。他刚接到老板的指令，就联系了运营部门，让各大媒体将准备好的通稿铺天盖地地发了出去。

和官方公事公办的那份声明截然不同，骆默找人写的这些稿子那叫一个声情并茂，一边将LAN那群人的恶行进行了一番控诉，一边又歌颂辰宇深与好友的真挚友情，完美地为后面发生的暴力事件进行了绝妙的引导。

网友们原本就在猜测这两件事之间的联系，在各大媒体的纷纷"爆料"之下，瞬间了然。

随后，又有网友不知道从哪里挖出了无数细节：比如Abyss当初和进行霸凌的那些人在训练期当过队友，比如他和自杀的选手是同寝室舍友，又比如在发生暴力事件前青训营里有人见过Abyss和那些人频繁地发生纠纷，再比如暴力事件过程中被 Abyss 伤到进医院躺了好几天的人正是 ZX 战队的 LAN……

曾经的恩怨纠葛，经过两年再被提及，更加说不清了。

只不过短短半天的工夫，网上的声音无比混乱。

有一部分人认为 LAN 那一批人咎由自取，在青训营里搞出丧心病狂的霸凌事件，Abyss 为好友报仇无可厚非；而也有一部分人认为，恶人自有法律来制裁，Abyss 就算是为了好友，也应该找相关部门处理，不应该以暴制暴，在处理的方式上存在着很严重的问题。

在这件事上，两边久久争执不下，GH 官方以及辰宇深的个人微博不可避免地跟着沦陷。

这还已经是骆默特意安排人引导舆论后的情况。如果毫无准备，任其发酵，后果恐怕不堪设想。

因为前一天晚上林延特意在队内搞了一次通宵集训，所以当 GH 战队其他成员知道这件事的时候，已经是第二天傍晚了。

网上的舆论已经发酵完毕，双方各执一词，闹得不可开交，不过再也争论不出什么结果来了。

顾洛拧着眉心刷手机，时不时地悄悄往辰宇深那边看去。

虽然他们之前也知道辰宇深和 ZX 战队的那个 LAN 曾经有过节，但是直到这个时候他们才知道，这个所谓的“过节”，严重到了什么地步。

今天是看《炙热集结号》更新节目的日子，虽然大屏幕上播放着画面，但是整个会议室里一片寂静。

直到播放到 ZX 和 IBB 的比赛时，看着画面中出现 LAN 的身影，简野终于忍不住低低地骂了一声，拿起遥控器来关上了大屏幕。

林延一直坐在旁边看着，见状侧头看了过来。

辰宇深可以感受到落在自己身上的视线，这当中没有太多的询问，更多的是关切，多少让他心头触动了一下。

半晌之后，在一片寂静中，辰宇深平静地说道：“放心吧，我真的没事。网上的那些话其实对我来说都无所谓，只要大家还愿意跟我当队友，其他的都不是什么大不了的事。”

虽然没有太多额外的话语，但是从这样平淡的话中，可以听出一种从未有过的淡泊和泰然。

毕姚华听到这么客气的一番话，忍不住有些鄙夷地说："我们还要一起打进世界赛呢，怎么就不愿意当你的队友了？有些人不张嘴的时候是个人，一张嘴就变成了一条狗，总是拦不住他们想做畜生，不放在心上那是对的。"

顾洛慌忙附和："B 哥说得对！"

辰宇深愣了一下，嘴角难得地勾起了一抹弧度："谢谢。"

过去的两年里，他因为曾经经历的事情彻底迷失方向，也一度因为非议而退却，可现在，GH 给了他一个足够让他依靠的港湾。

随着一切尘埃落定，他是真的觉得，其他的一切都变得不再重要了。

那些让阿沐失去未来的人，已经失去了未来，监狱里的铁栏杆将成为他们之后多年的唯一陪伴。至于他，不管名声怎么样，也不管身边将会有多少难听的声音，只要教练希望他继续打下去，他就愿意站在这个他毕生梦想的赛场上，一直坚定地打下去！

会议室里久久无声，氛围十分让人感动。

林延看着这群神态激昂的小年轻，忍不住用力地拍了拍手，拉回了他们的注意力："所以，团魂建设归团魂建设，明天下午的日常直播不要忘记，听到了吗？"

一句话，令所有温情荡然无存。

所有人听得齐齐愣住，他们差点把这事忘了。

按照节目组的安排，他们每周三次的日常训练直播确实又要开始了。和之前不同的是，这次正好是此次事件爆发后第一次开播，几乎可以预见腥风血雨的惨烈现场。

次日下午，在直播开始前的准备阶段，节目组的工作人员提前为 GH 的直播平台安排了多条分流线路，为的就是防止卡死的情况发生。

其实，林延不提醒还好，一提醒，GH 众人起床下楼时，一个个脸上的黑眼圈异常分明，反倒是辰宇深这个当事人，成为除林延和景元洲外唯一一个神色如常的人。

这个情况看得林延直摇头，他忍不住抓着景元洲又是一番感慨："不行啊！这样的心理素质真的不行啊！怎么这么容易就受影响？ Abyss 终于有点开窍了，你作为他们的队长，总得找个时间好好给他们训一训啊！"

景元洲没什么意见，微微一笑："没问题，你想怎么训就怎么训。"

林延看景元洲的神态总觉得没好事，狐疑地拧了下眉后，到底还是没多说什么：“行了，你快去整理一下造型吧，直播快开始了。”

景元洲说：“嗯，你也记得稍微收拾一下。”

林延闻言愣了一下，对上景元洲的视线才终于想起：“哦对，今天要营业！”

这两天他光折腾辰宇深的事了，差点把这事给忙活忘了。

日常直播开始，其他人来到训练室时，发现辰宇深已经坐在了电脑前，电脑屏幕上赫然是直播间界面。

当流量涌入的时候，差点把整个房间挤炸。很快，弹幕上的内容也疯狂地滚动了起来。

“以前以为你只是天生长了一张丧脸，没想到是真的丧啊。”

“可以体谅你的初衷，但是不能理解你的处理方式。”

“GH 真的什么人都敢收，先是 BB，后是 Abyss，就不怕还没比赛就内部翻车？”

“这高高瘦瘦的，看不出来打人那么凶啊。”

“电子竞技拒绝任何暴力知道吗，这样的人真的可以彻底学乖？反正我不信。”

“不是已经给好友报仇了吗？心愿了了，怎么还不退圈啊？”

“你们这些人有病吧，换你们好朋友被那样欺负试试！”

“别的不说，相信法律，很难吗？”

“GH 毒瘤战队实锤了吧？什么时候解散？”

很显然，恶意抹黑的人的战斗力永远比正常观众来得凶悍，一旦有人试图为辰宇深说点什么，就会被一阵狂轰滥炸。

与此同时，弹幕上的内容也渐渐不堪了起来。

“哟，本来还想帮你说说话，这一声不吭是什么意思？”

“看这脸臭得，怎么，自己动的手还不许别人说？”

“真的搞笑了，GH 这支队伍怎么回事，一个两个跩得跟二五八万似的。”

“所以当年到底怎么回事，趁着这个机会你要不要解释一下？”

“霸凌的不是好人，暴力解决的你也不是好东西。”

“真是什么货进什么坑，GH的画风就是和其他队伍不一样啊！真服气。”

“先说好我真的不是抬杠，其实当年的事情，你还是公开进行道歉会比较好。”

“笑话，他要有这脑子，当时就应该报警，而不是动手。”

“呵呵，法律就是给这种人破坏光的好吧。”

“Abyss滚出电竞圈！”

“Abyss滚出电竞圈+1！”

“Abyss滚出电竞圈+2！”

……

起初，直播间里的网管们还试图用禁言来控制一下弹幕内容，后来发现根本禁不过来，一时之间不知如何是好。

然而辰宇深像什么都没有看到一样，平静地登录了账号，无视了疯狂弹出的好友申请，开始了天梯排位。他甚至没有屏蔽直播间里的弹幕，任它们疯狂地滚动着，好像这些信息和他完全无关似的。很快他完成匹配，进入游戏，聊天频道里陆续跳出几句来自队友的询问。

辰宇深继续视而不见，选定了英雄，随着数据导入进入游戏，一头钻进野区。他不管频道里的消息，默默地清着野区，丝毫不受影响地gank、打团，推倒对面的水晶。

随后，进入下一把游戏，重复之前的操作。在他这种毫无反应的态度下，恶意抹黑的粉丝渐渐觉得有些无趣，弹幕也跟着慢了下来。

就在辰宇深又完成了一把排位赛，正准备继续时，忽然弹出了一条邀请消息。

“GH·BB邀请你加入双人排位，是否愿意？”

辰宇深不由得愣了一下，越过电脑屏幕抬头看去，只见毕姚华正在朝他招手：“快点快点，搞起了！”

稍稍犹豫了一下之后，他点下了同意。

进入队伍的一瞬间，毕姚华的声音就从耳机中传了过来：“可算是把你给等来了，快憋死我了！”

2

辰宇深不懂毕姚华要做什么，眼见组好队后直接进入匹配环节，也就没有多问。

然而就在这个时候，只听毕姚华在语音当中问了一句："介意我开着你的直播间吗？"

辰宇深更加茫然了，下意识地脱口而出道："不介意。"

于是，原本蹲在辰宇深直播间恶意诋毁他的那群人，看到了一条金光闪闪的系统提示。

为了方便 GH 队员互相串门，林延早就公费为他们在彼此的直播间里砸上了排行榜，为的就是这无比醒目的出场提示。

原本那群人还在为毕姚华拉辰宇深双排的事腹诽不已，眼见对方居然主动送上门来了，干脆连跨频去隔壁直播间的必要都没了，当即在弹幕上迅速地刷了起来，毫无意外地又是一阵冷嘲热讽。

毕姚华那边长期抹黑他的粉丝们也发现了两人双排的情况，两个直播间里的弹幕直接开启了联动模式，场面十分壮观。

就在这时候，只见毕姚华面无表情地摆弄了一下耳麦，不轻不重地"喂"了一声，问："怎么样，能听到吗？"

两人现在组排，队内语音互通，辰宇深的直播间里也传出了同样的声音。

辰宇深说："听得到。"

毕姚华低低地笑了一声："不是问你。"

辰宇深一脸疑惑。

正在这时候，游戏匹配成功，俩人进入 BP 环节。

到毕姚华时，他直接锁定了一个射手，又似笑非笑地抬了一下眼："我问的是那些恶意诋毁的人，能听到吗？"

辰宇深往直播间里一瞥，果然看到弹幕被这样嚣张至极的语气刺激得直接爆发了。

"这是隔空挑衅吗？"

"装什么装，一天到晚装？"

"两个毒瘤凑一起了，真是厉害。"

“喂什么喂，我叫你一声儿子你敢答应吗？”

毕姚华面对这样浩大的阵仗，丝毫不为所动。

第一局双排开始，他买了出门装，一边操作着角色往线上走去，一边整个人平静得仿佛在聊每天的日常：“听到就行。我就先问一句，叫别人滚出电竞圈，有资格吗？你们怎么不考虑先滚出直播间？上下嘴皮子一碰就是一句话，不如原地表演一下应该怎么滚？毕竟正常人都是用走的，这个动作难度太大了，实在学不来。当然，某些嘴太欠已经被打断腿的另算，毕竟走不动了只能滚。”

没一会儿他就轻松地收走了兵线，顺便将对方射手直接逼回塔下。他看了眼辰宇深的位置，开始往敌方野区走去，一副泰然自若的模样：“两边的房管都在吧？说粗话骂人的可以封一下了。记得顺便提交个举报，一周起禁言套餐，不客气。”

毕姚华和辰宇深在野区一碰头，就收走了敌方打野的人头。毕姚华把经济全部让给了辰宇深，继续回到下路发育，仍旧不忘和弹幕互动：“我 BB 没有资格说别人嘴臭？啢，我是喜欢嘲讽没错，但我是文明人，比如我从来不会一出门就‘问候’别人爹妈，搞得好像自家没有爹妈一样。如果你们真的缺爱也可以直接和我说，母爱是给不了了，父爱我倒是可以努力一把。关爱智障人人有责，挤一挤的话，爱心还是有那么一丢丢的。”

地图中，可以留意到敌方射手自知打不过毕姚华，叫了辅助、打野来帮忙。

毕姚华的余光瞥见了那鬼鬼祟祟的身影，给辰宇深打了个信号：“Abyss，来这儿蹲一下。”说完，他又抬头看了一眼直播间里的弹幕，“哎哟喂，你们还好意思说自己是看不过去的路人？谢谢，有被笑到。都什么年代了，别说什么路人不路人，现在网上人均黄泉路人。哥送你们一句话，前面给人引完路，后面直接进坟墓，够不够押韵？”

毕姚华眼见敌方打野带着辅助从旁边草丛里冲出，当机立断一个闪现撤回自家防御塔下。

随着辰宇深赶到后的一套配合，直接拿下了双杀。

毕姚华不疾不徐地回城补装备，轻蔑地勾起了嘴角：“行了，今天哥心情好，给你们多开导开导。

“嘿，听我说话都觉得恶心？觉得恶心还上赶着往前面凑，这是生怕全世界不知道你犯贱呢？这边身份证号码留一下呗，我还能帮你宣传宣传，不收费。毕竟这直播间里和你臭味相投的还挺多，地底下待太久了，想出来透一口气的心情我是很能理解的，只是麻烦把烂嘴稍微闭一闭，口臭太重。

“我再说就让官方继续禁我赛？行啊，如果真能喊官方听话那也算你们有本事，要不然你们这一张嘴还真的不如我，起码我说到做到，比如我说禁言就……对房管，就那几个蹦跶得最欢的，全禁了。

“没错啊，我就是在给 Abyss 出头。现在才看出来，我是不是应该夸一句你们终于长脑子了？说话这么嚣张还不是看人家好欺负，真这么能的话怎么不来我的直播间呢？别说我了，我随便放个人出去都能把你们嘲讽哭信不信？

“人家 Abyss 大气，不跟你们一般见识，但是我 BB 不行。毕竟你们也知道现在互联网太发达了，谁也不知道隔了个电脑屏幕，对面坐着的是人是狗。是人的话还能客气地聊上两句，但是咱也不能要求畜生听懂人话，是这个说法不？

“搞出暴力事件还有理？那我们可没说。有证据就上图，没证据那叫诽谤。别以为隔着网络就找不到你，我们 GH 战队有自己的信息部，IP 一查，明天请你来基地当面对峙敢不敢？来多说几次，截图留证据，司法程序走起！

“还真别说我在威胁你们，法治社会了，一切都要讲证据，这些不都是你们自己说的？人话鬼话都叫你们给说了，阴阳怪气。

“不管各位是不是成年人，暂时就当在场的都是个人吧，那就多少做点人做的事情吧，别站在道德制高点，上下嘴唇一碰就慷他人之慨。

“整件事都闹清楚了吗？闹不清楚的话不如先去找找智商够不够。比如小时候是不是有毒奶粉喝多了，要是这样的话也真不怪你，毕竟脑子是个好东西，可惜不是每个人都有。

“对啊我一直很跩，现在才知道？我跩那是因为我有资本，Abyss 能留在我们战队那是因为他有实力，至少凭的是本事，你们有什么？还整那么多不服气，不满意现在的处理结果，呵呵不好意思，不满意也憋着。哦哟还别说，我就喜欢你们这种看我不顺眼，却又干不掉我的样子。别扯那么多有的没的，就问多少人省吃俭用挤网吧在这儿嘲讽我们呢！别说，身残志坚倒是真的挺感人的。”

毕姚华口若悬河，滔滔不绝，转眼间就把满屏幕弹幕背后的人给彻底逼疯了。

奈何 BB 到底身经百战，这边一通狂嘲讽，那边排位的事也丝毫没有落下。

眼见着双排的第一局随着敌方水晶的破碎而获得胜利，数据结算后，他继续拉着辰宇深，开始排第二把。

到这个时候，辰宇深哪里还不知道毕姚华这是给自己出头来了。他看了一眼那些快被气炸的弹幕，忍了忍，最后还是没能控制住上翘的嘴角。

虽然他也知道以自己的立场不是很应该，但是实话实说，B 哥现在真叫以一敌百，看着那些被气得快要吐血的键盘侠疯狂跳脚，真的很爽。

就在这个时候，只见屏幕中又弹出了两条醒目无比的出场提示。顾洛和简野在刚刚结束了一把双排后，陆续进入辰宇深的直播间。

辰宇深抬头看去，只见两人笑吟吟地朝他比了个手势，随后干脆不继续打排位了，而是直接切换视角，开始转播毕姚华的脱口秀专场。

顾洛和简野因为相对讨喜的属性，这段时间下来倒是累积了不少支持者，粉丝们本来正看着他们排位，眼见直播间里突如其来改变的画风，再听到毕姚华的声音，瞬间明白过来了是怎么一回事。

其实对绝大部分的人来说，暴力虽然不可取，但是事出有因，多少还是可以原谅的。只是出于“沉默的大多数”的法则，这些人没有过分的真情实感，往往会选择旁观的形式。他们虽然对那些嘲讽的人的观点不怎么赞同，但是在战斗力不对等的情况下，客观发言被埋没过几次后也就不再发声了，直到这时候毕姚华带头冲锋陷阵，才纷纷出来露了下脸，表达了一下自己的立场。

几人直播间的观看人数一路高升，风向也不再一面倒。

其实，因为实在说不过，早就有人私底下找平台举报了毕姚华。可是 B 哥能在江湖当中叱咤风云这么多年还屹立不倒，实在是因为太清楚直播法则了。什么能说，什么不能说，尺度卡得明明白白，把人气得够呛之余，硬是没有说过半点越界的话。于是，高级管理员在房间里蹲了半天之后发现没办法处理，只能一言不发地又退了出来。

这样一来，一群人被气得只能干瞪眼。

只是随着事情越闹越大，到底还是需要一个收尾的方法。于是，控制不住网友们的直播平台方和节目组工作人员，都无比焦心地找上了林延。

今天毕姚华能这么有恃无恐，很大一部分原因是征得了林延的同意。可是这个时候面对那些快哭出来的合作方，林延当然不能表现出知情的样子来。

林延略带苦恼地陷入沉思：“你们也知道的，BB 本身就不是一个容易控制的人。这次我们的队员被欺负惨了，现在都在气头上，怕是也不会听我的。”

直播平台方眼见着直播间的人气还在直线飙升，只觉得生无可恋：“快点想想办法吧！”

节目组显然也没想到日常直播而已，居然能硬生生演变成一场线上骂战，欲哭无泪：“再这样下去怕是马上就要上热搜了！”

从综艺节目角度来说，正面流量自然无比欢迎，可是如果真上了这种负面热搜，恐怕又得实打实地闹上一把。

林延其实等的就是这个时候，此时他努力地憋着笑，故作慎重地点了点头：“稍等，我去问问景队愿不愿意帮忙。”

说完他打开微信，给景元洲发了一条消息过去：差不多了，可以准备营业了。

没一会儿，合作方非常惊喜地发现，毕姚华和辰宇深直播间的人气以肉眼可见的速度开始下滑。

随后他们才反应过来——Titans 开播了！

这是景元洲转会以来第一次公开直播。很多人就是因为他才开始关注 GH 俱乐部的，这个时候终于等到景神正式露脸，自然毫不犹豫地纷纷跳了过来。

短短几分钟时间，Titans 直播间的人气就突破了好几千万。

过了片刻，景元洲打开了摄像头。

Titans 的粉丝们瞬间感受到了前所未有的满足。

“啊啊啊啊啊啊啊，这是终于要开播了吗！”

当然，也有气不过的人从辰宇深那边过来试图搅和两句。

“GH 这种毒瘤战队你也待得下去，说出去也不怕丢人，呵呵。”

但是景元洲这边大多是好多年的粉丝，无关自家选手的时候还能保持沉默，眼见这些人居然还跳到 Titans 的直播间来了，自然是毫不留情地噎了回去。

景元洲开了麦，看了一眼直播间：“喂，能听到吗？”

“啊啊啊啊啊，终于等到你！我可以瞑目了！！！”

“为什么现在才开直播，你这个狠心人！”

“每次只能从别的房间偷偷看你，好辛酸。”

“GH 最近好像有些乱啊，小心别受影响。”

“呜呜呜，是久违了的老公的声音。”

……

成千上万的弹幕蜂拥而至，景元洲淡淡地勾了勾嘴角，就明显针对 GH 内部情况的那条内容开了口：“放心，队内一切很好。小朋友年轻的时候容易冲动，不小心犯了点错，已经受到了应得的惩罚，大家也帮忙多担待一点。是个好孩子，知道错了，我相信他以后都不会了。”

这是景元洲第一次针对辰宇深的事件发声，挑这个时候表态，自然经过了深思熟虑。

之前粉丝们还一直担心自家选手遇到队内问题，闻言才彻底放心。其他人的话可以不信，但是 Titans 说是好孩子，那那个 Abyss 就一定是个好孩子。

好多粉丝其实也在其他直播间围观了那场世纪骂战，此时也纷纷表态。

“别理那些喷子，那些就是站在道德制高点的人。”

“好的好的，我们一定担待。”

“键盘侠都是无理由诋毁，放心我们有分寸，不会受影响的。”

“嗯嗯，你家小朋友就是我们的小朋友，一定好好保护。”

“站队还不简单，但是你要答应我们以后多直播啊！”

“搞快点搞快点，这么久没见了，今天播点什么？”

“稍等，马上好。”景元洲之前虽然没有直播，但是一直开着游戏在单排，这个时候屏幕中的游戏画面是停留在大厅界面，只见这时候他淡淡地说了一声之后忽然回头，问道，“真的要一起双排？”

一个男人的声音通过耳麦从旁边轻轻地传了过来：“嗯，想打点段位，你带带我呗。在开机了，先别催。”

景元洲无声地笑了一下：“好的，我不急，你慢慢来。”

整个直播间的粉丝彻底震惊：这什么人？居然能够让 Titans 带他？

此时，双开着直播视角的观众们，已经看到了坐在景元洲旁边的身影。

身穿一件整齐简洁的白色衬衫，领口随意地敞开了几分，一只手托着咖啡杯送到嘴边抿了一口，另外一只手操作着鼠标，快速地调试着设备的人——GH 战队的主教练，林延。

3

景元洲说了不急，林延就真的一点着急的意思都没有，开始不疾不徐地整理电脑桌面。他刚刚趁着在 GH 的首次直播给辰宇深带节奏，这时候弹幕正刷得飞起，他没有多留意，只是等整理完电脑桌面图标看了一眼，才发现大家讨论的话题在不知不觉间已经换了内容。

“Titans，你是要和坐在你旁边的那位双排吗？”

“GH 教练平时也要训练的吗？”

“啊啊啊，双亲组合在线营业！”

“什么双亲组合？”

“没关注炙热节目组的官博吗姐妹？快去补课。”

“一开播就带人双排？就不能优先考虑一下技术粉的感受吗？”

“就算给你看了又怎么样，Titans 的技术你学得来？”

“教练拖选手后腿要求带上分真的合适吗？ GH 不愧是 GH，潜规则搞得一点都不避嫌。”

“潜规则杀我！我为什么忽然脑补了各种戏码！”

景元洲平时直播都会习惯性地屏蔽弹幕，今天看了一会儿忽然觉得有些赏心悦目，干脆也不屏蔽了。

而那边林延已经调配好了设备：“可以了。”

景元洲发了一个组队邀请，随口说道：“你要不以后就固定坐这个位置算了，不然每次都需要重新调键位，也挺麻烦的。”

正式选手在训练室里的位置一直是固定的，但因为林延是教练，平时都是坐在哪里就用哪台电脑，一直没有怎么上心过。这时候听到这么一句，他觉得确实有道理，点头道："也行，那以后我就坐你旁边了。"

景元洲无声地笑了一下："挺好的。"

两人很快完成了匹配，进入游戏。

因为景元洲戴着隔音耳机，为了方便他听到，林延把挂在脖子边上的麦挪到了嘴边："我打什么位置？"

景元洲随手禁了一个英雄，应道："都可以。"

林延"哦"了一声，开始在聊天框里输入。

炙热召唤师：三楼补位。

当"炙热召唤师"五个字出现在聊天频道的时候，蹲在直播间里的粉丝们才发现对战双方的游戏 ID 被全部隐藏，只剩下统一的系统昵称。

这显然是炙热天梯荣耀赛的显示。

所谓"天梯荣耀赛"，是不同于普通排位赛的一种模式，因为其不显示游戏 ID 的特殊性，特别受职业选手和知名主播们的喜爱。另外，因为只有天梯排名前两百名的账号才拥有参加荣耀赛的资格，相比起排位模式，天梯荣耀赛可以说是国服玩家的必争之地，最终的积分排名往往会成为评定个人实力的硬核指标之一。

在荣耀赛里打补位，就连很多职业选手都不会这样盲目自信。

眼见着林延打出这句话，直播间里的粉丝们本能地觉得他这是准备彻底躺好了，弹幕一时刷得飞起——

"补位？这是真的让 Titans 带躺了？"

"在荣耀赛带上分？真是活久见！"

"这教练不是来坑 Titans 的吧？有姐妹知道 Titans 现在用的是大号还是小号吗？"

"回前面的，刚才游戏大厅上显示，好像是……大号来着。"

"我去，别让大号分给掉下去了啊！ Titans 你要是被绑架了你就眨眨眼！"

"补什么位啊，找人带躺就乖乖打辅助好吧？多少还能把危害值压到最低。"

"天啊，就别坑我们 Titans 的荣耀分了吧？求求了，其他几位大哥大姐，给他留个辅助位吧。"

其他几个队友仿佛没有听到来自粉丝们的祷告，纷纷标注了一下自己擅长的位置，最后留给林延一个打野位。

直播间里整齐划一地飘过了一连串的省略号。

景元洲扫了一眼弹幕，这才想起来第三期的综艺节目要下周才播出，粉丝们还没有见识过林延那丧心病狂的打野技术。

他忍不住低笑了一声，安慰道："放心吧，我们可以 carry。"

林延没有看景元洲的直播间，不知道弹幕的情况。

眼见 BP 环节后对局正式开始，林延终于把挂在脖子上的耳机戴上了，闻言随口应了一声："嗯，加油。"

粉丝们显然非常主观地忽略了景元洲那句话里的"们"字，被这样轻描淡写的一句话搞到吐血。

"我当然知道你能 carry，我们主要是怕你队友太坑啊！"

"我自闭了，说好的最冷酷无情的男人呢？Titans 你带人的时候脾气都是这么好的吗？"

"之前有姐妹说'双亲组合'的时候我还没当回事，现在怎么感觉，对方说什么都是对的？"

"我也想被 Titans 带飞，我也想躺着上荣耀分。"

"前面的我觉得你更想吃屁。"

"我本来有点想嘲讽，可是一听 Titans 这语调，为何透着你情我愿之意！"

"我去，那句'加油'听得我好暴躁，好像上分是 Titans 一个人的事一样，求你打野别送就行！"

景元洲扫了一眼弹幕，没有再说话，买好装备，跟着林延一前一后走出了高地。

景元洲来到了线上，林延则是在地图上绕了一圈，悄无声息地钻进了对面上半地图的野区。对面的边路顶着的也是系统昵称，不知道具体身份。不过能够匹配上显然也实力不弱，简单地试探了一下之后就知道了景元洲的深浅，顶着半残的血量开始躲在兵线后面猥琐发育。

因为开局说的那句话，粉丝们都以为景元洲为了 carry 全场，这把会打得非常凶残，令人没想到的是，他居然在线上和人家无比和平地发育了起来。

转眼间两分钟过去，粉丝考虑到队内那个“拖油瓶”，正觉着急，只见屏幕上忽然跳出了一个击杀提示。

“First Blood（第一滴血）！”

本局爆发了第一个人头，完成击杀的正是在直播间里被一口一个“拖油瓶”叫着的林延。

弹幕上所有为 Titans 操心不已的内容瞬间停止。

就在这个时候，一直没有说话的景元洲忽然开了口：“来上路帮我一下？”

林延“哦”了一声：“来了。”

半分钟后，敌方边路在林延和景元洲联手包围夹击下横尸当场。

其实敌方边路的反应已经非常迅速了，奈何林延 gank 的角度实在是太刁钻，后路被封死，没有给对方留下半点的逃生机会。

景元洲在放最后一个技能的时候还故意停顿了一下，不动声色地把人头让到了林延的手上。

此时，“暗影黑龙”正好刷新，林延收走人头后毫不犹豫地往峡谷跑去。景元洲屁颠屁颠地跟着他过来打龙，忍不住问：“你不回城补一下状态？”

虽然还有小半气血值，但是敌方边路复活回来可是满血状态，毕竟高手过招，在血量不均衡的情况下难免吃亏。

景元洲应道：“你帮我抓人，我帮你打龙，应该的。”说完，顿了顿，然后又道，“我等会儿打不过就喊你，你再来帮我抓就是了。”

听着似乎是这个道理，林延却忍不住想笑，非常直接地反问道：“Titans，你是真打不过，还是单纯想压榨我的劳动力呢？”

刚才那一次抓人，他已经看出对面边路的实力，确实不弱，但跟景元洲比起来可完全不是一个档次的。

说景元洲没办法完成单杀，反正他不信。

景元洲帮林延打完龙才回到线上，一边清理兵线，一边没有心理负担地说：“没说打不过啊。”

语音频道里面安静了一瞬，然后直播间的粉丝们听到有人低笑了一声。

弹幕疯了——

“啊啊啊，林教练杀我！我顶不住了！”

“不是，以前我没少看双排啊，这诡异气氛是怎么回事？！”

“是我错了，教练威武，教练牛气，教练保护我 Titans 吧！”

“为什么教练没有第一视角？刚才那一笑，我居然被电到了。”

“这才刚开始，我怀疑我撑不到直播结束。”

“Titans：我弱小，我无助，我需要保护。”

“前面的姐妹，为什么你可以发语音？”

当然，也有技术粉在关注另外的问题。

“GH 这个教练以前是打野的吧？节奏带得很好啊！”

“有这实力还当什么教练啊！”

“那个意识真的绝了，刚试想了一下，我如果是对面打野，一局下来直接自闭。”

“整局打得完全不给机会啊！”

“哈哈哈，我怎么觉得是林教练在带 Titans 上分啊？”

林延的整体游戏节奏确实很好。长期的幕后分析经验，让他对全场的把控简直到了炉火纯青的地步。他帮景元洲收完人头后顺便统治了敌方上半地图的野区，每次路过中路时总能轻而易举地协助中单收下一个人头，极大程度限制了敌方发育，为下路的射手也争取了极大的发育空间。

一局结束，MVP 毫无疑问地落在了林延的身上。拿下耳机后，他低低地吐了口气。正如之前说的那样，他对景元洲声音的接受度确实算良好。至少一局双排下来，并没有出现太明显的排斥反应。

一局比赛，彻底调动起了粉丝们的情绪。他们也没料到林延这个战队教练的实力居然会这么强，正嗷嗷待哺地等待继续，只见画面当中的景元洲忽然站了起来。

片刻后，景元洲拿着杯子的身影从镜头前经过。他的声音透过没有关闭的语音传来：“辛苦了，再带我多打两局？”

林延笑了一声：“好啊。”

随着景元洲重新坐到了电脑跟前，双排继续。

第二局，就在所有人都期待林延继续玩打野的时候，他补到了一个辅助位。

直播间的弹幕再次被省略号霸屏。

身为辅助的林延选择了最稳妥也最能划水的方式——跑去跟着下路的射手。这样一来，“无人关爱”的景元洲没有办法，只能扛起carry重任。他迅速地打穿了上路，带领队伍又拿下了一局胜利。

第三局，林延玩的是射手。这回两路开花之后，连带着中路也一并鸡犬升天。

连续三局，林延选择了三个位置。

就在直播间里的粉丝们迫不及待地想看更多的惊喜时，只见林延退出了组队频道。

镜头中，景元洲侧头看去：“累了？”

林延懒散的声音通过耳麦传来，带着略显困倦的鼻音：“嗯，不想玩了。”

景元洲不用问也知道这人昨晚肯定又熬夜了，应道：“那就不玩了。”

粉丝们听得一阵激动，弹幕中一片嗷嗷号叫，直到他们看到景元洲也毫不犹豫地退出了游戏：“今天的直播就到这里吧，大家下次见。”

景元洲的操作无比娴熟，以至于尾音都还没落入粉丝耳中，直播间的画面就已经暗了下去。

只剩下一片弹幕在号叫，也有不少弹幕在猜测下一局林教练补位的位置，很大一部分人觉得林教练该尝试中单了。

虽然只是看了几局，但不知道为什么，众人觉得林教练身上似乎贴着全能选手的标签。当然，最重要的是这两人双排的氛围实在是太好了。随着直播间暗下去的屏幕，只剩下一片铺天盖地的问号。

晴天霹雳也不过如此。谁能想到，Titans居然真的就这样冷酷无情地下播了！丝毫不考虑粉丝们的感受！

4

景元洲下播了，粉丝们无处可去，只能又分批涌入GH战队其他成员的直播间。

毕姚华倒是不在意观众的多少。给他一个舞台，他就可以以一挡百。观众们很快就发现，他们出去的时候，BB的直播间是什么样，回来的时候，依旧是什么样。

这个时候他还在喋喋不休，倒是弹幕上骂他们的人明显少了很多。倒也不是因为被 BB 说服了，而是那些人终于意识到了江湖传说诚不欺人也——别与 BB 争长短，多行不义必自毙。

因为之前景元洲直播期间说的那番话，原本还在观望的 Titans 粉丝们没了直播可看，闲来无事，这个时候终于听 Titans 的话，帮着 GH 战队回击起了恶意嘲讽的人。

随着新的流量涌入，渐渐地，整个局面终于有效地被控制了起来。

林延躺回了拍摄死角的沙发上，手上还拿着景元洲给他倒的那杯水。

此时，他去几人的直播间里溜达了一圈后，露出了满意的笑容。有的时候，一味地辩解只会让自己陷入更加被动的局面，反倒是对舆论予以适当诱导，能开辟出一条新的道路。

退出直播间后，林延打开日历看了一眼日期，便知道网友们对青训营事件的关注度很快就会过去了。

两天后，就是季中赛开赛的日子。

根据炙热联盟的赛制规则，每年的春季赛和秋季赛的冠军队伍将根据总积分排名，分别以一号种子和二号种子的身份出现。相对地，两支亚军队伍将与季中赛积分顺位排名最高的另外两支队伍一起参加全球资格赛，争夺剩下的两个出战名额。

也正因此，季中赛虽然不及春季赛和秋季赛重要，但是作为争夺世界总决赛参赛资格的官方赛事之一，也备受瞩目。

GH 战队因为目前还没有职业赛事的参赛资格，只能等待拿下综艺节目冠军后参加秋季赛，和季中赛有缘无分。

不过，这并不影响他们对官方赛事的关注。

季中赛开赛的第一天，GH 众人齐聚会议室里观看比赛直播。

上午的揭幕赛，由 Luni 所在的老牌战队 LDF 战队对战刚从次级联赛晋级的新军 MEN 战队。

目前炙热联盟中各支战队的实力相对比较平均，只有细微的差别，即使是有 Luni 坐镇的顶尖战队 LDF，在场上如果临场发挥失误的话，一不小心也很可能会在开局就栽在 MEN 战队的手上。

毕竟是揭幕战，两队的状态都保持得相当好，一开局就你来我往的一番交锋，把现场气氛一下子带到了顶点。

毕姚华自从那日听景元洲分析过后，就再也不敢小瞧 Luni 了。

这时候看着场上胶着的局面，他更是忍不住感慨：“别的不说，Luni 这样的中单是真的稳，每次团战一出手总能搞出点什么事来，要进就进，要退就退。有这么一个人稳着节奏，啧……可惜 LDF 的射手真的不太行，都给他创造出这么好的输出环境了，就算没个五杀，怎么也该来个三杀吧？就这水准，也不知道是怎么混上 LDF 首发的。”

旁边的顾洛闻言，忍不住回头看了毕姚华一眼，一副欲言又止的样子。

毕姚华留意到这样的视线，清了清嗓子，说：“那个，Gloy，哥也不是说你不好……每个人有每个人的作战风格嘛，我觉得你这样奶凶奶凶的特别自我也挺好。不用管 Luni 怎么打，你尽管保持下去就是了。毕竟哥 carry 不了的时候还得靠你，对吧！”

顾洛说：“谢谢 B 哥的认可。”

不知不觉间 BO3 的第二局已经过半，LDF 拿下第一局胜利之后势如破竹，眼见又要团灭。

看了一眼场上唯一存活的 Luni，林延单方面宣布：“提前恭喜 LDF 吧，已经稳了。”

MEN 虽然输了，但是这场比赛打得确实非常精彩。至少作为新队的他们在面对 LDF 这种豪强的时候并没有露怯，已经非常难能可贵。

比赛结束之后，对战双方握手致敬，全场的观众都给予了他们热烈的掌声。

林延把两局比赛视频存档，又翻了翻后面赛段的对战安排，给其他人布置任务：“虽然最近大家的训练内容安排得都很满，不过有时间的话还是希望抽空把季中赛的所有比赛都看一看，每场不能少于三次，到时候我会随机抽查提问。”

简野不是非常理解：“为什么是三次？”

“我要你们用最短的时间了解他们，记住他们。”林延淡淡地扫视了一圈，虽然语速平缓，但是一字一字地敲在了所有人的心头，“因为，这里的每一支队伍，都有可能成为你们未来在赛场上最难跨越的障碍。”

景元洲抬眸看了过去。只见林延说到这里的时候，意味深长地勾起了一抹笑容：“不要以为现在还在录制综艺，职业赛场上的动向就和我们没有关系。

季中赛已经开始了，距离秋季赛还有多远？两个月，留给我们的时间可是只剩下不到两个月了，你们是真的准备好了吗？”

所有人都感受到了压力，一种前所未有的紧迫感笼上了全身。

就在一片寂静当中，只听一个声音低低地响起：“教练，我会努力做好准备的！”

谁也没想到，平日里最为沉默寡言的辰宇深居然在这个时候开口。

其他人的神态也渐渐地坚定起来：“教练，我们都会做好准备的！”

林延的眼底闪过了一抹明亮的笑意：“嗯，你们最乖。”

随着揭幕赛的结束，整个电竞圈都陷入一片紧张的氛围中，连带着恶意嘲讽 GH 的人精力都不再集中在他们身上。

毕竟八支战队争夺世界资格赛的入场券，又有哪家粉丝不希望自己支持的战队站上全球总决赛的热血战场呢？

结束了一整天的训练，景元洲回宿舍的时候，对面的房门突然开了。他抬头看去的时候，只见林延笑吟吟地靠在门边。

显然林延刚洗完澡，毛巾挂在脖子上，湿润的发丝服帖地垂落在脸侧，氤氲的水汽间带着淡淡的香气。

林延定定地看着景元洲，忽然问：“明天下午有时间吗？陪我去现场看比赛？”

景元洲稍稍一愣：“明天下午？”

那个时间，正是 BK 在季中赛的第一场比赛。

林延拿着手机晃了晃：“嗯，节目组那边我已经打过招呼了，就说明天的直播你不参加了。我本来也想在网上看看比赛就算了，不过又觉着好久没有感受现场氛围了，就让骆默帮我去搞了两张票。内场，位置不错，想不想去？”

景元洲想起今晚训练时库天路打来的电话，嘴角忍不住地往上翘：“当然想。”

当时库天路在通话里说，其实蓝闽自从上次来过 GH 基地，他的状态一直保持得不错，不过毕竟是第一次扛起 BK 的大梁，还是专门来拜托景元洲这位前大神，希望可以保佑全队稳定发挥。

景元洲不认为自己还有这种功能，不过在这之前他也没想到，自己居然也会有老父亲般放心不下的时候。

在接到库天路的电话后，不知不觉，两人就多聊了一会儿。在这个过程中，林延出来到走廊抽了两次烟，现在看来，怕是那时候被他听到了。不只听到了，还放在了心上。

想到这里，景元洲又忍不住多看了一眼跟前这人。

林延得到了自己想要的回答，显然也很满意："那就明天见，早点睡。"

景元洲的视线越过旁边的空隙，落在了桌面上亮着屏幕的笔记本电脑上，提醒道："你也早点睡。"

翌日中午，两人在餐厅简单地吃过午饭后，告别众人，一起坐上了俱乐部的商务车，在一片羡慕的目光中出发前往比赛现场。

其他几个队员对于他们两人单独开小灶的行为忍不住控诉，但是林延说了是联赛官方发来的观赛邀请，其他人听完只能默默地把嫉妒的泪水往肚子里吞，还要特别违心地祝福两人一路顺风。

前往场馆约莫有一个小时的路程，林延昨天晚上不出意外地又熬夜了，上车后倒头就睡。

景元洲让司机把背景音乐声调小了之后，他拿出手机来，给库天路发了一条消息，告诉对方自己在路上了。

很快景元洲就收到了库天路的回复，显然是收到消息后吓了一跳：你还真来看比赛啊？昨天我就随便一说而已，不需要这么紧张。Mini 最近的状态都不错，全队的状态也不错，不就打第一轮比赛，放心吧，出不了什么问题。

景元洲无声地笑了一下：我不是去看你们的。

库天路：别闹了，现场看比赛，不看我们那看什么？别告诉我你是来看对面 PILL 的？

景元洲：是别人邀请的我，私人邀请。

库天路：……

景元洲侧眸看了一眼旁边那人熟睡的样子，随手提了一下垂落的毯子，继续不疾不徐地输着字：没有看过 BK 战队的现场，正好趁机体验一下当观众的感觉。不用和 Mini 说我去的事，现在 BK 的战场是属于他的舞台，到时候给他一个惊喜吧。

库天路：明白。

过了片刻，库天路还是忍不住问：跟你在一起的，是不是……GH 教练？

景元洲没有直接回答。

库天路发现这天是聊不下去了：布置最后的战术去了，再见！

林延睡醒的时候，车子已经在停车场停靠妥当。因为距离比赛开始还有一段时间，景元洲并没有着急叫醒他。

刚睁开眼睛的时候，林延看着车顶愣了一会儿神，才终于想起自己现在是在哪里。伸了个懒腰后，他整理了一下睡得有些乱的发丝。

司机从驾驶座上回头看了过来，问："要把车开去内场吗？"

一般在比赛期间，联盟官方会特别安排一块场地出来，方便各大俱乐部的选手们来现场观战的时候停车用，连带着入场都是安排的专用通道，就是避免选手们被粉丝们认出来，引起不必要的骚动。

门票的事是林延在安排，闻言他把通行证拿了出来，点头："开进去吧。"

对于在哪里检票林延是无所谓的，毕竟他现在的身份和素人也没太大的差别，可是景元洲就不同了。景元洲本就是联盟中举足轻重的现象级选手，特别是今天下午还是 BK 战队打比赛，他的身份显得更为特殊。

想到这里，林延朝景元洲看去："要提前和导播那边打招呼吗？"

所有人入场的时候都需要经过检票，职业选手也不例外，联赛的工作人员自然对所有人的位置了如指掌。虽然不会出现让观战区喧宾夺主的情况，但是在比赛间隙给几个特写镜头制造些噱头，都是常规操作。更何况景元洲前 BK 队长的身份还热乎着呢，如果不提前招呼不切镜头的话，被观众们突然看到他出现在 BK 比赛现场，肯定会引起轰动。特别是对 BK 战队的团队粉丝而言，这简直是致命轰炸。

往大点说，很可能只是单纯露个脸，就能一不小心夺走今天电竞杂志的头版头条。提前跟导播打个招呼，低调处事自然是最稳妥不过的了。

然而，景元洲淡淡地应道："不用。"

林延问："真不用？"

景元洲对上这样的视线，笑了一下："怎么，白送的关注度你不想要？"

"喀，想是当然想的，不过……"林延清了清嗓子，颇为财大气粗地道，"不过我们俱乐部的知名度已经够大了，不缺这一点关注。"

景元洲朝着远处观众检票口隐约闪动的 BK 应援牌看了一眼："但是，我缺。"

林延稍稍愣了一下，明白了景元洲的意思。他是想让Titans和BK这两个名字彻底诀别。

静了片刻后，林延低低一笑："那就谢谢景神赠送的免费流量了。"

景元洲微垂眼眸："不客气。"

等司机把车开进内场停好，时间差不多了。

两人把鸭舌帽往头上一压，各自戴上了口罩，下车，从专用通道完成检票进入内场。找位置的时候，景元洲才发现另外一个细节。虽然同是内场，但是林延买的票并不是职业选手聚集的那片区域，而是另一侧网红主播等圈内人员所在的区域。

他哪里看不出来，这是避免他见到以前的对手感到尴尬。

两人几乎是卡着点进来的，随着赛前准备工作如火如荼地进行，解说台上的解说正在努力地活跃着现场的氛围。导播也如往常般，在大屏幕上反复切着观众席的镜头。

偶尔闪过几个让人觉得眼熟的面孔，每每有职业选手在摄像机镜头内和现场观众打招呼，便会引起一阵阵的躁动，尖叫声更是一阵高过一阵。

林延发现昨天刚打完比赛的Luni也出现在了镜头当中，忍不住凑到景元洲的耳边小声笑道："你猜猜，导播什么时候给你镜头？"

景元洲凑近了几分："我猜，至少是个压轴。"

林延一抬头就看到了景元洲摘下鸭舌帽后有些乱的刘海，伸手仔细地替对方理了理："是你自己说要当免费流量的，多少注意一下俱乐部的门面，等会儿记得要……"

林延后面的话还未说完，就感到原本躁动的现场突然安静了。

他有一种不好的预感，抬头看去，恰好看到大屏幕画面正中央男人一脸疑惑地抬起了头。

没等林延收回放在景元洲头上的那只手，两人今天都穿着常服，戴着的口罩盖住了大半张脸，身边也没有其他选手的身影，以至于当导播刚把镜头切过来的时候，官方解说一时都没有认出他们。

好在出于职业本能，两位解说并没有在第一时间开口调侃，经过极短暂的分析后，认出了景元洲的那张脸。

景元洲看了一眼始终停留在自己身上的镜头，神色无波地摘下了脸上的口罩，朝着镜头将入场前买的应援牌举了起来。

牌子上“BK 加油，Mini 加油”的字样一下又一下地在大屏幕上跳动。

官方解说面对景元洲这样的动作一时不知如何开口，片刻后才颤抖地找回了自己的声音，尽可能轻松地调侃道：“没想到 Titans 也来到了我们的现场，旁边坐着的那位好像是 GH 战队的林教练吧？举着 BK 战队的应援牌，也不知道 GH 对于 Titans 这样‘身在曹营心在汉’的举动有何感想呢？”

林延非常适时地也对着镜头比画了两下，无声地表达了一下对自家选手坚定的支持。

显然没有人在乎这样活跃氛围的互动。短短几秒钟的画面已然激起千层浪，让原本就沸腾一片的比赛现场，涌起了更加汹涌的巨浪。

导播收到想要的效果后，非常适时地把镜头移向别处。

在场的观众有很大一部分是 BK 的支持者，要问季中赛最大的心病，就是 Mini 这个新边路到底能不能接替 Titans 的位置。

虽然大家都知道蓝闽是景元洲唯一的徒弟，但是之前即使他上场比赛，也是在有景元洲兜底的情况下，现在需要他独当一面，BK 粉丝的内心多少都惴惴不安。

Titans 的突然转会一直像是横亘在他们心中的刺，那种突然被挖走的空虚更带有一种深层的不安，让粉丝们对 BK 未来的成绩有着全新期盼的同时，又有那么一丝不确定。

他们不知道 BK 在没有了 Titans 之后还能走多远，又小心翼翼地不想让选手们因为他们的茫然而感受到更多的压力。而这所有的心情，在现场看到景元洲的一瞬间，终于彻底坍塌。

曾经因为 Titans 的离开，他们忐忑过、迷茫过，甚至疑惑过、愤怒过，可实际上支持 BK 的粉丝们内心一直有一个声音在告诉他们，没有任何一个选手愿意轻易离开自己效忠多年的战队，离开和自己并肩作战的队友。他们其实也很清楚，那些所谓的埋怨和质疑，只能归咎于他们的不舍和遗憾。可是即使再清楚，也忍不住地想要埋怨。

令他们没想到的是，Titans 会以这样的方式，再次出现在他们的视野当中——在 BK 战队的比赛现场，举着 BK 战队的应援牌。所以，即使已经不再效力于 BK，曾经属于 BK 的 Titans 也如他们这些粉丝一样，希望 BK 战队可以更好、更坚定地走下去。

粉丝们都有一种说不清道不明的情绪涌上心头，酸涩的感觉撞击着他们的胸腔。不知道是谁先忍不住哽咽出声，随后BK的粉丝们陆陆续续地开始呐喊景元洲手上应援牌上的口号：“BK加油，Mini加油！BK加油，Mini加油！BK加油，Mini加油——”

整个场馆被这样的声音彻底淹没。

在全场的加油声中，还时不时地可以听到有人歇斯底里地喊道：“Titans，我们等你回来！”

林延置身在这样的氛围里，也是一脸感动：“别的不说，这块应援牌买得是真的值，三十五块钱，记得回去转账给我。”

景元洲一直没有说话，此时闻言才回头看了过来，原本没什么表情的脸上露出一抹淡淡的笑意。他侧身凑到林延耳边：“听你的话，注意了一下我们俱乐部的门面，所以，你看我刚才的表现还可以吗？”

景元洲低哑的声音被呐喊声瞬间吞没。

林延低低地清了清嗓子，说：“算了，这三十五块钱还是报公账吧。”

景元洲无声地勾了一下嘴角：“谢谢老板。”

5

就在上场之前，蓝闽给景元洲发来了微信：师父，我一定会加油的！

很显然，蓝闽已经知道了景元洲在现场的事情。景元洲笑了笑，将手机收回了裤袋。

BK战队和PILL战队的队员陆续上场调试设备。

虽然明显已经做了掩盖，但是通过大屏幕看去，依旧可以发现蓝闽眼眶微红。他自己也感到有些不好意思，当镜头转向他的时候，下意识地低了低头。

林延看得有趣，忍不住用胳膊肘轻轻地碰了碰景元洲：“我说你到底是从哪里找来的这个宝贝徒弟？这泪腺可真发达，简直天赋异禀啊！”

景元洲想起第一次见到蓝闽的那个夜晚，小家伙确实哭得够呛，不由得笑道：“不是我找的他，是他找上的我。”

不过他不得不承认，蓝闽会引起他的注意，确实是因为那副哭唧唧的样子——紧张、无助，又透着一股子的坚定。

在全场热烈的欢呼声中，比赛正式开始。

蓝闽虽然平日里动不动就哭，但真的站上赛场，整个人就沉稳了很多。

也不知道蓝闽是不是为了在他最敬重的师父面前证明自己，他刚上线就把PILL的边路牢牢地压在防御塔下，打出了十足的气势。

众所周知，BK之前采用的一直是以边路为核心展开的战术。蓝闽接替了景元洲的位置后，也没有进行额外的调整。库天路的打野依旧围绕着上半地图伺机而动，牢牢地掌控住了周围的视野。

BK前期的节奏打得很稳，就连解说也明确地说BK在成员更替之后，队内消化得还算不错。

蓝闽到底没有辜负所有人的期望，BO3的第一局，就顺利从上路打开了局面，使得BK掌握住了主动权，拿下最终的胜利。

全场掌声雷动。

第二局比赛开始时，PILL针对BK的打法做出了一番调整。他们一改先前的套路，一开局就疯狂针对蓝闽所在的上路。

于是库天路和BK的中单不得不频繁地去上路游走。可即使有他们保驾护航，这种死抓上路的节奏还是让蓝闽面对了前所未有的压力。

上半张地图被硝烟彻底笼罩，PILL的过分“关照”不仅严重地限制了蓝闽的发育，还将BK的整体节奏打得颇为混乱。

比赛进行到第十五分钟，林延扫了一下场上的局势：“这局你的小徒弟被压得有点惨啊，PILL这招将计就计直接针对上路实在是太损了。把这么多的精力全部花在上半地图，也不怕导致后期的节奏失衡。”

景元洲的视线落在比分上：“就看Mini能不能稳住了。”

林延点头：“确实，能稳住就足够了。我看BK那边也已经在做出调整了。”

只要稍微关注一下场上的局面就能很轻易地发现，第十八分钟之后，库天路的活动范围已经彻底转换到了下半地图中。除了BK中单偶尔还是会去上路保一下被三四人包围夹击的蓝闽外，基本上变成了任他自生自灭的模式。

于是乎，从大屏幕的上帝视角看去可以发现，只要PILL四人包围夹击上路，BK的其他几人就疯狂推进PILL下路的防御塔。

PILL的辅助先留意到局势的不对，迅速回城为下路射手进行支援。

蓝闽独自守在塔下，虽然局面从一对四稍微减弱到了一对三，但还是非常艰难。

林延忍不住摇头感慨："第一轮而已，两边用得着打得这么极限吗？这是比谁家选手更能扛住压力？"

景元洲没有说话，只是静静地看着。

上、下两路的抗压情况成为全局最关键的存在，导播疯狂地来回切换视角，官方解说们的声音也慷慨激昂。虽然同样是以一敌多的局面，但是蓝闽的边路使用的毕竟是近战英雄，比 PILL 射手的远程输出型英雄更难消耗，要想拖住 PILL 战队的三人，落在他身上的压力无疑是巨大的。好在他扛住了这个重任。

此时比赛已经进行到了第三十五分钟。

两支队伍各自推进，BK 战队先一步突破了 PILL 下路的防线，压上了高地，而 BK 上路高地的防御塔在蓝闽的守护下，还有三分之一的气血值。

PILL 没有办法，不得不临时撤兵，全员回家防守。然而在他们回城的过程中，本该留守在防御塔下的蓝闽忽然冲了出来。在毫无视野的情况下，他根据本能的预判一个闪现接上冲撞技能，阻止了两位正在传送回家的 PILL 选手，成功将人留了下来。

本就残血的状态让蓝闽在敌方两人的集火下瞬间清空了气血值，但是同一时间，BK 战队的其他队员一路压进，击碎了敌方基地的水晶。

最终，BK 以 2 ：0 的成绩，拿下了他们在季中赛的第一场胜利！

听着场内此起彼伏的欢呼声，林延笑了笑："恭喜啊，你这小徒弟的 MVP 稳了。"

通过这一场比赛，同样稳定的，还有蓝闽 BK 新边路选手的身份。BK 的管理层并不是傻瓜，愿意冒这么大风险提前捧蓝闽上位，首要因素是这个少年确实拥有成为新星的潜质！

比赛结束，BK 作为胜方队伍前去败方对战区和对方握手致敬。当导播镜头切过时，可以看到蓝闽的眼睛已经红得不成样子，他就这样一边啜泣着一边和 PILL 的选手们一一握手。等到作为胜方的 MVP 接受采访时，他拿着话筒站在镜头面前，肩膀更是止不住地颤抖，说话也有些哽咽："谢谢大家对我的支持……也谢谢一直陪伴和鼓励我的队友们，我、我一定会继续努力下去，让自己变得更强！还有，还有就是……"他用手背重重地抹了一把眼泪，猩红的眼睛看着镜头，目光坚定无比，“师父，我在这里等你回来，等你！”

景元洲看着大屏幕上的那个少年，听着耳边“Mini 别哭”的呼喊声，嘴角微微勾起。

忽然他的视野一暗，原来是林延把硕大的鸭舌帽盖回了他的头上。

只见林延自己已经全副武装完毕，从座位上站了起来。留意到景元洲投来的视线，他的眉梢微微挑起：“怎么，不回去吗？看了比赛还不够，这是准备留下来和 BK 一起庆功？”

景元洲失笑，把帽檐压低了几分，盖住了大半张脸：“嗯，回去吧。”

他接到蓝闽电话时，已经和林延坐上了回去的车。

林延坐在窗边，听着景元洲的声音：“也不是特意，就是今天刚好有时间就过来看比赛了。都看到了，确实打得不错，进步很大……放心，实力是最好的证明。要我建议的话，对着镜头少哭点比较好，其他暂时没有了。”

景元洲的话微微一顿，只听他低低地笑了一声：“我现在已经在车上了，今天晚上还有训练……嗯，就不留下来吃饭了，下次有空再聚吧。多听库队的话，你可以的。”

林延听到这里只觉得有些听不下去了，忽然侧身凑了过去，对着手机“啧”了一声：“我说哭包小朋友，Titans 现在已经是我们 GH 战队的人了，你一个 BK 的选手多少有点自觉，总这样腻腻乎乎地缠着人，是不是不太好？”

景元洲垂眸看了林延一眼，神色间笑意一闪而过，随手点开了免提，把手机送到了对方的跟前，一副唯恐天下不乱的姿态。

一句“哭包”足以让蓝闽判断出林延的身份，此时他的声音从听筒中传出：“你说谁是哭包！今天只是因为师父来了太激动了，我才不是故意哭的！而且我就是跟师父打个电话，怎么就不太好了？！”

手机由景元洲托着，林延半真半假地悠悠说道：“一口一个‘师父’的，不是套近乎是什么？现在都不是同一家俱乐部的选手，矜持一点不好吗？我警告你啊，今天可是好不容易才让 Titans 和你们 BK 彻底断了关系，少打一起吃庆功饭这种鬼主意。在你们家粉丝们彻底忘记以前那层关系之前，有多远就离多远，听明白了吗？”

其实那日蓝闽在和林延的 solo 赛上被虐过后，回去仔细一想也明白了林延的良苦用心。在这点上，他是发自内心地感激林延的。原本他还想找个机会说声谢谢，结果现在被这么一打岔，又彻底气晕头了："林教练，知道你说这些话的样子像什么吗？"

林延随口问道："嗯？像什么？"

蓝闽咬牙，气鼓鼓地一口气说道："一个不让我师父和我扯上关系的小人！"

景元洲低低地咳了一下，才没笑出声来。

林延回头瞪了景元洲一眼，似笑非笑，一时兴起继续和蓝闽吵闹："对啊，你家师父现在已经是我们GH的人了，我就喜欢看紧他，不让他跟你们牵扯不清，有任何问题吗？我不只不想他和你们扯上关系，还不想他和其他战队扯上关系。怎么样，是不是好生气？但是好可惜啊，生气也没用。你师父就是没有留下来和你们一起庆功，而是选择了和我一起坐车回去，这么一想有没有觉得更气了？"

蓝闽绞尽脑汁想要噎林延一下，怎么也没想到对方居然可以回答得这么没有思想负担。隔了好半天，他才憋出一句话来："你……你臭不要脸！"

林延低低地叹了口气："可是能怎么办呢？你师父就是愿意。"

电话那头彻底没了声，片刻后才听到库天路的声音传来："哎，Mini你干吗呢？！小心点，这包里可都是你的设备，不能摔！"

孩子显然被气得够呛。

偏偏林延闲来无事就喜欢戳人痛处，闻言更乐了："怎么，不信？不信你自己问你师父啊！"

蓝闽的声音又带上了哭腔，语调听起来十分委屈："师父……"

林延意有所指地朝景元洲看去。

景元洲对上这样的视线，嘴角微微挑了一下："确实。"

蓝闽显然不是很能接受这样的现实，最后在库天路催了几次后，才终于哭唧唧地挂断了电话。

6

三天后，提前录制的第三期节目终于正式播出。

因为是非淘汰赛的娱乐性环节，加上季中赛正如火如荼地进行着，这一期的关注度相对之前两期明显降低了不少，然而这并没有影响某位教练借此又火了一把。那场与IBB次级联赛老牌战队的对决，虽然是娱乐局，但是GH打得确实太凶了。

不只是视频平台的弹幕被刷爆，就连视频网站也相继出现了各种热门剪辑。

结合之前Titans和林教练的双排直播、BK战队现场的镜头，再加上赛场上这默契十足的精湛配合……“双亲组合”的组合粉们只觉得几乎被糖冲昏了头脑。

对于GH这种还没有任何成绩的队伍来说，吸引的大多数是颜粉和组合粉，技术粉相对而言要少很多，倒是一直关注Titans的粉丝们在看过第三期的两场娱乐比赛之后，感到一阵热血沸腾。

只有早期关注Titans的人才知道，当初这个天才选手横空出世时，在赛场上是怎样的光芒四射，但同时被打上了一个“太独”的标签，备受争议。后来Titans随着BK内部整顿后改变了很大一部分的打法，自此彻底掩盖了他的锋芒，稳扎稳打地扮演着团队支柱的角色，带领着战队一步一步地走向了高峰。

没有人说Titans为了队伍做出改变有哪里不好，可是只要想起昔日那个少年，多年来支持他的粉丝就总是会为此感到深深的惋惜。

而现在虽然景元洲暂时退出了职业联赛的赛场，来到GH这支名不见经传的战队，但是他们再一次看到了当年在赛场上肆意飞扬的Titans，他又有了他们一直期望的样子。特别是这两场娱乐赛中，在边路和野区频繁的联动下，势不可挡，锐利闪耀，仿佛让盖在Titans这个ID上的凝重色彩在悄然间渐渐褪去。

这种感觉仿佛是尘封已久的利刃豁然出鞘直指苍穹。粉丝们的心头仿佛被触碰了一下，看着画面中那个身影，暖流涌动下忍不住纷纷留言。

随着组合粉和死忠粉的狂欢，GH战队官方微博评论区十分热闹。

当然，也有不少人借机浑水摸鱼恶意诋毁，暗中踩上辰宇深一脚。

“林延真的只是你们俱乐部的教练吗？实力那么强，就不考虑直接顶替打野位置？”

“不是针对Abyss的意思，选手名声对俱乐部影响确实很大，希望俱乐部可以认真考虑一下。”

“啊啊啊，双亲组合是真的！”

“有点感动，很久没有看到Titans在赛场上这样恣意挥洒的样子了，一人血书求教练转选手位啊！”

“我忍不住脑补了一下林教练和 Titans 在战场上大战四方的样子，真的太热血了。”

“说真的，你们打野要是不行就赶紧换人，我看这教练打得确实更好，节奏感也强，现成的不用想啥呢？”

“我想起那天的双排，那些嘲讽林教练打野的弹幕，笑死我了，脸疼不？”

“楼上的别说了……那天我也嗑了，现在就差找家好点的美容医院整容了。”

“诚求两位再次双排，宁愿让恶意嘲讽的人折寿十年，换一睹盛况的机会。”

整个微博闹得沸沸扬扬，林延这个当事人浑不在意，倒是引起了电竞圈里各方的关注。

景元洲距离职业圈最近，自然受到的影响最大。不出意料地，最近几天他收到了很多别有用意的问候，虽然都拐弯抹角的，但不用问也知道是冲着谁来的。

一开始景元洲看在熟人的面子上还多少应付两句，到最后干脆简明扼要地总结：“林教练？我们整个 GH 俱乐部都是他名下的，有兴趣的话我可以问问他，说不定他真的能把你也买来 GH。”

虽然说得确实非常客气，但是潜台词是：林教练是 GH 俱乐部的幕后老板，想打职业的话自己就能打，挖人的事就别想了，真要挖先考虑买下整个 GH 俱乐部吧。

此时，林延正坐在电脑前看视频资料，一回头看到景元洲在那里神色淡然地玩手机，不由得拧了拧眉心：“都快忙不完了，还在这里摸鱼？”

今天他们都没有去参加训练，而是留在林延的房间，整理 QU 战队往年的对战资料。

比起正在进行的季中赛，目前对于 GH 来说首要的任务是打赢第二轮淘汰赛的对手。节目组已经和他们透露了赛程的安排，因为上期娱乐赛环节的获胜，在下一期节目中他们将迎战另外一组的获胜方 QU。

林延总觉得自己是被节目组给坑了。按照正常流程，难道不应该是胜方对败方才对吗？这么一来，就搞得他的工作量激增。

QU 和 IBB 一样都是次级联赛的老牌战队，若真要打起来，这两队的实力也未必达不到职业水准，显然不能当成之前对战的三流战队一样随意应付。

林延向来不喜欢打没有准备的仗。他想要赶在下一期录制开始前针对性地制订出一套完整的阵容体系，于是把 QU 战队往年的那些比赛视频全部整理出来，准备大干一场。

他找景元洲来帮忙，却见这人微信一条又一条地几乎没有断过，忍不住拧眉。

林延一拧眉，景元洲却忍不住地笑。他把屏幕上的对话内容展示到了林延跟前，模样颇为无辜："你以为我真想搭理他们吗？问题是你的个人魅力实在太大了，那些人没地方问，只能都找到我这儿来了。"

林延抬头看去，一眼瞥见了对方的备注名：PILL 战队经理。

他不由得无语地扯了下嘴角："PILL 季中赛刚开局就被 BK 打趴下了，居然还有时间来关注我们战队的情况？他们就算自己闲也别拉着你唠嗑啊，找 Titans 做陪聊，收费了吗？让他去死！"

景元洲点头："好。"他说着，不疾不徐地在输入框里开始打字：我家领导说了，让你去死。

PILL 战队经理：……

景元洲如法炮制解决了和其他人的对话，然后直接将手机关机。

随后，他把放在旁边的平板电脑递到了林延眼前："去年次级联赛的比赛我已经都看完了，有用的部分视频已经在这里了。你看看，这里面有没有值得为后面比赛做参考的。"

林延见景元洲不是光聊微信不干活，脸上神色稍霁，他接过平板电脑搁在旁边："嗯，我一会儿看看。"他说着，揉了揉有些酸痛的肩膀，看了眼时间后忍不住低骂了一声，"一个没注意已经一点了！"

整理视频资料就是这点麻烦，不知不觉间时间过得飞快，以前他就是因为这样，经常一不留神就熬了通宵。

林延对着电脑屏幕已经一晚上了，仰头对着干涩的眼睛滴了两滴眼药水，用指尖轻轻地揉了揉："今天辛苦了，先回去休息吧。明天下午节目组还要继续日常直播，别到时候没了精神。"

景元洲坐在床边一动不动："我还不困，说了今天陪你一起搞完的，不着急睡觉。"

林延眨了眨眼，抬头看去：“你确定要陪我一起？景队，我怕是得熬通宵！”

“那我就陪你通宵。”景元洲看着林延有些犯困的样子，站了起来，“我去给你泡杯咖啡。”

林延一听有咖啡喝，也就没有在通宵的问题上继续纠结：“快去快去。”

景元洲泡完咖啡回来，只见林延又坐在电脑前看起了比赛视频。

柔软的灯光覆在林延身上，笼罩着一层氤氲的光边，衬得窗外的夜色也一片朦胧。

视线落在桌前的背影上，景元洲走过去将咖啡杯放在林延的手边，随后将掌心轻轻地覆上了林延的双眼：“喝咖啡时间，适当休息一下。”

林延只感到眼前一黑，闻言伸手将眼前的那只大手推开，忍不住笑着低骂了一声：“管得还挺多。”话虽这样说，但他一只手接过咖啡杯后，另一只手动了动鼠标，按下了暂停键。

景元洲眼底闪过笑意，将自己的咖啡也送到了嘴边。他视线一转落在了林延笔记本电脑旁那个穿着粉红色蓬蓬裙的“一毛钱人渣”储蓄罐上。

淡淡的咖啡味道渐渐笼罩了房间的每一个角落。

林延想找话题，然而抬头时，发现景元洲正定定地看着他的方向，不由得也晃了一下神。愣过后他才发现，对方的视线似乎是落在他的身后。

林延下意识地转过身子，一眼就看到了桌面上的那个储蓄罐。他缓缓地眨了眨眼，嘴角微微地勾了起来：“怎么了，想念你的服务费了？”

景元洲抬眸看向林延，无声地勾起嘴角：“确实是在想……你准备什么时候用。”

林延鬼使神差地说：“要不，就现在吧。”

7

景元洲垂眸看着林延：“好啊，你想怎么用？”

林延一时间没有说话，视线在景元洲的身上游走。

他悄然地往旁边挪了挪视线，注意力最后落在了景元洲袖口处露出的那双手上。

他的十指修长，骨节分明，就是这双手操作着赛场上的英雄，一度创造了无人企及的高峰。

林延的目光微微晃了一下。

景元洲留意到林延的视线，低笑："这是看上我的这双手了？"

林延瞥他："能用吗？"

"当然，"景元洲忍着眼底的笑意，问的还是那句，"准备怎么用？"

林延低咳了一声，不答反问："还能怎么用？"

景元洲用指尖轻轻地摩了摩咖啡杯："主要就看林教练希望了。"

林延定定地看着景元洲，许久后似是而非地低笑了一声："Titans 这么金贵的手，真的愿意屈尊吗？"

林延掏出一枚一毛钱硬币，随手甩给他，然后不等他回应，就翻身上了床，把整张脸严实地埋在了枕头间。

林延闷声道："行了，坐了一晚上，全身都酸死了。脖子、肩膀、背部、腰部，这些地方都需要，拿了服务费就快点办事吧。"

等景元洲回头看去，只看到床上那个一动不动的修长身影已经将自己埋在被褥之间。

景元洲神色微动："好的老板。"

翌日，日常直播时间，Titans 又开播了。

粉丝们也不知道这一天到底是什么好日子，提前收到开播预热之后就早早地等在直播间了。

下午三点，景元洲准时登录直播平台。他还在整理设备期间，弹幕上早就已经刷了一片。

"啊啊啊，Titans 终于等到你，想死我了！"

"今天直播什么内容？还是打荣耀赛吗？"

"荣耀赛好啊，单排还是双排？教练呢？喊林教练一起啊！"

"磕头跪求林教练露脸。"

"哇，还双排吗？排吗排吗排吗？"

几乎每两三句里，就有一句提到林延。

景元洲看到了弹幕上的内容，不由得莞尔，转头朝着在沙发上补觉的某人看去：“林教练，粉丝说想看你。”

林延打了个哈欠，懒洋洋地抬了抬眼皮，一脸疑惑：“不是你直播吗，为什么想看我？”

景元洲侧了侧身：“不信你自己看，真没骗你。”

林延懒得打开直播间，走到景元洲的电脑前瞥了一眼。他的脸通过摄像机镜头落入直播间，两人忽然同框，顿时引起弹幕一阵尖叫。

景元洲脚下轻轻地一个用力，将电竞椅拉开些许，给林延让出了一些位置。

林延瞥了一眼弹幕上的内容也是失笑，回答道：“今天就不打双排了，昨天晚上折腾得太累了，需要休息一下。”

粉丝们好不容易抓到这样互动的机会，弹幕疯狂地刷了起来。

“想看教练打野，想看教练带 Titans 上分。”

“哇，昨天晚上是发生了什么不得了的事情吗？”

“和谁折腾？怎么折腾？啊啊啊一人血书求细节！”

“一人血书求细节 +10086！”

……

林延眼见弹幕里直接刷屏了，只能继续回答：“和谁折腾？还用问吗？当然是和 Titans 了。”

弹幕瞬间被一片“啊啊啊”彻底覆盖。

“教练和队长带头搞这么晚？！”

“再聊一会儿，多聊一会儿，会聊天就多谈谈人生理想。”

“GH 内部这都整的什么玩意？”

“前面上来就嘲讽的走远点！”

“别折腾了，双排吧，求求了。”

“搞什么搞什么！我们只想知道你们在搞什么！”

林延对网友的联想能力佩服得五体投地：“我们当然是在一起搞视频了。”

昨天看 PILL 战队的视频直接看到了凌晨，林延本来就困得很，这时候彻底不想说话了。

他沉默了片刻，而后面无表情地朝景元洲看去。

景元洲原本还在控制嘴角的弧度，被这么扫了一眼之后，忍不住笑出声来。

不过他还是立场公正地站出来：“你们林教练说的是复盘视频。”

弹幕只剩下清一色的：“哦……”

VS

第九章
不是生，就是死

1

林延没日没夜复盘研究战术，最后结果就是GH又一次迎来了魔鬼训练。

日常也不是没有训练，只是在林延手下，有完整训练计划的练习和突发奇想的临时加训，是两种截然不同的极致体验。

GH队员包括毕姚华在内，都对这位林教练又爱又怕，就是因为他总能使出各种把人逼疯的训练手法，让你记住训练内容。

用林延的话说，那叫肌肉记忆。

一个职业选手在赛场上很可能出现各种各样的突发情况，在因为身体本能影响思维的情况之下，唯一值得信赖的，只有存有的肌肉记忆。

林教练说这句话的时候，那笃定的神色仿佛是在说自己的亲身经历般，使人无法反驳。

GH众人就这样生不如死地度过了好几天，等到再次浑浑噩噩从训练室里出来的时候，迎来了《炙热集结号》的第二轮淘汰赛。

在这期节目中，GH即将迎战的是在次级联赛中实力顶级的QU。赢得胜利则进入总决赛争夺冠军，一旦失败就当场卷铺盖惨淡退场。不是生，就是死。

在节目录制之前，林延在休息室里给大家做最后的动员："你们都要记住，拿下最后的冠军是我们的目标，唯一的目标。在顺利拿到进入职业联赛的参赛资格前，现在的你们，连说自己很努力的资格都没有。在这个领域里，一切没有回报的努力，就没有被人记住的价值。有一个道理你们必须明白，只有成绩才能证明一切，电子竞技就是这样残酷！”

“因为我们的队伍确实刚刚起步，所以之前迎战队伍的实力也确实不强，网友们至今都对我们存有争议。虽然节目组本轮的对战安排确实有些搞事情，但是面对QU这样拥有一定实力的队伍，对我们来说并不是一件坏事。QU在近五届次级联赛中获得过三次参与总决赛的资格，因为连续‘护送’过太多队伍站上职业联赛的赛场，一度被戏称为职业战队资格勘测者。而现在，我们就是要与这支勘测队伍拼出个未来。”他说到这里，环视了一下四周，“只要我们今天能够在赛场上堂堂正正地打败QU，就足以向整个电竞圈证明，GH这支战队本身就拥有站在职业联赛赛场的实力和资格。而现在我就是要你们正式向职业联盟发出警示，告诉他们，告诉所有人，我们GH，真的来了！”

一番话下来，听得GH众人一阵热血沸腾：“打败QU！”

景元洲忍不住抬头看了林延一眼，眼底隐约带着笑意。如果这人从电竞领域退休后去做传销，估计真的会有奇效。

林延这边动员完毕，转身看向了旁边的摄像大哥：“刚才的都录下来了吧？”

跟了GH战队这么久，摄像大哥也习惯了林延这样快速变脸的节奏，一脸平静地应道：“都录下来了。”

林延凑过去看了看刚才的回放，提醒道：“最后那句情绪不太对，我们重新录一个。”

GH众人很快在林延的招呼下摆好了站位，即使不太情愿，也只能一本正经地被迫再次营业。

对上摄像大哥的镜头，一个个脸上重新摆上了严肃、坚定的表情：“我们一定会赢的！”

当然，其中也有人不太走心——景元洲难得地笑场了。

林延忍不住瞪了景元洲一眼，然后凑到摄像大哥身边看了下补拍的画面：“好了，就这样吧，Titans的镜头别剪进去，其他都好。”

这边的拍摄任务搞定后，林延似乎才终于想起一件事来：“对了，之前怕影响你们的情绪就一直没有说。从今天开始，节目正式改成线上直播了，所以如果等会儿打得不好，你们将收获弹幕同步嘲讽的待遇。激动吗？有没有感到特别的刺激？”

大概是考虑到季中赛的因素，节目组再三商议之后决定调整节目播出时间，直接采取了和官方比赛一样的线上直播形式。

GH众人之前不知道这个消息，确实也有些奇怪于这次的录制时间，这时候知道原因纷纷表示震惊。

毕姚华转身看向身后的造型师：“哥，你看我这发型还需要再调整一下吗？”

造型师说：“很帅了。”

毕姚华说：“或许还能再帅一点？”

造型师答：“够帅了。”

毕姚华说：“再帅一点我也不介意的。”

造型师忍无可忍，抓了一把发胶，又朝那头五颜六色的头发上面抹了一把。

其他人笑到不行。

顾洛其实有个问题，但是不太好意思问，还是简野比较耿直，直接问出了口：“可是教练，你现在告诉我们要直播，就不怕影响我们的情绪吗？”

林延瞥了简野一眼，不以为然：“这么容易就被影响到情绪，我要你们何用？”

简野心想：这话虽然听起来是这样的冷酷无情，但是好有道理，居然让人无法反驳。

就在这时候，休息室的门应声被推开了，有工作人员探头进来，提醒他们准备上场。

林延拍了拍手：“出发吧！”

从这一轮的淘汰赛开始，所有的比赛正式由原本的BO3变成了BO5赛制。三场决胜负提升到了五场，不只对选手们的体能有了更高的要求，而且增加了更多的不确定因素，同样是对心态的极致考验。

比赛还未开始，《炙热集结营》节目直播间弹幕已经刷得飞起。

“来来来，下注下注，猜猜谁能赢下这一场的胜利。”

“GH居然坚持到了这里，之前碰到的对手真的那么不行吗？”

“求求了，给QU一次晋级职业联赛的机会吧，QU老粉要哭了。”

“遇到QU，回家队今天终于要回家了吧？”

“QU这么多年进不去职业联赛是有原因的，弱就是弱，我押GH赢。”

“上一期GH都赢IBB了，怎么就不能赢QU了？”

“笑死，上一期娱乐赛而已，GH粉就这么真情实感地以为自己队很强了？”

“醒醒，IBB输是因为射手没上场，他们队的核心就是射手体系好吧！”

“别吵了别吵了，要开始了！”

比赛正式开始，林延拿着文件夹站在选手对战区，指导队员进行BP。当QU第一个禁用英雄出来时，他的脸上不由得露出了一抹淡淡的笑容。不枉费他花了几天时间去研究QU的所有对战资料，显然QU教练组设计的BP阵容完全被他猜中了。

与选手们在场上厮杀不同，职业教练的博弈就在对方阵容变化的转瞬之间。

“哇，林教练这一笑，我感觉事情并不简单。”

“吹捧GH的都歇歇吧，成天‘林教练’‘林教练’，你们家教练那么牛怎么不上天呢？”

“我看你们才是QU无脑吹捧，等着被打脸吧！”

“啧，就问一句，回家队今天回家了吗？”

“呵呵，回家队今天送QU回家哦！”

QU粉丝们心系自家战队的名额，在弹幕上和GH的支持者对垒，寸步不让。可他们不知道的是，自家战队的教练内心早就拧成了一团。在这种时候，最悲惨的事莫过于对方提前猜到了他们的战术安排。

BP环节结束，双方教练到场中握手。

QU教练心情复杂地看着林延，无奈地憋出一句话：“体系搞得很熟啊……”

林延坦然一笑：“还好，还好。”

他的态度倒是足够谦虚，只是这一谦虚，更让QU教练感到心堵了。握手之后，QU教练控制着捂胸的冲动，匆匆回到了自家的选手席，不得不临时进行后续的战术调整。

因为战术安排被克制而导致场上选手陷入被动，就是教练组最大的失职。

林延也回到了自己的位置。与QU教练截然不同，他懒洋洋地靠着椅背，修长的腿随意地交叉在身前，开始关注场上的比赛。

第一场比赛正式开始。

因为 QU 的核心选手是他们的中单，所以这一局林延特意提醒过简野，让他一定要特别关注顾洛在中路的发育情况。他已经在 BP 环节顺利破坏了 QU 最理想的阵容，身为教练的他尽到了所有的职责，剩下的就看队员们的发挥了。

以目前场上的阵容来看，QU 的辅助选得非常被动，使得 QU 在入侵野区的时候缺乏更好的保人手段。针对这一点，景元洲已经提前招呼了辰宇深，两人进行了反蹲，开局一分钟不到就收下了来自 QU 打野的第一滴血。

简野的治疗类辅助不适合开团，但是在保护队友方面特别强势。他前期往中路一站，QU 中单不管怎么试探，甚至叫来打野几次协助，都没能在线上讨到任何好处。

以顾洛在场上的作战风格，既然对方占不到好处，那他就会占尽对方好处。他疯狂压线，虽然有仗着简野看场子狐假虎威的嫌疑，但确实飞速拉开了中路敌我的经济值差距。

作为 QU 核心的中单，一时被压得相当凄惨。林延却看得甚是满意。这就是他想要的效果。

别看顾洛平日里乖乖巧巧的样子，可上场后打得比谁都凶，平时控制类英雄很容易跟不上他的节奏，反而简野这种后手治疗的辅助，仿佛是为他量身打造的一般。

滚哥的奶，向来充足又可口，最重要的是永远会在最关键的时候出现，让人欲罢不能。

有了简野在身边保驾护航，顾洛更加没有了顾忌。顾洛的大招技能一经升级他就毫不犹豫地对躲在防御塔下的敌方中单开启了越塔强杀的模式。

这一次爆发实在来得太猛烈，QU 中单甚至没来得及做出反应，只能眼睁睁地看着电脑屏幕暗下去。

而顾洛收下人头后毫无眷恋地扬长而去。这背影，简直嚣张得过分。

防御塔的伤害还一下又一下地打在顾洛的身上。简野眼明手快，果断地向前走了两步，替顾洛承受了防御塔最后一下伤害，同一时间武器上绿光一闪，将顾洛残余不多的气血值抬回了健康的状态。

看过 GH 直播的人都知道，中路和辅助平时没事就喜欢打双排，这个时候并肩上分的默契就体现了出来。这样的一套配合打得一气呵成，弹幕瞬间被一连串的“厉害”所覆盖。

此时QU打野和边路想在上路找景元洲麻烦，结果非但没能捞到一点好处，反而还被狠狠地反压了血量，无计可施下，只能含恨后撤。

景元洲继续清理着兵线，顺便去敌方野区收了两只野怪。他看了一眼那两个身影消失的方向，给中路的顾洛打了信号，提醒道："他们边路和打野下去了。"

与此同时辰宇深也给了个信号："等我。"

顾洛了然，假作不曾收到信号，不疾不徐地在中路继续清理兵线。而简野也在同一时间提前找好了最佳治疗距离。

五秒钟之后，QU打野和边路从河道的草丛中冲出，直奔顾洛。他们先是一个位移拉近距离，强行将顾洛控制在了原地，随后就是毫不客气的一套连招。眼见就要在原地将顾洛秒杀，就在顾洛气血值即将清空的瞬间，他的身上忽然绿光一闪，见底的气血值瞬间被拉回了大半。

原来是简野一直压在手里没用的大招。他等的，就是这样千钧一发的时刻。

控制效果结束后，顾洛一个闪现果断拉开距离，几乎是在同一时间，埋伏在旁边的辰宇深如盯上猎物的野狼一般飞跃而出。

QU的边路和打野心头一跳，想要后撤却已经完全来不及了。

辰宇深这一次的打野节奏可以说是非常好，这个入场时机，正好是在敌方两人技能冷却期间。敌方没有半点反抗空间，就被辰宇深顺利收下了双杀。

顾洛作为死里逃生的诱饵，缩回了塔下开始回城，不忘在语音里给队友们点赞："厉害啊Abyss！还有滚哥，刚才没有你那口奶，我估计也得跪了！"

辰宇深低低地应了一声，转身又钻回野区。

简野闻言则是淡淡一笑："应该的，哪里有需要哪里就有我，滚哥就是你们的移动血库。"

就在这个时候，只听毕姚华忍不住哀号一声："移动血库也看看我啊！滚滚你快来，他们中单跑我下路来干吗？中路待不下去，想叫下路也跟着一起崩，QU的战队文化可以啊，要死一起死，真悲壮！"

简野作为全队的坚强后盾兼顶级工具人，毫不犹豫地往下路跑去："B哥你等着，马上给你加一口，保准奶够！"

这一局GH战队的节奏可以说是非常好，开局掌握优势之后滚雪球般把差距持续拉开。

QU很快发现，自己的移动路线已经被GH摸得一清二楚，节奏一乱就再也无法控制。再加上这局阵容先天受克，比赛进行到第三十五分钟时就被GH压上了高地。

随着QU基地水晶破碎，胜利的字样出现在了GH队员的电脑屏幕上。

“Victory！”

BO5的第一局比赛，顺利拿下！而且赢得相当漂亮！从对线到节奏，几乎完美得无可挑剔，弹幕瞬间热闹地刷了起来。

本局比赛的MVP最后给到了表现优异的Gloy，6杀0死8助攻的数据，距离超神只有一步之遥。而与此同时，全场目光的焦点落在了另一个人身上，那就是GH战队的辅助Gun。

不得不承认，GH战队Gloy的那一手中单法刺确实玩得飘逸且凶悍，但是只要关注对局过程就可以发现，如果没有Gun这个顶级奶爸在旁边保驾护航，Gloy也不可能这样深入敌阵如入无人之境。

导播适时地调出了当场的治疗数据，当看到那过分惊人的治疗总量时，全场观众不由得发出了一声惊呼。要知道，治疗类英雄在目前职业联赛中，几乎是坐冷板凳的存在。过长的读条时间，让他们比起其他拥有形式多样的控制技能的辅助类英雄，显然有些鸡肋。

然而就在刚刚那场比赛，却引起了热烈讨论。治疗辅助居然还能这么玩？玩成这样，谁还敢说他们鸡肋啊？！

因为GH之前的对手实在太弱了，原本就容易被忽视的辅助位更是缺少关注度，直到这一场……

林延在选手席上迎接队员们归来，轻轻地搭了搭简野的肩膀：“恭喜啊滚仔，这也算是一战成名了！如果真的以一己之力开创了治疗辅助的新纪元，今天就算作是‘奶神’封神之路的起点！”

简野也知道第一局的战术是基于对他治疗量的信赖，所以会奶出这样高的治疗，他丝毫不觉得奇怪。

只是听林延这么一说，他脸上又狠又飒的刀疤微微地抽搐了一下：“封神之路我是没什么意见，可是教练，能不能把‘奶神’这个称号改改？你觉得搁我身上合适吗？”

林延一抬头就对上了那张棱角分明的脸庞，沉默了片刻，而后由衷道：“我觉得特别合适！相信自己，你能奶，你就是奶神！”

简野："……"

QU 开场就丢了一局，这让原本在弹幕上活跃无比的 QU 粉们悄悄闭了嘴。与之形成鲜明对比的是普天同庆的 GH 战队的支持者们。

毕竟是新战队，和老牌战队比起来，GH 粉丝数量到底有些不够看，而且绝大部分是组合粉和颜粉，除了景元洲自带的粉丝断杀的战斗力强大一些，其他粉丝都相对佛系。这就导致了 GH 粉丝和 QU 粉丝在应援比拼时战斗力悬殊。

可是 GH 的粉丝们再佛系，弹幕依旧是属于他们的战场，和对手之间的对决自然谁都不想输！

GH 第一场的胜利，让那些组合粉、颜粉都膨胀了起来。

"哟哟哟，QU 的刚刚不是叫嚣得很厉害吗？来啊来啊，再蹦一个试试！"

"第一局就跪得这么惨，就问你们脸疼不？"

"我们 GH 以前打的都是弱队？啧，我看你们 QU 最弱。"

"碾压啊，惨啊，有我们滚哥在，人头都拿不到呀！"

"GH 的粉别太嚣张了，没赢过还是怎么的，赢一场就能过一年？"

"歇着吧，天凉了，该送 QU 回家了，我们林教练说对手机票全包，要不要现在订起来呀？"

别说，不管 GH 后面战况如何，至少此时此刻，真的解气！在这样剑拔弩张的氛围中，第二局比赛正式展开。

BP 环节，两队教练一如既往地博弈。林延眼见 QU 那边禁掉了简野上一局用的萨满精灵，了然地挑了挑眉。

全场的观众也是一片哗然。

在这之前谁又能想到，这个版本的治疗英雄居然还能登上禁用环节的舞台。从这一点来说，GH 简直是在引领比赛新潮流啊！

随着 BP 环节结束，开始选择英雄。

林延让队员们拿下了同样是治疗辅助的可可仙后，还特意朝对面 QU 的对战席看了一眼，不出意外地看到 QU 对战区的所有选手都是一脸吃瘪的表情。他忍不住笑出声来。

景元洲在这时候留意到林延的举动，把麦拉近了几分："还笑，也不怕

QU 教练组跟你拼命？”

林延一派泰然：“这么多机位摆着呢，敢真人 PK，我还真敬他是个英雄。”

阵容转眼间全部确定。

离开之前，林延不忘在语音里面多说了一句：“加油 Titans，这局就看你的了。”

景元洲“嗯”了一声：“交给我吧。”

这次的教练致敬环节，QU 教练除了握手显然已经没有任何话想说了。

因为第一局在阵容选择环节被明显针对，这局比赛他们临时调整，换了全新的战术。

现在拿出的这套体系，原本是他们针对 IBB 战队冲刺职业联赛特意准备的，万万没想到，居然在面对 GH 的时候就被逼了出来。提前暴露新战术显然不是什么明智的选择，但是 QU 清楚，如果止步在今天，所有的后招都将没有意义。

林延自然也留意到了 QU 阵容的变动。此时坐在选手席上，他视线投向场中央，看着赛场上神情淡然的男人，嘴角挂着一抹若有若无的浅笑。

虽然全新的战术确实很容易打对手一个措手不及，但是很可惜，正是防止这样的情况发生，林延选择把本局的战术核心放在景元洲身上。

有一点林延始终相信——只要这个男人还站在场上，GH 这支战队，就必将坚不可摧！

2

第二局比赛开场，双方在各自野区互相试探后没有爆发人头，各自回到自家区域安稳发育了起来。

景元洲在上路压线压得有点狠，把对面的边路选手直接压在塔下，丝毫不给对方喘息的机会。

这样的作风如果放在其他选手身上，恐怕会被嘲讽为太过激进，但是因为场上的是 Titans，所有人都认为这是常规操作。众所周知，Titans 的上路，两人包围夹击基本无望，三人围攻成败看脸。

与此同时，QU 中单在上一局吃了大亏，这次眼见简野这个治疗在视野中溜了一圈，也没有半点进攻的念头。

QU 中单的保守打法顿时引得观众一阵不满。

现场和直播间里的观众们通过上帝视角可以看到，简野帮助顾洛收割兵线后根本没有留在中路，而是虚晃一招，直接往上半地图走去。

简野和景元洲会合之后，开始入侵敌方野区。预判精准得恐怖，没一会儿，QU 打野带着辅助就出现在了屏幕中。

弹幕里已经刷起了省略号。观众也都在齐齐地为QU战队的野、辅选手默哀，甚至想唱上一首《一路走好》。

野区毫无意外地起了战火。

景元洲出手向来干脆利落，根本没有给敌方半点反应的机会，在简野的协助下收获双杀。

从这时开始，GH 直接占领了上半地图。

QU 别无他法，面对景元洲这块钢板只能选择回避。好在他们本局的战术部署本就不是针对上路，于是收了心后，开始在下路做文章。

比赛进行到现在，坐在选手席上的林延已经看出 QU 这套体系的端倪。他的眉心微微拧起。

原本，如果 QU 今天获胜的话，那么下一场决赛他们很大概率会对上老对手 IBB。因此，为了应对 IBB 这支以射手体系为核心的队伍，QU 才量身打造了这么一套特定战术。

以目前场上的阵容来看，QU 中单和打野的中野联动存在着极高的爆发性，虽然面对景元洲这个半肉出装的边路有些后劲不足，但是对付以“脆皮”著称的射手绰绰有余。

随着 QU 上半地图彻底沦陷，下半地图却随着节奏稳健的 gank 开始遍地开花。

辰宇深提前在下路设防，奈何 QU 的中野配合实在是太凶猛，到底没能在超高的爆发伤害下救下被围殴的毕姚华，反倒险些被留下来双杀。

好在辰宇深在赛场上向来冷静，后撤得也够果断，要不然，下路简直是买一送一。

毕姚华连着被抓死三次，眼见日子就快过不下去了，没办法之下开始隔空召唤：“辅助快看我！再不来真的要炸了！”

景元洲应允：“Gun 去保下路。”

简野答：“来了！”

QU 依旧蠢蠢欲动想要搞事情，可是滚哥的奶量实在太充足，几次试探后都没能占到好处，只能选择暂时后撤。随着简野的保驾护航，下路的场面终于稳定了很多。

可惜的是，前期敌方的连番攻击对毕姚华的经济影响过大，他的装备要多凄惨就有多凄惨。

没有办法，毕姚华此时只能苦哈哈地努力薅经济攒装备，只是心里更加笃定要抱住滚哥的大腿绝不松手："滚滚啊你可千万别离我太远，果然还是有你在才有安全感！你是不知道，对面那帮禽兽真不是人啊，搞得好像没见过人头一样，简直丧心病狂！我被欺负了不要紧，但我可是你的射手啊，欺负我就是打你的脸啊，这就不能忍了对不对？"

简野一边给毕姚华抬着气血值，一边笃定地安慰："行了，等会儿人来了就往我身后躲，我拦在你前面，保证他们动不了你。"

毕姚华点赞："滚滚最有安全感了！"

QU 狙杀射手的战术训练已久，可惜的是他们没料到这年头还能有这么能奶的职业辅助，所有的套路自此一乱，郁闷无比。好在前期的骚扰策略执行得还算彻底，毕姚华这个输出短期内都处在半残的状态下，给了他们不少发挥空间。QU 的第一反应是去找顾洛这个中单，奈何 GH 的中路也是一样的不走寻常路，除了偶尔冒头吃兵线，基本上在野区游走，跑动得比打野还要勤快。这么一来，想要堵杀显然难度更大。

无路可走的 QU 只能再次把注意力投放在上路的景元洲身上。

杀机暗涌。

从 GH 的地图迷雾上看去，QU 全员都不见了踪影。

景元洲只是瞥了一眼就已了然："BB 快点发育，我争取多拖一会儿。Abyss 和 Gloy 来上路，蹲在这里。"话落，他在地图上的一个草丛里简单地打了个信号。

QU 并不知道自己的行踪已经被看破，他们见景元洲在那里持续压线，只当有了机会，团队语音中一声招呼后一拥而上。然而还没等他们近身，只见后方的草丛中忽然闪出了两个身影。

正是在地图上已经消失了很久的 GH 中路和打野。螳螂捕蝉，黄雀在后，QU 自以为胜券在握的 gank 最终变成了反 gank。然而这个时候，他们想后撤已经来不及了。无计可施之下，他们只能选择硬着头皮强杀。

景元洲在原地硬吃伤害，眼见敌方后续技能跟上，只要打中，他的血槽必然清空，然而他一个极限无比的闪现完美避开，反手一套连招打出爆炸伤害，在辰宇深和顾洛的配合下，完成了收割。

“Quadra Kill（四杀）！”

“Lengendary（天下无双）！”

QU 仅剩的一人仓皇逃离，侥幸躲过一劫。三打五几乎打出了团灭，整个录制现场顿时被惊呼声掀翻。

导播当即切了一个特写镜头。画面中，可以看到和队友一起推塔的 Titans 只剩下最后四十三滴血。单是看着这近乎清空的气血值，就足以想象刚才战况的激烈。然而这就是属于顶尖选手的绝对把控！

正是有景元洲在原地将承受的伤害值控制在了极限的程度，才能诱导 QU 选手们出现集火走位，最终被迫吃下 GH 中路和打野打出的全套伤害，而几乎同一时间，下路的毕姚华与简野已经一路推上了高地。

这局比赛其实 QU 已经打出了足够的风采，可惜的是景元洲以绝对的实力稳住了上路，也同样稳住了全场的局面。

这就是现象级王牌选手的绝对实力！正是因为有景元洲给其他队友创造更多可调动的空间，才能均衡地填补上 QU 已经打开的突破口。

上下两路会合后，简野迅速地给景元洲补满了气血。

GH 众人跟着前进到塔下的兵线，推掉了 QU 的基地水晶。

“Victory！”

二连胜！比赛进行到这里，全场的氛围再也控制不住了。

景元洲伴随着雷鸣般的掌声，径直走到了林延的眼前：“表现得还行吗？”

林延眼里带着笑意：“我怎么感觉你像是在求表扬？”

“这么理解也可以，”景元洲也不否认，“所以我值得听上一句表扬吗？”

林延嘴角扬了起来：“值得，打得特别漂亮。”

BO5 连续两场获胜，直接进入属于 GH 的赛点。

林延回头朝 QU 的选手席看去，可以看到 QU 所有人神色凝重，显然已经都笑不出来了。他眉目间的神色微微变了一下。或许对于很多观众来说，《炙热集结号》只是一个娱乐性质的综艺而已，可是对于所有的参赛队伍而言，每一局的比赛都是改变未来的重要契机。

特别是QU这种次级联赛的老牌战队，一次又一次冲击职业联赛却一次又一次被拒于门外。总有人把他们调侃成职业战队资格的勘测者，可是对于QU本身来说，这个名称包含了太多讽刺意味。

林延很清楚这种难得的额外晋级机会对于QU和IBB这种战队而言是多么的珍贵，也很清楚站在赛场上的这些选手为了这几天的冲刺又付出了多大的努力。很可惜的是——这一季最终冠军的晋级名额，他们GH势在必得！这就是电子竞技的战场。成王败寇，唯有最后的荣耀不可退让！

连输两局显然对QU的影响很大。

第三局比赛的BP环节，无计可施下，QU教练居然连禁了三个大治疗英雄。虽然大家都清楚这是针对简野而做出的被动选择，但是显然太不明智。

林延默默地叹了口气，心情复杂地锁定了一个团控辅助，安排队员拿下几个当前版本的强势英雄。

简野确实擅长治疗类辅助，但是这不代表他就不会玩其他英雄。

这样的阵容一出来，QU已经注定与胜利无缘。

这局比赛一开始，GH势如破竹，掌握了前期的巨大优势。上一局被“欺负”了的毕姚华更是火力全开，几次小规模团战下来，几个人头到账，赚了个盆满钵满，最后赢下了第三局比赛的MVP。

比分3：0！GH以绝对碾压的战绩，拿下了这场BO5淘汰赛的胜利！

听着耳边震耳欲聋的欢呼声，林延视线平静地落在大屏幕上的对战统计上。

场上，队员们已经振奋地抱成了一团。虽然想要正式进入职业联盟，他们还需要面临最后的总决赛，但是就如林延在赛前说的，今天的胜利是他们证明自己的第一步，而他们也确实做到了！

GH已经用自己绝对的实力，向联赛的那些职业战队敲响了进军的警钟！

台上，毕姚华已经把队友们抱了一圈。等到他们抬头看向景元洲的时候，只听队长神色淡淡地提示道：“该去握手了。”

直播期间节目也改成了联赛的赛制，作为获胜方的GH要去失败方QU的对战区和他们一一握手致敬。

又失去了一次进军职业联赛的机会，QU有的选手已经忍不住在那里暗暗抹眼泪。

当两只手牢牢地握上时，QU 队长尽力掩藏眼底的失落，语调诚挚地说道：“你们很强，后面也要加油！”

景元洲说：“谢谢。”

林延就这样站在选手席，远远地看着场上的画面。

画面中景元洲转身朝他看来，随后从对战区走下来，径直向他走了过来。

景元洲在林延的眼前站定，两人一时相视无言。场内此起彼伏的欢呼声，一时间，仿佛成了遥远的背景音。

还是林延先露出了笑容：“恭喜获胜。”

“谢谢。”景元洲的唇角缓缓勾起，他看着眼前的人，张开了双臂，“抱一个庆祝一下？”

林延看向景元洲，迈步走了上去，给了对方一个拥抱：“还有最后一场，继续加油！”

导播捕捉到了这样的画面，大屏幕上镜头切换。全场在两个相拥的身影下，尖叫声此起彼伏。

景元洲仿佛没有留意到现场的躁动，瞥了一眼屏幕上的画面，嘴角微微勾起：“嗯，我们一起加油。”

3

因为有了 GH 异常亮眼的发挥，后面 IBB 和 KON 的第二场比赛在观众们看起来就寡淡了很多。

IBB 毫无意外地成为第二支争夺总冠军的队伍。为此，弹幕上不可避免地持续刷新，大家纷纷开始猜测最后总决赛的胜方。

“GH 不是已经打过 IBB 了吗？这有什么好猜的？GH 肯定黑马了！”

“回家队的粉丝们都这么乐观？娱乐局的赢能算赢吗？IBB 是射手体系，那场他们教练替代射手，射手都没上场好吧！”

“这点我同意，没有射手的 IBB 是没有灵魂的。”

“笑死，搞得好像把你们队灵魂放回来就肯定能赢一样。”

“IBB 和 QU 的实力半斤八两，每年进不去职业联赛是有道理的好吧。”

“我也奶一口回家队。毕竟是 3 ∶ 0 碾压，能送 QU 回家，也一定能送 IBB 一程。”

“GH 粉最好别太嚣张，小心到时候脸被打得啪啪响。”

“啨，小队伍就是小队伍，赢一场比赛就能膨胀成这样。还黑马？歇着吧！”

两边战队的支持者在网上吵得不可开交，但是不管怎么样，最后一期的淘汰赛至此正式结束。

返回 GH 基地的商务车上。

林延坐在后排，低头摆弄着手机，修长的腿散漫地交叉在身前。

由于本次节目采取的是直播的形式，节目组的工作人员为了热度也是很拼，估计是一边播着节目一边在后台赶工，这边刚结束直播，就放了许多视频集锦出来。

今天，GH 的三场比赛打得确实漂亮，相关剪辑一段接一段地更新，转眼间节目组的官方微博就接连放出了二十多条视频。

QU 这支被淘汰战队的心情怎么样林延不知道，他只知道，自己挺替他们心疼的。但是也确实不能怪他们 GH 狠心，要怪就怪节目组坑人的赛程安排，没给 QU 进入总决赛的机会。一想到 QU 战队，他就感同身受般地忍不住暗暗叹了一口气。

林延无意间一瞥，看到官方微博发布的最新视频，落入他眼中的，是赛后他和景元洲拥抱庆祝的画面。

文案配着一行字：感天动地战队情。

林延沉默了片刻，还是点开了视频。他的手机设置了静音模式，没有外放声音，但是看到镜头里涌动的人影就不难感受到现场过分热烈的氛围。

林延的眉梢挑起了几分。原来现场反应居然这么热烈？当时他怎么没有察觉到呢……这段视频时间不长，也就不到一分钟的时间，看完他才开始翻评论区。

“别的不说，GH 内部从选手到教练的关系真的都很好啊。”

“能不好吗！什么时候见 Titans 直播的时候带过人？在 BK 的时候基本上

是单排的好吧！”

“你懂什么？以前单排是 Titans 宠粉，现在双排那也是 Titans 宠粉。”

“楼上的精辟，反手就给你一个赞！”

“这段视频看得我整个人都不行了，这是怎么回事？”

“双亲组合是真的！”

“双亲组合粉流下了感动的泪水。”

后面的评论几乎就围绕“双亲组合”这个主题展开。

林延的视线在评论上停顿了片刻，他下意识地想去摸口袋里的烟，一想到现在还是在车上，就又忍住了。

这种感觉多少有些奇怪。他没有继续往下看去，转过身，他正想对坐在旁边的景元洲说些什么，正好看到对方亮着的手机屏幕上那两个抱在一起的熟悉身影。

景元洲并不像林延有静音手机的习惯，他看视频的时候戴着耳机，整个人闲适地靠在座位上。

林延伸手把景元洲右耳的耳机扯了下来，调侃道：“这是睡着了？”

景元洲转头看了过来，显然非常清醒：“嗯？”

林延又看了一眼亮着的手机屏幕，停顿了几秒才说：“有时间看这种无聊的视频，不如多看几遍比赛回放。”

景元洲看着林延，也不说话。直到看到对方终于忍耐不住收回视线，他才无声地笑了一下：“好的教练。”

然后，林延看到景元洲退出了短视频的界面，开始往下翻 IBB 的比赛集锦，仿佛什么事都没发生般看了起来。

不得不说，GH 能够杀入《炙热集结号》的总决赛确实出人意料。

经此一役，他们一举成为最大的一匹黑马。于是，GH 在往期节目中的对战视频被好奇的网友们给翻了出来。

这不看不知道，一看又是一片哗然。

要知道对于一支职业战队来说，核心体系是战术运转的关键。原本 GH 刚出来的时候，所有人都已经默认了这支队伍的战术安排必然会围绕着 Titans 这个顶尖的选手展开。可是现在，观看过他们以往的比赛视频后才发现，Titans 所在的边路根本就不是 GH 完整的核心所在！

可是，如果要明确地说出 GH 这支队伍走的到底是什么阵容体系……即使是向来以战术专家自称的专业网友们，一时半会儿也总结不出结果。那几场比赛中，有重点保护中单的，有特别依赖打野游走的，有核心确保射手发育的，有辅助全场支援的，自然也有边路强势集体推进的……短短几期节目的录制，GH 把所有选手作为核心的战术体系玩了个遍，而且居然不带重样的！

众脸震惊。这到底算是个什么套路？

网上向来不缺“战术分析师”，可是这些人结合 GH 的视频资料进行深入分析后，完全被这混乱战术给搞晕了头。

可是晕头之余，网友们又发现了一个非常可怕的点——如果 GH 的战术体系始终保持着这样莫测的变化，那对他们的对手来说，实在称不上什么好消息。

“回家队今天回家了吗”这句话，一时间不再是一个笑料，被 GH 粉丝们改编后，甚至变成了一个全新的口号——回家队今天送你们回家了吗？

一支具有特性的队伍向来很容易吸引更多的支持者，在 GH 和 QU 的这一场对决结束后，一直不温不火的 GH 也终于拥有了属于他们的事业粉。

随着粉丝后援会的正式成立，考虑到日后即将面临的各种比赛应援，事业粉们还煞费苦心地考虑起了战队的形象包装问题。

GH 官博平时都是骆默这个战队经理在打理，最近几天登录，他就陆续收到了一些从未有过的奇奇怪怪的私信。

明明是很严肃的内容，却让人无言以对。比如说眼前这条私信的内容——询问 GH 官方对于应援歌有什么想法。

身为第一批应援会粉丝，他们无比积极地想要大干一场。他们结合事实考虑了一下会歌气势问题，在私信里问得特别真心实意：

“GH 官方你好，关于会歌我们这里有三个提案。请问在《回家》《千里之外》和《回家的诱惑》主题曲《无法原谅》这三首歌中，官方认为哪首歌相对而言更符合 GH 战队的气质呢？如果没有具体想法的话，我们也可以采取公开投票的方式，让粉丝们自行决定。”

骆默秉持着职业经理人的精神特地去网上搜了一下这三首歌，最后控制着疯狂想要无视的心情做出了回复：你们自己投票吧。

后援会的粉丝们满意了，当即在网上发起了投票。GH战队的新粉、老粉，包括恶意嘲讽的人都无比踊跃地参与投票。

骆默悄然地登录了小号，投给了“都不好”的选项。奈何他一个人的力量实在是太过绵薄，最后GH的应援歌正式定为《无法原谅》，理由是流传度广、朗朗上口，且嘲讽值够。

骆默看着战队一下子拥有了这么多积极又热情的粉丝，他这个战队经理实在是百感交集，到底还是忍住了拿头撞墙的冲动，联系公关部门开始准备下阶段的宣传计划。

此时GH在网上已经有了足够高的话题度，甚至有人唯恐天下不乱般地隔空问话职业联赛的战队，询问他们对于GH这支崭露头角的新队有什么看法。

其实提出这种问题的人，从某方面来说就是想搅浑水，他们是嫌GH得罪次级联赛的众粉丝还不够，还想强行碰瓷职业联赛粉丝。

果不其然，网上很快就吵了起来。

“今年的黑马队伍GH了解一下，战术体系至今成谜，职业联赛圈子是不是准备洗牌了？”

“每年都预判有什么黑马，最后呢？上匹黑马好像至今都还被摁在地上打吧！”

“老牌战队还是老牌战队，虽然Titans转会了，但是感觉今年还是要看BK和LDF的啊！”

“楼上的是不是把SUU忘了？刚引进的两个外援可都是狠人，季中赛打得很凶呢！”

“要我说季中赛就是菜鸟互啄，要看就看秋季赛回家队的发挥了。”

“不好意思打扰一下，回家队是什么？看得一头雾水。”

“笑死我了，GH先赢了IBB再说吧。次级联赛还没结束，这就想着秋季赛了？”

“我知道，回家队不就是GH吗？选秀出身的还真以为有多牛了？别闹了，安稳先看季中赛吧！”

吵到最后，渐渐变成了综艺粉丝和职业粉丝之间的争论。

不过不管外界怎么闹腾，都没能在职业圈子内部掀起太大的风浪来。原因无他，对职业战队来说，比起一个综艺节目的最终获胜队伍，他们还有更重要的事情需要关注。季中赛正在如火如荼地进行着，这些队伍显然把注意力都投放在了现阶段即将迎战的对手身上。

GH 在次级联赛的队伍中再顶尖，也只不过是次级联赛的水平，与职业联赛巅峰实力的战队始终存在着巨大的差距。不论《炙热集结号》拥有多大的关注度，最后的冠军队伍借着这个综艺吸了多少粉丝，最后脱颖而出的战队在职业联盟顶尖战队的眼中，不过是一群实力相对还能看看的选秀咖而已，哗众取宠。因此，综艺引起的风波，都被悄然隔绝在最外围。

从周期来说，比起春季赛和秋季赛来，季中赛赛程显然要短上很多。打完第一轮后，参赛的十二支队伍已经形成了一定的排名。等之后第二轮比赛全部结束，排名最末的队伍将进入降级名单，与下周《炙热集结号》综艺中产生的冠军队伍替换参加秋季赛的职业名额。

不得不说《炙热集结号》的节目组确实特别能搞事情，眼见季中赛的保级名单即将落定，在第二轮比赛的最后一天直接邀请了 GH 和 IBB 两支决赛队伍前往现场，观看两支最末名次的职业战队最后的比赛。

万众瞩目的赛场上即将有一支队伍落入尘埃，场下的观赛区坐着的，却是虎视眈眈企图替换他们的冲刺战队。这个噱头，本身就让人唏嘘又热血沸腾。

距离比赛开始还有一段时间，GH 众人在节目组安排的独立休息室内等待。

一想到后面随时可能迎来的催泪情况，毕姚华忍不住低声感慨："LARK 跟 AIR 这两支队伍也太惨了。后面的八强赛注定无缘也就算了，今天的比赛一旦输了还得面临降去次级联赛的风险。官方这几年的举动，真的是一年比一年狠。"

简野也很唏嘘："谁说不是呢……原来没有这节目的时候，职业队伍每年也只有在秋季赛结束后才面临降级危机。现在这么一来，等于是一年连降两支队伍啊！不只是那些职业战队多了保级压力，就是次级联赛的队伍想要升级职业联赛也艰难了很多，这简直是要把人逼死的节奏！"

简野来 GH 之前就是次级联赛的替补，想到这里自然感慨颇多。直到说完，他留意到其他人投来的视线，才清了清嗓子澄清道："我没有说这个节目办得不好的意思，毕竟也是有了这个节目我们战队才被更多的人看到，我就是觉得……”

简野胡乱地挠了一把头，一时间又不知道从哪里开始解释。

顾洛特别贴心地出来打圆场，他低低地叹了口气，道：“滚哥，你的意思我们都懂。总之，就是人生残酷，生活艰难嘛。”

简野一想到自己的老队友们即将面临的严峻考验，顿时不想继续这个话题了，正好想起一件事来，顿时话头一转：“说起来，今天来的时候在外面看到好多支职业战队啊。下午不是最末位两名的比赛吗，这都已经无缘八强赛了，那些队伍都来现场干吗？”

“应该是来考察敌情的。”一直没有说话的林延低头摆弄着手机，头也没有抬一下，用的是陈述的语调，“LARK 和 AIR 虽然肯定进不了八强赛，但是按照现在的积分排名来看，除了前五名稳定出线，另外还有四支队伍想要冲刺八强都还差着最后一口气。这口气，就要看今天这场获胜的那支队伍给不给他们续上了。”

这么一说，众人只觉得更加扎心了。

简野听得直摇头：“这边在努力活下去，另一边却把他们当成了下一口要吞下去的肉！惨，是真的惨！”

林延莞尔，终于忍不住抬头看了过来：“不愧是玩治疗辅助的，脸上的刀疤再狠，到底还是菩萨心肠啊！可以啊滚仔，谁家的事都要操心，你整个就是心系天下苍生嘛！”

简野神色无奈：“其实我也不想的。只不过当初为了打好这个辅助位，特地去吃斋念佛了很久。现在想来估计是那会儿经念多了，一时半会儿没能把这心态调整回来。”

林延没想到居然还有过这么一出，乐了一瞬，下了个结论：“别的不说，不杀生这点还是挺好的。我们队就是杀气太重了，就需要你这种心性来缓解一下。”

当初他看中简野，也正是因为这一点。毕竟 GH 内部的其他几人上场后一个比一个凶狠，要是没有这么一个佛系又强势的后盾力量，实在很难掌控住整个场子。

几个人东一句西一句地聊着，毕姚华一直没有说什么话。

这个时候，他忽然站了起来：“我去一下洗手间。”

林延看了一眼时间，提醒道：“一会儿比赛就要开始了。今天虽然说是来看比赛的，但毕竟还要协助节目组录制，记得别迟到了啊。”

毕姚华摆了摆手：“知道了。”

听到休息室的房门一关，旁边的辰宇深抬头看了过来：“今天 B 哥的话是不是有点少？”

顾洛也没多想，低头刷着手机，随口应道：“可能是昨晚又通宵了吧。”

电竞少年通宵熬夜导致第二天没有精神都是常事。辰宇深闻言点了点头，没再问什么。

简野经林延一提醒倒是一时间聊开了，干脆拉了把椅子过来，真的谈起了佛法。

过了一会，工作人员推门进来，提醒道：“比赛快开始了，都准备一下。”

众人这才发现，毕姚华还没回来。

简野的注意力顿时被吸引了过去：“B 哥怎么这么慢，这是便秘了？”

辰宇深摸出了手机：“我给他打个电话吧。”

铃声响了两声后毕姚华才接听，听不出什么情绪的声音传来：“知道了，我马上过去，你们直接去观众席等我吧，一会儿再说。”

他说完，没等辰宇深再开口，直接挂断了电话。

众人面面相觑，在彼此眼里看到了错愕，最后，齐齐询问般地看向了他们的教练。

林延微微皱眉，回头问简野道：“你刚才说今天来了好几支职业战队，知道具体有哪些吗？”

简野想了想，迟疑地说道：“前头我看到了 MEN，好像还有……QOG？”

话到这儿，众人的表情一时间有些微妙。

QOG，正是毕姚华被联盟正式禁赛之前效力的那支职业战队。他们没记错的话，毕姚华和老东家闹得并不愉快，当初还是他自掏腰包交了天价违约金才强行解除的合约。

一片沉默中，林延面无表情地转身走了出去。其他人也纷纷撸起了袖子，慌忙迈步跟上。

景元洲最后一个出门。他留意到还愣在原地的工作人员，稍稍停了下脚步："麻烦帮忙跟导演组说一声，我们有个队员在厕所迷路了，现在去接他一下。一会儿我们就去观众席报到，放心，保证不会迟到。"

工作人员愣了好半晌才回神："啊……好。"话是这样应着，可是看到那群匆匆离去的背影，他的嘴角依旧忍不住抽搐了一下。这阵仗哪里是去找人啊？要说是去打群架的他都信！

4

场馆内部，因为临近比赛开始，走廊里没有什么人影。

洗手间外面的门被人从里面反锁了，在一片寂静下，如果仔细听，还可以听到对话声隐约从里面传来。

毕姚华靠在门边堵着退路。

此时刚挂了电话，他抬头瞥了眼前这些人一眼："这么紧张干吗，怕我喊人？放心，那些旧账我一个人和你们算就够了，不需要麻烦别人。"

对面几个人穿着便服，但是从背包上的LOGO不难看出他们QOG战队队员的身份。

QOG的队长Roser闻言拧了拧眉："我们和你可没旧账，有什么好算的？BB，你都已经退出职业联赛了，找到新队伍了就好好打，还这么阴魂不散有意思吗？搞这么多事，也不怕禁赛期延长？"

毕姚华表情讥诮地勾起嘴角："这就不劳你费心了，我是觉得特别有意思。"他微微侧了侧身，看向Roser身后唯一一个不太眼熟的身影，挑眉道，"这就是你们新招来的射手吧？啧啧啧，可真是难为这么好的一个小朋友了。这好不容易能够成为职业选手，偏偏就遇上了你们这群队友。说真的，听哥一句劝，有机会的话还是尽早离开QOG。和这些人一起打比赛啊，小心折寿！"

新射手之前只听说过这位B哥的事迹，他在这样剑拔弩张的氛围中有些忐忑不安，闻言更是愣住了："啊？"

没等毕姚华再说什么，Roser已经往前走了一步，拦在了两人之间。看得出来，他神色间已经有了明显的不耐烦："差不多就得了，BB，你也别太过分。"

毕姚华感觉自己听到了这辈子最好笑的笑话："不是吧Roser，我这样就过分了？那你们以前做的那些事又算是什么？我是不是还得感谢你们在我人生中留下了浓墨重彩的一笔啊？！我倒确实是挺好奇的，你们QOG到底怎么能够保持稳定的废物心态？这点真的是连我都自叹不如！有句话叫什么来着，多行不义必自毙。这么有恃无恐，就不怕整个圈子知道你们臭气熏天的垃圾本质吗？”

“我不想和你吵。”Roser 深深地吸了几口气才努力控制住了自己的情绪，“说吧，怎么样才肯让我们出去？”

毕姚华懒散地抱着胳膊靠在门边，堵住了洗手间唯一的出口，闻言，淡淡地勾了勾嘴角：“很简单，道歉。”他的眼睛微微眯起，眸底却没有太多的笑意，只有一头五颜六色的碎发透着说不出来的嚣张，一如他轻蔑不屑的语调，“在 B 哥面前跪下来磕几个头，说不定，还能缓解一下我看到你们这些垃圾后糟糕的心情。”

QOG 打野忍无可忍，怒骂道：“你一个还在禁赛期的家伙在这里装个什么劲？丧家之犬而已，队长和你商量是还惦记以前同队的情谊，别给脸不要脸！”

“哎哟喂，别给我提同队，一想到跟你们一个队过，我就觉得恶心。”毕姚华真被逗乐了，故意抬头看了一眼，“再说脸这东西，你们有过吗？”

QOG 打野快气疯了，自知在嘴皮子上从毕姚华那儿讨不到好处，冲动地开始撸起了袖子：“队长，别跟这人客气了！这么多人和他掰扯什么，直接上不就完了？”

毕姚华随手摸到旁边的扫帚，放荡不羁地在地上敲了敲：“哦？来啊，可千万别和我客气！B 哥我已经说了，今天不磕头认错，谁也别想出这个门！”

面对毕姚华这过分嚣张的态度，QOG 射手也跟着低骂了一声：“队长，干他！这里又没装监控，谁不上谁是孙子！”

原本就无比紧张的氛围眼见就要彻底被点燃。

毕姚华眸底冷光一闪，正要再说什么，只听门外忽然有人大喊了一声：“里面的人都闪开！”

熟悉的声音，让毕姚华眉心微微一跳。出于团队默契，他本能地往后面连退几步。

与此同时，随着猛烈的一脚，厕所反锁的门被人从外面踢开，重重地撞在后面的墙壁上，发出了一记巨响，晃了晃，差点倒在地上。

毕姚华：还好刚才反应够快。

简野一脚踹开了大门，现在还保持着踢门的动作，最后活动了两下还悬着的脚踝，这才把腿收回来。他一抬头就看到了毕姚华，关心地上下打量了一番："B 哥，没事吧？"

毕姚华看见后面匆匆赶来的其他人，哪能不明白是怎么回事。他眸光微动，最后忍不住低低地笑出声来："我能有什么事？"

在这突如其来的变故下，QOG 的众人好不容易起来的气势，在简野刚才那一脚下荡然无存。

好半晌后，QOG 打野才憋出一句话来："BB，你耍诈！你刚才还说不会喊人过来！"

毕姚华用看白痴的眼神瞥了他一眼："刚才接电话的时候你们都听到了，我有说什么吗？我队友仗义，怕我被欺负，特意赶过来罩我而已。怎么的，现成的人看场子我干吗不要？"

简野一看真的是 QOG 的人，顿时语调不善道："B 哥，别和他们扯这些有的没的，现在哥几个都在，保证 QOG 的人不能拿你怎么样！"

辰宇深也已经走了进来，看着厕所里的其他人，神色淡漠："就是他们几个堵你的吗？"

听这语调，似乎只要毕姚华说一个"是"字，他就能干脆利落地直接上手。

QOG 的队员一脸震惊。这是传说中的恶人先告状？到底是谁堵的谁？他们绕着这家伙走都来不及，谁吃饱了撑的来厕所堵他？明明他们才是受害者，是 BB 找碴来堵他们的好吧！

林延瞥了一眼里面的情况，知道还没打起来，多少松了一口气。他扫过毕姚华手上的扫帚，毫无情绪地问："很闲？专门跑来公共厕所打扫卫生？"

毕姚华难得沉默了一瞬，碍于教练的淫威，还是把扫帚给摆了回去。

QOG 的队员们看毕姚华手里没了家伙，稍稍松了口气，但是同一时间又把注意力警惕地投在了简野的身上。

别说他脸上过分吓人的刀疤，光看他刚才的出场方式，就知道他绝对是练过的，是个狠角色！他的存在，让全场的氛围一时间变得无比微妙。

林延的视线落在 Roser 这个 QOG 队长身上，他似笑非笑道："贵战队叙旧的地点选得还挺特殊的。"

面对对方这样的态度，Roser 一时间竟然不知道能够说什么。他下意识地看了一眼旁边的毕姚华，说："也没什么可以叙的。"

毕姚华意味不明地冷笑了一声。

大概是这一声笑讥诮意味太重，Roser脸色微白。

林延之前也回忆过毕姚华当初禁赛背后的真相，只是始终没能记起来，此时看着这两人微妙的态度，感到有些惊讶。

原本他是想给BB镇个场子，可是现在看来，比起毕姚华，QOG的队长反而更怕私下接触似的。

林延也没有多问什么，“嗯”了一声：“比赛也快开始了，既然没什么事，人我就先带走了。”

QOG这边自然是求之不得，Roser脱口而出：“那就不送了。”

林延没有搭话，转身就走。

毕姚华本来就是撞见了QOG几人，一时上来了脾气，也没有真的想要怎么样，闻言微微垂了下眼眸，双手往裤袋里一插，仿佛什么事都没发生般跟了上去。

简野站在原地没有动，死死地盯着QOG众人，确定队友们都安全离开了，这才迈步跟上。

片刻后，卫生间里恢复了平静，只留下那扇惨遭飞踢的大门蔫蔫地垂在墙边，成为暗涛涌过后留下的唯一痕迹。

直到GH众人消失在转角，QOG的几人才稍稍松了口气，可是一想，心里又有些不甘。

QOG中单看了一眼新射手，凑到Roser身边压低了声音问道：“队长，我们这么怕BB那家伙做什么？当年的事情他压根就没什么证据，更别说他已经退出职业圈这么久，更不可能把我们怎么样了。你看看刚才他那嚣张的样子，搞得跟我们真有多怕他似的！照我说啊，刚才就应该……”

后面的话，他在自家队长横扫过来的一眼中硬生生地咽了下去。

Roser眉心紧拧，语调也有些低沉：“BB属疯狗的你不知道吗？要不然，他也不能在职业联赛的赛场上直接全图喷人了。记住我的劝告，惹谁都别招惹他，要不然他真疯起来，可有你受的！”

QOG中单被噎了一下，只能不屑地撇嘴：“照我说啊，那整个GH战队都嚣张得很。仗着有Titans在，打了几局选秀比赛就自以为有多牛了！到时候要是真的被他们拿到了秋季赛的参赛名额，正好可以让我们在赛场上教他们做人！”

Roser的声音毫无温度：“那你最好先祈祷他们能先拿到那个破综艺节目的冠军吧！”

回去的一路上，都没有人说话。

随着离场馆越来越近，隐约可以听到外面沸腾的人声。

眼见就要走到出口处，林延却忽然停下了脚步。

猝不及防地，后面的人刹车不及，险些撞成一团。

林延没有理会队伍的混乱，转过身毫无预兆地逼近了几步。

毕姚华还没来得及做出反应，只见眼前的人影忽然笼罩了上来。他下意识地往后退去，等到回过神的时候，已经被林延抵在墙上了。

林延似笑非笑的声音从咫尺的距离幽幽传来，落入耳中，只让人感到凉飕飕的：“可以嘛B哥，出息了，都会在厕所里面堵人了？”

这样的转折发生得太过突然，简野好半晌都没能领会过来：“什么情况？不是B哥被QOG的那群人给堵了吗？”

林延笑而不语。

在这样的视线下，毕姚华难得地窘了一瞬，最后低低地清了清嗓子，说：“是我堵的他们没错。”

真相确实是这个真相，但是有一说一，他也的确没想到队友们的支援可以这么迅速。顿了顿，他又道：“不过，真的非常感谢你们来救我。”

简野的成就感彻底坍塌了：“别谢了，我现在怀疑刚才到底是去救的谁了！”

毕姚华的嘴角微微上翘：“不用怀疑，确实是救了我。”

他很清楚自己的脾气，很多事情真的可以无所谓，但是遇到有所谓的事情后，冲动起来的后果是不可估量的。如果刚才队友们没有及时赶来的话，很难想象让他单独面对QOG那些垃圾，事态会往什么样的方向发展，或许已经动上手了。不管是什么原因，对职业选手来说，打架始终不是什么好事。

林延见毕姚华多少意识到了自己处理方式的问题，挑了挑眉，也松开了对方，淡声问道：“所以，到底是怎么搞到这一步的？”

毕姚华知道林延问的是当年闹掰的事，可一时间又不知道应该从哪里说起。

这时，景元洲的声音从后头传来："应该是打假赛吧。"

林延之前多少有过这方面的猜测，闻言神色没有太多的变化。

其他人却忍不住倒吸了一口气。这种事情有多恶劣，他们自然知道。

毕姚华眉目间闪过一丝惊讶，下意识抬头看去。

景元洲一如既往地说："很巧，托B哥的福，我慕名去看过那天QOG的比赛，全场的节奏确实有点奇怪。不过这也只是我的个人猜测，没有证据，不好多说。所以具体情况如何，应该还是当事人更清楚。"

毕姚华沉默了片刻，而后冷声道："没错，就是打假赛！"

连他这样心大的人都不愿多去回想当年的事情，足见那件事造成的影响有多大。他向来很清楚自己想要什么，愿意加入QOG也是因为曾经诚心诚意地认为，这支俱乐部将会成为他实现梦想的起点。

可他万万没想到的是，那样的两场比赛，险些成为压垮他的最后一根稻草。

纯粹而耀眼的年少梦想，又能承受几次这样的践踏呢？

5

随着比赛的正式开始，节目组的花絮拍摄也有条不紊地进行着。

今天，GH战队的队员们显得非常配合。但是也正是因为过于配合，反倒让节目组感到了一丝微妙的不习惯。虽然听起来有点犯贱的感觉，但是平日里太闹腾的存在忽然安静，反而会使人产生一种前所未有的惶恐。

比如现在。

这场比赛结束，最终AIR以2 ∶ 1的微弱优势战胜了LARK，保住了他们职业联赛秋季赛的名额。

LARK正式确定无缘接下来的秋季赛，并且进入官方的降级名单。节目组非常适时地将镜头推近，给落寞退场的LARK一个特写，随后又将特写镜头转到了台下的GH和IBB两支队伍上。

同样的背景，却是截然不同的氛围，新老传承的画面一经比较，至此，今天的所有拍摄内容圆满完成。

回去的路上，今天的经历难免让众人有些唏嘘。

虽然同样身在这个圈子里，但是有些事情没轮到自己身上的时候还真没太大的感觉，只有真的处在这样的境地中，才会发觉电子竞技这个行业实在是过于残酷。

每一个职业选手的巅峰时期就只有那么几年，每一场比赛的落幕，意味着某些东西的开端，也同样意味着某些事物的结束。

不知道有多少选手好不容易刚从新人熬出了一些成绩，就因为年龄、身体状况等各种问题含恨退役，而更多的人却是像今天的LARK这样，还没有来得及崭露头角，就被迫从赛场上黯然离去。但即便是像LARK这样充满不甘的队伍，也是让很多次级联赛队伍无比羡慕的存在。对那些次级战队来说，LARK的选手们至少还站上过职业联赛的赛场。比较之下，居然不知道拥有这种遗憾到底算是幸运还是不幸了。

在今天之前，本来谁也没有这么深入地想过，此时简野在这样沉闷的氛围当中不由得捏了捏眉心："不行了，不能再想那些事了！算是发现了，我实在受不了这些！"

辰宇深低声开口道："往好了想，到时候替代LARK位置的战队会是我们，会不会好受一点？"

简野沉默半晌，然后道："良心好像更痛了。"

林延听到这里，懒洋洋地抬了抬眼皮："赶紧把你们这些廉价的同情心都收收。可怜LARK？战场上最不需要的就是同情。电子竞技向来就是靠实力说话，要想成为职业选手就别整这些有的没的。今天你们同情LARK了，明天是不是再同情一把AIR？各位少爷，你们是来打比赛的还是来做慈善的啊？按我说，有时间整这么多没有意义的同情心，还不如多想想外面有多少人等着看我们队的笑话呢。要真敢在总决赛上输给IBB，我倒是要看看，会有多少人会来同情你们。"

林延过分现实的一番话，扎得众人心头一疼，车内顿时安静了下来。他也不想太打击队员们的积极性，选择稍微动用一下偶像的力量："不是我说，这一点你们就要跟Titans学习一下了。炙热联盟中现象级选手，从看完LARK比赛到现在，始终就这么一个表情，连眼睛都没带多眨一下的，同情什么的更是不存在的好吗！看着点，这才是正经职业选手应该有的样子，明白了吗？"

景元洲原本坐在旁边低头玩着手机，感受到周围的视线落了过来，不由得默默地看了林延一眼。

偏偏林延一副巴不得拖景元洲下水的样子："景神，队长，Titans，这个时候是不是应该说上两句？”

景元洲失笑，想了想还是非常配合地开了口：“我觉得大家都想太多了。LARK 进入降级名单其实并没什么不好，一直保持着这样低迷的状态留在职业联赛里，只会面对更大的压力。这段时间 LARK 的粉丝们在网上也已经骂很久了，借着去次级联赛的机会，双方都冷静一下，未必没有卷土重来的机会。”

他的态度确实太冷漠无情了，可这一番话又说得足够客观。

顾洛忍不住低低地叹了口气：“总感觉不管什么领域，怎么一旦涉及粉圈这一套就变了味？”

简野本来还感慨万千，听到这一句反而乐了，伸手在顾洛的背上拍了一把：“行了，小小年纪的咋还真的伤感上了呢！”

车内的氛围一时间活跃了一些，倒是毕姚华在这期间都没怎么说话。其他人也知道他因为 QOG 那支战队的事心情不佳，都丝毫没有打扰他的意思，就这样一路回了基地。

这个时候正好是吃晚饭的时间，阿姨早就已经准备好了饭菜，一群人聚在餐厅里一起吃了。按照原来的计划，战队在今天晚上本来还有不少的训练内容，不过林延考虑到大家今天情绪上的影响，也非常贴心地给取消了。

吃完饭，所有人都回了自己的房间，整个基地瞬间安静了下来，空空荡荡的一片沉寂。

直到临近晚上九点，才隐约听到走廊上细碎的脚步声。

顾洛脚上穿着拖鞋，蹑手蹑脚地摸进了训练室。这个时间虽然不算太晚，但是因为今天难得没有训练安排，他本以为其他人应该都在房间里休息，没想到刚推开门，一眼就看到一片漆黑中那抹朦胧的光线。

亮着的电脑屏幕成为训练室里唯一的光源，衬得电脑前的人的脸透着一种诡异的白。大晚上看到这样的画面，顿时让顾洛的心狂跳了几下。他惊叫了一声之后本能地就要往后退去，却猝不及防撞进了一个宽阔的怀抱。一切都发生在无声中，这让他顿时整个人都不好了。

就在这个时候，突然挨了一下撞击的简野眼明手快地拎住了顾洛，才让这个在赛场上无法无天的中单没有跌坐在地上。他只觉无语：“干吗呢 Gloy，这一惊一乍的？”

听到了熟悉的声音，顾洛嘴角隐约抽搐了一下，努力地找回被吓散了的力气：“没，没什么……滚哥，你怎么来了？”

简野没有回答，而是往训练室里看了一眼：“Abyss，这黑灯瞎火的，你一个人在训练室里做什么？”

这个问题其实辰宇深也想问。

三个人同时陷入沉默。不过即使没有人正面回答，他们也知道彼此出现在这里的原因。

很显然，回房间后他们都忍不住搜了一下当年 QOG 那两场比赛的视频，自然也就看到了毕姚华在全球直播现场开骂的“盛况”。

当时整个频道几乎淹没在那疯狂刷新的无尽唾骂中。QOG 那两把比赛打得有多惨烈，B 哥最后的输出就有多凶猛。

与此同时，弹幕上的负面评论也铺天盖地。虽然不是当事人，但是设身处地地将自己摆在毕姚华当时的处境中，就忍不住气得全身发抖。当他全心全意地为了梦想而拼尽全力的时候，他的队友居然为了那些肮脏的黑钱而彻底丢掉了职业选手的尊严，何等的令人作呕！

可是即便知道了队友打假赛，在没有证据的情况下也无计可施，无法提出任何指控。诽谤选手的处罚，也不比其他违规行为轻上多少。他们可以想象毕姚华当时是怎样的心情。可是再愤怒，他能做的也只是在赛场上不计后果地嘲讽，随后毫无留恋地与 QOG 提出解约，回归自己直播间的一亩三分地。

大概是因为今天刚看完 LARK 比赛，再看 QOG 当年的比赛，只要一想到有那么多选手还在努力地挥洒汗水追求梦想，却偏偏还有一批人不要脸地践踏着职业选手的神圣身份，顾洛几人就觉得心里的那团怒火更加无法扼制。

简野愤愤地咬了下牙，沉声道：“反正也睡不着了，就想打几把比赛练练手。”

顾洛抿紧了唇角：“我也一样。”

其实也不怪毕姚华当年会在现场激情开麦了，现在他们只是回顾了一下那段比赛视频，一想到 B 哥居然被那群家伙这么欺负，就感到手痒难耐，不找地方发泄一下恐怕真的得憋疯。

辰宇深的电脑屏幕上刚好停留在结算界面，显然刚经过一场屠杀，MVP 数据显得异常醒目。他闻言低低地应了一声：“都想一块儿去了。”

简野和顾洛对视一眼，面对这样心照不宣的默契，一时不知道该哭还是该笑。

最后谁也没有再说些什么，走到自己的位置打开了电脑。其实这个时候他们都没有太多的想法，就是想打！等一通酣畅淋漓的发泄过后，他们才发现，不知不觉间已经连开了好几局。

顾洛揉了揉有些酸胀的眼睛，迷迷糊糊地问道："哥，现在几点了？"

简野看了一眼电脑右下角，才反应过来："没怎么注意，这都十二点多了。"

整个训练室陷在一片昏暗中，只有三个电脑屏幕散发着微弱的光芒。

顾洛"嗯"了一声，本还想说些什么，只听啪嗒一声，头顶的灯亮了起来。

他的话便哽在了嗓子口。

回头看去的时候，正好和门口两人的视线对上，他顿时愣住了："队长，教练，你们怎么也来了？"

林延靠在门边，微微勾起嘴角，话却是对旁边的人说的："我就说他们在这里，没猜错吧？怎么样，是不是愿赌服输？"

景元洲输得坦然："嗯，是你赢了。"

赢了赌约的林延心情不错，看着愣在那里的三个人，调侃道："大晚上的跑这训练室来干吗？灯也不开，门也不关，不知道的还真以为是基地里闹贼了呢。怎么的，今天给你们放假还不好，还特地跑来自己加训？早知道你们这么积极的话，我是不是应该考虑一下再加大一点训练强度啊？"

简野听得眉头一挑，忙道："不用了教练，我们真没这个意思！现在的训练量绝对已经足够了！"

林延无声地笑了一下："哦？"

他当然猜到了这几人大晚上跑来训练室的原因，也不逗他们了，环顾了一圈后慢悠悠地问："所以现在什么情况？练完了吗？差不多了的话，要不要一起出去吃顿夜宵？"

顾洛刚才顶着一腔怒气连打了几局，紧绷的精神现在松懈下来，确实有些饿了。他闻言，脸上顿时露出了笑意："要！我去叫 B 哥一起！"

林延对此当然没有什么意见："快去快回。"

两分钟后，毕姚华的房门被敲响了。

和其他几人不同，作为当事人，他既不需要也没兴趣去回顾当年自己的英勇事迹，再加上今天被 QOG 那几人搅乱的心情，回到房中后一动不动地躺在床上看了一晚上的天花板。

当毕姚华打开门的时候，甚至连出门时的衣服都没有换。见到门口的顾洛，他才微微愣了一下：“怎么了 Gloy，都这个点了，这是干吗呢？”

顾洛虽然在游戏里屠杀了一晚上，但是依旧没能抚平内心的躁动。他现在一看到毕姚华就止不住地心疼，此时表现得前所未有的热情：“B 哥你还没洗澡吗？那正好，教练请我们去吃夜宵，一起吧！”

毕姚华今天是真的没什么心情，毫不犹豫地就要回绝：“不用了，你们玩得开心啊，我就不……”

他话音未落，顾洛已经一把拉上他，头也不回地往楼梯口走去：“快点，所有人都在楼下，就等你一个了！”

毕姚华一时没回过神，居然真的被顾洛这小胳膊拖着连走了几步。他张嘴想再说些什么，无意中抬头看了一眼，视线微微一顿。如果他没有记错，顾洛身上穿着的同样是今天下午去看比赛时的那套，明显也没有换过衣服。看样子其他人也都和他一样，连洗澡休息的心思都没了……

毕姚华神色微动，瞬间了然。嘴角终于微微勾起，他恢复了一贯不以为然的语调：“不过，你这么一说，我好像确实有点饿了。”

6

路边的一家烧烤摊，生意兴隆。

在一片浓郁的烟火气中，远远地可以看到一张桌子旁边一堆五颜六色的身影。这样醒目的发色在外面并不常见，引得深夜为数不多的路人频频投来视线。

林延这个请客的老板显得非常豪气，把摊子上在卖的烤串点了个遍，这时在桌面上依次摆开，看起来还颇有几分气势。

眼见烧烤摊老板热情地又端上了一盆，他毫不客气地拿起一串香菇放在嘴边。刚咬上一口，他留意到周围投来的视线，疑惑道：“怎么了？”

GH 几人的表情多少都有些感慨。互相交换了眼神后，简野作为队员代表说出了他们的心声：“教练，你怎么会想到带我们来这里吃？”

外面的人只当林延是 GH 俱乐部聘用的普通教练，不清楚他的真实身份，可是 GH 这几人谁不知道林氏集团太子爷那金光闪闪的背景？

原本他们以为林延挑得出手的地方就算不是五星级酒店，怎么也得是高档餐厅，毕竟在很多人的观念中，像这种含着金汤匙出生的公子哥，平时在饮食起居方面多少会比较讲究，万万没想到的是，他居然会带着他们坐在这么接地气的地方。

毕姚华一边啃着鸡腿，一边故意调侃道："就是啊教练，这种路边摊我们几个请客吃吃也就算了，你一出手把场子摆在这里，是不是有点不符合你的身份啊？"

林延闻言反倒笑了笑："怎么就不符合身份了？进了电子竞技这一行，有几个没在路边吃过烧烤的？跟你们说，曾经有一支队伍每天晚上吃烧烤习惯了，结果出国比赛的时候去街上找食物，没能找到烧烤摊，差点当街饿死。"

毕姚华听乐了："哪支战队这么蠢啊，我怎么没听说过？"

林延烫得直吹热气，笑呵呵地眨了眨眼："秘密。"他说着神态淡然地转移了话题，"而且啊，虽然今天是我请客，但是买单的可是你们的队长。要谢就谢 Titans 啊，想吃什么随便点，有钱，管够！"

其他人闻言，齐刷刷地朝景元洲看去。

景元洲微微耸肩："别看我，我也是刚知道这事。"

林延瞥了他一眼："愿赌服输，我挑什么你就得请什么，可别想赖。"

简野想起刚才在训练室时两人的对话，也明白了过来，忍不住"啧"了一声："可是教练，这里的平均物价也就这样，点再多也吃不穷队长啊。你这地方挑得，也不知道给我们留点发挥的空间，也太为队长省钱了吧？"

林延笑道："省钱有什么不好的吗？勤俭节约是美德。"

周围顿时一阵沉默。

别的不说，烧烤确实价廉物美，香是真的香。一群人嘻嘻哈哈的，吃得很是热闹。

吃到兴头上的时候，简野忍不住向烧烤摊老板要了一些啤酒。林延想着大家难得出来这一趟，也就没有拦着。

队内其他人也都已经成年了，不过有兴趣喝酒的也就简野和毕姚华。这两人一个是天性豪放，一个是今天心里藏着事，连带着辰宇深的杯子也被倒上了大半杯，只有顾洛非常坚持自我，抱着一瓶旺仔牛奶在旁边独自满足。

简野自然觉得不够尽兴，见林延身前的杯子空着，举着啤酒瓶就要过来帮忙倒上："教练，来点？"

林延看了一眼自己的杯子，刚想说什么，有一只手已经拦在前面替他挡了下来。

一直在旁边玩着手机的景元洲这个时候突然开口道：“你们教练不喝酒。”

大好时机却无人畅饮，这让简野感到有些痛苦：“这是我们第一次在外面聚餐，多少喝点没事吧？”

“Titans 没说错，我是真不能喝。”景元洲的反应让林延不由得想起了当时酒吧街的情景，没再去看景元洲的表情，而是低低地咳了一声，“那啥，我就以茶代酒好了。”他说着，拿起旁边的冬瓜茶倒上了小半杯，随后托着杯子微微一晃，也有点乐了，“别说，这颜色看起来和啤酒还挺像。”

简野的嘴角忍不住抽搐了一下，他还想说些什么，就听到旁边的顾洛跟着说道：“那我就以奶代酒好了。”

简野心想：你们一个比一个损。

景元洲看着林延配合的态度，忍不住低笑了一声，把空杯子递到简野的面前：“我陪你们来点吧。”

这样的举动终于让简野感到了些许欣慰。

旁边的毕姚华已经拉开了一听罐装的啤酒仰头一口饮尽，随后又打开一罐后发现几个人还杵在那里，急不可耐地招呼道：“愣着做什么？干了啊！”

众人闻言齐齐举起杯子站了起来，半空中杯子碰撞在一处，发出了清脆的敲击声：“总决赛，加油！”

干完这一杯后，几个人一边吃着一边展望了一下未来。别说，配合着路边摊这样的环境，还真有几分英雄少年的洒脱。吃到最后，众人大多在感慨。今天晚上毫无疑问当属毕姚华最健谈，滔滔不绝下也丝毫没有妨碍他喝酒的节奏，一罐接一罐，转眼间脚边就堆了许多空瓶。倒是没有人拦着他。

几人在私下里其实已经商量过了，今天 B 哥想干吗就干吗，大不了最后实在喝倒了，哥几个一起把人扛回去就行了。

而辰宇深一直在旁边默不作声地陪着酒，毕姚华还没太多的醉意，他白皙的脸上就隐约有了不寻常的红晕。

林延看几个小朋友兴致挺高也没有打扰，随手点了一支烟叼在嘴边，顺便也给景元洲递了一支过去：“抽吗？”

景元洲摇头：“不了，抽烟跟喝酒一天只能沾一样。”

林延忍不住笑了，也不知道该不该调侃他们这些老龄选手奇奇怪怪的养生之道。

景元洲看了一眼时间，站了起来："时间差不多了，我去买单。"

林延应了一声，低头刷起了微博。看到网上关于下午比赛的评论时，他不置可否，低笑了一声，随手拿起了桌前的杯子。

辰宇深回头就看到这么一幕。他愣了两秒才反应过来："教练，那是我的杯……"他话未说完，林延已经仰头一口喝干。

和预料中的味道不一样，林延愣了一下，才咕嘟一下全部咽了下去，啤酒的味道瞬间在他口腔中弥漫开。

辰宇深终于把话给说完了："那是……我的杯子。"

林延看着手中的空杯陷入沉默，还给辰宇深后，又低头将视线投在了手机屏幕上。只是他翻看微博的动作越来越慢，最后久久地停留在某个界面。

因为今天众人都喝了不少，所以烧烤摊老板在清算酒单时多花了些时间。景元洲买完单回来，看到几个人还在闹腾，问："准备回去了吗？"

没等其他人回应，林延已经站了起来："走吧。"

众人已经习惯了跟着林延的节奏走，既然教练都发话了，都毫无意见地站了起来。

晚上除了简野，就属毕姚华喝得最多。起身的时候他不可避免地晃了一下，被旁边的辰宇深眼明手快地挡住了。可是这么一挡，两个人只能齐齐地改变方向，随后像多米诺骨牌一样，一个压一个地倒在了简野的肩膀上。

简野屹立不倒，可是这种姿势一个人扛两个也够呛，只能招呼今晚唯一没有沾酒的顾洛过来帮忙。

顾洛晚上只喝了旺仔牛奶，自然是几个人里最清醒的。他好不容易把辰宇深扒拉到了自己的身上，仰头刚想求助，却发现不知道什么时候另外两人已经走远了。他张了张嘴，放弃了喊人。可是教练和队长走的好像……并不是他们停车的方向啊？

景元洲回来的时候就留意到了林延举动间的异常，跟在林延身后想看下情况。他虽然也跟着喝了一点儿酒，但还算比较清醒。

此时夜风一吹，林延整个人都隐约散发着酒精的气息。

景元洲当然知道现在这个方向距离停车位越来越远，本以为林延有什么事情，渐渐地终于发现了不太对劲的地方。

他刚想喊住跟前那人，便见林延步子微微一歪，咣当一下撞上了旁边的路灯杆，然后顺势一抱，整个人牢牢地挂在了上面。

景元洲意识到了什么，他快步上前，眼明手快地将人一把扶住，低头看了看那张与寻常时候没有太大不同的脸，略感无语："喝酒了？"

林延听到声音后抬头，视线落在咫尺之隔的这张脸上，缓缓地眨了眨眼，许久之后才仿佛听明白景元洲在问些什么。他唇角压低了几分，摇头："不是故意的，就……喝了一点点。"

景元洲很确定今天一晚上林延都抱着那瓶冬瓜茶，这么一想，显然是在他去买单的那段时间破了戒。也不知道怎么做到的。他没有多说什么，把林延的手抬起直接挂在了自己的肩膀上："先回去吧。"

然而他没能迈开脚步。

忽然响起的手机铃声打破了深夜的沉寂。

眼见林延挣扎着准备迈开不稳当的步子给自己带路，景元洲眼明手快地将他一把抓过，确定林延暂时安分了下来，才接通了电话。

电话是顾洛打来的。

此时毕姚华和辰宇深已经在车上睡着了，他和简野久久没有等到两人回来，于是选择了打电话询问情况。

景元洲："我和教练还有点事，先让司机送你们回去，不用等了。"

顾洛有些疑惑地应了一声，还是关心地问道："教练他……没事吧？"

景元洲回道："没事，我搞定。"

7

林延真的安分了。

不得不说这样的画面实在是过于熟悉。景元洲还记得第一次见面的时候，这人就任由他领去了酒店。

然后……那段有味道的回忆，到底还是没能让他继续想下去。

用手机 APP 叫了网约车，景元洲拖着林延在路边等着。

深夜一点，周围笼罩着极致的夜色。不知不觉间夏天已经过去，晚上的风似乎也带上了微微的凉意，时不时从领口钻进来，凉凉地刮着肌肤。

景元洲虽然是电竞选手，但是因为每天早上有起来晨跑的习惯，倒是没有那种职业选手专属的夜猫子属性，也不记得有多久没有夜不归宿了。然而此时，他没有半点的睡意。

景元洲将自己的外套脱下，毫不客气地将林延整个人罩在了里面。

林延迷迷糊糊间微微拧了拧眉心，也不知道在想什么，居然就这样由着景元洲摆弄。

景元洲一时觉得有些好笑。看着林延现在这副样子，他也不知道到底该说这人的酒品是好还是不好了。

网约车此时已经到附近了，绕了几个弯儿后很快就到了两人所在的路口。

景元洲架着林延上车，替对方调整了一个相对舒适的姿势，才给司机报了战队基地的地址。

绿灯亮，车子重新启动。

景元洲把旁边的车窗摇低了一点，让林延透透气。

林延整个人就这样埋在他的怀里，没再吭声，平和的呼吸让人分辨不出是不是已经睡着了。

吃烧烤的地方距离基地并不远，过了几个路口就抵达了大门口。

景元洲艰难地把这个昏昏沉沉的家伙扛下了车。

此时一路走去，整个GH基地里一片寂静。其他人先他们一步回来，显然已经睡下了。

景元洲把林延一路带回了宿舍，艰难地从裤袋里摸出了钥匙，开门进去，才终于把这个酒疯子给安全送到了床上。

结果他正准备把手抽出来，一路上蔫了一样的林延却忽然从床上弹了起来，一把抓住他："想跑哪里去？"

景元洲："……"

林延就是这样定定地看着景元洲，目光迷离。他一只手拉着景元洲，另一只手轻轻地拍了拍自己的床："一起睡啊。"

景元洲拗不过他，只能选择暂时在床边坐下，声音微沉："你该休息了，我回去睡。"

林延显然并不接受景元洲的提议："我这里有好多的硬币，我去……给你拿，要几毛就有几毛！"

说话间，似乎为了证明自己，他转身下了床，摇摇晃晃地就真的要往旁边摆放着储蓄罐的桌子摸去。

奈何这时候他全身软得一塌糊涂，还没走两步，眼见就要瘫软下去。好在景元洲一直留意着他的动作，眼明手快地拉了他一把。

景元洲："行了，陪你，不要钱。"

林延也不知道听进去了多少，可能只听到了最后"不要钱"那三个字，满意地缓缓点了点头，终于不再折腾了。

然而景元洲睡不着了，他艰难地侧身关上了床头灯，一夜无眠。

宿醉过后的毕姚华第二天难得醒得很早。顶着有些钻疼的脑袋，他正迷迷糊糊地准备去楼下吃早餐，路过走廊的时候恰好看到斜对面的房门是开着的。

记起这是谁的房间，毕姚华正准备上去打招呼，然而"教练"两字还没来得及喊出口，等看清楚走出来的那个身影，整个人就这样牢牢定在了原地。

景元洲也没想到会在这个时候撞见别人。通宵的疲惫让他也懒得多说什么，沉默了一瞬："早，我去补觉。"说完也不再看毕姚华的表情，推开了对面的房门，面无表情地走了进去。

8

其他人睡醒下来的时候，就看到毕姚华一个人在训练室里，也没有开游戏，不知道在想些什么。

简野往训练室里探了探脑袋，居然没有看到景元洲，多少有些错愕："队长不在吗？这是有事出去了？"

毕姚华低头看了一眼时间，伸手揉了揉太阳穴："应该还在睡觉。"

"睡觉？"这下顾洛也看了过来，作为最心系 Titans 的小可爱，不由得关心地问道，"不会是昨天大晚上出去感冒了吧？"

同队这么久，大家都知道了景元洲的作息习惯，每天雷打不动地早起晨练，这个时间点他还没起床，确实是非常反常的现象。

听顾洛这么一问，毕姚华只觉得头更疼了。不过他平日里虽然话多，但也没有揭人隐私的习惯，即便对于"队长为什么从教练房间出来"这件事百思不得其解，也到底没有多上这么一嘴。他停顿了片刻后沉声道："应该就是在房间里睡觉。”

其他人虽然心里奇怪，但是也没多问什么，各自去固定位置开机。

毕姚华留意到辰宇深比平常还要低沉的脸色，探了探头：“昨天没睡好？”

辰宇深应了一声：“还行，就是有点头疼。”

毕姚华稍微回忆了一下昨晚的情景，了然地低笑了一声：“看样子酒量是真不行，下次喝酒还是不拉着你了。”

听到这样一句，辰宇深移动鼠标的动作微微一顿，抬头看了过来：“没事，我能练。”

毕姚华有些错愕，越过电脑屏幕看了眼辰宇深的表情，笑得五颜六色的头发也跟着直颤：“这有什么好练的？练这不如练英雄，双排走一走？”

辰宇深答：“排。”

很快，整个训练大厅只剩下鼠标和键盘的敲击声，时不时地夹杂着几句交流。

林延推门走进来的时候看到的就是这样的场景。他看了一眼几个看起来训练得颇为刻苦的背影，没说什么，面无表情地抱着笔记本电脑走到旁边坐下。他没有着急开机，嘴边叼了一支烟也不着急点上，就这样任由自己陷在柔软的沙发里，视线毫无落点地投放在远方。

虽然昨天他喝得确实不多，但是醉也是真的醉了，醒来之后倒也没怎么觉得头疼。唯一的问题在于他不太记得昨天具体发生了什么事，包括昨晚是怎么回来的。他也努力回忆过，最后在脑海当中捕捉到了几个零碎的画面。可即便如此，光是这些残缺不全的画面，已经足够惨烈了。

林延忍不住在心里骂了一声，一用力差点把嘴里的烟直接咬断。他依稀记得，自己昨天还抓着景元洲不让人家走来着……沉默了片刻后，他头疼地闭了闭眼。大概是昨天晚上一直保持着一个睡姿的缘故，他现在只觉得全身上下仿佛拧在了一起，心里骂骂咧咧之余，挪了挪身体换了一个坐姿。

林延现在没有开始训练的想法，抬头看了一会儿空着的景元洲的座位，又低下了头，打开随身携带的笔记本电脑。

下一场就是总决赛了，他们的对手同样是次级联赛强队 IBB 战队。和相对稳扎稳打的 QU 不同，IBB 的战术向来激进，还没有正式开赛，就已经可以预见即将迎来的激烈碰撞了。

因为林延之前在娱乐局上亲自接触过这支队伍，所以他在策略制订上有了更多直观的见解，战术制订上自然也更加得心应手。

然而此时他的注意力始终落在那个不见人影的空位上，他时不时地抬头看一眼大门。

等到景元洲下楼时已经是下午三点左右了。

因为回去好好地补了一觉，比起早上，景元洲的精神状态看起来好了很多。一进门恰好对上林延投来的视线，他动作稍稍停顿了一下："醒了？"

林延看了一眼时间，低低地咳了一声："你以为现在几点了？"

景元洲颇为诚恳地应道："抱歉，昨晚没睡好，再一觉醒来就到现在了。"

林延多少也猜到了自己昨晚的德行，这时候越是坦诚的话语落入耳中就越像是调侃，他说："也没事，反正今天的训练要晚上才开始。"

景元洲一路走到自己的位置坐下，微微抿紧嘴角，过了一会儿才再次开口道："对了，以后战队聚餐都不要再点酒了。"

林延原本低下头准备继续看分析到一半的比赛视频，闻言不由得把头埋得更低了。他用漫不经心的态度应道："没问题，这提议挺好的。"

这两人都发了话，GH 的其他几个队员自然没办法再发表意见，连简野也只能苦哈哈地表示同意了。

下午的时间就这样在训练室里度过。吃完晚饭之后，所有队员正式开始迎战 IBB 的针对性训练。

林延用一下午完成了后续几天的训练计划安排。

现在已经到了最后时期，节目组取消了日常直播环节，这样一来正好给他们留下了更多的训练时间。

在林延的安排中，抠死了所有可以压榨的时间，计划表格呈现出来的简直是魔鬼日程。

这份训练计划总计三天，一直持续到节目组总决赛直播的前一天下午。

所有人都惦记着 LARK 战队进入保级名单无缘秋季赛的事，多少也都憋着一口气，所有的训练项目进行下来都完成得非常漂亮，训练期间更是连半句抱怨都没有，都对节目总冠军势在必得。

机会永远不会等人，错过这一次，谁也不知道后面等待他们的会是什么。

不见天日的日子转眼过去。

比赛前一天，所有人都早早地睡下了，翌日一大早出发前往决定命运的总决赛录制现场。

依旧是那个熟悉的休息室，造型师轻车熟路地为几人确定造型。

GH众人被迫在椅子上坐直了身子，一动都不能动，但是这并不影响指尖在手机屏幕上灵活地敲击着。

这段时间，他们早就习惯节目组时不时地搞事情，特别是刚刚接到今天的录制流程通知之后，不用看都知道网上估计又已经闹翻了天。

搞事情，《炙热集结号》确实是认真的。

在这之前确实没有人能想到，节目组居然直接把刚从季中赛被淘汰的LARK战队请到了现场，还特别贴心地为今天即将进行总决赛的两支队伍安排了一场噱头十足的热身赛。

能够有赛前热身自然是好的，可是如果热身的对象是LARK那就另当别论了。

网上早就硝烟四起——

“笑死我了，牛还是集结号的节目组牛，这到底是想打谁的脸？”

“这就有意思了，LARK如果在场上碾压了两支决赛队伍，后面的比赛是不是可以不用打了？”

“我觉得LARK今天肯定要往死里打，这可是夺位之仇啊！”

“说真的，如果前面的热身赛输了的话，这个选秀节目本身就得成一个笑话吧！”

“那可不是嘛，晋级队如果打不过降级队，你们说好笑不好笑？”

“这个综艺节目大概是我见过最狠的了，自己逼自己可还行？”

“我现在比较想知道回家队和IBB的心理阴影面积。”

“照我说随便看着一乐就得了，本来就是选秀战队，还真指望他们进职业联赛后有多好的发挥？”

“楼上的+1，这个确实，本来就是闹着玩的事情，太真情实感就没意思了。”

“GH和IBB谁赢我都无所谓，综艺效果而已，但是如果今天输给LARK也确实挺打脸的。”

“我得坦白，从刚才开始我就非常想谢谢导演组全家！”毕姚华为自己的发型考虑，此时坐姿端正得像一尊雕塑，手却飞速地刷着微博的评论区，“现在网上还真是特别期待我们两支队伍去和LARK好好地打上一场呢，这都啥玩意儿？脑补得风生水起，一张嘴就说什么如果今天两队全输了就有意思了，还说最后不管谁夺冠都注定会是史上最德不配位的保级队？呵呵呵，我呸！也就那帮人，每次一搞事情就蹦跶得比谁都厉害！”

林延眼前摆放的正是那份流程安排表，他闻言淡声道：“很正常，网友才不管我们打的是BO5、BO3还是BO1，只要输了，就是输了。我们和IBB比赛，获胜的队伍毕竟替代的是LARK在秋季赛的名额，打不过本尊就是技不如人，躺平任嘲也确实没什么话好说。不过现在唯一的好消息就是IBB和我们一样面临着这个艰难的考验，到时候如果我们输了而他们赢了，最后再赢下总决赛的话，至少晋级名额的可信度还能提高一点。这样一想算是多了一次机会，是不是可以开心一点？”

辰宇深一直没说话，此时一脸不高兴地嘀咕道：“并没有。”

顾洛也不太想跟LARK打这一局，忍不住试探性地问道：“所以说教练，你觉得以我们目前的实力，打LARK的胜算有多大？”

林延想了想，说：“正常打的话，大概三七开？”

毕姚华惊讶：“那挺不错的呀！”

林延瞥了他一眼：“我说的是我们三、LARK七。”

简野咳了一声，不太想接受这个事实：“有这么惨吗？”

“不惨了，人家LARK成立多久，我们又成立了多久，多给点时间碾压都不是大问题，可惜现在确实是这个情况没错。”林延笑，“不过我也说了那是在正常打的情况下。今天可不是什么BO3，而是一局定胜负。到时候我在场上给你们安排一下，弄点奇招什么的，大概可以稍微提高一下胜率，也就变成我们七、他们三吧！”

毕姚华张了张嘴，难得地不想吐槽。三七变成七三，这天差地别的胜率居然能叫稍微提高一下？！

景元洲拧开一瓶矿泉水递给林延，又自己开了一瓶，仰头喝了一口后平静地打断了众人乱七八糟的思绪：“总之，赢就行了。”

林延点头，也是非常淡然：“没错，反正冠军是我们的。”

话落，休息室内的气势一振。

此时工作人员和造型师刚好都完成了手中的工作，好不容易才控制住抽搐的嘴角，默默地退了出去。他们入行这么多年，各种各样的队伍见得多了，可是还没比赛就嚣张到这个份上的，还真是第一次见！

第十章
真的是职业战队了

1

已经进入直播倒数计时，所有人前去候场。

在路上的时候，GH 众人远远看到 LARK 的众人。因为季中赛表现不佳，所以他们脸上并没有太多的笑意，虽然已经经过了化妆处理，但是依旧肉眼可见的疲惫。

GH 的队员们看在眼里，不约而同地在心里面叹了口气。

景元洲虽然和 LARK 的人不熟，但是毕竟也有过几面之缘，趁着比赛还没开始，特意独自过去打招呼。

GH 其他人来到属于他们战队的选手席，等待节目开始。远远地抬头看去，只见景元洲和 LARK 队长进行交流，也是一脸复杂的表情。其实对于 LARK 的遭遇，他们是真的很同情，可是他们只要一想到马上要和这支职业联赛的保级赛队伍打热身赛，就给这份同情打了个折扣。

顾洛忍不住又看了眼时间："怎么还没开始啊？再不开始的话……我想再去上一趟厕所。"

辰宇深说："别乱跑了，就在这里待着吧。"

简野也回过头来，打量了一眼顾洛的脸色："你不是刚去过厕所吗，又想去了？以前没见你这样啊，今天怎么这么紧张？"

顾洛没好气地闷声道："也还好，而且滚哥，我就不信你一点也不紧张，"

简野清了清嗓子，说："毕竟是总决赛嘛，紧张是有那么一点的，不过多少还是可以调节的。”

顾洛暗暗地搓了下有些薄汗的掌心，到底还是说出了自己的担心：“其实我自己倒是没什么，主要是怕到时候万一发挥不好，拖累了队长。还有 B 哥，也是职业联赛过来的人，陪我们在这里打这种综艺比赛本来就已经够委屈了，如果最后没能拿下冠军的话……或者说，就算拿下了冠军，如果前面不小心输给了 LARK，也还是会害得他们被嘲……”

大概是有些不敢往下想，他说到这里就不吭声了。

毕姚华作为顾洛口中那个无比委屈的存在，倒是泰然很多：“这个还真不用带上我。我只要有地方打比赛就够了，随意得很。能赢就赢，输了就找机会再去次级联赛玩玩，多大点事！不是安慰你，这方面真没你说的那么惨烈，怎么就完全没有退路了？不至于啊 Gloy！”

林延本来在旁边进行着最后的战术整理，听到这里终于有些听不下去了：“你们这又闹的哪一出呢？刚才给你们鼓起的气势都上哪儿去了？怎么一来场上还越想越多了？该怎么样就怎么样，好好打就行，剩下的退路什么的完全不是你们需要考虑的问题。”他用指尖轻轻地在纸页上敲了敲，勾着嘴角低笑了一声，“而且也真没什么好考虑的。你们输了大不了该干吗就干吗去，我就不一样了！我可是真金白银砸了钱的好吗！ Titans 有多贵你们也不是不知道，要说没有退路的话，你们那算什么，我才叫没有退路好吧！所以说都给我好好打，要不然……呵呵，真让我血本无归的话，到时候就把你们一个个打包给直播平台卖身去。”

景元洲刚回到选手席就毫无预兆地听到了自己的名字，垂眸看了过来：“我怎么了？这是准备把我卖哪儿去？”

林延没想到这人回来得这么快，被刚喝到嘴里的水呛了一下，连连摆手：“没……咯，没卖你！你那身价也就我买得起了！”

林延见景元洲在旁边坐下，生硬地转移了话题：“刚才聊了那么久，LARK 今天的状态怎么样啊？”

“状态挺好的，”景元洲回想刚才的谈话内容，应道，“毕竟突然落入保级赛的境地，多少有点不甘心，照他们的意思，今天的热身赛是准备大干一场了。”

“哎哟，那节目效果不是要爆炸了？”林延眉梢微挑，“我还以为你这招呼打过后，多少能让他们在赛场上对我们温柔一点。没想到啊，你 Titans 的面子居然都不好使了？”

景元洲无声地笑了一下：“在赛场上还真不太好使。”

毕姚华听完两人的对话，嘴角一抽，伸手打了个响指：“得，看来这热身赛估计能给我们热彻底了。节目组找 LARK 来还真是找对了，漂亮啊！”

远远地可以看到在工作人员的带领下，IBB 和 LARK 的选手们走上了各自的对战区，为即将展开的第一场热身赛做最后的准备。

GH 的热身赛安排在第二场。

眼见场上的两支队伍准备就绪，GH 众人也不再说话，开始关注比赛。

毕竟是总决赛的现场，这次录制现场的观众要比前几场来的多得多。

今天到场的很多是 LARK 战队的粉丝，在解说们热场之后，助阵的加油声一阵接一阵，喊的全是 LARK 选手的名字。

顾洛看得叹为观止：“不知道的，还以为今天是 LARK 战队的主场比赛呢！”

毕姚华笑了笑：“正常，自家战队来这里帮忙打热身赛，粉丝们心理不平衡，想要找回一点场子而已，再自然不过了。”

林延一直没有说话，视线久久地停留在大屏幕上。BP 环节正在进行当中。眼见对战双方的阵容确定，他目光微闪，意味深长地哦了一声：“果然啊……”

节目组安排的这场热身赛确实非常搞事情，特别是热身赛的时间段，显得更加微妙了。

IBB 如今的处境和 GH 一样，面对 LARK 的热身赛自然也有非赢不可的原因，可是 LARK 再弱那也是拥有职业联赛实力的战队，在没有提前准备的情况下，像 IBB 这种次级联赛的队伍如果不拿出真正的实力来，实在是很难应付。可是如果真要全力以赴，那就牵扯到会不会正式决赛还没开始就暴露战术的问题了。

既然 GH 为了今天的比赛认真备战了几天，那么 IBB 肯定也做了充足的准备。

而 LARK 的出现，成了打破他们节奏的那个不确定因素。如果为了赢热身赛而提前暴露战术，自然得不偿失，可是如果直接放弃热身赛，很可能就算以后进入职业联赛也要遭受德不配位的冷嘲热讽。鱼与熊掌不可兼得，毫无顾忌地上还是先退避忍一口气，本身就是一个两难的选择。

林延原本也很好奇 IBB 会做出怎样的决定，而此时对战阵容一出，他就知道自己猜对了——比起名声这种虚无缥缈的东西，IBB 到底是忍辱负重，选择了留一手。

第一局热身赛正式开始。

IBB 这局比赛的阵容整体来说中规中矩，以至于整个对战过程没有太大的亮点。反观 LARK，一开局就积极地在各条线路制造各种碰撞，很是敢打，没等到中期就直接打乱了 IBB 的节奏，经济的差距开始无限拉大。

不过 IBB 阵容偏稳当，如果能够拖到后期，倒也不是没有反超的机会。

兔帽哥在解说台上语速飙升，向观众们分析了一下场上的形势。整个现场的氛围随着场上的拉扯也过分紧张。

LARK 到底还是没有给 IBB 拖后期翻盘的机会。比赛进行到第三十分钟的时候，他们推上高地，结束了比赛。

看着 IBB 的基地水晶爆炸，毕姚华感同身受般地捂了捂胸口："这就输了……指望 IBB 是没戏了，果然还是得靠我们。"

林延从椅子上站起来，拍了拍手招呼道："轮到我们了，走吧。"

LARK 赢下了热身赛的第一场比赛，全场粉丝狂欢，整齐划一地呼喊着 LARK 的名字。此起彼伏的呐喊声一浪高过一浪，一下又一下地撞击着心头。

现场都振奋成这样，不用看也能猜到网上的讨论是怎样水深火热了。

GH 众人来到对战区调整设备，直到戴上了隔音耳机，才感到世界终于清静了。

辰宇深缓缓地吁出了一口气，平复了一下心情："实在是太吵了。"比 B 哥还吵。

景元洲调了下耳机的音量，提醒道："不要被环境影响，以后进入职业联赛只会比现在更吵。"

毕姚华试了试鼠标的灵敏度，"啧"了一声："但是打比赛的时候好歹都是对战双方的粉丝，今天呢？主角明明是我们战队和 IBB 吧，LARK 这样是不是喧宾夺主了？"

顾洛点头："确实让人不太高兴。"

简野相对来说比较无所谓，但是听队友们都这么说了，也就跟着说了一句：“既然都不爽的话，那就把场子找回来。”

林延手里拿着册子站在众人的身后，这个时候连着语音频道，自然也听到了几人在团队里的交流。他忍不住笑了一声：“别的不说，领土意识倒都还挺强的。记住你们说的话，等会儿给我把场子找回来，知道吗？”

GH 众人齐齐应道：“是！”

设备调试完成，第二场热身赛正式开始。

很快进入 BP 环节。对战双方在各自教练的指导下很快完成了英雄选择。放眼看去，可以发现双方禁用的都是这个版本的强势英雄。

解说台上，节目组的老朋友兔帽哥和哭哭正在热情地分析着对战双方的情况。都是圈里的老牌职业解说了，前一场在 IBB 做完阵容选择后，两人也都看出了这是藏了一手，也正因此，才对 GH 接下来的表现感到更加好奇。

“刚才也已经说了，IBB 明显是策略性地保留了战术，虽然不敌 LARK 败下阵来，但是让我更加期待他们在之后总决赛上的发挥。”兔帽哥非常好心地借机帮 IBB 做了一番解释，才将话题转移回赛场上，“不过上一场打完，对于 GH 来说，心理压力应该也算是小了很多，就是不知道他们会不会和 IBB 一样保留想法呢？”

“可以看到 GH 第一手选择的是毕姚华最拿手的突击手杰克。我怎么觉得，GH 说不定真的准备在热身赛就大干一场呢？”哭哭看了看手中的资料，继续说，“毕竟从 GH 以往在场上的比赛情况来看，好像还没有人可以摸清他们战队的具体套路。哦对，大家可以看到，现在画面中站在队伍后面的就是 GH 的林教练了。我本人非常期待今天 GH 能再给我们带来惊喜。”

兔帽哥对此也很是认同：“我也非常期待。”

说话间，可以看到对战双方已经锁定了最后的出战阵容。

“那么让我们看看两支队伍最后做出的安排。”兔帽哥适时地将话题转移回去，“哦？ LARK 居然拿到了他们最拿手的阵容吗？虽然无缘秋季赛，但是看过季中赛的朋友们可以发现，但凡 LARK 拿出这个阵容的几场比赛都打出了不错的成绩。GH 居然放任 LARK 使用这套战术，看样子是对自家战队很有信心啊！那么就让我们看看 GH 做出的应对是……呃……”

当兔帽哥的视线落在 GH 最后选择的英雄上时，他险些愣住。从事职业解说这么多年，兔帽哥还是第一次在比赛场上因为看不懂局势而有些恍惚：这是个什么奇葩阵容？！

哭哭也是好不容易才回过神来："怎么说呢，GH 这个配置可真的是非常的……"停顿了片刻，她好不容易才想出一个相对贴切的形容词，"非常的……别出心裁啊！"

林延刚结束阵容安排回到选手席，听到的就是这么一句。他不由得抬头朝解说台的方向看了一眼，嘴角勾起了一抹微妙的弧度。别出心裁吗？这正是他想要的效果。

2

在双方阵容锁定后，观众或多或少已经有了一种说不出来的微妙感觉。

现在经过解说们提醒，顿时也都反应了过来。

按照正常情况，每个队伍主要的输出点应该是在中路、射手两个 C 位上。像 GH 这种中单常年玩近战法刺的队伍本就不多，再加上辅助位擅长的又是治疗类型，基本上为了确保团战安全，边路 Titans 在选择英雄的时候往往会拿一个坦克类型的前排。

而这一局，不说中单 Gloy 保持了一如既往的法刺风格，Titans 这个边路居然也选择了一个半刺客型的英雄，连带着下路的射手 BB 拿的突击手杰克也是瞬间爆发型英雄，加上打野位，一个队伍里面可以说是安插了四个刺客。

试问在一场游戏当中，一方直接出现四个刺客会是个什么盛况？答案自然是：不是秒杀敌人就是被敌人秒杀。

比赛刚导入完成，观众们看向 LARK 战队中路、射手两个脆皮 C 位的时候，目光都不由得充满了同情：一路走好，愿天堂没有残杀。

随着游戏中兵线出击，对战双方也在第一时间冲出高地。

在 LARK 的视野中看不到 GH 的动向，观众们却看得清清楚楚。

除了毕姚华这个射手安分地抵达线上开始吃经济，其余四人旁若无人地直冲 LARK 的野区，悄无声息地猫在草丛中。

几秒钟后，可以看到 LARK 的边路从旁边路过，完全没有觉察到潜伏在暗中的对手。

其实这也不怪 LARK 边路不够细心，毕竟按照正常情况，GH 战队如果想要入侵野区，在这样的路线下必然会与 LARK 的边路正面撞上。然而此时此刻，破天荒地利用了一个巧妙的时间差。究其原因，主要还是在于简野在 1 级时候没有和以往一样选择学习治疗技能，而是直接升级了作为次级选择的团体加速技能。

直到 LARK 的边路选手吃完兵线都还没见到景元洲的身影，他才终于有了一丝不好的预感。后撤得也算敏捷，然而清理完整片野区的 GH 四人，此时已经从他后方的视野盲区冲了出来。

辰宇深干脆利落地收走了全场的第一个人头。

“First Blood（第一滴血）！”

突然爆发的首杀让 LARK 的其他选手都有些惊讶。

LARK 中单看了一眼上路，眼见 GH 四人在那里吃兵，趁着中路不在的当口想要借机多打掉一些防御塔的气血值。职业选手对于支援时间的把握都还算细致，他也没有贪的意思，只想稍微打上两下就后撤走人，万万没想到，刚回头就和草丛中冒头的四个人影撞了个正着。

LARK 中单的心猛然一跳。三个刺客的技能同一时间甩出，他的气血值就瞬间清空，根本没有反应时间。至于人头的归属，在这样混乱的情况下就像是摇奖，最后落在了运气更好的顾洛身上。

看着暗淡的大屏幕，LARK 中单久久没有回过神来。他恍惚中点开了 GH 的阵容重新看了一遍，这个时候才后知后觉明白了过来。刚才之所以会在时间估算上出现问题，主要还是因为他忽略了敌方的几个刺客型英雄都自带位移技能。这些平日里再正常不过的技能，在辅助的团体加速配合下，一旦在地图中开始游走，那效果简直用“飞”来形容都不为过。

摸清楚了 GH 这局阵容的精髓，LARK 中单不由得被恶心到了。他回头看了一眼自家一开局就被剥削了半个野区的打野，暗暗地叹了口气。这个开局，有点难了……

拥有上帝视角的观众们，刚才非常有幸地看到了 GH“飞”过峡谷的完整过程。

随着 GH 再次顺利击杀一人，全场彻底爆炸，直播频道当中也被一片“厉害”的弹幕所覆盖。

解说兔帽哥原本还在惊讶于 GH 这四个刺客的奇葩阵容，现在反倒开始心疼 LARK 了：“GH 这是一开局就直接冲散了 LARK 战队的所有部署啊！ Pala

这个打野的经济现在确实有点惨，开局就丢失半个野区，再去反 GH 的野就显得不太现实。现在对于 LARK 来说，最大的难题是找回他们自己的节奏，毕竟 GH 这边的前期爆发实在是太高了，如果放任他们继续 gank 下去的话，LARK 估计很快就会三线全崩。”

这么简单的道理 LARK 战队自然也都知道。可最惨的莫过于知道归知道，偏偏无计可施。

GH 这种全员位移的阵容配合上团体加速，简直就是风驰电掣一般，来去都如一阵风。

再加上简野直接舍弃了堆治疗量，一开局就先用所有的经济合成了一个辅助加速大件，使这种配置显得更加丧心病狂。本身辅助自带的加速技能加上装备主动技加成，这样两个团体加速同时使用的效果又是个什么概念？最直观的表达，大概就是 GH 众人从上路清完兵线直接杀去下路 gank，这期间所用的时间不过才短短五秒。这样的机动性已经完全不是一个“飞”字可以形容的了，说是团体传送都不为过。简直防不胜防。

比赛进行到第十几分钟的时候，LARK 的上路已经被 gank 了四次，中路三次，下路三次，至于打野那就更加惨烈了……GH 今天似乎特别喜欢从旁边绕道，因此只要对方打野一步入自家的野区，他就时不时地可以惊喜地体验一下“转角遇到爱”的“幸福”感觉。

四个刺客的杀伤力简直无比强大，连纯肉出装的坦克类辅助在装备成型之前都难逃被秒杀的命运，更不用说其他脆皮英雄了。

林延坐在选手席上，听着身后观众席传来的一阵又一阵的惊呼声，嘴角随着 LARK 的一点点崩盘而微微上翘。就如他之前说的那样，打 BO3 他们的胜算或许不大，但是如果一局决胜负的话，出奇制胜倒也不难。

这种奇葩阵容其实很容易被针对，但他们最大的优势就在于这样的赛制完全没有给 LARK 留下反应空间。

林延没有再看大屏幕上逐渐拉大的比分，而是将视线投向了对战区的那个身影。

任由场上惊雷遍地，景元洲的神态依旧一片泰然。然而正是因为这个人精准无误的指挥，才能确保这个套路的极限运转。

从旁观者的角度看去，LARK 的节奏早在这样全图游走的疯狂 gank 下彻底失控了，可是只有林延这个战术制订人才更清楚这种阵容的弊端——如果指挥者本身缺乏控场能力，在LARK战队失控之前，最先脱轨的反而是他们自己。

他愿意在这个时候拿出这套战术，正是因为信任他们队长的实力。而很显然，景元洲做到了近乎完美。团体发育支离破碎的LARK战队早就失去了抱团推进的能力，溃不成军，最后被GH压上了高地，推掉了基地水晶。

胜负已分。

在全场的惊呼声中，林延的眼底却是一片淡然的笑意。怎么说呢，不愧是他看上的选手？

GH众人打完比赛回来，场内LARK的粉丝们已经没了初时那兴奋的样子。

毕姚华对此感到非常满意，仰头灌了一口水后，笑道："果然电子竞技还是要靠实力说话。不管怎么样，这场子我们算是找回来了。世界安静下来的感觉，真好啊！"

顾洛也在喝水，闻言差点呛到，一脸震惊地抬起头来："B哥你说这话合适吗？"

毕姚华伸出食指轻轻地摇了摇："你不懂，制造噪音的人永远不会觉得自己制造的是噪音。不信的话，你试试就知道了。"

顾洛嘴角微微抽搐了一下："谢谢邀请，不想试……"

辰宇深刚才打得颇为畅快，此时低声道："不管怎么样，嘲讽我们的嘴算是堵上了。"

话落，众人纷纷暗自握了握拳，也都觉得自己争了一口气。

接下来，只剩下和IBB的那一场了。

简野毕竟很少像刚才那样把治疗辅助当团队加速器使用，所有人都爽到了，唯独他这个唯一的工具人感到有些不得劲。他感慨过后又忍不住探头朝场上看去，蠢蠢欲动："这热身赛打完了，决赛什么时候打啊？"

景元洲看了一眼台上站起来的两位解说，道："应该等LARK退场之后吧。"

LARK在比赛结束后并没有离开现场，而是在工作人员的安排下走到了舞台的正中央。大概意识到了要发生什么，全场瞬间安静了下来。特别是LARK的粉丝们，已经有人忍不住捂住了眼睛。

LARK在季中赛上表现不佳，不可避免地在网上承受了很多的攻击。也正是因此，今天的两场热身赛他们才会努力地拿出自己的全部实力，想要赢下比赛，可惜被 GH 的奇招打了个措手不及，到底还是输了一局。

遗憾确实有些遗憾，但是输了就是输了，没有任何借口可言，就如他们在季中赛里不尽如人意的表现。

此时 LARK 队长接过哭哭递过来的话筒，整个现场一片寂静。沉默了几秒之后他才开口，借着这个平台，他以 LARK 队长身份向所有支持他们的粉丝表达了愧疚。

整个发言过程中，所有人都安静地听着。

“LARK 今年辜负了你们的期待，我们……非常抱歉。”

LARK 战队的队长话落，其他选手齐齐地站成了一排，对着镜头深深地弯下了腰，保持着九十度的姿势鞠了个躬。

场内粉丝又开始喊 LARK 的名字。这一次，再没有人抱怨。

许久后，等 LARK 战队的选手陆续退场，简野忍不住吸了吸鼻子：“节目组有毒吧？正经比赛开始之前搞这个，也太好哭了！”

毕姚华难以置信地看了他一眼：“不是吧滚滚，你怎么情感就这么细腻呢！”

简野没有说话，嘴角抽了一下，毫不客气地抬腿给了毕姚华一脚。

林延好笑地看着队员在那里闹，留意到景元洲依旧落在已经无人的通道口的视线，凑过去问道：“怎么了，你不至于也被滚仔传染了吧？”

“那倒没有，”听到声音回过神的景元洲淡淡地笑了一下，“我就是在想，到时候我的退役现场会是一个什么样的场景。”

林延没想到会听到这么一句，愣神了片刻才缓缓地拉长了声音：“这我还真不知道，不过有一点可以肯定，不会像现在这么悲壮。至少到时候你眼前摆放的，一定是世界冠军的奖杯。”

景元洲神色微动，回头的时候恰好和林延四目相对。他顿了顿，心情不错地低笑了一声：“这么听起来的话，感觉还不错？”

林延忍不住递了一瓶水过去，堵这张没句好话的嘴：“先收着点吧！我花那么多钱把你买回来，你现在就想退役？马上就要总决赛了，赶紧把嗓子先润润，别的想都别想。”

景元洲莞尔，接过水仰头喝了一口：“嗯，这水不错。”

3

LARK退场后，录制现场终于交还给了两支主咖队伍。

他们在工作人员的带领下，进入对战区做最后的准备工作。

因为GH赢下了前面的热身赛，所以场中的硝烟味淡了很多。毕竟现在不管这两支队伍谁赢下了最后的冠军，都不用再背负德不配位的骂名了，也算是个皆大欢喜的结局。

因为在娱乐赛时两队交过手，所以对总决赛的对手战队IBB，GH众人少了些许敬畏。从现在的神态上看起来，他们比起之前打热身赛时还要轻松不少。

解说兔帽哥明显还沉浸在上一局GH和LARK的比赛当中："不得不说GH刚才那把用的套路确实精妙，其他队伍也真应该好好学学。这一次操作出来，别说是LARK了，就是拎任何一支职业联赛的队伍出来，都未必能在这么短的时间内找到应对方法。"

解说哭哭也说："我现在比较好奇的是IBB的教练组看完刚才的比赛，会有什么样的想法。不知道为什么，我忽然有些期待GH把刚才那套阵容再拿出来用一次，总感觉会相当有意思。"

"那得看IBB愿不愿意让他们用了。"兔帽哥笑了笑，非常有职业素养地把对话内容引到赛场上，"好的，现在第一局的BP环节已经正式开始，让我们看一下对战双方的BP情况。呃，等一下！GH这边禁用的英雄阵容，我怎么感觉看起来……似曾相识啊？"

观众们之前还没有注意，闻言定睛一看，顿时乐了。何止似曾相识啊，这明显就是打LARK时一模一样的禁用阵容嘛！

很多人忍不住开始讨论。

"每局都这么禁，难道这几个英雄就这么克制GH的战术吗？"

"我现在比较关心的是，GH这是准备把刚才的套路拿出来再用一次？"

"同样的套路连用两局容易被针对吧？不过，我其实也有点想看这阵容怎么被人针对。"

"GH还是暴露得太早了！真的太早了！我要是IBB的教练，反手就直接禁了他们的核心！"

"我怀疑GH是不是就没准备其他战术，所以和LARK打的时候直接拿出来用了，现在再打 IBB，效果得打折吧？”

“反正今天不是回家队送别人回家，就是他们自己回家。战术提前暴露也是 GH 自己作的，看着呗！”

“但是这个阵容打起来真的爽啊，刚才那局就看得我热血沸腾。”

“这个同意，再来一次倒也没什么，好看就行！”

此时场上只剩下 IBB 还没使用最后一个禁用的位置，IBB 的教练明显有些犹豫。时间一分一秒地过去，他却依旧没有行动。

毕姚华正迫不及待地想要大干一场，见状忍不住皱眉：“IBB 的教练干吗呢？磨叽成这样，现场便秘？”

顾洛有些痛苦地低声说：“B 哥你先别说话，我刚才水喝得有点多，再说会真想去上厕所。”

毕姚华哽了一下：“你今天上几次厕所了？”

顾洛：“……”

林延的视线掠过主持人，停留在 IBB 教练紧拧的眉心上，嘴角微微勾起：“别急啊，我这里挖了个坑，他们正在犹豫到底是跳还是不跳呢！不怪他们，这个确实有些难选，多少有点耐心啊。”

他话音刚落，IBB 在最后几秒终于做出了他们的选择。

看着屏幕上出现的禁用英雄头像，林延差点笑出声来：“跳得漂亮！”

GH 众人看到 IBB 最后的禁用英雄，也都愣了。

简野最是一脸茫然：“他们禁我的辅助位干吗？”

景元洲低低地笑了一声：“主要还是你们教练棋艺精湛。”

其他几人一时间满脑子疑问。这跟棋艺又有什么关系？直到他们来来回回地再把两边的禁用阵容看了几遍后，这才后知后觉反应过来，齐齐地为林延竖了竖大拇指：“教练，心还是你的最脏！”

确实棋艺精湛，他们家教练简直下了好大一盘棋！原本上一局对战 LARK 的阵容完全出于林延的临时起意，虽然不同队伍使用的 BP 战术并不互通，但是因为林延对这套战术实在拥有充分的信心，在没有深入研究过 LARK 核心体系的情况下，干脆就套用了准备对战 IBB 时的 BP 策略。

当时 GH 队员们也没有往深处想，只当是自家教练偷了个懒。他们也是直到此刻才发现，他们教练这是提前挖好了坑等着IBB自己跳呢！

毕竟刚才GH和LARK的那场比赛太“惊心动魄”了，IBB刚刚才看完全部过程，这个时候冷不丁冒出一模一样的禁用阵容，显然是无声地提醒他们，GH这是准备故技重施了。这确实很难让人不多想。

而有LARK惨败的结局在前，IBB的教练自然不能掉以轻心，这样一来，原本针对GH准备好的阵容安排也被彻底打乱了。只能说他们的林教练不愧是搞战术的，心理博弈玩起来一套接一套的。谁能想到从上一局的BP环节开始，就已经步步为营了呢？

而现在，IBB的教练到底还是入了套。在简野根本就没准备选择的辅助英雄上浪费了一个禁用位置，与此同时，自然也不得不将另一个英雄放了出来。

林延顺利摆了IBB教练一道，也不管起哄的队员们，就这样美滋滋地先手拿下了景元洲的成名英雄——死亡流浪者。

此时大屏幕上的画面正好切到IBB的对战区，肉眼可见在GH锁定英雄的一瞬间，IBB教练的脸“唰”地一下彻底绿了。如果禁用位置没有浪费给治疗辅助的话，死亡流浪者本是他们最后一手准备禁用的英雄。

但凡以前关注过职业联赛的人都知道，有两个英雄是不能被景元洲拿到的，而其中一个英雄，就是现在落入GH手中的边路法坦——死亡流浪者。

当这个英雄被选出的时候，不只现场，就连直播间里的弹幕都彻底疯狂了。

“我想知道IBB怎么想的，不想赢了吗？！居然放出了Titans的死流？”

“别的不说，IBB这股勇气我是佩服的。”

“是时候放战歌了，就——为所有爱执着的痛，为所有恨执着的伤……”

“哈哈哈，前面的姐妹你为什么可以发语音？继续，颤抖的手却无法停止，无法原谅……”

“IBB是不是没提前做功课啊？Titans的死流非禁即选，这个常识难道都不知道的吗？”

“我感觉他们教练是被前一场热身赛给整晕了。”

“凉了凉了，一开局就直接凉了。”

“楼上的吹太过了吧？不就放了一个英雄吗，Titans再强还能一打五不成？”

“一看楼上的就太年轻，看过以前的世界赛吗？还真是一打五。”

“真的一打五……网站上还有高光集锦，而且不是普通的一打五，是世界赛赛场上的一打五。”

“别提了，一提以前的事就泪目了。全世界最好的Titans，现在居然在这里打这种比赛。”

“嗬，什么叫打这种比赛？你们家Titans这么高贵，有本事别要职业联赛的门票啊？”

此时场上已经结束了BP环节。

林延功成身退之前，轻轻地拍了拍景元洲的肩膀：“我能为你做的就只有这些了，后面看你的了。”

景元洲没有回头，抬手给林延比了一个OK的手势，非常平静地说：“放心交给我吧。”

第一局比赛正式开始，景元洲保持着淡然的态度，开启了属于Titans的屠戮王朝。

不知不觉，网上的所有争执和讥讽在过分残酷的击杀人数面前，终于彻底安静了。

只有真正在赛场上接触过的对手，才知道景元洲的死亡流浪者到底有多么恐怖。

除这个英雄外还有另外一个审判泰坦，以前所有和BK战队对战的队伍都不会吝啬这两个禁用位，无一例外地全部用在这个男人的身上。这样的做法，自然不是没有原因的。因为太强，所以畏惧。

然而正是因为每局比赛都被对手禁用，所以景元洲太久没有在赛场上使用这两个英雄了，以至于渐渐地让一部分人遗忘了曾经被死亡流浪者支配的恐惧。

而现在，现场大屏幕上屹立不倒的那个身影，再一次地向所有人敲响了警钟。一度和Titans这个ID画上等号的死亡流浪者，一旦祭出，尸横遍野。

一局比赛下来，景元洲足足拿了十五个人头、八个助攻，毫无疑问地成为本场MVP。

此时不管是观众还是解说，看着大屏幕上那触目惊心的统计数据，久久没能回神。

总决赛的第一局比赛，GH以绝对碾压之势取得胜利。

远远地，可以看到 GH 对战区站起的那个身影。

通过画面可以看到景元洲侧头轻轻地笑了一下,然后小声地说了一句什么。

这个时候所有人已经摘下了隔音耳机，这句话自然没能完成收音，但是清晰地落入坐在他旁边的辰宇深耳中。

景元洲的声音听起来多少有些感慨："好久没用死流了，果然还是有点手生。"

4

BO5 的比赛中，第一局的胜负很影响气势，更别说 GH 战队这一场赢得如此漂亮，全场顿时充满此起彼伏的呐喊声。

回到选手席上，毕姚华长长地舒了一口气："对嘛，这才是主场该有的感觉！听到没，现场还有这么多人喊着我 BB 的名字，果然人气还是一如既往的高啊！"

辰宇深原本还在震惊于自家队长的最后那句话，闻言才稍稍回过神来，忍不住提醒道："但是 B 哥，他们喊的好像是……狗 BB。"

毕姚华疑惑地看了他一眼："不都是我吗？有区别吗？"

辰宇深无语："没……区别。"

别的不说，嘲讽毕姚华的人这会儿确实还都挺兴奋的。这些人的战斗力本身就比他的正常粉丝高很多，此时声音一浪高过一浪地在现场搞起了大合唱。

导播无奈之下只能控制现场的收音效果，将镜头切换给了解说台上的两位解说。

趁着中间休息，两位解说开始回顾上一局的精彩瞬间。毫无意外地，全是景元洲的高光时刻。

顾洛趁着这个当口终于找到了去上厕所的机会，林延也没拦着，提醒了一句"早去早回"后就将注意力放在了手中的笔记本上。

景元洲坐在位子上喝水，侧头看了一眼神色认真的林延，稍稍俯身凑了过去："是有什么问题吗？"

选手在场上进行博弈，而最初的 BP 环节就是属于教练的战场。能否为自己战队争取一个最为有利的对战环境，成败就在那短短的几分钟时间。

林延闻言也没有抬头，应声道："也不是，就是觉得我刚才好像把 IBB 的教练逼得有些急。”

光听这话，还以为这人难得地有了一丝的恻隐之心，然而只听他顿了顿又继续说道：“所以，就想看看下一局能不能继续把他的心态再搞一下。”

景元洲刚喝了一口水还没来得及咽下，冷不丁地被呛了一下，连咳了几下，最后又忍不住笑出声来。

他的笑声最后在林延瞪过来时被憋了回去。

顾洛从卫生间回来时，正好遇到工作人员招呼他们做准备。

短暂的休息时间结束了，所有人上场准备开始第二局的比赛。

因为第一局IBB教练组在阵容布置上过分明显的失误，BP环节一时间备受瞩目。

很快IBB的禁用英雄都已经锁定，毫无疑问地将两个禁用位献给了景元洲，最后的一个位置则留给了GH打LARK那局用的治疗辅助。

解说兔帽哥看得也是失笑：“看来GH那局热身赛真的在IBB的心中留下了很深的印象，他们显然是打定主意不让GH在今天再拿出同一个阵容了。”

解说哭哭点头：“其实也能理解，在短时间内寻找不出更好的应对策略，最好的方式就是断绝对方拿出同样阵容的可能性。IBB这边的禁用阵容倒还算在我的意料当中，反而GH战队那边居然把两个禁用位给到了射手，确实有些出人意料。”

这时候大屏幕上的画面正好切到林延的身上。只见他脸上挂着一贯散漫的浅笑，双唇一开一合，不知道在说些什么。

双方的阵容选择都在有条不紊地进行着，直到GH锁定他们选择的第三、第四个英雄，就可以看到IBB在最后两个英雄的选择上又犹豫了。

“IBB的教练每场一次便秘可还行……”毕姚华吐槽归吐槽，还是忍不住侧了侧头，好奇地问道，“教练，你觉得IBB最后一手英雄会拿什么？”

林延毫不犹豫地回答道：“森林魔女和圣光麋鹿吧。”

话音刚落，只见IBB终于正式锁定的英雄，正是前一秒林延所说的森林魔女、圣光麋鹿这两个英雄。

截至目前，从IBB的第一个英雄到最后一个英雄的选择，和林延预想的一模一样。

简野佩服得不行：“教练你绝了啊，全阵容猜中，未卜先知啊！”

就连旁边听着他们语音内容的裁判，也忍不住投来了错愕的目光。

林延淡淡地勾了下嘴角："不奇怪。"

不管是禁用还是选择的环节，他每一步都卡在了IBB阵容最难受的点。IBB的教练在布局的时候必然需要结合战队队员本身的情况，这样一来，别无选择下自然只能按照他事先铺好的诱导方向走。

林延抬头朝IBB的对战区看去，可以看到他们的教练生无可恋。嗯，还是那熟悉的脸色。

BP环节结束，第二局比赛正式开始。

所有人收回了对林延这神仙BP的震惊心情，认真地把注意力投入到比赛上。

虽然IBB上一局惨遭碾压，但是看得出来队员们的心态确实调整得不错。

一开局，对战双方就非常积极地在野区展开了一场争夺战。

在没有爆发人头的情况下，彼此做试探，随后也都回到了己方区域各自发育。

比赛进行到第五分钟时，对战双方在峡谷发生正面碰撞。显然谁都不想错过击杀Boss后的团队经验和全体增益BUFF，虽然久久僵持不下，但也没有哪个队伍选择提前退让。

最后，GH收掉了敌方三个人头，而自己也不可避免地减员两人。好在最后的Boss增益还是落在了他们的头上，也算小赚。

作为惨烈阵亡的其中一员，毕姚华等复活时间，忍不住"啧"了一声："IBB的状态调整得还挺快的啊！这一局打得这么积极，光看他们刚才那穷凶极恶突击我的样子，看起来是真的很想赢了。"

"B哥你这话说得，来这比赛的有哪个不想赢的？"简野跟在辰宇深的身后正准备去对面反野，随手抬了一口血，还不忘给中路的顾洛打了个信号，"IBB那几个人没来野区冒头，感觉可以准备去你中路绕后了，注意一点。"

听到顾洛应了一声，简野才继续安抚毕姚华道："不过你也先别着急。教练不是早就提醒过我们前期会被压制吗？忍忍，忍忍就过去了。等二十分钟之后，一切就都会好起来的。"

毕姚华看了一眼目前的游戏时间，忍不住笑着"呸"了简野一口："说什么一切都会好起来的！等二十分钟？现在连十分钟都还没到！"

不过他也就嘴上爽一爽而已，一复活就迅速地朝下路赶去，眼见兵线就要抵达塔下，恨不得直接传送过去。对于射手位而言，每浪费一个兵的经济，那可都是实打实的造孽。

景元洲看了一眼双方目前胶着的经济情况，在语音频道中淡声说道：“Gloy和Abyss多去下路支援，我这里自己就行。”

毕竟一起训练了这么久，听到这样一句话，GH其他人顿时明白了过来：“收到！”

很显然，他们的队长这是准备堵死上半野区的经济线了。

于是从观众的上帝视野看去，可以发现GH的主要活动区域压缩在下半张地图中。

这让IBB射手狠狠地享受了一把被特别关照的VIP待遇。

下路先是接待了GH的打野，接着又迎来了中单，中单前脚刚走，打野又出现了……其中GH还时不时地四人集体到访，就差直接凑一桌麻将了。

这期间，但凡能越塔强杀的，GH几人绝对不留活口，可如果看到IBB其他队员在那里反蹲，只要一冒个头，他们必然毫不犹豫地转身就走。

来得风风火火，退得干脆利落。这就是林延在训练期间给他们上的第一堂课——阵容弱势期要做的并不是完成更多的击杀，而是尽可能地打乱对方的节奏。

效果很明显，在频繁的骚扰下IBB原本还算稳健的发育节奏，不知不觉间已经陷入混乱。

而这整个过程中，景元洲始终一言不发地在上路对线，不知不觉间已经将IBB的一塔压掉了大半血量。

解说兔帽哥看得直摇头：“第一局的比赛对IBB战队的影响实在是太大了。虽然可以理解他们对Titans的那种畏惧心情，但是为了刻意避开和上路的接触，就放任这样一名王牌选手在那里单独发育，这实在不是一个好的选择。”

“总感觉IBB的教练在GH教练的连番出招下有点被搞蒙了，战术布置本身存在问题。”解说哭哭也叹了口气，“原本开局前二十分钟应该是IBB阵容的强势期，强硬起来的话一定会有不错的效果。过了二十分钟，他们的阵容优势就要逐渐减弱了。”

“最主要的是，现在Titans发育得实在是太好了。”解说兔帽哥看了一眼目前场上的经济，“下路在纠缠的时候，Titans已经承包了上半地图的所有经济，兵线加上 IBB 的整片野区，从目前的装备情况来看，一旦他加入团战，IBB 这个阵容大概率会瞬间爆炸。”

解说哭哭陷入思考：“那如果 IBB 战队尽量避免团战呢？”

“也很难，”解说兔帽哥客观地分析，“GH 的骚扰战术非常有效。IBB 的射手是他们战术的核心，现在射手的发育情况确实有点惨。别说 GH 给不给他们抓单的机会了，就是 IBB 想要保护他们的射手尽快发育，都是非常严峻的难题。”说到这里他顿了一下，“接下去就只能看 IBB 能不能趁着 GH 阵容最强势的时期到来之前，抓住最后的机会了。”

听得出来兔帽哥虽然没有明显地表态，但是也对于 IBB 今天的发挥感到不太理解。虽然根据前几期节目的情况来看，他也预想过今天两队都可能成为最后的冠军，但是怎么也没想到，到了场上居然会变成这样单方面碾压的局面。更关键的是，甚至 IBB 的人都不知道问题到底出在哪里。

第二局比赛进行到最后，IBB 到底还是没能找到反扑的机会，被 GH 摧毁了基地水晶。

2 : 0！

属于 GH 战队的赛点到了！不管是现场还是直播间，都瞬间沦为 GH 支持者们欢呼的海洋——

“啊啊啊啊，回家队给我冲啊！”

“零封！给我零封！一口气拿下冠军！！！”

“我仿佛看到了 3 : 0 的希望。”

“好强，是真的强！！！”

“别的不说，这局的节奏真的好好啊。”

“Titans 实在是太强了，毫无疑问的团队支柱啊！”

“我泪目了，他们要来了，真的要进职业联赛了。”

“Titans，我们永远等你回来！”

“回家队冲呀！送 IBB 回家！！！”

而另一边，IBB 粉丝们则久久地陷入沉默。他们看着画面中离席回到选手席休息的 IBB 队员们一个个背影沮丧，都有些恍惚。难道真的是他们之前太自信了吗？可是IBB明明已经是一支站到次级联赛顶端的队伍了啊……还是说，GH这支初出茅庐的新队，已经拥有足以站上职业联赛的绝对实力了？

5

“其实真不怪IBB，”GH的选手席中，林延难得地为IBB教练说了句话，“我这套战术下来，就算是职业联盟里，能顶住的估计也没几个队伍。”

毕姚华啧啧称奇：“人家教练玩战术就只是玩战术，我们家林教练玩战术的同时还连带着搞别人心态，佩服佩服。”

林延似笑非笑地扫视了一圈：“提前和你们打声招呼，我让骆默准备的赛后通告可都是按照3∶0来安排的。虽然也不是没有备用方案，但是不管是气势还是阵仗，明显和零封完全没得比。所以，第三局都给我好好打！前面我已经搞垮了IBB的心态，如果关键时刻你们给我弄输一局，呵呵，小心回去后我把你们的心态也搞到集体爆炸。”

毕姚华哭唧唧地往景元洲的身边凑：“队长，教练他威胁我们。”

景元洲不动声色地应了一声：“我觉得你们教练说得对。”

毕姚华嘴角微微地抽搐了一下，“狼狈为奸”四个字差点脱口而出，最后只能低低地叹了口气，“好好打是肯定会好好打的，后面的庆功宴什么的总得安排一下吧？”

林延在这种事情上向来大方：“骆默早就安排好了，基地附近的高端会所，保证是你们进去就不想出来的那种。”

简野闭着眼睛在旁边养精蓄锐，闻言忽然精神一振：“那还等什么，赶紧干呀！”

顾洛留意到身后观众席朝他们投来的视线，低低地清了下嗓子：“滚哥，咱矜持点？”

十分钟的休息时间很快过去，所有人重新回到了对战区。

林延佩戴好耳机，将麦送到嘴边：“现在是BO5的第三局比赛了。”

GH其他人不知道教练为什么突然提这个，微微一愣。没等有人发问，林延就继续说道：“大家都知道，我们的队伍在参加节目之前，没有经历过网吧比赛和次级联赛在内的任何赛事。早在几期之前，全网上下都是对我们的质疑声。虽然这样的声音在大家出色的发挥下已经少了不少，但是‘三流战队’这个标签依旧牢牢地印在我们身上。”整个语音频道中一片寂静，只有林延的声音，“GH 战队的名字，‘Go Home’，一开始就是取的送对手回家的意思。现在这一局比赛，就看你们能不能顺利地把 IBB 给送回家去。如果成功，3 ：0 的战绩将让你们拿到的这张职业联盟的入场券光芒万丈。如果失败……喀，那就再打一局！总之，这条路是你们自己走出来的，用你们的实力让整个电竞联盟都注意到‘GH’这个名字吧！”说到这里，他嘴角勾起一抹笑意，“一个小时！一个小时之后，我希望所有人提起 GH 的时候，能够在我们俱乐部的名字前面加上四个字——职业战队。”

他的话音落下，所有人神色动容，熊熊的战意仿佛也开始跃动。

只有听完全部内容的裁判欲言又止，抽搐了一下嘴角：动员归动员，你们自信无比地策划着零封比赛的这件事，也太嚣张了吧！

很快，BP 环节正式开始。

这一局 IBB 锁定阵容的过程比起前两局来坚定了很多。

林延有些惊讶地抬了抬头：“哦？看来 IBB 的教练终于转过弯了。这支战队可以啊，心态调整得是真快！”

双方的对战阵容转眼间已经显示在了大屏幕上。

这次没有之前的那么多弯弯绕绕，双方都根据自己战队的情况给出了可以上场的最佳配置。IBB 在连输两局之后，终于不再像之前那样畏首畏尾，而是祭出了堪称强势的阵容，显然是准备放手一搏了。

林延离开比赛区的时候，并没有因为 IBB 绝地反击的斗志而受到太大的影响。在他看来，这一局比赛只不过从战术博弈回到了双方选手的真正比拼而已。如果真要比个人实力的强弱，不论是景元洲这样的神级选手还是顾洛这个毫无经验的新人，他们 GH 的每一个选手，从来不会输给任何一人。

教练在战术上给予了选手支持，等上了赛场，一切就交给景元洲这位战队队长了。

第三局比赛在所有人的期待当中正式展开。

一开局，简野就去中路帮顾洛快速清理兵线，辰宇深照例去 IBB 的野区准备搞事。然而他在草丛中蹲了许久都没有发现对面选手的身影，隐约间感到有些奇怪。他微微拧了一下眉心，正准备打信号提醒队友注意，便见上方的草丛里忽然冲出了几个身影。

和之前畏首畏尾的姿态截然不同，这一次IBB埋伏的目标，正是在上路清理兵线的景元洲。谁也没想，IBB到第三局居然突然放飞自我。景元洲兵线没来得及清理完，所以只升级了一个技能，刚刚用于清兵后，技能正在冷却中。面对突然冒出来的三人，他只能敏锐地用位移避开了几个控制技能，但依然不可避免地吃伤害。最后他只能使用闪现极限操作逃回防御塔下，这样一来，敌方几人压塔，他的第二次兵线必然也没办法守住。眼见辰宇深和简野已经完成了绕后，他放心地将战场交给队友之后选择了回城。

发育情况不可避免地被压。

下路的毕姚华也看到了地图上方的情景，难得愣了一下："IBB这把怎么回事？这是前面两局给虐惨了，触底反弹后开始恶意报复上路了？"

一级就三人抱团搞事还险些越塔强杀，这要说不是故意的搁谁谁都不信。

景元洲回城恢复了气血值后，继续往线上走。他看了一眼双方目前的经济情况，简单地做了决定："BB你赶紧发育，这局就看你和对面的射手谁更刚了。"

GH队员们早就已经习惯了轮流站C位的奇葩战队文化，毕姚华更是无比喜欢这种众星捧月的环节，当即愉快地应了一声："放心吧，交给B哥你放心！"

因为毫无预兆的gank，景元洲一开局就受到了影响，经济方面和对面上单拉开了一大截。这样的情况如果放在其他边路选手身上，估计已经开始崩盘了，然而景元洲的个人实力实在过于强硬，在经济装备差距如此大的情况下依旧在线上持续发育，竟然有渐渐地把劣势给挽救回来的趋势。

大概是眼见Titans又发育起来了，IBB的打野带着辅助又开始频繁地游走，时不时地在上路冒个头，大有虎视眈眈的意味。

现在的局面像极了上一局的场景，只不过双方的身份完成了置换。

IBB几人就这样疯狂骚扰着线上，一旦辰宇深带简野来反蹲，就毫不犹豫地掉头就跑。也不知道是不是因为上一局实在太遭罪，这一局他们如法炮制，想全数还到GH身上。

简野气得牙痒痒："别的不说，他们偷师倒是真快！"

辰宇深作为打野显然耐心更多："没事，我们多蹲几次。"

很快，场上的局面就发展成了游击和反游击的博弈。不得不说IBB这一局打得既激进又保守，打野节奏也好得惊人。虽然双方在峡谷各处发生了几次小摩擦，但是他们硬是没让GH占到任何便宜。

眼见又是一次小规模团战，双方打出了2换2。

毕姚华再次阵亡后躺在地上唏嘘："Gloy，下次来得快点啊！最近几次总感觉你慢了一步，忘记留位移技能了吗？后面记得提前留一手。看看那些跑掉的人头，原本都应该是你的，别浪费呀！"

顾洛低低地应了一声："嗯，知道了B哥。"

这样的声音落入耳中莫名有些奇特的感觉，毕姚华下意识地想要回头，自己却已经再次复活，当即操作着角色重新回到了线上。

他一边走一边不忘提醒队友道："Abyss，下次团战麻烦先帮我切掉对面的中单，他的控制技能太烦了！"

辰宇深应道："收到。"

在前面几次团战的试探之下，显然IBB越发有了底气，一时间气势如虹。

随着峡谷霸主刷新，对战双方很快又在河道周围布局。比赛进行到这里，这个团队BUFF的最终归属很可能成为一个至关重要的转折点。

这局虽然景元洲的经济受到了一点影响，但对GH来说有一个好消息——毕姚华这个射手的输出装备非常精良。

绝对的输出是赢得团战至关重要的一个因素，因此就算一会儿发生正面冲突，GH众人也没有太大的担心。他们只需要保住射手的C位，就能拥有很大的胜算。简野需要看住前排的气血状态，因此保护后排的重任就交到了顾洛的手上。

对战双方反复拉扯试探一番后，团战终于正面爆发。

IBB的表现一如之前那般积极，他们非常果断地找准机会打了先手。简野迅速地拉满治疗恢复状态，持续地给在前排的景元洲续航。电光石火之间，可以看到景元洲凭借着走位避开了一连串的技能伤害，随后一个闪现切入敌人后方，直接击飞了周围的三人。

切入点堪称完美。

"漂亮！"辰宇深忍不住赞了一声，他看准机会切入战局，秒杀了对方中单。可惜的是，只是0.1秒的差距，敌方的团控技能还是在中单临死之前释放了出来。铺天盖地的火焰落下，切断了前方辰宇深与景元洲的退路。IBB的边路缠上，辅助也迅速跟进，而躲在后面的射手利用闪现拉开距离，瞬间收走了辰宇深的人头。

IBB 几人继续跟进，试图将景元洲彻底留下。简野控制着极限的距离，飞速地抬着景元洲的气血值。同一时间，毕姚华和顾洛也在后方疯狂输出。跳动着的气血值触目惊心。全场的观众们在这样激烈的局面下，忍不住齐齐地屏住了呼吸，一刻都不敢挪开视线。

IBB 的辅助努力地阻断 GH 两个 C 位的输出，当景元洲终于阵亡的时候，IBB 前排也只剩下一个薄弱的血皮。

随着毕姚华的持续输出，眼见就要完成最后的收割，忽然，斜后方的草丛中毫无预兆地冒出了一个人影。

IBB 的打野出现得实在太巧妙，毕姚华心头一跳，突然大喊一声："Gloy！"

可惜，还是慢了一步。

在顾洛出手之前，IBB 的打野已经完成了刺杀。虽然最后 IBB 也付出了掉人头的代价，但是场上他们的射手仍然存活。与此同时，IBB 战队收下了这个至关重要的霸主 BUFF。

随着团灭的消息弹出，GH 语音频道里面彻底安静。

景元洲平静的声音响起："Gloy，你身体不舒服吗？"

虽然刚才的一切发生得太快，但是提前阵亡的他看了全程，很明显是顾洛的反应慢了 0.5 秒才导致的团灭。

景元洲坐在最旁边的位置，无法去看顾洛这边的具体情况，只能选择开口询问。

他话音落下，其他几人回忆刚才的比赛过程，也都意识到了不对劲的地方："Gloy 你没事吧？"

现场的光线并不算太明亮，但仍然能看清顾洛微白的脸色。和刚上场时不同，他垂落的发丝不知什么时候被渗出的薄汗打湿了，双唇也抿紧了。

"抱歉，没能保持住最佳的状态……"说到这里，顾洛深深地吸了一口气，而后缓声说道，"要批评的话等比赛结束之后再说吧，到时候随便你们怎么骂。但还是先打完这场比赛，拜托了！"少年的声音轻轻的，但充满了坚定。

辰宇深垂了垂眼，没有多说什么。

毕姚华之前就觉得顾洛频繁上厕所的情况有点奇怪，不放心地还想追问两句，闻言操作着角色往线上走去："大家后面都稳着点打。Gloy 不用管我了，一会儿你跟着队长一起搞对面输出吧！对面打野，我注意就行。"

景元洲看不到这边的情况，但是从大家的反应中也多少知道了答案。他没喊停比赛，而是低低地应了一声："嗯，别拖了，速战速决。"

6

其实顾洛也没想到会临时发生这样的情况。

前面两场比赛都已经非常顺利地打了下来，之前只是单纯地往洗手间多跑了几趟，他自然就没有多想。结果他万万没想到，在这样至关重要的决胜局里，自己突然有了不适的感觉。虽然一直没说，但是面对今天的决赛，他确实是紧张的。

本来这几天他就绷着一根弦，也不知道是不是因为绷得太久了反而产生了反效果，他只觉得隐约间全身发冷，背上不知不觉渗起了一层层的薄汗。

刚才就因为他不够集中注意力而没能保住毕姚华，才导致了这一次关键的团战的失误，对于这件事他自责无比。此时再将注意力投放回场上，他控制着随时有些发晕的脱力感，煞白着一张小脸，牙关紧咬。可是刚才的失误实在是太大了，经过刚才的团灭加上峡谷霸主的BUFF，IBB已经掌握了足够的优势。

对此，GH不得不在对战过程中主动做出退让。可是占据了先机的IBB显然不愿意错过这样的机会，顺势顶着兵线就压了上来。

毕姚华作为IBB首要针对对象，一边借助着走位躲避着铺天盖地的技能，一边忍不住骂骂咧咧："我就说IBB他们队暗恋我，你们还不信。我都退到这个地步了，居然还能追我一路！有一说一，以前追我的妹子都没他们这么执着！"

简野始终看着毕姚华的状态，几乎是贴身保护，才没让对方阵亡在IBB的集火之下。暗暗地擦了把冷汗后，简野忍不住吐槽道："那不是废话吗？要是一个妹子能这么追你，那也确实挺恐怖的。"

这一次小型团战，最终以2换2结束。在对方优势显著的情况下，GH显然已经做到了极致。

顾洛的屏幕上一片昏暗，他听着队内语音频道里的对话，嘴唇紧抿。

他可以很清楚地感受到在这几次团战中队友对他的照顾。可正是因为其他人这样竭尽全力地在填补他所造成的漏洞，他心里才更加不是滋味。这场决胜局原本不会打成这样的，就是因为他……

顾洛握着鼠标的手指微微收紧。他缓缓地闭上了眼，再次睁开的时候，眼中已经是一片坚定。不能再拖团队的后腿了，这一局他们必须赢！

比赛已经进行到第三十五分钟，再往后拖五分钟，GH 阵容的强势期即将过去。

景元洲眼见 IBB 身上的霸主 BUFF 时间结束，简单地安排道："守护者快刷新了，IBB 肯定会在那边做文章。看到我标记的几个点了没？Abyss 和 Gun 去那边拦截，BB 看时间进场。Gloy 你跟我走，到时候看准我开团的时机直接秒杀对面的射手，能做到吗？"

那句询问的话太过自然，仿佛他们以前无数次的实战演习中的场面。

顾洛自然知道这很可能是本局比赛中的最后一次团战了，谁能优先斩杀敌方射手，谁就能决定最后的成败。只是让他没有想到的是，即使在他这样堪称乱七八糟的发挥下，队长居然还愿意把重任交到他的手上，不由得有些错愕。

景元洲的声音从耳机中传来："既然你身体不舒服，那就早点结束比赛，不要拖到第四局了。告诉我，能做到吗？"

顾洛坚定无比地咬了咬牙："交给我吧，队长！"

景元洲满意地低笑了一声："嗯，那就出发吧。"

从观众视角看去，可以看到 IBB 和 GH 在全员复活之后，不约而同地朝着上半地图的峡谷河道逼近。大战即将爆发，引得现场观众也为之紧张。

虽然双方都没有冒头，但是选手们凭借在赛场上敏锐的直觉，都感受到了对方蠢蠢欲动。他们都在不断地切换着伏击的位置，调整着最佳的切入点，等待最佳入场时机。

景元洲的视线牢牢锁定在视野不明的迷雾当中，所有人都屏息凝神，氛围紧绷张到了极点。这样的等待无疑是难熬的，然而就像曾经经历的无数比赛一样，他的神色依旧一派平静。

就在这一片沉寂当中，只见一缕微不可察的英雄衣角在转角处的草丛里悄无声息地晃了一下。只是短短的一个瞬间，景元洲已经操作着手下的英雄冲了出去："上！"

他话音刚落，闪现加团体冲撞的大招，一举击飞了正在进行战术转移的 IBB 四人。

解说兔帽哥忍不住高呼一声："非常漂亮的开团！"

地图中，只见辰宇深在同一时间从草丛中冲出，如同猛虎般，直奔IBB中单。

IBB辅助反应也极其迅速，在被击飞落地的瞬间将辰宇深牢牢拦住。IBB其他人反应过来之后也迅速爆发了技能，眼见景元洲的血条一阵下滑，千钧一发之际，简野的大招完成读条，抬上了至关重要的一口气血值。

毕姚华入场，一边控制距离一边疯狂输出。

比拼输出强度时，任何一方减员都将是致命的。战火一时间无比激烈。

从画面中可以看到，顾洛的法刺依旧留在之前的草丛中，成为一片硝烟中唯一宁静的景象。他始终没有暴露行踪，他还在继续等待！等待IBB的射手彻底落入他的输出范围的那个瞬间！等待一个一举击杀，扭转全局的契机！

IBB射手显然因为无法确定顾洛这个法刺的位置而久久没有现身。可是眼见自家战队在交火当中落了下风，双方陆续减员两人后，终于按捺不住，加入战局。在他冒头的一瞬间，一个带着黑色匕首的身影毫无预兆地从侧面呼啸而出。

IBB射手心知糟糕，本能地想要在语音频道当中求援，却已经来不及了。

顾洛在旁边埋伏这么久，等的就是这个时机！不过短短两秒钟的时间，身板单薄的射手作为法刺眼中的猎物，被锋利的匕首割破了咽喉，气血值彻底清空，也为这一次团战画上了一个血色的句号。

几乎在同一时间，景元洲完成了所有的使命被IBB中单击杀，而敌方中单的血槽也被几进几退的辰宇深一刀清空。辰宇深收走人头后也葬身在了原地。

此时简野在队友接连阵亡后迅速往前几步，接下了前排的重任。有他的保护，毕姚华在后排疯狂输出，一枪又一枪地射击着，完成了最后的清场！

“ACE（团灭）！”

IBB惨遭团灭，GH仍有三人存活。随着兵线的抵达，GH迅速地推上了高地，胜负已分。

GH连胜三局！

GH在总决赛上表现出了绝对的实力，拿下了《炙热集结号》最后的冠军！

解说兔帽哥看得瞠目结舌：“Titans这次的开团完成得实在是太好了！而且两边的操作也都发挥到了极限！虽然IBB非常遗憾地没能扳回一城，但是不得不说，这一局的比赛他们已经表现出了绝对符合职业资格的水平！不过这个时候我们必须说，本季节目的冠军已经正式产生。让我们恭喜GH战队，恭喜他们获得了职业联盟秋季赛的参赛资格！”

解说哭哭也随着全场的欢呼用力地鼓了鼓掌：“是的，秋季赛我们将赢来这支全新的黑马战队，让我们恭喜 GH！”

选手席上，对战双方都已经摘下了耳机。

这时候 GH 众人才终于有时间去看顾洛的情况。只是一局的比赛时间，顾洛的脸色已经白得有些吓人。

简野见顾洛要站起来，忙上去扶了一把：“感觉怎么样了？这到底怎么回事啊？要不赶紧去医院看看？”

顾洛深吸了一口气，没什么力气地摆了摆手：“没事……我们先去和 IBB 致敬吧。”

在正规的流程中，比赛获胜方需要在赛后去战败方和对手握手致敬。这种事情大家自然都懂，可是看着顾洛明显不佳的状态又不太放心。最后在顾洛的坚持下，一群人干脆围着他一路护送到了 IBB 跟前。

IBB 的队员们因为再次错失晋级机会，原本正无比沮丧，这时候眼见 GH 众人这么大的阵仗，吓了一跳，问过之后才知道是怎么回事，看了眼顾洛的脸色后，忙和几人匆匆握了手，让他们赶紧把人送医院去。

观众们自然不知道发生了什么事，远远看去只见两边战队的人莫名其妙围在了一起，差点以为这是准备打群架。

导播那边看着弹幕上的询问也吓了一跳，赶紧把镜头切换给了主持人维护秩序，另外喊了几个工作人员上去一看究竟。这一问，连带着工作人员也不可避免地苦了脸。原本在比赛之后冠军队伍还有不少的流程要走，显然没人想到会出现这样的突发状况，一时间犹豫着不知如何处理。

林延自然也察觉到了顾洛在比赛中不正常的发挥，此时跟着上了台，一问才知道发生了什么事。他打量了一眼顾洛的脸色，想了想，说：“这样吧，我送 Gloy 去医院就好了，你们其他人留下来走流程。”

顾洛被这样里三层外三层地围在当中，隐约间只觉得缺氧的感觉更强烈了。他本就为自己发挥不好的事耿耿于怀，此时晕晕乎乎地道：“是啊，让教练送我去就好了。对不起啊大家，给你们添麻烦了。”

其他人显然还有些犹豫，景元洲直接拍了板：“嗯，就这样吧。”

工作人员闻言也松了口气。

整个现场分成了两路。一边开始忙碌起后续的采访环节，另外一边则是林延和顾洛在工作人员的带领下从安全通道离开了。

很快，赛后流程顺利地展开。然而细心的观众们很快发现，GH 明显少了两人。而且不管是颁奖、采访还是后续的记者访问环节，所有人都是一脸不耐烦的样子，频频提示他们快点，完全没有预料当中获胜者应该有的欣喜态度。

特别是最后电竞媒体的记者们进行提问的时候，毕姚华实在应付得不耐烦，不等发问就滔滔不绝地一口气讲了一长段的心路历程，讲完之后拧着眉心问："所以，还有什么需要我们说的吗？"

媒体记者们被噎得一阵无语："没，没有了。"

随着访问环节的结束，《炙热集结号》最后一期节目终于画上了一个圆满的句号。

GH 众人也没有在录制现场久留，上了车直奔就近的医院。

半个小时后，他们终于在输液室看到了正在挂点滴的顾洛。

林延则坐在旁边神色如常地玩着手机。感受到眼前的光线突然暗下，他才抬起头来，看清楚来人后语调淡淡地"哦"了一声："都来了啊？"

毕姚华难得地沉默了一瞬："不是我说，教练你这句'哦'是个什么意思？医生那边怎么说？Gloy 到底什么情况啊？"

"自己问他呗。"林延说完，把视线重新放到手机上，显示的显然是刚刚公布冠军队伍的节目组官博的页面。

留意到聚拢在自己身上的视线，原本就有些自责的顾洛头埋得更低了："不好意思啊，让大家担心了……医生说我没什么事，就是最近太紧张了，加上作息不规律，就导致身子有些虚……最后就一不小心在肠胃方面出了些问题。不过刚才已经开过药了，再打几天点滴应该就没事了。"说到这里，他用另一只空闲的手挠了挠后脑勺，很是歉意地朝大家鞠了个躬，"真的很抱歉，我是第一次参加这么重要的比赛……一时之间没能调整过来状态，给队伍拖后腿了，真的对不起！"

坐在旁边的林延头也不抬地接话道："我刚才也已经说他了。以后如果再有这种事情，你们所有人都注意着点。遇到关键比赛会紧张是正常的，但是如果出现失眠之类的情况就一定要跟骆默说。战队也算砸了不少钱，给你们请点心理咨询师什么的也是请得起的。别这边都快比赛了，那边睡不着觉，还自己偷偷地通宵加训。压力大归压力大，想打好归想打好，但是等上了赛场要拼的还是临场状态，可不是每次都能像今天这么好运气，都知道了吗？”

听到这里，大家都明白是怎么一回事了，终于也松了口气：“知道了。”

现在再一回想，其实 GH 这支所谓的新队伍里，纯新人好像确实只有顾洛这么一个。

景元洲和毕姚华都是打过联赛的职业选手。简野虽然是在次级联赛队伍打替补，但也算是这个电竞圈的人。至于辰宇深，在青训营的时候如果想要脱颖而出，需要承受的压力与现在比起来只大不小。只有顾洛，在被挖来 GH 之前，除了一个新手主播的身份，也就只是 Titans 的资深粉丝，没有太多经验，不知道怎么应对这样重要的赛事也算是情有可原。

说起来，没有及时关注小朋友的心理状况，也算是林延这个教练的失职。

想到这里他多少也有些自责，就没有继续这个话题，而是抬头朝另外几人看了一眼：“话说回来，你们怎么这么快就过来了？采访环节这就已经结束了？那媒体访问呢？虽然没有提前给你们准备稿子，但是 BB 的临场发挥应该不错吧。那些记者都问了什么问题，给俱乐部长脸了吗？”

他的话音落下，所有人下意识地抿紧了嘴角，一片沉默。

林延刚才陪顾洛挂号、验血，忙得完全没有时间看直播，不知道具体情况，只能狐疑地看向景元洲，想要知道一个答案。

对上这样的视线，景元洲低低地笑了一声：“怎么说呢……就我们战队的队魂还挺燃的，你们这边一来医院，他们的心思也就早都一起跟过来了。后面节目组安排的流程太多，还等得有些着急，就都随便应付了一下。其实我觉得这样也没什么不好，队内和谐嘛，你说是不是？”

林延忍不住有些心累，揉了揉眉心：“我说，你们知不知道战队这一路比赛打过来为的是什么？为的就是今天的这一场总决赛啊！就算是职业联盟里的那些队伍，都没有几次能开这种大规模媒体招待会的机会！以前没打比赛，一个个要多嚣张有多嚣张，现在打完比赛了，反而不趁这个机会好好发挥一下了？耍酷什么的你们不是最拿手的吗？更别说这是你们拿下冠军之后应该享受的待遇了。怎么的，存心不让我省秋季赛前的宣传费是吧？”话音落下，周围比之前更安静了。

刚才打完比赛，所有人的心都挂在顾洛的身上，后面走流程的时候也一心着急想来医院，直到现在才反应过来——他们好像一不小心，忽略了另外一份非常重要的心情。

许久之后，简野低头看了一眼像拎菜篮子一样提在手上的奖杯，说出了所有人的心声：“我们真的是职业战队了？！”

VS

独家番外

服务费篇

这大概是最让人难忘的初遇了。

醉酒的林延刚拉着初次相见的景元洲做完了景元洲在总决赛上的完整复盘，突然弯了弯嘴角，靠近景元洲几分，近在咫尺地轻轻吹气：“看在我这么了解你的分儿上，你是不是可以考虑和我……唠……”

对后面的话保持了足够期待的景元洲，怎么也想不到居然迎来了这么“有味道”的一幕。

因为距离太近，那酸爽的味道瞬间就布满了两人全身。

看着眼前这个依旧发泄着的身影，景元洲顿在了远处，成为呕吐的声音的背景。他也想不明白，在赛场上走位堪称完美的他，这个时候没原地“闪现”也就算了，居然还停在那里硬生生当了一回活靶子。

随着林延“倾吐”完毕，整个房间回归长久的寂静。

景元洲低头看了看身上和地上的一片狼藉，又看了看眼前的男人同样惨不忍睹的样子，纠结了许久，最终活动了一下手腕关节，行动起来。

林延似乎因为刚才涌上的酒意有些吐蒙了，就这样神态茫然地看着景元洲不仅三两下脱掉了自己的外套，还毫不反抗地任由他褪去了自己的外衣。

突如其来的冷气刺激得林延哆嗦了一下，他本能地一手抓过旁边的被子，钻了进去。

景元洲好不容易才远离了令人窒息的味道，正琢磨着应该怎么处理衣服时，就看到了林延迅速钻进被褥的动作，堪称一气呵成，游戏里各路英雄的一套连招下来也不过如此。

他的视线下意识地停顿了一会儿，眉梢挑起几分，随后他贴心地打开了房间里的暖气。

眼见林延随着回暖的空气舒展了眉心，景元洲朝那张脸多看了两眼，然后拎起地上那堆衣服，转身丢到了过道里，又走回来拿起床头的电话，拨通了前台服务的号码。

联系服务生接手处理后，景元洲缓缓吁出了一口气，再回头才发现林延虽然喝成了这样，但依旧倔强地没有睡着。

对上景元洲投来的视线，林延还远远地招了招手，有气无力却又充满了倔强："过来，我……还没有说完。"

景元洲："……"

比赛失利加上俱乐部内部调整引起的心情波动，在这样没头没脑的一番闹腾下，他居然真的平和了不少。

景元洲平白被毁了一件外套，奇迹般地竟然心情还不错，再加上林延对比赛那番精准无比的分析，也确实引起了他的兴趣。

景元洲从善如流地走了过去，坐在床边的瞬间，林延已经伸出手来，紧紧地抓住了他的袖子。

大概是有些忘记自己前面都说过些什么，林延拧着眉心紧紧地盯着景元洲看了好一会儿，才重新组织好语言："我还没说完，我刚才说到哪里了……对了，刚才说到 BK 俱乐部的教练组实在是太菜了，以现在的对战阵容来看，明明有那么多可发展的战术方向，偏偏从来没有考虑过在体系上面做出改变。"

景元洲对上林延迷离却仿佛闪烁着光芒的目光，没有说话。

林延仿佛没有留意到景元洲的神态变化，说到激动的地方，音量越发提高："BK 这套战术虽好，但是实际上根本不适合你，他们用这种毫无变通的体系要求你配合，根本就是……就是在强行消耗你的个人状态。Titans，我就不信你没有感觉到，BK 的这套战术，本身就不应该是你的！"

最后一句话使景元洲看向林延的神态顿时严肃了起来："不应该是我的？"

他刚开始活跃在职业赛场上，就是以 BK 天才边路的身份。

这么多年下来，所有人早就习惯将他与 BK 战队画上等号，从来没有人这么直白地和他说，BK 的这套战术不应该是他的。

林延本就义愤填膺，听了景元洲的话后，越发气鼓鼓：“对，要我说，BK俱乐部里的那些教练就是一群垃圾。见过废的……嗯，就没见过这么废的。自身战术体系都安排不好，不懂得发挥自家选手的优势也就算了，居然还……还……布置不好临场的战术。我看到网上那些乱嘲讽的键盘侠就来气。这世界赛关你Titans什么事？输了凭什么要你背锅？明明……你明明打得这么难受，还强行把这种垃圾阵容的所有优势都调动了起来，凭什么嘲讽你啊……要换成是我，我肯定去问候教练组的十八代祖宗！”

末了，林延似乎觉得不太解气，磨了磨牙，又骂骂咧咧地嘘了一通BK教练团，才醉醺醺地拉长声音道：“至少，凭我对你的了解，Titans……信我，我肯定不让你受这委屈！”

没有一个职业选手能坦然接受赛场上的失败。景元洲虽然没有做过任何公开的说明，但是这并不意味他没有意识到BK教练组这个严重的问题。只是作为选手，他只能以自己的方式来将俱乐部的安排做到最好。

现在他才发现，原来很多情绪早就累积在内心，明明是从眼前这个男人嘴里说出来的，可每一个字都仿佛出自他内心深处的发泄。

听完一通骂，原本积郁在内心深处的压抑情绪随之倾泻，就连库天路带他出来散心都没能达成的效果，在这一瞬间突如其来地开明了起来。

景元洲惊讶地发觉，或许他想痛骂BK那毫无作为的教练团队已经很久了……借着林延的话得到了发泄，他眉目间不可避免地多了一丝笑意。

他自然也留意到了林延刚才的用词：“如果换成是你？”

“对，换成是我，”林延浑浑噩噩地接下了话，态度确实一片坦然，抓在景元洲袖子上的手顿时更紧了，“我这么了解你，一定可以把你的实力发挥到……嗯，发挥到最大。要不要看在我这么了解你的分上……踹了BK那个废柴教练团，来我成立的俱乐部，和我一起冲刺冠军奖杯啊！”

最后那句话如果放在对话一开始，景元洲肯定理所当然地当成林延酒后胡言。但是此时此刻再联想到BK高层暗中的那一系列举动，看着面前的人似乎随时可能睡去的样子，他鬼使神差地笑了一声：“如果你成立俱乐部的话……或许，我确实可以考虑看看。”

得到了梦寐以求的答案，林延脸上绽开了一抹笑容，仿佛彻底安心下来，往后一躺，就栽在床上睡了过去。

没一会儿，平稳的呼吸声在房间中响起。

景元洲坐在床边看着睡得安稳的林延，一扫低郁的情绪，心情不错下忍不住只想笑。

临近凌晨，服务生才将洗完烘干的衣服送了回来。

景元洲将外套披上，回头看了一眼在床上熟睡的身影，又不由得联想到了他那痛骂 BK 教练团的样子。

景元洲眼底的笑意更甚，忽然开口喊住了服务生，问道："有一毛钱硬币吗？"

服务生虽然疑惑，但还是帮他找了来。

其实也没什么，他就是觉得，人家酒后还费了这么多口舌帮他"讨说法"，于情于理，都应该给些服务费。

图书在版编目（C I P）数据

炙热 / 青梅酱著 . — 北京 : 北京燕山出版社 , 2022.3
ISBN 978-7-5402-6435-2

Ⅰ . ①炙… Ⅱ . ①青… Ⅲ . ①长篇小说 – 中国 – 当代
Ⅳ . ① I247.5

中国版本图书馆 CIP 数据核字 (2022) 第 018971 号

炙热

作　　者：青梅酱
责任编辑：王月佳
装帧设计：樱　瑄
封面绘制：CHU 薇
出版发行：北京燕山出版社有限公司
社　　址：北京市丰台区东铁匠营苇子坑 138 号 C 座
电　　话：010–65240430（总编室）
印　　刷：长沙鸿发印务实业有限公司
开　　本：710mm × 1000mm　1/16
字　　数：354 千字
印　　张：22.5
版　　次：2022 年 3 月第 1 版
印　　次：2022 年 3 月第 1 次印刷
定　　价：54.80 元